谨以此书献给

参与南水北调工程的建设者，以及所有为之作出牺牲、为之艰辛奋斗的人们！

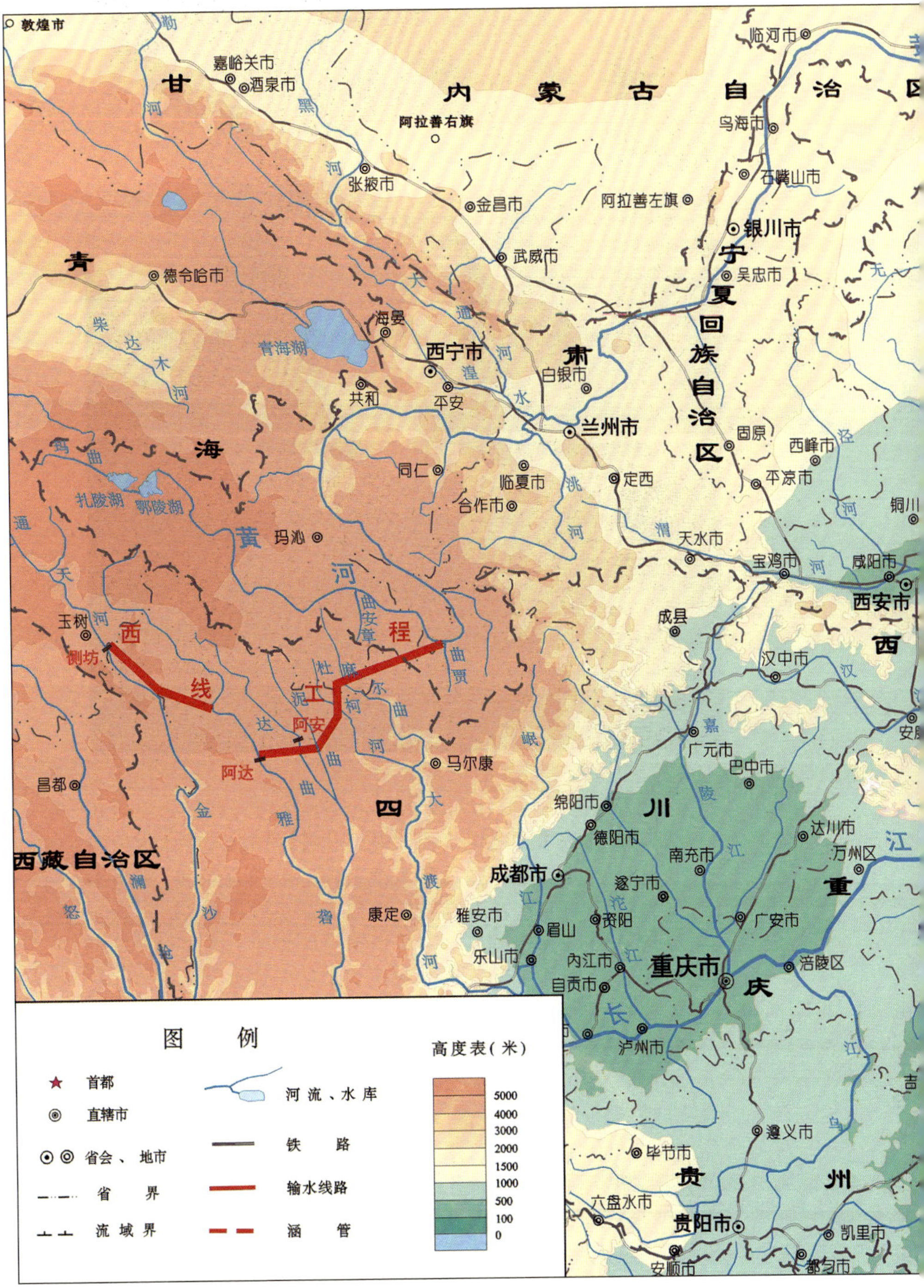
敦煌市
嘉峪关市
酒泉市
甘
内 蒙 古 自 治 区
阿拉善右旗
临河市
乌海市
张掖市
石嘴山市
金昌市
阿拉善左旗
银川市
青
德令哈市
武威市
宁
吴忠市
夏
回
族
自
治
区
海晏
青海湖
西宁市
肃
白银市
共和
平安
兰州市
海
固原
西峰市
同仁
临夏市
定西
平凉市
扎陵湖
鄂陵湖
合作市
铜川
黄
玛沁
天水市
河
宝鸡市
咸阳市
西安市
玉树
西
程
成县
侧坊
汉中市
线
工
阿安
广元市
阿达
马尔康
巴中市
昌都
四
绵阳市
川
达州市
德阳市
西藏自治区
南充市
万州区
成都市
遂宁市
重
雅安市
资阳
广安市
康定
眉山
乐山市
内江市
重庆市
涪陵区
自贡市
庆
泸州市
遵义市
毕节市
贵
州
六盘水市
贵阳市
凯里市
安顺市
都匀市
图 例
首都
直辖市
省会、地市
省 界
流 域 界
河 流 、水 库
铁 路
输水线路
涵 管
高度表(米)
5000
4000
3000
2000
1500
1000
500
100
0

南水北调工程总体图

**张基尧** 1945年生，山东济南人。1967年河海大学毕业后40年来始终工作在水利水电工程建设第一线。1986年任水电十四局副局长。1992年任中国水利水电工程总公司总经理、党组书记。1993年被评为教授级高级工程师，享受国务院政府特殊津贴。1996年5月任水利部副部长、党组成员兼任小浪底水利枢纽管理局局长、党委书记。1997年作为主要完成者之一的“广蓄电站关键技术研究”获国家科技进步二等奖，同年被中组部、人事部授予“全国优秀中青年专家”。2003年8月任国务院南水北调工程建设委员会办公室主任、党组书记，同年被国际工程项目管理合作联盟授予“项目管理杰出领导者”。2011年10月，当选中国水力发电工程学会理事长。2013年3月，当选政协第十二届全国委员会常务委员、人口资源环境委员会副主任。

他紧随改革开放的时代发展先后组织了黄河小浪底工程及南水北调工程建设，参与并指挥了鲁布革水电站、广州抽水蓄能电站工程的施工，积累了丰富的工程建设经验。小浪底、广蓄、布鲁革工程均被评为“共和国百项经典及精品工程”。

图书在版编目（CIP）数据

南水北调回顾与思考/张基尧著．—北京：中共党史出版社，2016.11

ISBN 978-7-5098-3936-2

Ⅰ.①南… Ⅱ.①张… Ⅲ.①纪实文学-中国-当代 Ⅳ.①I25

中国版本图书馆CIP数据核字(2016)第261654号

出版发行：中共党史出版社

责任编辑：吴江
复　　审：姚建萍
终　　审：汪晓军
责任校对：龚秀华
责任印制：谷智宇
责任监制：贺冬英

社　　址：北京市海淀区芙蓉里南街6号院1号楼
邮　　编：100080
网　　址：www.dscbs.com
经　　销：新华书店
印　　刷：北京盛通印刷股份有限公司
开　　本：160mm×230mm　1/16
字　　数：265千字
印　　张：22.75　7页前插
印　　数：1—6250册
版　　次：2016年11月第1版
印　　次：2016年11月第1次印刷
ISBN 978-7-5098-3936-2
定　　价：56.00元

# 南水北调回顾与思考

张基尧 著

中共党史出版社

北京市
天津市
中
线
工
程
东
线
工
程
东
干
线
输
水
北大港水库
小浪底水利枢纽
丹江口水库
三峡水利枢纽
葛州坝水利枢纽
引江济汉
兴隆枢纽
集宁市
张家口市
呼和浩特市
大同市
东胜市
朔州市
忻州市
太原市
晋中市
离石市
临汾市
长治市
晋城市
运城市
三门峡市
洛阳市
焦作市
新乡市
鹤壁市
安阳市
邯郸市
邢台市
石家庄市
保定市
廊坊市
唐山市
秦皇岛市
葫芦岛市
营口市
丹东市
大连市
沧州市
衡水市
德州市
滨州市
东营市
烟台市
威海市
聊城市
济南市
淄博市
潍坊市
青岛市
泰安市
莱芜市
日照市
濮阳市
菏泽市
济宁市
枣庄市
临沂市
开封市
郑州市
商丘市
徐州市
连云港市
淮北市
宿迁市
盐城市
淮安市
许昌市
周口市
亳州市
宿州市
平顶山市
漯河市
驻马店市
阜阳市
蚌埠市
淮南市
扬州市
泰州市
南通市
滁州市
镇江市
常州市
南京市
无锡市
苏州市
上海市
南阳市
丹江口市
十堰市
襄樊市
信阳市
合肥市
六安市
巢湖市
马鞍山市
芜湖市
铜陵市
宣州市
湖州市
嘉兴市
杭州市
宁波市
绍兴市
荆门市
孝感市
武汉市
宜昌市
荆州市
黄冈市
鄂州市
黄石市
咸宁市
九江市
贵池市
安庆市
黄山市
景德镇市
衢州市
金华市
台州市
丽水市
温州市
岳阳市
常德市
南昌市
鹰潭市
上饶市
益阳市
长沙市
湘潭市
株洲市
娄底市
新余市
宜春市
萍乡市
临川市
邵阳市
吉安市
衡阳市
永州市
赣州市
南平市
三明市
宁德市
福州市
河北
山西
山东
河南
江苏
安徽
湖北
浙江
江西
湖南
福建
渤海
黄海
黄河
太湖
洪泽湖
洞庭湖
鄱阳湖

南水北调东线工程位置图

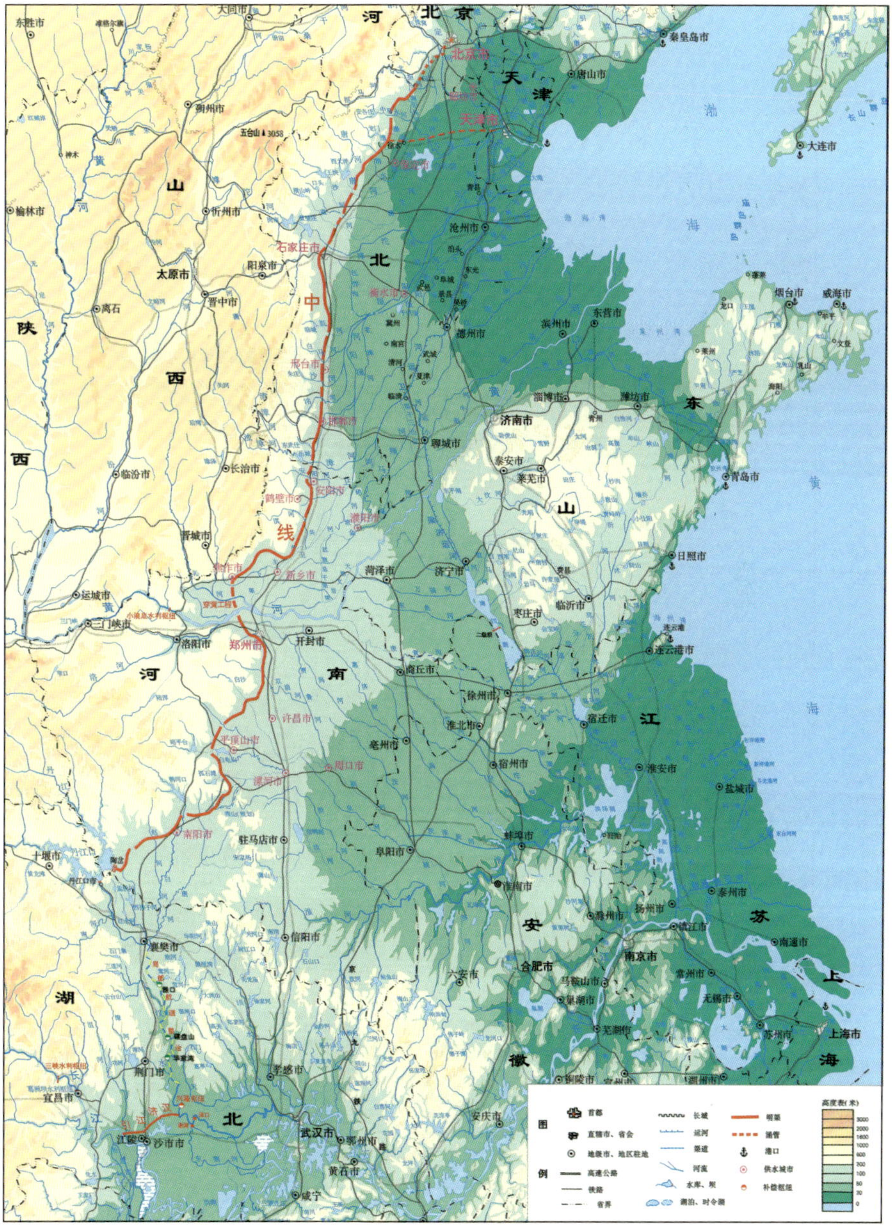


南水北调中线工程位置图

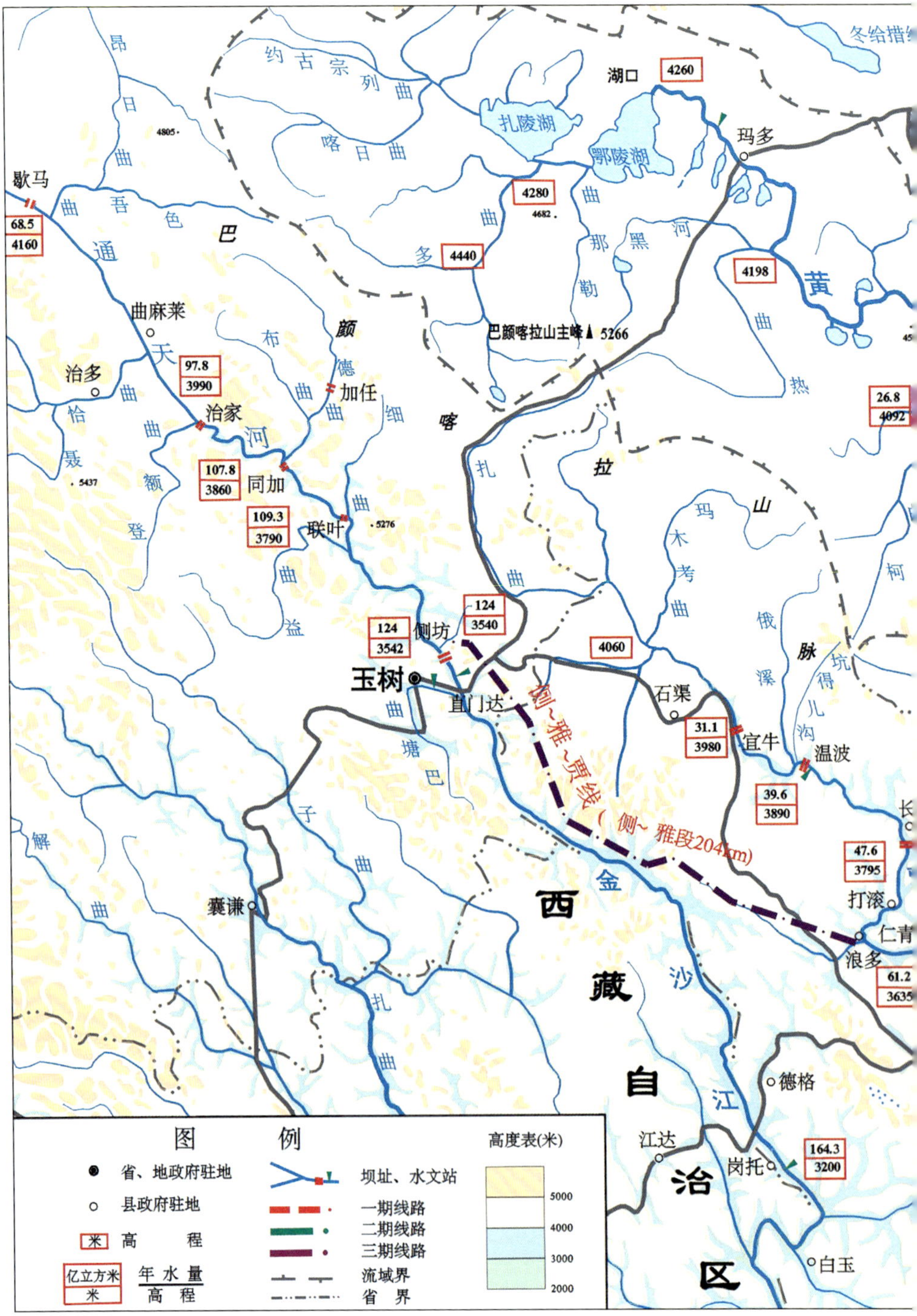

南水北调西线工程位置图

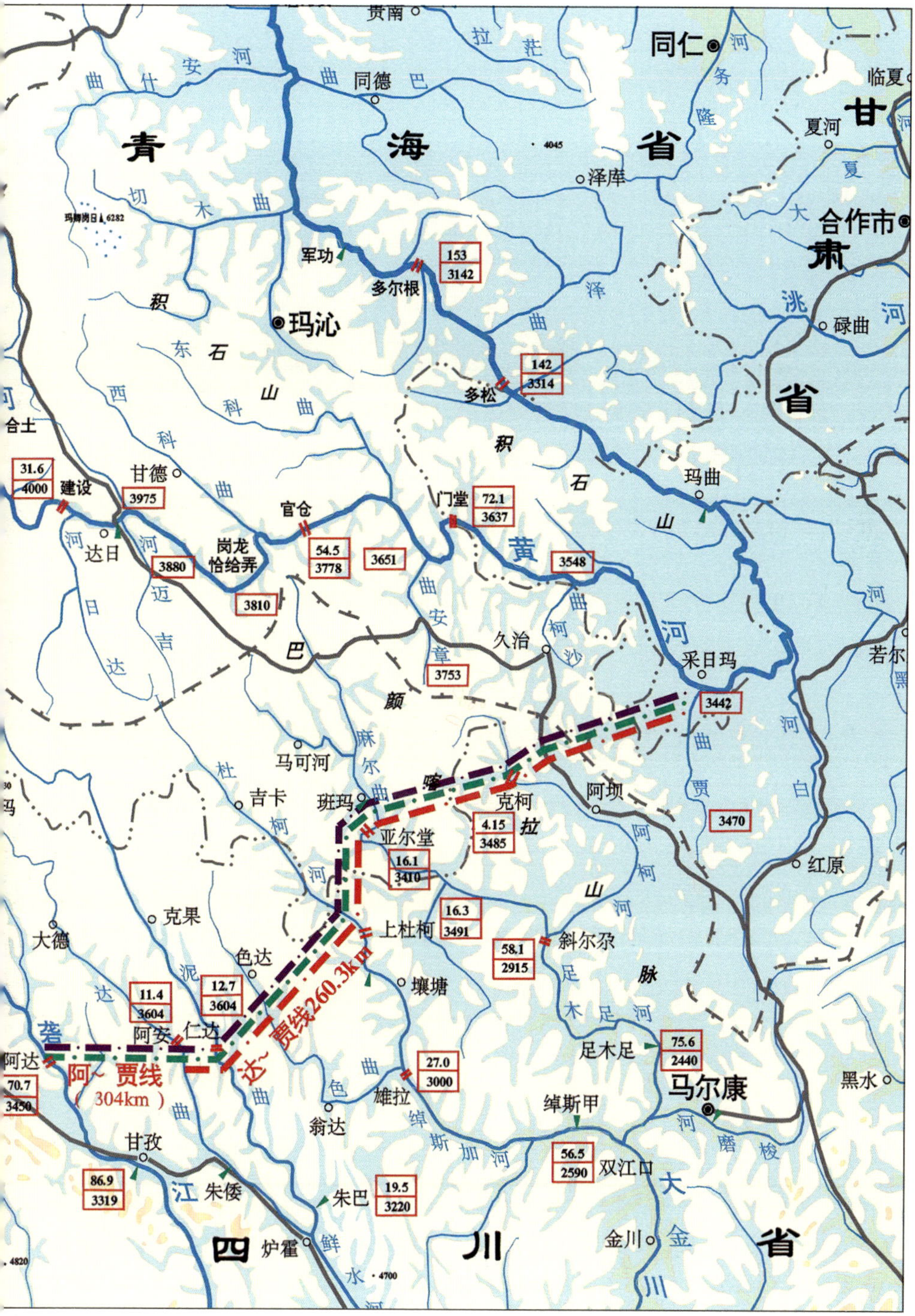

青海省
甘肃省
四川省
同仁
临夏
夏河
合作市
泽库
同德
贵南
玛沁
军功
多尔根
153
3142
142
3314
多松
玛曲
碌曲
积石山
巴颜喀拉山脉
黄河
洮河
大夏河
隆务河
拉茫
巴曲
泽曲
切木曲
东科曲
西科曲
曲什安河
玛卿岗日 6282
4045
合土
建设
31.6
4000
甘德
3975
达日
3880
岗龙
恰给弄
3810
官仓
54.5
3778
3651
门堂
72.1
3637
3548
久治
3753
采日玛
3442
柯沙曲
曲安章
马可河
吉卡
班玛
麻尔曲
杜柯河
亚尔堂
16.1
3410
克柯
4.15
3485
阿坝
曲贾
3470
阿柯河
红原
若尔
白河
上杜柯
16.3
3491
58.1
2915
斜尔尕
足木足河
足木足
75.6
2440
马尔康
黑水
克果
大德
色达
泥曲
达曲
11.4
3604
12.7
3604
阿安
仁达
达~贾线260.3km
阿~贾线
（304km）
壤塘
27.0
3000
雄拉
色曲
翁达
绰斯甲
绰斯加河
56.5
2590
双江口
梭磨河
大金川
金川
阿达
70.7
3450
甘孜
86.9
3319
朱倭
雅砻江
朱巴
19.5
3220
鲜水河
炉霍
4700
4820

# 前 言

水乃生命之源、万物之母，盛世治水，泽被后人。从大禹治水开始，治水成为历朝历代治国安邦的大事，故而留下了许多举世闻名的水利工程。我国古代修建的灵渠、都江堰、大运河、丰兖渠等，历经千百年，至今依然发挥重要作用，在世界水利建设史上占有十分重要的地位。新中国成立以后,党和政府高度重视水利事业。在党的领导下，广大人民群众以坚定的革命意志和忘我的奉献精神，掀起兴修水利的热潮，修建了以有“人工天河”之称的红旗渠及人民“治黄”“治淮”为代表的大量水利工程。改革开放以来,随着经济社会的快速发展，国家综合国力日趋雄厚，党和政府又审时度势，适时决策和实施了长江三峡和南水北调等重大工程建设，将“高峡出平湖”和“南方水多，北方水少，如有可能，借点水来也是可以的”的宏伟设想变为现实。

兴修水利是功在当代、利在千秋、艰辛开拓的事业。新中国的水利建设史，就是一部中国人民的辛勤奋斗史、无私奉献史，集中体现了中国人民的勤劳、勇敢和智慧，融注了一代又一代水利工作者和建设者的心血与汗水。可以说，新中国水利事业发展的历史，同样承载了中华民族伟大复兴的中国梦。

很幸运，我这一生与水结缘，始终奋斗在水利建设的第一线。1967年从河海大学（原华东水利学院）毕业后，在近50年的工作生涯中，虽然工作几经调整，但我始终没有脱离水利、水电建设领域。回顾我从事水利、水电建设的历程，有很多人和事难以忘怀，其中最难忘的则是2003年至2010年主持南水北调工程建设的经历。之所以难忘，是因为这个工程是人类有史以来规模最大的水利工程，也是我的水利工作生涯中任务最艰巨、挑战最大、心血付出最多的工程。在这一工程中，我和很多同志并肩战斗，在南水北调事业中结下深厚的友谊，度过一段激情燃烧的岁月。

1996年，我到水利部工作后曾分管水利规划计划及工程建设管理方面的工作，南水北调前期工作规划便成了我工作范围之内的事。2003年南水北调工程开工后，我又受命组建国务院南水北调工程建设委员会办公室，从事南水北调东、中线一期工程建设的政策研究、管理机构组建、工程建设管理、丹江口库区移民试点以及东线工程水污染治理等项工作。十几年来我参加并见证了南水北调工程像一个婴儿一样的孕育、培养与成长，经历了它成长中的困难与挫折，幸福与喜悦。我已将自己的事业与感情和南水北调工程联系在一起，如同战士与战场一样难舍难分。2010年8月，我虽然已经退出南水北调工程建设第一线，但我仍然依恋、关注着南水北调工程，也想把这些年来自己工作的所感、所想留下来。因此，当中央党史研究室的同志向国务院南水北调办公室提出，请我忆述南水北调这一重大工程的决策和建设过程时，经过认真考虑，我接受了他们的建议。

南水北调是一项缓解北方地区水资源短缺、优化我国水资源配置、改善北方地区生态环境的跨流域、跨地区战略性调水工程。它不仅是单一工程建设，还涉及水污染治理、移民搬迁、地下水控采、文物和环境保护等方方面面，时间和地域跨度都很大，在决策和建设过程中，面临的困难和问题很多，也很棘手，在解决这些问题过程中积累的经验教训也很多。正因如此，对这项特大型水利工程进行回顾，不仅有助于今后水利工程的决策和建设，也能给其他重大工程提供借鉴。

习近平总书记指出，历史是最好的教科书，是最好的老师，是营养剂和清醒剂。作为一名老水利工作者，既然历史在南水北调这样一个重大工程建设中给予我难得的机遇，我认为有责任将我的所见所闻、所思所想记录下来，为水利建设史、改革开放史的研究提供第一手素材。本着这样的目的，我秉持实事求是的态度，立足我从事南水北调工作的时段，尽力将回顾和总结建立在查阅档案、资料、会议记录和广泛征询相关同志意见的基础上，朝着求真求实、求善求美的目标努力。当然，历史是错综复杂的，受所掌握材料、所接受信息的限制，我可能强调了这一方面，忽略了那一方面；可能强调了宏观，忽略了微观；可能强调了中央的决策，忽略了地方的实施，甚至还可能会在不少地方留下自己主观的痕迹。但我想，对于这些问题，读者会有更睿智的眼光、公正的态度和理性的认识。

继2013年11月15日南水北调东线一期工程正式通水运行后，2014年12月12日，南水北调中线工程正式通水。至此，在历经十几年艰辛建设与努力之后，东、中线一期工程全面建成通水，南水北调工程迎来历史性时刻。此前，南水北调工程就已开始发挥社会和经济效益。自2008年9月从河北应急调水入京开始，截至2014年4月已四次调冀水入京，通过南水北调中线京石段工程累计入京水量16.1亿立方米，缓解了首都水资源紧缺问题。2014年河南平顶山遭遇严重旱灾，南水北调工程向平顶山应急调水，有效缓解了城区100多万人的供水紧张状况。南水北调东线济平干渠以及三阳河、潼河、宝应抽水站工程，已率先发挥防洪排涝作用。

精彩的开端已经创造，美好的画卷正在展开。随着工程建设任务的相继完成，运行管理的不断完善，南水北调工程在解决我国水资源分布不均、北方地区生态环境持续恶化、水资源供需矛盾日益突出的问题上，将发挥越来越大的作用，其社会经济生态效益将日益凸显。

本书并非对南水北调工程全景式的忆述，而是对我从事南水北调工作期间的决策过程、资金筹措、移民安置、环境保护、技术挑战等重大问题的专题式回顾。为了便于广大读者对工程有一个总体性的把握，本书梳理了一个大事记附录于后。

# 目 录

## 第一章

# 南水北调工程论证与决策

2002年12月27日，朱镕基总理在人民大会堂宣布南水北调工程开工，标志着历时五十年规划论证的南水北调工程正式进入实施阶段。南水北调工程是人类有史以来规模最大的水资源配置工程，是有效缓解我国北方地区水资源严重短缺，构筑“四横三纵，南北调配，东西互济”的水资源总体格局，促进我国经济社会和生态环境协调发展的重大举措。南水北调工程规划分东线、中线和西线三条调水线路：东线从长江江苏省扬州段调水，经江苏省、山东省、河北省到天津市；中线从湖北省汉江中游丹江口水库调水，经河南省、河北省到北京市、天津市；西线规划从长江上游支流修坝建库，调水到黄河上游。工程总投资约5000亿元，工期40年至50年，工程建成后每年向北方调水448亿立方米，相当于一条黄河的水量。南水北调工程的建设，对推进我国北方受水地区经济社会的可持续发展、修复和保护生态环境、保障和改善民生具有十分重要的意义。正因为南水北调工程浩大，事关国家经济社会发展重大战略布局，涉及工程建设、征地移民、水污染治理和生态环境保护诸多方面，触及中央部门、地方政府、企事业单位及征迁群众的切身利益，其论证与决策经历了严谨慎重而漫长的过程。

# 南水北调工程历经长期科学论证

我国是水资源较贫乏的国家。多年平均水资源总量为2.8万亿立方米，人均2163立方米，只及世界人均占有量的1/4。我国水资源不仅短缺，而且时空分布不均，大部分地区降雨集中在夏季7月至9月份。因此，不少地区旱涝频繁，南方汛期经常发生洪涝灾害，但其他月份以北方为主的大多数地区又干旱缺水。

2000年，黄河、淮河、海河（简称黄淮海）流域的人口、国内生产总值、工业产值、有效灌溉面积以及粮食产量均占全国的1/3强，是我国重要的经济区和粮、棉主产区，具有承东启西、优势互补的有利条件，在我国国民经济与社会发展中占有极其重要的战略地位。但黄淮海流域水资源总量仅占全国的7.2%，人均水资源量约为462立方米，只有全国人均水平的1/5，是我国水资源承载能力与经济社会发展最不适应的地区，资源性缺水严重。由于长期干旱缺水，尽管各地特别是黄淮海平原和胶东地区都加大了节约用水的力度，但仍然不得不过度开发地表水，大量超采地下水，不合理占用农业和生态用水，以及使用未经处理的污水，由此造成黄河下游断流频繁，淮河流域污染严重，海河流域基本处于“有河皆干、有水皆污”和地下水严重超采的严峻局面。黄淮海三大流域的水资源开发利用率已分别高达67%、59%和超过94%，水资源承载能力与经济社会发展和生态环境保护之间的矛盾日趋尖锐。特别是海河流域，为了支撑经济社会的发展，水资源过量开发，导致河湖干涸、河口淤积、湿地减少、土地沙化、地面沉陷以及海水入侵等生态环境问题日趋恶化，严重制约经济社会和生态环境的可持续协调发展。在采取节水、污水资源化、挖掘已有工程潜力等多种措施的前提下，经水资源供需平衡分析，黄淮海流域2010年平水年及枯水年缺水量约为210亿至280亿立方米，2030年将达到320亿至395亿立方米。

北方地区尤其黄淮海流域干旱缺水的现实，引起了开国领袖毛泽东主席的深切思考，也得到了刚刚取得革命战争胜利的中国共产党的高度重视。急人民所急，解人民所盼的一个宏伟战略构想正在老一辈无产阶级革命家的胸中诞生。

1952年10月30日，毛泽东主席视察黄河，在听取黄河水利委员会主任王化云关于引江济黄设想的汇报后，说："南方水多，北方水少，如有可能，借点水来也是可以的。"由此提出南水北调的宏伟设想。同年8月12日，为解决黄河流域水资源不足的问题，黄河水利委员会进行黄河源查勘，研究了通天河色吾曲至黄河多曲的引水线路。这是研究从长江上游引水济黄的开始。

1953年2月，毛泽东乘"长江"舰从武汉至南京视察长江。19日，在听取长江流域规划办公室主任林一山汇报长江治理工作时，毛泽东说：南方水多，北方水少，能不能从南方借点水给北方？毛泽东还用铅笔指向地图上腊子口、白龙江、西汉水，最后指向汉江，每一处都问到引水的可能性。林一山一一作了回答。毛泽东指示要对汉江引水方案作进一步的研究，要组织人员查勘，一有成果就立即给他写信。22日，林一山又向毛泽东汇报了长江防洪的初步设想。临别时，毛泽东对林一山说："三峡问题暂时还不考虑开工，但南水北调工作要抓紧。"

1958年3月，毛泽东在成都中央政治局扩大会议上，再次提出引江、引汉济黄和引黄济卫问题。同年8月，中共中央在北戴河召开的政治局扩大会议上，通过并发出了《关于水利工作的指示》，明确指出："全国范围较长远的水利规划，首先是以南水

（主要指长江水系）北调为主要目的地，即将江、淮、河、汉、海各流域联系为统一的水利系统规划。”这是“南水北调”一词第一次见之于中央正式文献。

1958年到1960年三年中，中央先后召开了四次全国性的南水北调会议，制定了1960年至1963年间南水北调工作计划，提出在三年内完成南水北调初步规划要点报告的目标。

1958年9月1日，拟作为南水北调水源地的汉江丹江口水利枢纽工程举行开工仪式。工程采取分期建设。丹江口大坝基础考虑到今后南水北调工程的可能性，按正常蓄水位170米一步到位。

1959年2月，中国科学院（下称中科院）、水利电力部（下称水电部）在北京召开西部地区南水北调考察研究工作会议，确定的南水北调指导方针是：“蓄调兼施，综合利用，统筹兼顾，南北两利，以有济无，以多补少，使水尽其用，地尽其利。”

1974年，丹江口水库初期工程全部完工。1974年1月18日，在赴日本展出的中华人民共和国展览会国内预展会上，朱德委员长在审查丹江口水利枢纽模型时问：能不能把水引到华北呢，那里缺水。介绍的同志回答：丹江口水库的重要意义，就是将来通过它调蓄汉江水引到华北去。目前水库蓄水位可到157米，汉淮分水岭是148米，将来完全可以把水引到华北，这是实现毛主席南水北调宏伟设想的一条比较好的调水路线。

改革开放后，我国经济社会快速发展，综合国力不断增强，现代水利科技发展水平日益提高，面对北方地区日益严峻的水资源短缺局面，党中央、国务院以历史发展的远见卓识，从全局和战略高度上继续筹划和论证南水北调工程。

1978年2月26日至3月5日召开的五届全国人大一次会议通过

⊙1952年10月，毛泽东视察黄河

⊙丹江口水库俯瞰

的《政府工作报告》，正式提出“兴建把长江水引到黄河以北的南水北调工程”。1978年9月，全国人大常委会副委员长陈云就南水北调问题专门写信给水电部部长钱正英，建议广泛征求意见，完善规划方案，把南水北调工作做得更好。同年10月，水电部发出了《关于加强南水北调规划工作的通知》。

1979年12月，水电部正式成立部属的南水北调规划办公室，统筹领导协调全国的南水北调工作。

1980年7月22日，邓小平同志视察丹江口水利枢纽工程，详细询问了初期工程建成后防洪、发电、灌溉效益与大坝二期加高情况。同年10月3日至11月3日，根据中科院和联合国大学协议，联合国官员及联合国大学比斯瓦斯博士等八位专家，与我国水利部、高等院校、科研部门的专家、教授、工程技术人员共60多人

⊙1980年7月，邓小平视察丹江口水利枢纽工程

对南水北调中线和东线进行考察，并在北京举行学术研讨会。经过考察和讨论，专家们认为南水北调中线和东线工程技术上可行。联合国专家建议在经济和环境方面补充研究南水北调有关问题。

1982年2月，国务院批转《治淮会议纪要》，提出在淮河治理中体现南水北调工程的任务，并把调水入南四湖的规划列入治淮十年规划设想。

1983年3月28日，国务院正式行文，将《关于抓紧进行南水北调东线第一期工程有关工作的通知》发给国家经济计划委员会（下称国家计委）、国家经济贸易委员会（下称国家经委）、水电部、交通部，江苏、安徽、山东、河北省人民政府，天津、北京、上海市人民政府。

1985年3月11日至12日，由国务院副总理万里、李鹏主持召开治淮会议，对南水北调东线工程进行了讨论。会议纪要指出，由于种种原因，东线第一期工程设计任务书提出的时间推迟了，现应抓紧。会议基本同意淮河水利委员会提出的该工程设计任务书，由水电部报国家计委审批。

1988年6月9日，国务院总理李鹏在国家计委报告上批示：同意国家计委的报告，南水北调必须以解决京津华北用水为主要目标，按照谁受益、谁投资的原则，由中央和地方共同负担。11月，国务院副总理邹家华视察丹江口水利枢纽并了解丹江口水库引水至华北的规划。

进入20世纪90年代后，在1991年3月召开的七届全国人大四次会议通过的《国民经济和社会发展十年规划和第八个五年计划纲要》中，明确提出："'八五'期间要开工建设南水北调工程。"

1992年10月12日，江泽民总书记在中国共产党第十四次全国代表大会的报告中说："集中必要的力量，高质量、高效率地建设一批重点骨干工程，抓紧长江三峡水利枢纽、南水北调、西煤东运新铁路通道等跨世纪特大工程的兴建。”

1995年6月6日，李鹏总理主持召开国务院第71次总理办公会议，研究南水北调问题。

1996年3月，根据1995年国务院第71次总理办公会议研究南水北调问题会议纪要的精神，经国务院批准，成立南水北调工程审查委员会，国务院副总理邹家华任审查委员会主任，副总理姜春云、国务委员陈俊生、全国政协副主席钱正英任审查委员会副主任，何椿霖、陈锦华、甘子玉、叶青、钮茂生、陈耀邦、王武龙等任常务委员。委员由中央和国务院有关部委，科研设计、咨询单位、相关大学、南水北调工程规划责任单位，长江、黄河、淮河水利委员会，以及北京、天津、河北、河南、湖北、陕西、山东、江苏六省二市的主管副省（市）长、计委和水利厅局负责同志组成，共86人，另聘专家40余人参加专题审查工作。

1999年6月，江泽民总书记在黄河治理开发工作座谈会的讲话中指出：“为从根本上缓解我国北方地区严重缺水的局面，兴建南水北调工程是必要的，要在科学选比、周密计划的基础上抓紧制定合理的切实可行的方案。”

南水北调工程几十年有起有伏但持续不断的论证过程，凝聚着一代又一代党和国家领导人对北方地区缺水问题的忧虑，对人民生活疾苦的关怀，对早日建设这一工程的期盼。

## 水资源短缺严重制约北方地区经济社会生态可持续发展

水资源是宝贵的自然资源，也是关系经济发展、社会稳定的战略资源。我国多年平均水资源总量为28124亿立方米、人均水资源占有量仅为2163立方米，约为世界平均水平的1/4，在世界银行统计的153个国家中占第88位。

我国水资源不仅短缺，分布区域也不均衡。据南水北调工程总体规划水平年2000年资料统计，北方地区（长江流域以北）的人口、耕地、国内生产总值分别占全国的47.4%、61.1%和41.2%，而多年平均水资源量仅占全国的19.6%。我国水资源与人口、耕地及工业经济布局不相适应，受气候影响，水资源年际变化大、降雨和径流的年内分配也很不均匀，主要集中在夏季的7、8、9三个月，因此，经常发生旱涝灾害，加重了水资源利用的困难。

北方地区中的黄淮海流域是我国水资源承载能力与经济社会发展最不适应的地区，也是南水北调东中线工程供水的地区。该区域面积145万平方公里，约占全国的15%，以南水北调规划水平年

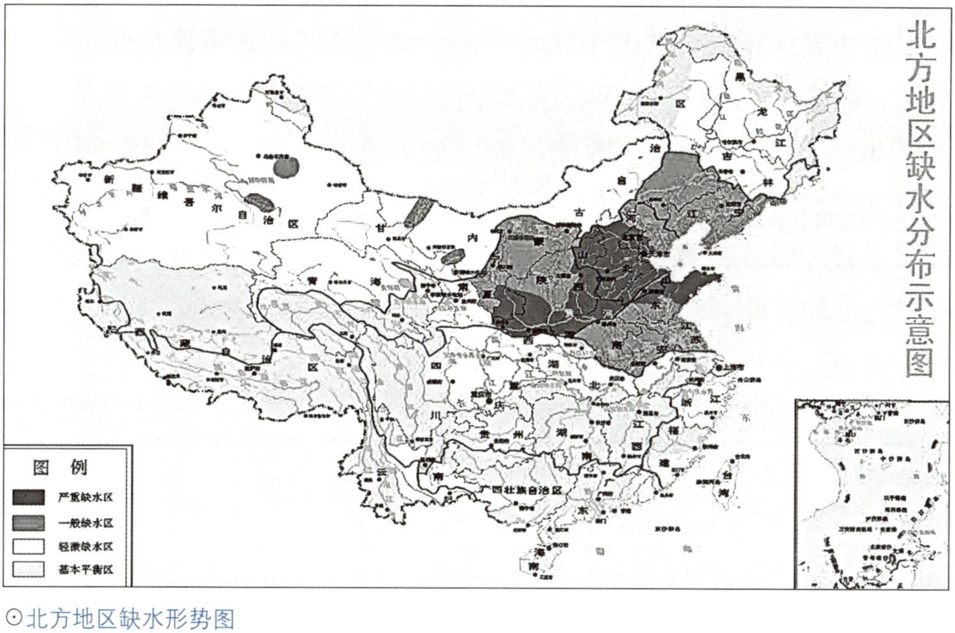


⊙北方地区缺水形势图

统计的耕地面积、粮食产量、人口、国内生产总值均超过全国的1/3，而水资源总量仅占全国的7.2%。资源性缺水是该地区水资源、水生态的重要特征。

20世纪末期，北方地区缺水已严重制约了经济社会发展，也极大地恶化了生态环境。随着经济发展和城市化进程的加快，更加剧了对水资源的过度开发和掠夺。水资源承载能力与经济社会发展和生态保护之间的矛盾日趋尖锐，导致了日益增多的生态问题。

可是在人们的日常生活中又很少感受到这些，我们看不到地下水的超采，不能直接感受江河断流对生态环境及生物多样性的影响，更难直接感受到日益下沉的地面和悄悄入侵的海水。只要把水龙头打开，照样有水，工厂也很少因水的问题而影响正常生产。但现实是：我们一度追求经济发展而过多地牺牲生态环境，对生态环境的欠账已经太多太多！河道断流、湖泊干涸、地下水超采、水体污染是我们为经济发展付出的沉重代价。

比如说河道断流，由于北方少雨，加上长期对水资源的过度开发，黄河在1972年到1999年的28年间就有22年断流。最严重的是1997年，黄河入海口全年断流，离入海口100多公里的利津水文站断流达226天。也就是说，这100多公里河段实际上在一年的2/3时间里是没水的。断流的河段最长延伸到河南开封。黄河是中华民族的母亲河，黄河下游长期断流会导致什么后果呢？农田不能用黄河水灌溉，干涸的河床风沙漫卷，河口萎缩，水生动物绝迹，以黄河水为水源地的胜利油田压井减产。又如北京的永定河，在清代以前名叫“无定河”，河水波涛汹涌，经常泛滥成灾，危及北京城的安全，于是清朝皇帝把它更名为“永定河”，目的是祈求平安。然而，永定河已很长时期断流无水，河床上全是裸露的砂砾，那里也成了北京的风沙源之一。海河流域的河流几乎没有一条不断流，这种水生态的变化，加剧了海河流域生态环境的恶化。

湖泊水量日益减少，甚至干涸。河北很多地方称浅的湖泊为淀、凹陷的地方为洼。有些洼淀里有庄台，老百姓住在比较高的台地上，夏季暴雨形成洪水也不要紧，过一段水会自然退下去，老百姓再耕作。这些洼淀是当地日常吞吐水量、引洪蓄水补充地下水的地方，一到汛期，这些洼淀里就蓄满水。可到了20世纪90年代以后，很多洼淀陆续干涸了，洼淀的干涸，地下水没有补充的来源，导致地下水位的急剧下降。依赖地下水资源的农业生产就受到极大影响，植被退化，生态恶化，地下水下降严重的地区，土地还会沙漠化。

为了支撑经济社会发展，保障人民最基本的生活需求，不少地区只能超采地下水。这些年来，北方地区累计已经超采地下水将近900多亿立方米，超采的部分有30%是深层地下水。近20年来，黄淮海流域地下水开采量呈急剧上升的趋势，地下水超采日

⊙被污染的海河流域某河段情况

益严重，海河流域地下水超采面积达9万平方公里。沿京广线两侧浅层地下水超采严重，形成了以北京、石家庄、邢台、邯郸为中心的4.4万平方公里的地下水漏斗。在天津和河北的沧州、衡水、廊坊、唐山地区形成严重超采区5.6万平方公里，漏斗中心地下水位以每年3－5米速率下降，地下水位已下降至75米。北京地区公主坟附近地下水已被岩石隔断。河北邯郸、石家庄地区地下水已下降到40米以下。超采地下水的直接后果就是导致地面沉降，京、津、冀地区都有这种现象，天津市的平均沉降已达2.8米。其次地面植被退化，沿海地区则出现海水入侵。地下水下降导致华北地区大量土地沙化，是形成沙尘的原因之一。

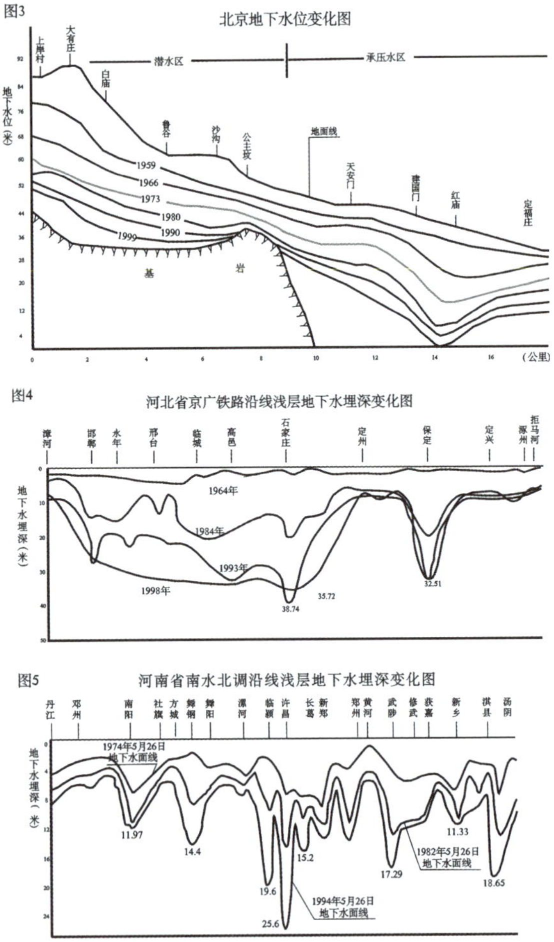

⊙北方省市多年来地下水位变化图

随着黄淮海流域水资源被过度开发，致使这些地区的河流自然径流减少，径流量满足不了河流延续健康生命的生态基流，加上个别工矿企业向河道排污，造成大量的水体污染。其中淮河70%以上河段被污染，京杭运河骆马湖以北水质监测断面几乎都是国家地表水标准四类到五类，黄河以北则全是劣五类水。党中央、国务院在上世纪90年代就提出要治理“三河三湖”（淮河、海河、辽河、太湖、滇池、巢湖）污染，并由水利部牵头制定了规划，逐年安排了投资，虽取得了初步成果，但治理任务依然十分繁重。

北方水资源短缺的问题，实质上最突出的、表现也最明显的，应该是生态问题。而这个问题在早些年是人们不容易直接感受、也重视不够的。但它对今后的社会发展、民族繁衍影响巨大。城市缺水日益严重，局部地区地下水资源已接近枯竭，河北东南部的衡水、沧州一带，由于长期饮用含氟量较高的深层地下水，氟骨病和甲状腺等地方疾病蔓延，危害当地民众健康。

编制南水北调总体规划的同志们在研究分析调水目的时提出：南水北调到底解决什么问题？经反复讨论大家统一认识：应该通过合理优化水资源配置，把生态建设和环境保护作为主要目标。也就是说，调水仅仅是手段，解决日益恶化的生态问题是工程的重要目标。

⊙河北省某地群众排队等水

人类活动和气候变化对水资源的数量、质量及其时空分布规律已经产生了不同程度的影响，有关研究成果表明，黄淮海流域水资源总量呈减少趋势。1980—2000年黄淮海流域持续偏旱长达20年之久。因此，水资源变化出现的新情况、新问题将进一步加剧黄淮海流域尤其是北京、天津市和河南、河北、山东省缺水紧张局面。

随着西北地区经济社会发展的逐步加快，黄河上中游的支流开发和集雨工程的发展，各地用水量的增加，黄河干流水量将进一步减少，依赖黄河水灌溉及城市用水的保证率将会下降。

黄淮海流域水资源的严重短缺，已成为制约经济社会可持续发展的瓶颈。大量的事实及研究成果表明：地表水的开发利用率已经过高，增加供水的潜力有限，黄河流域河川径流的可供水量为370亿立方米，目前黄河地表水的实际消耗量已达到350亿—380亿立方米，基本没有扩大供水的潜力。地下水大量超采，已经带来严重的地质灾害和生态环境问题，增加了水资源危机的严重性，应尽快以新的水源替代过度超采的地下水，在有条件的情况下调水补源，使地下水资源得到恢复，为我们子孙后代留下宝贵的发展空间。

水资源短缺，解决的办法一是节流，二是开源。

必须节约优先，进一步加大节水力度，毫不犹豫地把节水型社会建设放在各项工作的突出位置。调整供、用水结构，限制高耗水工业发展。提高工业、农业、城市生活用水效率，加强污水再利用。但是，节水需要时间，节水需要投资，黄淮海流域水资源短缺与经济社会生态协调发展的矛盾要多措并举，尤其是对资源性短缺的地区仅靠节水和挖掘当地水资源潜力短期难以解决，为此，既解决燃眉之急又作为长远之策的南水北调工程，就必然成为解决黄淮海流域水资源短缺的重要选择。

## 南水北调“三先三后”总体原则的提出

1996年我到水利部工作后了解到当时水利系统内部在南水北调怎么调水的问题上存在不同意见分歧。南水北调工程与三峡工程不同，三峡工程争论的焦点是建与不建的问题，而南水北调工程是怎么建的问题。当时有不少同志建议先建设东线，也有不少人认为应先建中线。东、中线的争论持续了多年，主要原因是东中线受水区不同，东线受水区的江苏、山东、河北、天津和中线受水区的河南、河北、北京、天津各有不同的利益诉求，加上当时国家财力局限，规划工作深度不一，不可能两条线路同时建设。

我到水利部工作后第一次接触南水北调，是1997年南水北调工程审查委员会第二次全体会议。

1996年根据国务院71次总理办公会研究南水北调问题的会议纪要精神成立南水北调工程审查委员会以来，审查委员会作了大量工作。当年3月30日召开第一次审查委员会全体会议，宣布审查委员会成立。明确审查委员会的任务就是本着慎重研究、充分论证、科学决策的精神，审查水利部提出的《南水北调工程论证报告》，设立综合、规划、工程、经济和环境五个专题组，会议对专题审查工作做出了具体安排。

此后南水北调审查委员会办公室组织委员、专家实地考察，与地方政府和群众进行座谈，各专题审查组召开专题审查、研讨会、方案论证会。1997年在审查委员会第二次全体会议之前，邹家华副总理主持召开了南水北调工程审查委员会常务会议讨论《南水北调中线工程审查报告》（讨论稿）。

1997年3月3日至4月4日，南水北调工程审查委员会第二次全体会议在北京京西宾馆召开，委员代表对《南水北调工程审查报告》（讨论稿）进行了认真讨论。大会共有37位委员及代表在会议期间正式发言，部分委员提供了书面发言。会议取得了积极成果，在一些重大问题上取得共识，即建设南水北调工程是必要的；东、中、西三项工程的共同目标是解决北方缺水问题，有各自合理的供水范围，不能相互替代；同意《论证报告》关于三项工程按照中、东、西顺序实施的结论……。鉴于南水北调中线前期工作深度已满足工程立项条件。京津华北又严重缺水，有关省市的领导和委员强烈要求早日批准南水北调工程立项，组建专门机构，按国家基本建设程序做好各项工作。对此，也有一部分代表委员提出不同意见。邹家华副总理在讲话中指出：要认真研究不同意见，进一步优化规划建设方案，修改好《审查报告》(讨论稿)。第一次的接触使我深切体会到涉及我国水资源配置全局的南水北调工程涉及面之广，技术之复杂，对国民经济、社会发展影响之大都是我以前从事的工程建设所难以比及的。

1997年7月15日，邹家华副总理主持召开南水北调工程审查委员会常委会，再次讨论修改后的《南水北调工程审查报告》(送审稿)。报告补充阐述了水在国民经济和社会发展中的地位和作用，以及解决我国北方地区（特别是京津华北地区）缺水问题的现实意义和长远战略意义，明确对南水北调工程三条线路的实施意见，同时对中线工程的调蓄运用和配套设施建设、工程总投资和供水成本等作实事求是的核定。

会议前后，有几位水利界的知名专家本着对国家负责和对工程负责的精神提出不同意见：1．由于调蓄、配套工程、穿黄工程和汉江中下游补偿工程等工作深度不够，不能批准工程立项，在工程立项前也不应成立专门机构。2．应当遵照全国人大批准的《国民经济社会发展“九五”计划和2010年远景目标纲要》在下世纪前10年兴建南水北调工程。3．当前可以把丹江口水库加高作为一个单独项目先行建设。专家还对北方地区尤其是京津华北地区的节水、提高用水效率、治污、提高废污水的利用以及投资政策、水价测算、工程调蓄等方面提出不同意见。这些意见大多被后来国务院确定的南水北调工程“三前三后”总体原则和《南水北调工程总体规划》所采纳。

不同的意见深化了对调水工程的认识，促进了南水北调工程科学论证。同时，巨额的建设资金是一个难以回避的问题，不同缺水地区的利益诉求也是客观合理的。先上东线或是先上中线在资金不充足情况下的争论也在所难免。这个问题随着南水北调工程规划的逐步深入，随着国家经济实力和科技实力的不断增强才可能得到解决。

1998年长江流域的大洪水给我们新的启示，就是不仅要加强防汛工程的建设，同时要利用洪水资源多给北方补水，在减少南方洪涝灾害的同时，兼顾北方对水资源的需求。随后，南水北调工程规划加快步伐。现在回过头来看，90年代末至新世纪之初这段时间，是南水北调工程规划论证最快、目标最明确的阶段，在党中央和国务院的直接领导下，水利部组织对南水北调工程以前做的工作进行了认真梳理，既充分借鉴，又深化创新。

2000年春，华北、山东地区遭遇严重干旱，我和财政部廖晓军副部长等有关同志陪同温家宝副总理去视察灾情。山东旱区昔日浩瀚的南四湖已干涸见底，渔船干裂，鱼虾绝迹，富饶的胶东半岛，水库抽干，库底打井，烟台、青岛等城市限时供水，国际合同订单被迫推迟供货并赔偿损失。我们的中巴车行进在炙烤蒸腾的齐鲁大地上，在时任中央政治局委员、山东省委书记吴官正的陪同下，温家宝副总理神情凝重，一言不发。我不能断言温副总理彼时彼刻的所思所想，但我通过湖区人民遭受旱灾的煎熬、城乡人民对水的期盼、各级干部焦灼的眼神，能体会到温副总理焦虑的心情。存在决定意识。我深信2000年的旱情犹如催化剂，极大促进了南水北调工程的前期工作，对统一思想，加快决策，

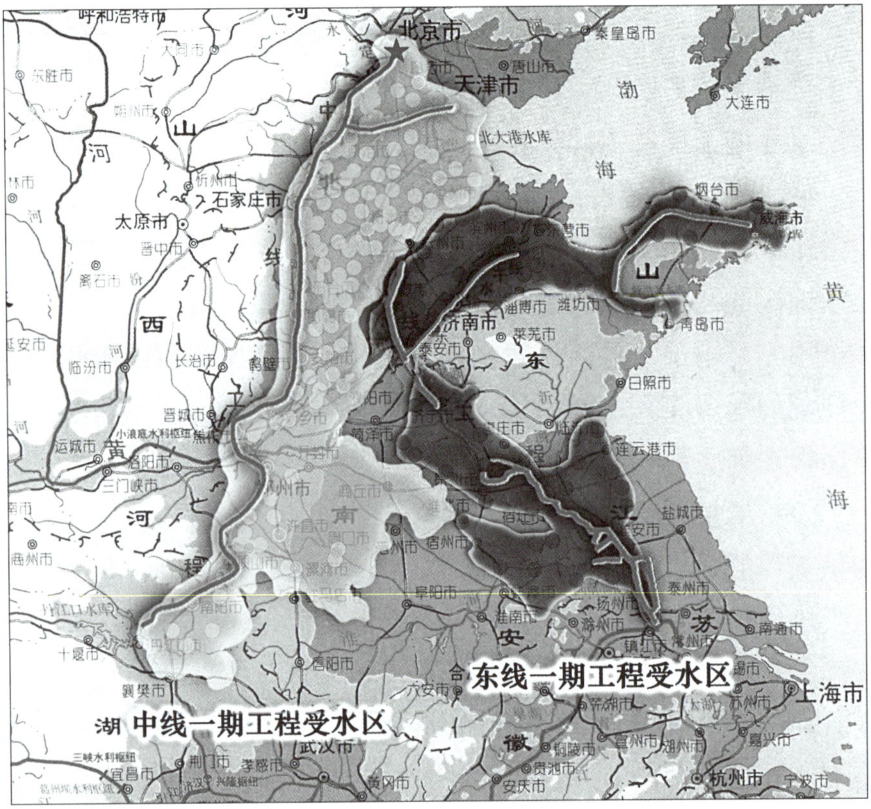


⊙南水北调东、中线一期工程受水区图

起到了至关重要的作用。

2000年以后，经过数十年论证，南水北调工程总体格局定为东、中、西三条线路，分别从长江流域下、中、上游调水。东线工程从长江下游的江苏省扬州市江都提水站抽引长江水，供水目标是江苏、山东、河北省和天津市；中线工程从汉江丹江口水库陶岔渠首闸引水，经黄淮海平原西部边缘沿京广铁路西侧北上，供水目标是河南、河北省和北京、天津市；西线工程在长江上游通天河、支流雅砻江和大渡河上游筑坝建库，开凿穿过长江与黄河的分水岭巴颜喀拉山的输水隧洞，调长江水入黄河上游。西线工程的供水目标主要是解决涉及青、甘、宁、蒙、陕、晋六省区黄河上中游地区和渭河关中平原的缺水问题。

2000年9月27日，国务院总理朱镕基在中南海主持召开座谈会，听取国务院有关部门领导和各方面专家对南水北调工程的意见。国务院副总理李岚清、温家宝，国务院秘书长王忠禹，全国政协副主席钱正英等同志出席了会议。座谈会上，我代表水利部对《南水北调总体规划》作了汇报，中国国际工程咨询公司董事长屠由瑞、国家计委副主任刘江，就南水北调中的有关问题进行了补充。我们分别汇报了近年来有关部门和专家对南水北调工程的调研论证结果和工程实施意见，并对东、中、西线调水方案进行了分析比较。张光斗、潘家铮、何璟、黎安田、鄂竟平、宁远等专家在会上发了言。他们一致认为，南水北调工程势在必行，应尽快开工建设，并对南水北调工程的建设原则、总体布局、实施步骤以及需要注意解决的重要问题，发表了许多中肯的、建设性的意见。

朱镕基总理在听取部门汇报和专家的意见后作了讲话。他

⊙2000年9月，钱正英（前右二）、张光斗（前右三）、潘家铮（前右一）、徐乾清（前右四）等院士、专家讨论《南水北调工程实施意见》

说：北方地区特别是华北地区缺水越来越严重，已经到了非解决不可的时候。实施南水北调工程是一项重大战略性措施，党中央要求加紧南水北调工程的前期工作，尽早开工建设。国务院将按照这个要求，周密部署，精心组织，加快工作进度。他强调说：解决北方地区水资源短缺问题必须突出考虑节约用水，坚持开源节流并重、节水优先的原则，要先节水后调水。目前，我国一方面水资源短缺，一方面又存在用水严重浪费的问题。许多地方农田仍是大水漫灌，工业生产耗水量过高，城市生活用水浪费惊人。因此，在加紧组织实施南水北调工程的同时，一定要采取强有力的措施，大力开展节约用水。要认真制定节水规划，明确节水目标，绝不能出现大调水、大浪费的现象。要建立合理的水价形成机制，充分发挥价格杠杆作用，逐步较大幅度提高水价，是节约用水的最有效措施。现行的水价过低，既不利于节约用水，也不利于供水事业的发展，必须坚决改革，理顺供水价格，促进节约用水。

朱镕基总理强调，水污染不仅直接危害人民的生活和身体健康，影响工农业生产，而且加剧水资源短缺，使有限的水资源不能充分利用。在开展南水北调规划和实施过程中，必须先治污后通水，加强对水污染的治理，如果不治理污染，就会出现调水越多污染越重，南水北调就不可能成功。

朱镕基总理指出，在规划和实施南水北调工程中，要高度重视对生态环境的保护，这个问题非常重要。生态平衡一旦遭到破坏，就会造成难以挽回的后果。特别是对于调出水的地区，要充分注意调水对其生态环境的影响，一定要在周密考虑生态环境保护的条件下才能实施调水工程，一定要做到先环保后用水。

朱镕基总理最后强调，南水北调工程的实施势在必行，但是各项前期准备工作一定要做好。关键在于搞好总体规划，全面安排，有先有后，分步实施。同时，要认真搞好配套工程的规划和建设。加快南水北调工程建设，现在条件基本具备，近期开始分步实施，经济实力可以承受。同时，加快一些重大基础设施建设，既可以有效拉动国内需求，开拓传统产业市场，又可以为经济持续发展增加后劲，促进经济良性循环。

朱镕基总理在南水北调工程座谈会上提出的先节水后调水，先治污后通水，先环保后用水，被从事南水北调工作的同志总结为“三先三后”总体原则，它为南水北调工程总体规划的编制和今后的工程建设、运行管理指明了方向，提出了明确要求，是指导南水北调工程的行动纲领。

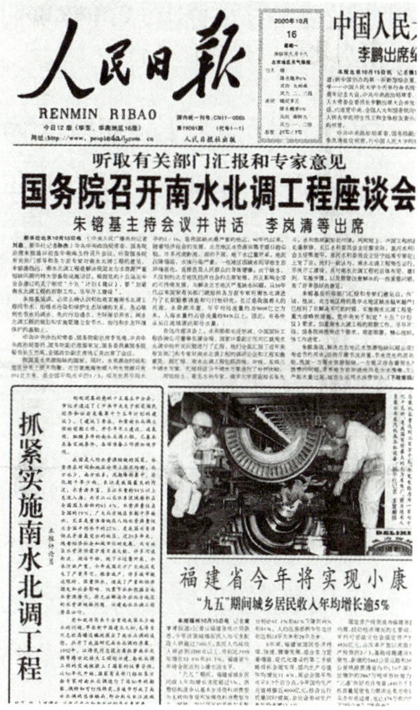
人民日报
RENMIN RIBAO
2000年10月
16
中国人民
李鹏出席
听取有关部门汇报和专家意见
国务院召开南水北调工程座谈会
朱镕基主持会议并讲话　李岚清等出席
抓紧实施南水北调工程
福建省今年将实现小康
“九五”期间城乡居民收入年均增长逾5%

⊙《人民日报》关于国务院召开南水北调工程座谈会的报道

根据朱镕基总理提出的“三先三后”的原则要求，水利部作为南水北调工程前期工作的主要承担部门在汪恕诚部长的领导下，在国家计委、财政部、环保总局等国务院有关部门及南水北调相关地方政府支持下，总体规划编制组征集相关专家、学者的意见，既充分利用多年来南水北调工程的规划成果，又结合改革开放以来经济社会发展的时代要求，汇集多方资源，凝聚形成共识，着力推动南水北调前期工作加快进展。在节水、治污环保、工程建设规模、体制等重大问题上，汪恕诚部长及部党组反复听取多方面建议，慎重研究，提出部门意见。结合南水北调受水区及调水区的水资源状况、经济社会发展状况、生态环境状况，水利部会同国家计委等部门研究提出编制南水北调工程规划的指导思想、规划目标和原则。

指导思想是：贯彻“从长计议、全面考虑、科学选比、周密计划”的方针，遵循水资源的自然规律和价值规律，正确处理跨流域调水与节水、治污和生态环境保护的关系；以水资源合理配置为依据，以生态建设和环境保护为根本目标，以提高用水效率为核心，统筹考虑调水区和受水区的生活、生产、生态用水；通过多方案科学比选，合理确定南水北调工程的调水规模、总体布局和实施方案；规划构建社会主义市场机制要求的工程建设管理体制和水价形成机制，以水资源的可持续利用，保障调水区、受水区经济社会可持续发展。

规划目标是：以2000年为现状水平年，2010年为近期规划水平年，2030年为中期规划水平年，并对2050年进行远景展望。到2010年基本缓解黄淮海平原及胶东地区城市严重缺水状况，到2030年基本缓解黄河上中游及河西走廊等重点地区的严重缺水状况。基本遏制因缺水引起的生态环境恶化的趋势，在黄淮海平原及胶东地区进一步提高城市供水保证率，生态环境得到明显改善。

规划工程的供水目标确定为以城市为主兼顾农业和生态用水，有效控制地下水超采和保护水资源。在规划制定过程中，以张光斗院士为代表的部分专家和同志多次提出调水支持农业的问题，在制订规划时，经充分研究形成的思路是：

第一，城市是现代经济社会发展最快的地方，城市经济社会与生态环境协调发展的矛盾日益突出，城镇化建设对水的需求更加迫切。

第二，要通过城市用水的置换来支援农村和生态。新中国成立初期以及上世纪七八十年代，人民群众投工投劳修建了很多水库，基本上是为农业服务的，城市扩张后挤占了这些水库及农业农村用水，如北京周边的密云水库、官厅水库等，按照中央提出的“工业反哺农业，城市支援农村”要求，应该把城市对农村、农业的这种挤占偿还农村农业。所以，在规划中要求南水北调工程向城市供水后，置换出城市挤占的农业用水及生态用水偿还农业及生态，同时利用污水处理后的中水支持农业。

第三，通过给城市供水可以回收工程建设资金。因为城市用水是要收费的，通过水费的收入可以减轻南水北调工程运行负担，同时提前利用城市水价的小幅提升，进一步促进节约用水。

在“三先三后”总体原则指引下，南水北调工程总体规划的编制应遵循六项基本原则。

一是正确处理跨流域调水与节水、治污和生态环境保护的关系。以节水为前提，治污为关键，改善生态环境为目标，认真做好节水治污和生态环境保护规划，统筹考虑调水区和受水区的经济社会生态协调、可持续发展。

二是以水资源合理配置为基础，确定工程的调水规模和总体布局。充分考虑南水北调工程的经济技术合理性、生态环境的可承受性以及区域的整体性，实现跨流域多水源、多目标水资源合理配置，使工程总体布局与生产力布局和生态环境保护相协调，使工程的调水规模与受水区的需调水量及调水区资源可承受能力相适应。

三是本着积极慎重的精神，制定工程建设方案，考虑需水量增长的动态过程，节水、治污配套工程的建设过程，生态恢复的实践过程，在统一规划前提下制定分期实施方案。

四是中央与受益区共同承担工程建设。认真研究工程建设资金筹集方案，进行多渠道融资，以减轻中央投资压力，研究小步快走提高城市水价筹集南水北调工程建设资金的可能性。

五是建立适应社会主义市场经济的工程建设管理体制和水价形成机制，为工程的顺利建设和良性运行创造条件。

六是坚持民主论证、科学比选、广泛听取认真分析研究有关部门、地方和专家的意见和建议，进行多方案比选，为南水北调工程总体规划奠定良好的技术基础和社会基础。

实践证实，南水北调工程规划的指导思想和基本原则，在后期的总体规划及工程建设中得到很好的贯彻并发挥了重要指导作用。

## 统筹兼顾全面安排南水北调工程总体规划

水利工程规划体现着水利工程建设的宗旨目标，规划着工程建设的布局和步骤，包含着工程资金的筹集、工程管理的方式论证，工程经济社会效益分析以及工程建设中的难点和重点。南水北调工程是缓解我国北方地区严重缺水局面，连通江、淮、河、海四大流域，优化水资源配置的重大战略工程，它的规划编制过程，实际上就是不断深化认识，不断研究论证，不断修改完善的过程。

根据党的十五届五中全会通过的《中共中央关于制定国民经济和社会发展第十个五年计划的建议》中关于“加紧南水北调工程的前期工作，尽早开工建设”的精神，以及中央领导的一系列重要指示，国家计委、水利部于2000年12月21日至23日在北京召开了南水北调前期工作座谈会，建设部、环保总局、中国国际工程咨询公司以及北京市、天津市、河北省、山东省、河南省、江苏省、湖北省政府的负责同志出席了会议。会议布署了南水北调工程的总体规划工作，要求沿线各省（直辖市）抓紧编制城市水资源规划，重点开展包括节水、治污、水资源配置和水价调整等内容的总体规划，把“三先三后”总体原则真正落到实处。总体规划要在认真做好水资源配置的基础上开展需调水量的预测与分析；依据统筹兼顾、全面规划、分期实施的原则，研究论证南水北调工程的总体布局和分期实施方案；按照社会主义市场经济体制的要求，进一步推进工程建设与管理体制改革。要通过南水北调工程的兴建，促进节约用水、水污染防治和生态系统修复，保障经济社会健康发展。

南水北调总体规划是一个宏大复杂的规划系统，总体规划是按照“节水治污”“资源配置”“总体布局”和“体制机制”四个部分进行的，每一部分又分由若干附件和专题研究支撑。

“节水治污”的工作重点是分析研究受水区和调水区的节水、治污及生态环境保护三大问题，编制《南水北调节水规划要点》《南水北调东线工程治污规划》《南水北调工程生态环境保护规划》，形成南水北调工程总体规划的三个附件。

“资源配置”部分的工作重点是论证水资源的科学配置方案，在充分分析北方地区水资源缺水现状，研究规划水平年需水要求，充分考虑节水治污挖掘当地水资源潜力后的需调水量的基础上，合理确定工程规模及方案，编制《南水北调城市水资源规划》《海河流域水资源规划》和《黄淮海流域水资源合理配置研究》，形成南水北调工程总体规划的三个附件。

“总体布局”部分的工作重点是通过多种方案的比选、论证，明确规划出工程的总体布局和实施方案，编制《南水北调东线工程规划》《南水北调中线工程规划》《南水北调西线工程规划纲要及第一期工程规划》和《南水北调工程方案综述》，形成南水北调工程总体规划的四个附件。

“机制体制”部分的工作重点是侧重研究南水北调工程的筹资方案、水价形成机制以及建设管理体制，编制《南水北调工程水价分析研究》和《南水北调工程建设与管理体制研究》，形成南水北调工程总体规划的二个附件。

在四部分成果所形成的12个附件和45项专题研究的基础上经综合分析精炼，形成《南水北调工程总体规划》。

《南水北调工程总体规划》与以往的规划相比较，主要有四个方面特点：

**一、把生态建设和环境保护放在更加突出的位置**

黄淮海流域是我国严重缺水地区，水资源供需矛盾日益尖锐，河道断流，河湖干涸，地下水超采，水体污染严重，因缺水引起生态环境的恶化严重制约了经济社会的可持续发展。为遏制黄淮海流域尤其是南水北调受水区生态环境继续恶化的趋势，南水北调总体规划的目标强调要改善和修复黄淮海平原和胶东地区生态环境，同时高度重视调水区的经济社会可持续发展和生态环境保护，科学合理地确定调水规模。

一是在调水规模上统筹考虑受水区的需要和调水区的可能，尽量缩小调水规模，保护调水区的生态环境。在南水北调中线沿线城市水资源规划中加大节水力度，充分挖掘当地水资源潜力采取多种措施抑制需水量的过快增长，把原规划的中线调水规模由原来的145亿立方米缩小到130亿立方米，一期工程95亿立方米。在调水量的分配上充分安排受水区河道生态用水和通水后严格控制超采地下水，有条件的地区和丰水时要进行地下水回灌补源，同时偿还由于干旱缺水挤占的农业用水和生态环境用水。

黄河总的径流量自有历史记录以来的平均水量是581亿立方米，但是这581亿立方米不能全部都用到生产、生活当中去。在规划中估算黄河总的可用水量为370亿立方米，留下210亿立方米保证黄河的冲砂及生态用水，占黄河径流量的36%，充分利用小浪底万家寨等其他水利工程，保证河道不萎缩、黄河不断流。淮河是个季节性河流，夏天洪水量很大，枯水期水量又很小，淮河流域有很多湿地，要考虑到淮河湿地保护、冲淤保港、河湖渗漏所需要的水量，为此，规划中为淮河生态安排50亿立方米的水量。还为黄淮海流域城市的生态环境用水留有17亿立方米，区域生态环境用水安排54亿立方米水量。

也就是说，在《南水北调工程总体规划》中，是把生态环境需水量作为一个很重要的方面予以考虑安排的。

其次，《总体规划》还充分考虑了地下水超采的问题。开始编制《总体规划》的时候，围绕调水规模，有关部门的同志始终有分歧。有的同志觉得规划的调水量太大了，他们认为，北方各地现在已经超采的这部分地下水量应纳入用水量平衡。但规划编制组认为，北方地区超采的地下水量实际上是相当大的，已经带来相当严重的生态问题和社会问题。超采地下水不能再继续，以前超采的也要尽可能给予回补，这是对生态环境的保护，也是对过度掠夺自然资源的一种制止。为此，《总体规划》中把南水北调工程通水后严格控制受水区地下水超采作为一项重要的规划目标，也是评估南水北调工程成效的重要方面。

南水北调一期工程调水量是184亿立方米，其中东线调水量89亿立方米，中线调水量95亿立方米。由于东线工程是借助江苏省原有的江水北调工程往北延伸的，江水北调工程原来每年的调水量就有50亿立方米，实际增加的水量是134亿立方米。在东、中线增加的134亿立方米调水量中，其中用于回补超采地下水占了36亿立方米，用于归还生态和农业（有些城市附近的水库原来是用于农业的，后改变用途用于城市供水）水量15亿立方米，两者加在一起有51亿立方米，占东、中线净增供水量的38%，考虑输水蒸发及渗透损失20亿立方米，东线增加江苏等地农业用水15亿立方米，东、中线受水区域净增城市供水量48亿立方米。从调水量的分配上可以充分看出对生态环境的重视和调水目标的坚守。

二是总体规划中详细编制了《南水北调东线工程治污规划》和《南水北调中线工程生态环境保护规划》，规划的指导思想是治保结合，综合治理。南水北调东线工程是从长江江苏段的扬州江都提水站提水，利用京杭运河通过13级泵站把水送到黄河，通过穿黄工程使长江来水穿越黄河后自流到鲁北、冀东、天津。东线利用京杭运河输水且与长江、淮河、黄河及沿线湖泊水系连通，原本的水质很差，骆马湖以北基本是国家地表水质标准四类甚至劣五类水。长江来水水质较好多是二类水，输水到了南四湖，如果优质的江水和当地污染严重的水混合，必将被污染，东线调水便成了污水北上。要想把长江水从江苏调到山东、河北，就必须进行沿线水污染治理。为此，《总体规划》中编制了《南水北调东线工程治污规划》。规划范围是江苏、安徽、山东、河南、天津、河北六个省市，包括23个地级市，105个县级市县城和城区，53个控制单元，还划分了河南、安徽规划区，输水干线规划区，山东天津用水区等8个控制区，以及水资源配制工程、流域综合治理工程、工业结构调整、截污导流工程等专项工程，形成综合治理、截污导流、中水回用一体化的治污工程体系。

在输水干线规划区，山东、天津用水区和河南、安徽规划区，分别实施清水廊道工程、用水保障工程和水质改善工程。这些工程一共是5大类、369项（一期工程296项），其中包括污水处理厂135家。在20世纪90年代，全国的污水处理厂还很少，污水处理率只有20%，但是在南水北调东线沿线和主要供水区，规划了135座污水处理厂进行重点区域治理，现在这些污水处理厂已经竣工投产，对东线水污染治理起到了重要作用。

另有截污导流工程33项。为什么要建截污导流工程呢？因为东线工程主要依靠原来的京杭运河输水，到了汛期，江苏、安徽等地必须依靠运河排泄洪水，也就是说，南水北调东线汛期是排洪不调水的，非汛期的时候，运河沿线河流也还是和运河相通，不隔断的话，河里的污水就会和调来的长江水混合。为保证调来的水不被污染，我们在东线工程沿线设置了33项截污导流工程，目的就是保证调水时沿线河流污水及污水处理后的中水与运河水隔绝。

此外，在工程中还规划了工业结构调整38项、工业综合治理150项、城市污水再利用、流域综合治理等工程。总投资是140亿元，其中有32亿元用来建设截污导流工程。应该说，南水北调工程是当时在水污染治理方面投入最大的调水工程。

东线工程成败在水质，治污是关键。当时也有不少同志对利用京杭运河输水表示深切忧虑。水利部有位老部长就曾对我说：老张，东线输水是否可以绕开南四湖，这样对水质改善有利，否则东线水质难以保证。国家发改委有的同志也提出沿京杭运河东侧修建渠道绕过南四湖的意见。东线线路为什么非得要经过污水汇集的南四湖，另建一条线路不就解决河流污染物汇入的问题了？在水利部汪恕诚部长领导下，部党组与从事规划编制的同志认真研究认为，新建一条渠道一方面要占很多土地，而山东和江苏都是经济发达地区，土地比较紧张，涉及拆迁很多的企业和民宅，京杭运河东侧又涉及大片煤炭采空区，新建渠道要采用较多的防渗漏、防塌陷等工程措施；另一方面就是考虑如果线路不通过南四湖，用另辟渠道的方法，那么京杭运河及南四湖的污染什么时候能治好！如果作为南水北调这么重大的国家项目，我们都对污染治理采取回避，那给人民群众一个什么样的信号和信心呢？对南水北调工程又是一个什么样的形象呢？实际上，说句实话，我心里也不是没有顾虑的，国家花那么多钱，假如治不好怎么办呢，如何承担起这个责任。但是也有另一个想法：假如我们这么重大的国家项目都不治理京杭运河及南四湖的污染，而是绕道而行，那么，还有哪个污染项目能治理呢？更别说能治得好了。当时就有闯一闯的想法，就是通过东线的水污染治理走出一条路子来，给全国的水污染治理树立一个榜样，给生态环境改善建立信心。当时我把这些想法跟山东和江苏的同志交流过，我说：咱们共同承担这个风险吧！

《南水北调东线工程治污规划》获得国务院批准，并把治污资金纳入了南水北调工程投资规模。规划实施后可保证黄河以南35个控制单元中的13个控制单元和黄河以北的12个控制单元全部实现污水零排放，使规划区COD（化学需氧量，是测量水体有机物污染的一项重要指标）负荷量比现状减少62%，氨氮（水体中的主要耗氧污染物）削减53%。黄河以南不能实现污水零排放的22个控制单元主要在南四湖和东平湖周边地区，要加强洸府河、大汶河的污染治理，制定区域水污染防治专项规划，以保证排污量小于水环境容量。

三是本着保护为主的原则，在采用长江水利委员会编制的《丹江口水库及上游水质保护与水土保持规划》部分成果的基础上重新编制了《南水北调中线工程生态环境保护专项规划》。规划覆盖陕西、湖北、河南、河北、山西、北京、天津31个地级以上城市。根据国家颁布的《中国功能区划》，丹江口库区1050平方公里范围被划定为水源保护区，库区及入库河流的水质被严格控制在地表水环境质量二类标准，同时在丹江口库区建立国家级

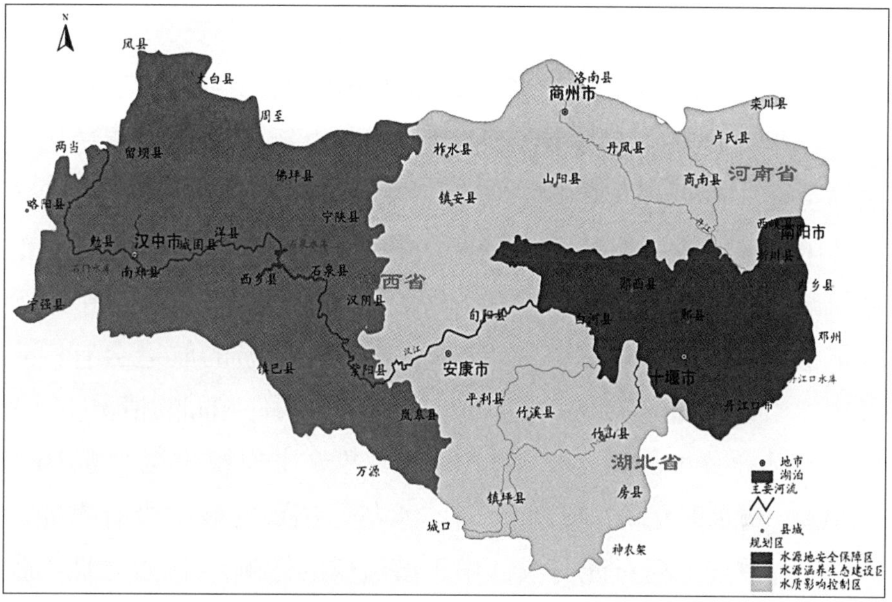


⊙丹江口库区和上游污染控制分区图

生态功能保护区，形成基本管控能力。规划要求湖北省十堰市、河南省淅川县削减COD1.65万吨／年，陕西省安康、汉中、商洛三市和勉县削减1.0万吨/年；至2010年库区及上游城市污水处理率达60%，治理水土流失面积3.3万平方公里，林业覆盖率达46.6%，减少土壤侵蚀量70%以上，基本实现丹江口库区及上游地区生态系统良性循环。

《丹江口库区及上游水质保护与水土保持规划》还提出了输水区保护措施，措施包括：加大饮用水地表水源保护力度，建立生态监测系统、施工期保护方案、运行期安全保护以及瀑河水库水源保护及生态建设，使水源地——丹江口水库的水质保护与引水沿线施工运行期的水质保护相协调，确保输水干线不被污染。

鉴于规划阶段水质状况与投资方面的原因，当时对《南水北调中线工程生态保护专项规划》只提出生态保护的目标要求和治理思路，并未把治理规划落实到项目上。

四是对汉江中下游及长江口生态环境的影响进行了全面评估。经研究论证，由于南水北调中线调水后，汉江中下游出现中等流量（800－1000立方米/秒）的天数减少20天，出现大流量（1000－3000立方米/秒）的天数减少100天，中等流量出现的时间减少可能会对下游河道的冲淤有影响。调水后汉江中下游多年平均水位下降0.29—0.51米，对汉江下游的航运会有一定影响，当调水量为130亿立方米时，在其他条件相同的情况下“水华”（淡水水体中藻类大量繁殖的生态现象）出现概率会增加10%—20%，调水95亿立方米时，对“水华”出现的概率没有增加。

针对中线工程可能对汉江中下游造成的影响，《南水北调工程总体规划》拟兴建兴隆枢纽工程、引江济汉工程及汉江中下游闸站改建工程和局部航道整治工程。工程实施后，通过丹江口水库

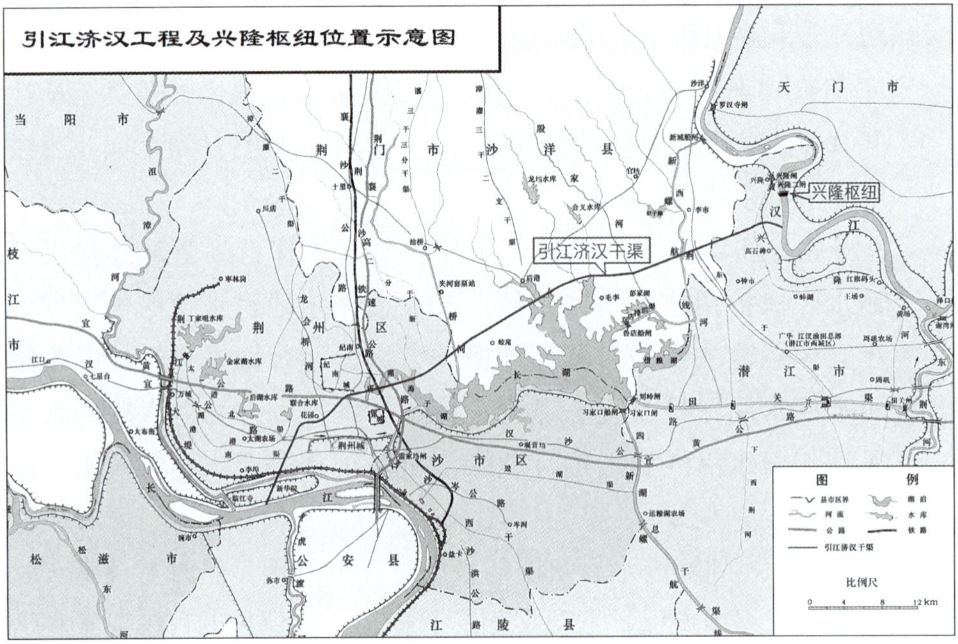


⊙引江济汉工程及兴隆枢纽位置示意图

的运行调度使汉江中下游流量不低于490立方米/秒，沿江两岸供水保证率提高1.3%—21.5%。引江济汉工程建成后可为汉江下游年增加流量500立方米/秒，从宜昌到武汉水上航运可减少200公里，从襄阳到荆州可减少600公里，汉江下游多年平均水位抬高0.15—0.3米，枯水年的枯水期将抬高1.5—2.5米，基本消除了南水北调中线工程对汉江中下游的影响。

研究表明，鉴于南水北调总调水规模448亿立方米，占长江多年平均入海流量的5%，占枯水期入海流量的7%，对长江入海口水量影响不大。由于长江三峡、洞庭湖、鄱阳湖等一系列水库湖泊的调节作用，对长江口基本没有影响，不会引起海水倒灌。

《南水北调工程总体规划》的研究编制论证过程就是对调水区和受水区由于调水带来的生态环境影响分析论证的过程，也是采取多种措施把对生态的影响减到最小、使生态效益发挥到最大的过程。研究结果表明，对受水区而言，南水北调工程对生态环境的影响多是正面的和积极的；对调水区而言，通过有效的工程措施和管理措施是可以把影响消减到最小，而把工程的社会、经济、生态效益发挥到最大。

二、在水资源合理配置的基础上确定调水规模

南水北调工程究竟应该调多少水？时任国务院副总理温家宝在南水北调开工仪式上引用恩格斯的一段话说："我们不要过分陶醉于我们人类对自然界的胜利。对于每一次这样的胜利，自然界都对我们进行报复。""因此我们每走一步都要记住：……我们对自然界的全部统治力量，就在于我们比其他一切生物强，能够认识和正确运用自然规律。"遵循自然规律在保护中开发利用，在利用中加强保护是南水北调工程总体规划工作的重要原则。我国水资源状况是北方水少，南方水多；南

方水多为患，北方水少干旱。如何在充分遵循自然规律的基础上，在保护中进行开发，实现水资源的优化配置，通过水环境的改善，修复恶化的生态环境，保护良好的生态环境。那就不能说北方需要多少水就调多少水，必须以调水区的生态环境保护为前提，以南水北调工程促进北方受水区加大节水、治污、环保力度为目标，进行统筹规划合理配置。

《南水北调总体规划》在充分考虑节水、治污、挖潜的基础上本着温家宝副总理提出的适度偏紧的要求，合理配置受水区的生活、生产、生态用水。经反复论证，东、中、西线多年平均调水规模为148亿立方米、130亿立方米和170亿立方米，合计448亿立方米。

水资源合理配置的目的是实现水资源可持续利用，支持和保障经济社会可持续发展，即有利于提高缺水地区水资源的承载能力，增强经济发展后劲，有利于遏制并逐步改善日益恶化的生态环境，有利于调水与受水地区间经济社会和环境的协调发展。

要做好水资源的合理配置，首先必须做好多层次的水资源供需分析，合理确定受水区的需调水量。南水北调总体规划编制组分别安排了《南水北调城市水资源规划》《海河流域水资源规划》和《黄淮海流域水资源合理配置研究》，分别从城市区域、流域和更大范围的黄淮海流域加强节水、治污及当地水资源潜力分析研究。

首先明确规划的边界条件，根据有关部门的预测：黄淮海流域到2010年净增人口0.48亿，城市化率达45%，到2030年再增人口0.56亿，累计增加人口1.04亿，城市化率50%。预计2001年至2010年国内生产总值增长率7.0%，2011年－2030年国民经济总产值年增5.4%。随着农业的发展，2030年要新增灌溉面积4.5亿亩，农业灌溉系数增加到0.50。南水北调受水区人均用水定额2010年243升／日，2030年增加至285升／日。尽管有些数字的预测现在看来是保守的，2010年前的GDP增速不止7%，2011年—2030年也应不止5.4%，但是如果没有一个计算的边界，各地的需水量就难以测算。在明确边界的基础上主要做了以下几项工作。

一是在《节水规划》中，南水北调东、中线工程受水区农业、工业、城镇生活三个方面经多种节水措施后2010年可实现节水39亿立方米，其中农业、工业、城镇生活节水量分别为19亿立方米、14亿立方米和6亿立方米，到2030年实现再节水37亿立方米，其中农业、工业和城镇生活分别为25亿立方米，7亿立方米和5亿立方米。为实现上述规划节水目标，需要分阶段投入较多的资金，而且随着节水工作的深入，节水难度和单位节水量的投资也会随之增加。

二是在《南水北调城市水资源规划》和《黄淮海流域水资源合理配置研究》中，对城市污水处理和再生利用进行了专项研究，并把污水资源化作为水资源配置的组成部分。

根据南水北调工程水资源规划成果，南水北调东、中线受水区河北、河南、山东、江苏、北京、天津六省（市）2010年主要城市污水排放量为118.8亿吨，2030年将达到169.5亿吨，规划2010年、2030年城市污水处理量分别达到90.6亿吨／年、140.4亿吨／年，污水处理率分别达到76.3%、82.8%。鉴于我国的国情及水源条件，污水处理后的中水难以全部回用，大部分处理后的中水用于生态和工业循环用水，受水区六省（市）2010年、2030年中水回用量分别达到38亿立方米和60亿立方米，再利用率为42%。

在《南水北调城市水资源规划》中，对挖掘当地水资源潜力也进行了深度分析。鉴于南水北调东、中线工程受水区水资源利用率多已超过合理水平，只有在淮河流域少量地区还可利用部分地下水资源，其次则是利用雨洪资源、污水处理后的中水资源以及沿海城市海水淡化等方式增加自身水资源的供给能力。规划预测2010年在多种措施综合利用下，可挖潜当地水资源7亿立方米，到2030年可再增加8亿立方米，当然这些当地水资源的挖掘，既是不均衡的，也是要付出较大成本的。

三是编制《地下水控制开采规划》。地下含水层不仅是天然的地下水库，还是重要的水资源战略储备，更是维系良好生态环境的重要保障。南水北调东、中线工程受水区，地下水已成为维持当地经济社会发展的主要供水水源之一，城市地下水开采量为83亿立方米，其中超采量为36亿立方米。根据《南水北调城市水资源规划》，在中线一期工程通水后，由于有了新的水源以及污水处理后回用率的提高，在2011－2030年间，地下水控制开采量为48亿立方米，是现状开采量的58%，城市超采的36亿立方米地下水将被南水北调水所替代。到2030年东线三期及中线二期通水后，地下水超采量还将大幅下降。

四是进行需水量预测及需调水量分析。通过《黄淮海流域水资源合理配置研究》《海河流域水资源规划》以及《南水北调城市水资源规划》，在充分考虑节水、治污的情况下，2010年和2030年黄淮海流域生活、生产和生态需水量分别为1636亿立方米和1819亿立方米，比现状水平2000年新增131亿立方米和314亿立方米。

南水北调东、中线工程受水区现状节水水平普遍高于全国平均水平，人均生活用水量比全国同类城市低12.8%—29.4%，工业用水量重复利用率高于全国平均水平16个百分点。在进一步开发利用当地水资源，充分考虑节水和污水再利用，逐步控制地下水超采和遏制生态环境继续恶化的条件下，测算2010年、2030年东、中线工程受水区城市缺水量分别为112亿立方米和191亿立方米，其中生活需水量随着城镇化水平的提高、人口增加及人均用水标准有所提高会有所增加；工业在控制新增大耗水项目、加大工业结构调整、改革技术工艺、提高用水重复利用率的基础上，仍会有所增加，但增速有所下降；农业增加用水量主要依靠节约用水、提高水的利用率解决；生态用水主要是减少地下水超采，补充河道基流和冲沙输沙水量，城市河湖补水，保护下游部分湿地及水土保持，需用水量有较大增加。

根据城市水资源规划成果及受水区生态环境承受能力，在考虑加大节水力度，加强污水处理再利用，控制地下水超采，调整水价以及加强管理的条件下，调水规模应适度从紧，供水量应相对稳定，既满足2010年需要，又留有余地，以及便于后期工程顺利衔接。经国家有关部门、受水区、调水区省市协调一致，建议东、中线一期工程新增调水规模134亿立方米，其中东线一期工程新增供水量39亿立方米，中线一期工程新增供水量95亿立方米。此水量又进一步在沿线各省（直辖市）间进行了分配。

**三、南水北调工程建设实行统筹兼顾，全面规划、分期实施**

在南水北调工程五十年的论证过程中，对建与不建南水北调工程持不同意见的较少，对如何建设南水北调工程却意见分歧较大，尤其是在调水规模路线选择、工程形式以及建设先后顺序上意见相左，但不同意见都是出于如何使南水北调工程更能发挥对经济、社会、生态可持续协调发展的保障作用，如何更能结合国家综合实力和地区缺水需求。其出发点都是为国为民，正面积极的。

在全面听取各方面意见的基础上，南水北调工程总体规划编制组提出东、中、西三条调水线路的总体布局和分期建设建议：

南水北调东线工程从长江下游扬州附近江都提水站抽引长江水，利用京杭大运河以及平行的河道逐级提水北送，并连通起调蓄作用的洪泽湖、骆马湖、南四湖、东平湖，出东平湖后一路向北在位山附近经隧洞穿过黄河，经扩挖现有河道进入南运河自流到天津，输水主干线全长1156公里；另一路向东通过胶东地区输水干线经济南输水到烟台、威海，全长701公里。

东线工程输水线路的地形是以黄河为脊背向南北倾斜。黄河以南需新建或在原江水北调工程基础上扩建13级泵站，总扬程65米，输水线路通过洪泽湖、骆马湖、南四湖、东平湖，两个相邻湖泊之间的水位差均在10米左右，拟建三级泵站。南四湖下级湖与上级湖之间建一级泵站，规划新建（扩建）水泵51台，新增装机总容量52.9万千瓦。

东线工程规划分三期建设，一期工程主要向山东和江苏供水，多年平均抽水量89亿立方米，扣除现在江水北调的能力后增加抽江水量39亿立方米，其中江苏增加19.2亿立方米，山东16.8亿立方米，安徽3.3亿立方米。工程以治污为主，实现东平湖水质稳定达到国家地表水三类水质标准。一期工程静态投资估算320亿元，其中治污资金140亿元。

东线二期工程是在一期工程的基础上扩建，一方面延长输水线路至河北东南部的沧州、衡水和天津市，扩建黄河以南部分工程；另一方面是以河南、河北、天津治污项目为主，继续完成东线治污工程，实施安徽治污项目。二期工程实施后，扩大抽水规模至106亿立方米，累计新增抽水规模56亿立方米，二期工程估算静态总投资210亿元，其中治污投资120亿元。

东线三期工程是在前两期工程的基础上进一步推进全线水质

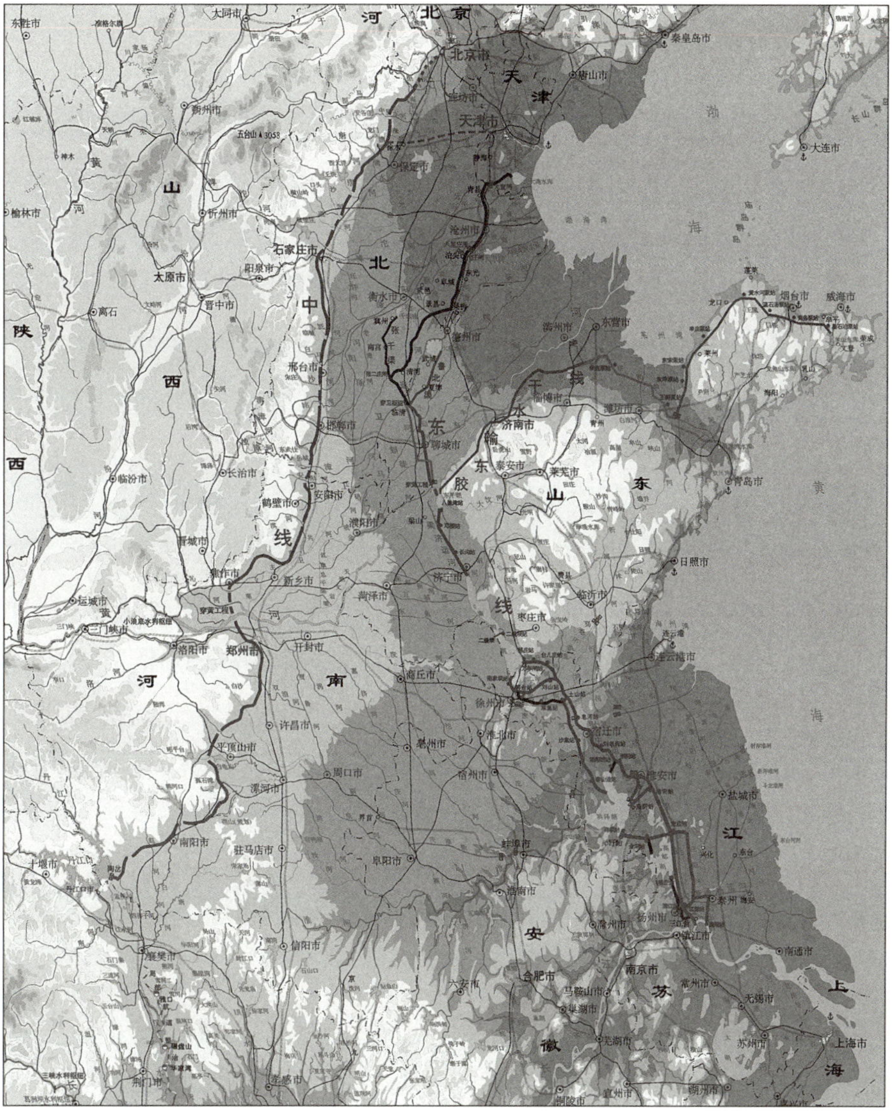


⊙南水北调东、中线一期工程项目（单项工程）示意图

稳定达标，继续扩大抽水规模和输水规模。多年平均抽江水达到148亿立方米，其中累计新增抽水量98亿立方米，三期主体工程投资估算约120亿元，工程完全实施后向山东供水37亿立方米，向河北省天津市各供水10亿立方米。

南水北调中线工程规划是在加高汉江丹江口水库大坝14.6

米，增加库容116亿立方米的基础上（加高后的大坝高176.6米，总库容290.5亿立方米），从长江支流汉江丹江口水库陶岔闸首引水，沿线开挖渠道，经唐白河流域西部过长江流域和淮河流域分水岭方城垭口，沿黄淮海平原西部边缘在郑州以西孤柏咀穿过黄河，沿京广铁路西侧新建渠道自流到北京、天津，输水总干线长1267公里。从河北徐水向东新建暗涵引水到天津，干线总长154公里。

中线工程规划分二期建设，第一期工程是汉江丹江口水库按正常蓄水位170米一次性加高，并随着蓄水位抬升分期安置库区移民；兴建1267公里输水总干线和154公里天津干线，分别引水到河南、河北、北京、天津，多年平均调水量95亿立方米（其中河南37.7亿立方米、河北34.7亿立方米、北京12.4亿立方米、天津10.2亿立方米）；建设穿黄工程向黄河以北输水水量63亿立方米；兴建汉江下游兴隆水利枢纽，引江济汉，改扩建部分闸站，进行局部航道整治；改扩建瀑河水库；加强汉江上游水污染防治和水土流失治理。一期工程静态总投资估算920亿元。

中线二期工程拟在一期工程的基础上扩大输水能力35亿立方米，利用原渠道扩建或采用管涵输水形式，使平均多年调水规模达到130亿立方米。二期工程静态总投资估算250亿元，根据调水区生态环境的影响和受水区经济社会发展需求，在汉江中、上游修建必要的水利枢纽，确定从长江向汉江补水的方案和时间。

南水北调西线工程规划从长江上游通天河支流雅砻江和大渡河上游筑坝建库，开凿穿越长江与黄河分水岭的巴颜喀拉山输水隧洞，调长江水入黄河上游。

西线工程规划分三期建设。一期工程达曲—贾曲线由五坝七洞一渠串联而成。五坝即规划在大渡河支流阿柯河、麻尔曲、杜柯河和雅砻江支流泥曲、达曲五条河流上分别建设五座水库，依据河流及地形，建设总长度244公里引水隧洞（其中达曲—泥曲段长14公里，泥曲—杜柯河段长73公里，杜柯河—结埌段长33公里，结埌—麻尔曲段长3公里，麻尔曲—阿柯河段长55公里，阿柯河—诺果郎段长16公里，诺果郎—贾曲段长50公里）最大洞长73公里，最大的引水隧洞洞径9.58米。一渠即隧洞出口贾曲到黄河16公里的渠道输水线路，总长260公里，年均调水量40亿立方米，工程静态总投资估算470亿元。

西线二期工程阿达—贾曲线。规划在雅砻江干流上建阿达引水枢纽大坝，坝高193米，水库库容50亿立方米，引水到达曲，接达－贾线平行布置建设隧洞把水引到黄河支流贾曲，并由贾曲建明渠16公里输水到黄河，输水线路总长304公里，其中隧洞288公里，明渠16公里，年均调水量50亿立方米，主体工程静态总投资估算640亿元。

西线三期工程，侧坊—雅砻江—贾曲线，规划在通天河上游侧坊建引水枢纽，大坝坝高273米，输水到德格县浪多乡汇入雅砻江顺流而下汇入阿—达引水枢纽，布设与阿—贾自流线路平引的引水隧洞引水到黄河贾曲。侧坊到雅砻江河段引水长度204公里,其中两条隧洞平引布置，每条隧洞202公里，分七段，明渠2公里。雅砻江—黄河贾曲段线路与阿—贾自流引水线路相同，长度304公里，年均调水80亿立方米，主体工程静态投资估算1930亿元。

南水北调总体规划调水线路分东、中、西三条，是多年来若干方案比选完善形成的。调水工程分期建设是根据对调水区生态环境的影响、受水区经济社会发展需求、国家投资能力和前期工作深度等因素，本着先急后缓、先易后难、先低后高（高程）先少后多（投资）的原则，统筹安排，综合考虑提出的。先行建设东线一期工期及中线一期工程，这个安排可以缓解经济较发达、人口密集、城市化率较高的东、中部工程受水区江苏、山东、河南、河北、北京、天津六省（市）水资源严重短缺的局面，促使受水区节水治污和严格控采地下水，同时给调水区的生态环境保护和经济社会发展留有余地。积极慎重分期建设也解决了前期工作深度不一，东、中线工程谁先谁后建设的长期争论，我认为是一举多得的最优选择。

**四、建立适应社会主义市场经济体制改革要求的建设管理体制和水价机制**

南水北调工程的规划工作曾长期在计划经济下进行，规划本身难免渗透着计划经济的色彩：调水规模主要考虑的是满足受水区需求，工程投资由国家拨款，工程建设由政府负责，对南水北调水的使用也是廉价甚至无偿的。实行社会主义市场经济体制后，如何使南水北调工程规划满足市场经济体制的要求，如何通过调水工程促进受水区的节水、治污和生态环境保护，如何在工程建设中保证工程质量优良、速度可控、成本降低，如何在工程建成后，安全、可靠、良性运行，长期发挥工程效益，让库区移民得到妥善安置，生活富裕，调水区经济社会发展，生态环境良好，水质长期稳定达标，这些问题都要在总体规划中认真研究，提出妥善解决的方案。

一是创新南水北调主体工程建设与管理体制，确定政府宏观调控，准市场运作、现代企业管理、用水户参与的建设管理机制。

南水北调工程是全国水资源配置的战略工程，要协调好调水区与受水区以及受水区之间的关系，正确处理好防洪减灾与供水的关系，处理好工程建设与节水治污、生态环境保护、征地移民的关系，因此其建设管理体制必须突出并加强政府宏观调控的作用。

在社会主义市场经济体制下，南水北调工程既不能沿用计划经济下的“政府出钱建设，用水户无偿用水”的传统做法，造成大调水大浪费，又不能采取完全市场化的市场配置，那会使用水户无法承担高昂的水价，令投资者望而却步，因此必须积极探索和逐步建立水的“准市场”配置和管理体制。

南水北调主体工程跨越多个省市，投资主体多元，工程形式多样，有相当部分工程是在现有工程基础上扩建的，既有增量资产，又有存量资产，工程项目既有公益性质又有经营性质，只有做到产权清晰，经营主体实行现代企业制度，才能协调好各方面的关系，才能充分发挥市场机制在控制工程投资、降低运行成本、提高用水效率、促进节水治污等方面的作用。

南水北调的用水户基本上是受水区的城市，有关地方政府既是出资人又是受益者，以省（直辖市）为单位的用水户参与南水北调的工作，关心工程的成效，保障工程的建设和运行，形成利益共享、风险共担的机制，有利于工程建设和运行管理，有利于各种矛盾的协调和解决。

二是中央和地方共同建设，按需水量多少筹集地方资本金。

南水北调工程投资规模大，建设周期长，社会效益、生态效益、经济效益明显。中央政府应加大资金支持。南水北调工程规划中建议实行资本金制度，通过提高现行城市水价，建立南水北调基金，中央资本金由中央政府拨款、国债和中央分享的建设期南水北调基金组成；地方资本金为地方分享的建设期南水北调基金。工程建设投资其他部分利用贷款筹措，贷款本息由工程运行后的水价及延长征收的南水北调基金偿还。

三是组建有限责任公司作为南水北调主体工程的项目法人，实行政企分开、政事分开，由项目法人对工程建设、运营、管理、债务偿还和资产保值增值全过程负责。

南水北调总体规划提出了东、中线一期工程组建项目法人的方案，可是由于地方筹集的南水北调基金迟迟不能到位，经国务院南水北调工程建设委员会同意，中线一期工程先行建立南水北调中线工程建设管理局及南水北调中线工程水源公司；东线一期工程分别委托江苏省、山东省组建南水北调东线工程江苏有限责任公司及南水北调东线工程山东有限责任公司，负责东线一期工程江苏及山东境内的工程建设，待条件成熟时再行组建南水北调中线工程有限责任公司以及南水北调东线工程有限责任公司。兴隆枢纽、引江济江等汉江中下游工程则由湖北省负责组建项目法人负责工程建设管理和运行。

四是按照“还贷、保本、微利”的原则，测算和实行两部制水价。

水价是水资源配置的重要手段，合理的水价形成机制有利于节约用水和提高水资源利用效率，而过高的水价又会使用水户难以承受，从而减少或拒用南水北调水，因此南水北调总体规划专项进行了工程水价分析研究。

研究依照“还贷、保本、微利”的原则反复测算了东、中线一期工程由引水口门至分水口门的工程水价，同时对分水口门至各地自来水厂的水价也进行了测算。水价包括工程建设成本、运行成本、运行管理费用等，考虑到准公益的性质，在南水北调水价计算中，暂不计水资源费，资本金利润率1%，远低于银行贷款利率，所得税按利润总额的33%计算。根据供水量和供水距离逐段分摊投资，进行成本分析，提出了南水北调东、中线一期工程输水干线分水口门的预测水价。但随着可行性研究阶段的投资变化和建设阶段的工程成本增加，在东、中线工程通水时，水价已经发生了较大的变化。

为控制调水规模，促进节水，降低工程成本，提高水的利用率，南水北调工程总体规划中提出实行两部制水价，即容量水价和计量水价。容量水价用于补偿供水固定成本，按规划配置的多年平均调水量由用水户足额缴纳。容量水价的原则是根据沿线省（市）承诺的需调水量确定的工程建设规模，不管用不用水都将缴纳，它一方面抑制了地方政府对水量的过度需求，承诺的需调水量不仅要支付更多的南水北调建设基金，也要支付更多的容量水费；另一方面也是对工程运行固定成本的一种保障。

第二部分是计量水价，它是用于补偿供水的变动成本，按每年实际供水量缴纳。同时规划还提出了各地根据水资源配置和经济社会发展情况，逐步实行定额水价、阶梯水价及超量累计加价的政策要求，用经济手段加强水资源管理。

水价分析中还对经过配套工程、自来水厂及配水管网到用户的水价及居民、工业企业水价承受能力进行了分析，分析结果表明，南水北调主体工程可以实现良性运行。

在几十年南水北调前期工作基础上编制的《南水北调工程总体规划》的四个特点，充分体现了朱镕基总理提出的“三先三后”总体原则，体现了节水为前提，治污是关键，改善生态环境为目标的调水理念，体现了以南水北调工程经济技术合理性、生态环境的可承受性以及多区域、跨流域、多水源、多目标的综合性统筹兼顾、全面规划的要求，体现了既积极又稳妥最大限度发挥南水北调工程经济效益、社会效益、生态效益的精神，总之，体现了社会主义市场经济条件下在水资源的自然规律与社会发展规律上的有机融合。

事实证明，《南水北调工程总体规划》随着时代的发展更科学，随着理念的创新更合理，随着工作的深入更完善，随着不同意见的交流交融更切合实际，更被调水区、受水区的地方政府和人民群众所接受。

## 科学论证 反复比选 优化工程建设方案

毛泽东提出南水北调的宏伟设想后，受到国内各界人士的广泛关注，纷纷献计献策。在党中央国务院领导下，以水利部为主的国家有关部门和单位做了大量调查研究、勘测规划、设计论证的工作，提出从长江下中上游分别引水的东、中、西线三条调水线路，社会各界也提出了一些替代方案或设想，包括增加和改善功能的意见约一百多种。

追溯南水北调规划的研究论证历程，大致可分为五个阶段，即1952－1959年的探索阶段，1972－1979年以东线工程为重点的规划阶段，1980－1984年的东、中、西线规划研究阶段，1985－1998年的工程论证阶段，1999－2001年的总体规划阶段。20世纪60年代南水北调研究工作由于“文革”的原因基本处于停顿状态。

就东、中、西调水方案的研究论证，随着不同时期经济社会发展和研究工作的深入，又有若干不同的方案。就东线工程而言，就有《1976年规划报告》方案——过黄河到天津，《1983年可研究报告》方案——进东平湖不过黄河，《1990年修订规划》方案——过黄河到天津、北京，《1992年修订可研报告》方案——过黄河到天津和北京，《1996年论证报告》方案——过黄河到天津供胶东以及《2001年修订规划》方案——过黄河到天津，分供烟台、威海。此外还曾研究了过黄河起步方案、抽江过黄河到天津向白洋淀分水方案、胶东供水滨海线以及运西线、引江济淮工程等。在几十年的多方案研究中，京杭大运河线始终是南水北调东线工程最为成熟的一个方案，其布局及供水方向、大致范围几十年来基本没有发生变化，已取得了水利界及社会的广泛共识。

就中线工程而言，可分为水资源工程建设方案、总干渠线路布置与选择方案。在水源工程建设方案中，就丹江口水库建设就曾提出并研究过丹江口大坝不加高方案（包括不降低死水位和降低死水位两方案）、丹江口大坝按正常蓄水位加高170米方案、丹江口大坝按正常蓄水位161米加高方案，以及从三峡水库引水及坝下长江干流引水两类方案。其间长江水利委员会曾多次研究龙潭溪引江方案、香溪河长隧洞换水方案、大宁河一级提水设想、大宁河二级抽水设想以及香溪河扬水设想。在总干渠线路的布置和选择中，对黄河以北线路又进行了高线、低线以及高低线相结合的比较；对穿黄工程又进行渡槽和隧洞两个方案的比选；在隧洞及渡槽方案中同时进行了不同位置和线路的比较。

经过多方案的比选、梳理、归纳，总体可以归纳为丹江口水库不加坝明渠输水方案，丹江口水库加坝明渠输水到北京、天津方案，丹江口大坝不加高全线管涵输水方案，丹江口大坝加高明渠结合部分部分管涵输水方案，以及黄河以北高线、低线方案。经多年研究论证反复比选，南水北调中线工程方案日趋成熟。

中线工程方案基本明确了应以缓解京、津、华北地区缺水，改变日益恶化的生态环境为主要目的，近期以工程沿线城市为主要供水目标，选择从丹江口水库大坝加高，明渠结合部分管涵的输水方式引水，供水范围比较合理，方案也较经济，技术可行，水质有保证，其经济社会环境效益明显。

西线工程其方案更为多样，就其代表方案可分为初期、中期、超前期和规划阶段研究的主要方案。初期研究的代表性方案有金沙江玉树—积石山方案、金沙江石鼓—渭河方案和宏江沙布—定西方案。中期主要研究自通天河、雅砻江、大渡河三条河上游调水至黄河的方案，主要代表性方案有雅砻江热巴—贾曲联合调水方案、通天河联叶—贾曲联合调水方案、通天河歇马—约古宗列曲方案、雅砻江宜牛—热曲方案，以及大渡河年弄—沙柯河方案。超前期研究阶段先后研究了38个自流方案和119个抽水方案，有代表性的方案8个，其中自流方案5个：从通天河引水的褐马—扎陵湖方案、联叶建设方案、日加—雅砻江—黄河水系；从雅砻江引水的温坡—黄河方案和长须—恰恰弄方案。抽江方案3个：从通天河引水的治家—多曲方案、雅砻江引水的长须—达日河方案、大渡河引水的斜尔朵—贾曲方案。

1996年以后西线工程进入规划阶段，对西线工程的布局、可调水量、供水范围和工程方案都进行了深入的研究。经过分析比较，在30多个引水线路中选择出有代表性的线路12个，其中大渡河3个、雅砻江5个、通天河4个。

大渡河（含雅砻江支流）代表性调水方案中，自流方案2个、抽水方案1个，分别是上—贾自流方案、达—贾联合自流方案、斜—贾抽水方案。雅砻江代表性调水方案中，自流引水方案4个，抽水方案1个，分别是长—恰自流方案，仁岗自流方案、仁—章自流方案、阿—贾自流方案和长—达抽水方案。通天河调水代表性方案中，自流方案3个，抽水方案1个，分别是日—雅—岗自流方案、日—雅—章自流方案、侧—雅—贾自流方案及治—多抽水方案。

各阶段的调水方案涵盖了西南地区的主要河流，引水高程从

2000米左右到4400米以上，调水量从20多亿立方米到1400亿立方米，引水线路有自流也有抽水，调水长度从20多公里到几千公里，输水形式有明渠又有隧洞。在对前三个阶段数百个方案进行认真分析研究的基础上，提出了规划阶段有代表性的12个方案，经过技术经济比较，认为大渡河的达—贾联合自流方案、雅砻江的仁—章自流方案和阿—贾自流方案、通天河的日—雅—章自流方案和侧—雅—贾自流方案较优。

本着先低后高、先易后难、先小后大的原则，对三条河5个较优的调水方案进一步分析论证，并进行方案组合，推荐从大渡河及雅砻江支流引水的达—贾联合自流线路，从雅砻江引水的阿—贾自流引水线路和从通天河引水的侧—雅—贾自流引水线路作为联合调水的西线南水北调工程方案，并选择达—贾联合调水线路为一期工程，调水40亿立方米，阿—贾自流调水线路为二期工程，调水50亿立方米，侧—雅—贾自流调水线路为三期工程，调水90亿立方米，三期工程总调水量为170亿立方米。经比较推荐的南水北调西线联合调水方案还对各期工程的工程布局、引水工程型式、工程量及投资估算进行了规划和分析。

调水线路的比选只是从宏观上对调水布局的一种规划和安排，在每条调水线路中，还有诸多不同的路段、建筑物及构筑物。在具体线路的规划设计中，对局部线路的选择，建筑物的型式，穿越河流、铁路及其他已建工程的方式又都会有诸多不同方案的比较选择，因此，可以说南水北调工程方案的选定是多层次、多方位、多因素的系统网络性的优化比较，是在水资源供需平衡、生态环境保障条件、工程技术成本分析、工程运行安全高效等诸多方面的好中选好，优中选优。

南水北调工程长期的论证过程，充分体现南水北调工作者及社会各界对国家、对民族、对未来的责任担当，充分展现了广大水利工作者和一代又一代南水北调人的聪明才智、奉献精神，充分表明了水利工程是自然科学和社会科学完美的结合，只有深入实际求真务实几十年如一日的不懈努力，才可能取得成功。在南水北调漫长的规划论证中，成千上万的南水北调工作者奉献出青春热血甚至生命，来之不易的规划成果是他们心血的结晶，是我们民族的财富、祖国的光荣。现在及今后我们所做的一切，都是对老一辈南水北调人所从事的伟大事业的继承和发展，我们应该永远铭记他们为这一惠及当今、造福子孙后代的工程所创建的丰功伟绩。

在《南水北调工程总体规划》报送前后，我经历了后期的论证过程，有几件经历的事，久久难忘。

中线穿黄工程是南水北调的咽喉、工程建设的关键，围绕着河上渡槽方案及河底隧洞方案，长期以来有不同的两种意见。为做好方案的优选比较，水利部部署长江水利委员会（下称长江委）重点研究隧洞穿黄方案，同时研究渡槽穿黄方案；部署黄河水利委员会（下称黄委会）重点研究渡槽穿黄方案，同时研究隧洞穿黄方案。两个单位都要把不同方案作到同等设计深度，以便论证比选。接到任务后，两个委员会的设计单位开展了全面深入的勘测设计和专题研究工作。

2000年夏，我出差到湖北武汉，时任长江委设计院院长的钮新强带领部分设计人员赶到我的住地，同时带来了他们的设计成果。在不大的房间里，张张图纸铺在地上，我和水利部规划司的同志在昏暗的灯光下，趴在图纸上听设计人员的汇报。从地质勘探到结构设计，从型体尺寸到不同方案的优缺点，几个小时下来，我们又围坐在成堆的设计资料旁，认真地听取意见和建议。

事后，时任长江委主任的蔡其华又专程找到我，并要求到水利部汇报。黄委会同志知道此事后，也急切地报告他们的工作成果。

方案之争也惊动了时任国务院总理的朱镕基同志。2001年秋，我陪同朱总理视察河南，在总理乘坐的中巴车上，大家漫谈起南水北调，穿黄工程便成了绕不开的话题。朱总理问坐在他身后的我："老张，对穿黄工程方案你是什么意见？"由于河南省的领导就在车上，这便成了一个敏感的话题，但总理问了又不能不正面回答，我只好直接表述自己的意见说："总理，两个方案各有利弊，我个人支持隧洞方案，其原因一是技术上相对成熟，二是战略上比较安全，三是不影响黄河的行洪，缺点是维修工作比较困难。而渡槽方案要在黄河深厚的淤积层上每50米建一对支墩，就形同黄河上加了一把巨大的梳子，对黄河汛期行洪及泥沙运动会造成一定影响……"

朱总理听了并没有拍板决策，只是告诫我们要认真细致、科学严谨地组织专家论证。在车上，河南省的领导表述了支持渡槽方案，他们认为一条横跨黄河南北的渡槽就是一条亮丽的风景线，提高了河南的品位，有利于河南的旅游，当然他们也表态还是由专家论证后中央决策，不管什么方案河南一定做好工作，希望南水北调工程早日开工建设。事后经专家反复论证，推荐了穿黄隧洞的方案，有些同志还开玩笑说："你是不是施加了什么影响？"其实这纯属偶然，我没有参加专家论证会，只是表明了一个老水利工作者个人的看法和意见。

不论是隧洞方案还是渡槽方案，在工程建设中都面临诸多挑战。穿黄隧洞工程在建设中遇到了安装井漏水、盾构机刀具磨损严重、外衬楔块对接崩角以及内层衬砌施工中诸多问题，这些问题依靠建设者的努力都一一被解决。现在两条巨大的卧龙潜伏在

⊙穿黄工程鸟瞰效果图

⊙中线穿黄工程内景

黄河之下，如南水北调中线的大动脉，吞吐着长江来水，润泽着华北大地。

还有在线调蓄工程的问题。位于京广铁路西侧的南水北调中线，在规划中遇到的一个很大的问题就是在1267公里的调水线路上缺乏在线调蓄的水库。水利专家张光斗先生曾多次提及这个问题。为此，水利部在总体规划中提出，一是充分发挥丹江口水库的调蓄作用；二是沿线大中型水库参加调蓄计算，位置较高的进行供水补偿调节，位置较低的直接充蓄；三是为提高北京、天津的供水保证率，改扩建河北徐水境内的瀑河水库。

2002年5月8日，时任国务院副总理的温家宝同志视察规划中的南水北调中线工程，我受汪恕诚部长委托，和水利部总工高安泽以及有关部委、流域机构、河南省负责同志陪同视察。

温家宝副总理先后视察了陶岔取水口、方城垭口、孤柏咀穿黄工程所在地，听取规划设计部门对工程规划及移民规划的汇报，听取地方政府对南水北调工程及移民工作的意见，次日傍晚时分赶到河北省徐水县境内瀑河水库所在地。

在即将降临的夜幕中，温家宝副总理详细询问瀑河水库的作用、库容、移民数量、投资规模等情况，高安泽总工一一作答。他了解到瀑河水库有2.1亿立方米库容，对南水北调中线工程在线调蓄有一定作用，对保证北京、天津供水安全作用巨大，但瀑河水库最大的问题是库底及库周渗漏，工程及移民投资需要20多亿元。温副总理关切地问：还有没有替代方案？我回答：当前还没有更好的替代方案，由于中线一期工程调水量只有95亿立方米，可以考虑先建设输水渠道，瀑河水库放在后期进一步论证建设。温副总理进一步叮嘱：长距离调水的调蓄工程很重要，你们要组织设计人员认真研究，提出切实可行的方案，确保工程输水安全。

在南水北中线一期工程建设中，由于种种原因，瀑河水库未能列入与输水渠道同步建设，但中线工程在线调蓄问题依然被水利专家和管理单位所重视。这期间，北京、天津两市纷纷提出就近建立调蓄工程，在一定程度上减缓了瀑河水库的前期工作及建设步伐。我认为，它依然应作为南水北调中线工程需要认真研究的问题，放在中线工程调蓄问题的整体中去认真分析研究，择机进行建设。

中线工程在建设方案的选择中，还存在是明渠输水还是管道输水，穿越煤矿塌陷区的方式，沙河、湍河等特大型渡槽的结构形式，南水北调来水进入北京、天津用管道还是箱涵等问题的抉择。不同的意见和分歧，专家及工程建设有关方面都是从建好南水北调工程，发挥最大综合效益出发，从不同角度、不同专业、不同工作定位提出来的，在方案的论证中都经历了反复权衡、科学论证、集思广益，形成意见比较一致的方案。当然，形成的方案还必须经过实践和历史的考验。有的方案可能还带有时代的痕迹，例如中线工程在选择渠道输水或管道输水上，当时的考虑是中线一期工程调水量大，采用明渠方案工程投资少、水价低，并可以丰水年加大流量输水，便于兼顾农业和生态。但明渠输水占地较多，水量损失大，水质保证也较为困难。管道输水方案占地少，输水安全性高，水质有保障，但投资和水价均高出一倍以上。为了把工程投资及水价控制在合理范围，又借鉴管道输水的优点，实际方案采取了渠道与管道相结合的方案：明渠全断面衬砌与交叉河道全部立交，进入北京、天津人口及建筑物密集区采用暗管或暗涵。即便如此，随着土地价格的不断攀升、受水区对水质要求的不断提高、受水区城市对水价承受能力的不断增强，当前采用的明渠为主、局部管涵的输水方案还将接受实践及历史的检验。

工程建设方案的论证比选有时也难免受到认知程度的局限和客观环境的影响，南水北调中线一期工程穿越焦作市就是一例。

河南焦作市是资源性城市也是缺水严重的城市，是南水北调供水的目标之一。如何把水供到焦作，存在不同的意见分歧。大多数专家的意见是输水渠道绕开焦作市区，单留取水口门通过支线向焦作供水。该方案既可减少大量的城市拆迁，又能有效地保护干线水质，建设成本相对较低。而焦作市委、市政府大部分同志坚持引水线路从焦作市穿行，这无疑在焦作市区增加了一条浩瀚大河，对改善城市生态、居住环境，提高城市品位及干渠两侧土地价格效果显著。为此，2000年至2002年我三次去焦作考察南水北调线路，动员地方政府改变意见，但效果甚微。市委、市政府正式行文，坚持意见并承诺输水干线沿线焦作市区段包括两岸绿化带的拆迁，除国家政策补偿外其余费用完全由地方承担。这一意见得到河南省政府的支持。经专家反复论证的南水北调工程总体规划及可行性研究报告，尊重了他们的意见。

2008年冬，为协调南水北调工程建设，我去河南与时任河南省省长的郭庚茂同志交换意见。郭省长十分严肃地问我：张部长，焦作穿城方案还能不能变？从他严肃的表情和认真的态度，我意识到焦作的同志在拆迁中遇到了很大的困难。我沉思很久回答说："现在改变已十分困难，第一，国务院不仅批复了总体规划，还已经批复了可行性研究报告，方案重大改变要重新报批。第二，更重要的是，改变方案就意味着改变设计，原分配的各区段的水头在较大范围内要进行调整，所涉及的设计都要修改，况且有些渠段已经开工建设，重新修改设计难度很大。"庚茂同志从全局的角度出发，没有再说什么。事后听河南南水北调办的同志说起，在南水北调焦作段开工的动员会上，庚茂同志动情地说："有些事可以绕过去，有些事是绕不过去的，焦作的拆迁就是如此，绕不过去怎么办？坚定信心齐心协力硬着头皮闯过去。"我听到后心中既感动又敬重，还带有些许内疚。

设计工作是按程序进行的，焦作城区段的初步设计作出后，城区有较长的填方段，在浩浩荡荡的大河两侧加上了高大的堤防，大河依旧，但成色大减，同时还增加了焦作城市的防汛压力，我心中感到极大的不安。那时南水北调中线一期工程已全线开工，局部调整牵一发动全局。我与庚茂同志商量，只有从南水北调办及河南省两方面加大对焦作的支持。继任的市委市政府一班人全力以赴组织拆迁，有关部门及移民干部包人包户，情倾搬迁，感人肺腑的故事举不胜举。焦作城区拆迁成为南水北调工程征地拆迁工作的一面旗帜，他们坚持以人为本、和谐征迁的做法，很有特点，很有成效，得到习近平总书记的肯定与表扬。至今，南水北调中线一期工程焦作城区段已建成通水。为了保证城区安全，两岸的堤防中间又增设了防渗墙，还修建形态各样的跨渠大桥。碧波荡漾的一渠清泉，还是增加了煤城焦作的灵秀之气。

回顾往事，反思焦作城区段的规划设计，假如在规划阶段能审慎预测穿城渠道将高出地面多少，市委、市政府的领导还会选择并坚持输水渠道穿城方案吗？假如在规划及可研审查中，坚持

⊙焦作城区段南水北调工程俯瞰

不采纳地方的意见（若地方意见不一致，规划难以报送）或坚持继续做工作，会不会采用绕城而过的方案？假如焦作城区段早于其他渠道开工，会不会有调整方案的余地和时间？当然，历史是不允许假设的。时间一久，焦作人民已习惯了这一新的城市格局，会觉得城市有条河总比没有强。可是我相信，尽管有种种的原因，我和不少南水北调工程的前期工作者总会感到些许遗憾。

## 集思广益 发扬民主 科学决策

南水北调总体规划坚持民主论证，科学决策，对社会各界和不少专家提出的意见、建议逐一进行了认真研究，细致分析，对参选的重要线路都进行了现场勘探或实地考察，对可供备选的项目和路线补充或更新了大量的资料，对12个附件开展了跨学科、跨部门、跨地区的技术协作。参加规划工作的单位除水利系统的长江委、黄委、淮委、海委等10个规划设计科研单位外，还有国务院有关部、委、局、办、中心的14个科研教育单位及南水北调沿线7省（直辖市）及44个地级市政府的计划、水利、建设、环保、国土、农业等部门及众多学科的科技人员超过2000人。水利部先后召开近百次专家咨询会、座谈会和审查会，与会专家近6000人次，其中中国科学院、中国工程院院士30人、110多人次。在2000年以后的几年间，就我本人参加的各种座谈会、咨询会就达十多次。

在水利部组织对南水北调总体规划、东中线一期工程可行性研究报告进行专项、专题论证的同时，以原全国政协副主席、中国工程院院士钱正英为组长，两院资深院士、清华大学教授张光斗先生为副组长，四十多位院士和上百名专家参加的“中国可持续发展水资源战略研究”项目，以及钱正英院士为主编，两院院士沈国舫、潘家铮为副主编，35位院士及300多位专家研究编辑的《西北地区水资源配置及生态环境建设和可持续发展战略研究》，都对南水北调工程总体规划的编制和形成提供了大量宝贵意见。

在《中国可持续发展水资源战略研究综合报告》中预测，到2030年，在经充分挖潜和利用当地水资源、采用节水和治污回用等多种措施和考虑目前引黄和引江的水量后，在地下水不再超采的情况下，黄淮海平原的缺水量仍将达到150亿立方米（平水年）—300亿立方米（枯水年），考虑到生态环境用水，今后通过南水北调增补的水资源，应在300亿立方米以上，其中增补黄河以北应在一半以上。

《综合报告》对南水北调提出的各种线路进行初步评价后认为：水利部提出的东、中、西三条线路都是可以成立的，也存在一些难点和问题，需抓紧进行工作。东线工程有其有利条件：

直接从长江引水，水资源比较丰富，可利用京杭大运河以及洪泽湖、骆马湖等现成的河道及调蓄湖泊，投资较低，并可分期分段实施，比较灵活。其难点是沿线水污染严重，需要电力提水，经常运行费用较高。

中线工程其有利条件是：目前水质较好；绝大部分自流引水如不计建设成本和丹江口发电损失，运行费用较低。其难点是：从丹江口水库引水，水源相对有限；如遇连续枯水年，难以满足要求；现在规划的线路缺少调蓄湖库；黄河以北的线路经太行山的特大暴雨区和地震高发区，安全性风险较大；考虑到丹江口的移民及配套工程建设，总干渠建设投资大、时间长，如以贷款建设将发生运营困难。

在潘家铮院士主编的《西北地区水资源配置生态环境建设和可持续发展战略研究》重大工程卷中指出："建设南水北调西线工程，向黄河补充水源，缓解黄河水危机及流域近邻地区干旱缺水问题，是支撑西部大开发解决北方缺水问题的重大战略举措，经多年研究，此项工程势在必行。该工程规模巨大，问题复杂，应抓紧前期工作准备，分期实施。"

水利部在总体规划的研究编制中，认真吸纳《中国可持续发展水资源战略研究》及中国工程院重大咨询项目的成果，重点研究解决东线水污染治理和中线水源补充及资金筹措中的问题，使整体规划在集思广益中更加完善。

## 南水北调由梦想走向现实

南水北调工程经历了半个世纪的长期规划、科学论证，吸纳了社会各界众多专家、学者的意见建议，经历了深入调研、广泛征询、理性分析、多方案比选、多层次科学论证的过程。2002年8月，《南水北调工程总体规划》以全面、深入、科学、合理的面貌进入决策程序。

2002年8月23日，朱镕基总理召开国务院第137次总理办公会议，会议听取了水利部作的《南水北调工程总体规划》情况的汇报。会议审议并原则通过了《南水北调工程总体规划》，原则同意成立国务院南水北调工程建设领导小组（后改为国务院南水北调工程建设委员会），年内开工建设南水北调东线江苏境内三阳河、潼河、宝应站工程和山东境内济平干渠工程。会议要求水利部根据会议提出的意见，抓紧修改后向中央汇报。

我有幸参加这次总理办公会，并代表水利部向国务院汇报《南水北调工程总体规划》。在讨论中，朱总理关心工程的投资情况，并问起南水北调西线一期工程的投资多少，我当时回答“仅460亿元”，其目的是想减弱总理对投资的压力感。可是朱总理立即说：“老张，你好大的口气。”总理一句话使我预感到中央政府在南水北调投资上的压力，同时对南水北调工程中的中央投资更加关心和期待。这些都为事后南水北调工程资金筹措所验证。

⊙三阳河河道

⊙宝应抽水站

⊙济平干渠

10月9日，朱镕基总理主持召开国务院第140次总理办公会，批准了丹江口水库大坝加高工程的立项申请，要求抓紧编制丹江口水库库区移民安置规划。

2002年10月10日，江泽民总书记主持召开中共中央政治局常委会，会议听取了国家计委主任曾培炎和水利部部长汪恕诚受国务院委托作的《南水北调工程总体规划》汇报，会议审议并原则同意《南水北调工程总体规划》。

中央政治局常委会之后，我受委托代表国家计委、水利部向全国人大财政经济委员会、全国人大环境资源委员会及全国人大农业与农村委员会汇报了《南水北调工程总体规划》，接受与会人大常委、代表的询问，听取他们的意见。会后经请示全国人大秘书长何椿霖，得到的回答是，全国人大几个专业委员会代表常委会听取汇报，此后全国人大不再听取有关情况汇报。

10月25日，我代表国家计委、水利部向全国政协汇报《南水北调工程总体规划》，全国政协副主席钱正英主持汇报会，钱学森等四十多位政协委员听取了汇报。

⊙2002年10月，张基尧向全国政协汇报南水北调工程总体规划

《南水北调工程总体规划》得到了全国人大、全国政协的赞成。我汇报结束后，与会人员进行了热烈的讨论，我对委员们提出的问题逐一回答，并表示一定将他们的意见和建议向水利部、国家计委汇报。根据全国人大和全国政协汇报会提出的意见，《南水北调总体工程规划》又作了进一步的修改。

2002年12月23日，国务院正式批复了《南水北调工程总体规划》，经几代人执着追求的南水北调工程由此进入了基本建设程序，部分单项工程在具备条件的前提下陆续开工。

⊙《南水北调工程总体规划》及各种子规划文本

为体现南水北调工程抓紧实施的要求，国家计委、水利部、山东、江苏等有

关方面积极筹备举行南水北调工程的开工仪式。考虑到政府换届在即，国务院决定把举行开工典礼的时间定在2002年年底。

12月27日，南水北调工程开工典礼在人民大会堂和江苏省、山东省施工现场三地同时举行。典礼由国家计委主任曾培炎主持，江泽民总书记为工程开工发来贺信。贺信中说："南水北调工程是优化我国水资源配置的重大战略性基础设施，事关中华民族兴旺发达的长远利益"，"兴建南水北调工程对缓解我国北方水资源严重短缺的局面，推动经济结构战略性调整，改善生态环境，提高人民生活水平，增强综合国力，具有十分重大的意义。"国务院总理朱镕基在人民大会堂主会场宣布南水北调工程正式开工，国务院副总理温家宝发表重要讲话。

2002年12月27日，是一个令人难忘的日子，从那时起标志着

⊙南水北调工程开工典礼北京主会场

⊙南水北调工程开工典礼山东分会场

⊙南水北调工程开工典礼江苏分会场

南水北调工程正式进入实施阶段，干旱缺水的北方看到了希望，几代中国人对南水北调的期盼，将从梦想变成现实。

现在回过头来看，南水北调工程得以上马，我认为主要有四点原因：第一，该工程受到历任党中央、国务院领导高度重视、亲切关怀。工程每到一个重要阶段，中央领导都有明确的指示。最明显的是，明确总体规划原则和工作方向，审定总体规划以及可研报告，领导工程建设领导机构组建、制定南水北调工程建设征地移民、水污染治理相关政策，筹措工程建设资金等等，每一项工作都要经过多环节、多部门、多省市协调，所有这些如果没有中央领导的支持，是很难推进的。第二，南水北调工程经过长期的科学论证，统筹协调。人们普遍以为，南水北调工程就是调水。其实调水仅仅是工程建设的一个手段，南水北调作为一个巨型系统工程，不仅有工程建设，还有水污染防治、水资源保护、征地移民、文物保护等工作，充分体现全面、协调、可持续的科学发展理念。如此跨地区、跨流域的庞大调水工程，没有国务院相关部门的统筹协调、通力合作，没有沿线各级地方政府的迫切要求、积极支持，是难以实现的。第三，南水北调工程有日益发展的综合国力和技术能力为支撑。工程在规划阶段的估算投资额近5000亿元，国家批复的东、中线一期工程可行性研究阶段的投资达2546亿元。这在20年以前，我国经济实力还难以支撑这么浩大的工程。随着工程建设逐步深入，2013年安排投资480亿元。一个工程一年内有那么大的投资强度，这充分体现了改革开放的成果和国家综合实力增长。国外很多同行一提及南水北调工程便对我们非常羡慕：羡慕社会主义制度的优越性，能够集中力量办大事；羡慕中国综合国力能够支撑规模如此浩大的工程建设；羡慕通过长江三峡、南水北调等巨型水利工程建设推动了世界水利科技的进步，中国的各方面专家更是贡献其中受益其中。第四，一代又一代的水利工作者几十年如一日的执着追求不懈努力。他们战严寒、冒酷暑、攀悬崖、涉急流，收集水文资料、勘探地形地质，他们深入调水区、受水区了解水情、社情、民情，听取地方政府及人民群众的意见，他们在不眠的长夜里反映修改设计方案，激烈的研讨会上进行研究成果的切磋、交流。五十年的岁月，多少水利科技工作者无怨无悔，为了南水北调工程奉献出青春年华，赤子忠诚，当听到朱镕基总理宣布南水北调工程开工的喜讯，不少为南水北调奋斗一生的老同志，激动得热泪盈眶，正是这些无名英雄为《南水北调总体规划》夯实了基础，为工程建设提供了必备条件。

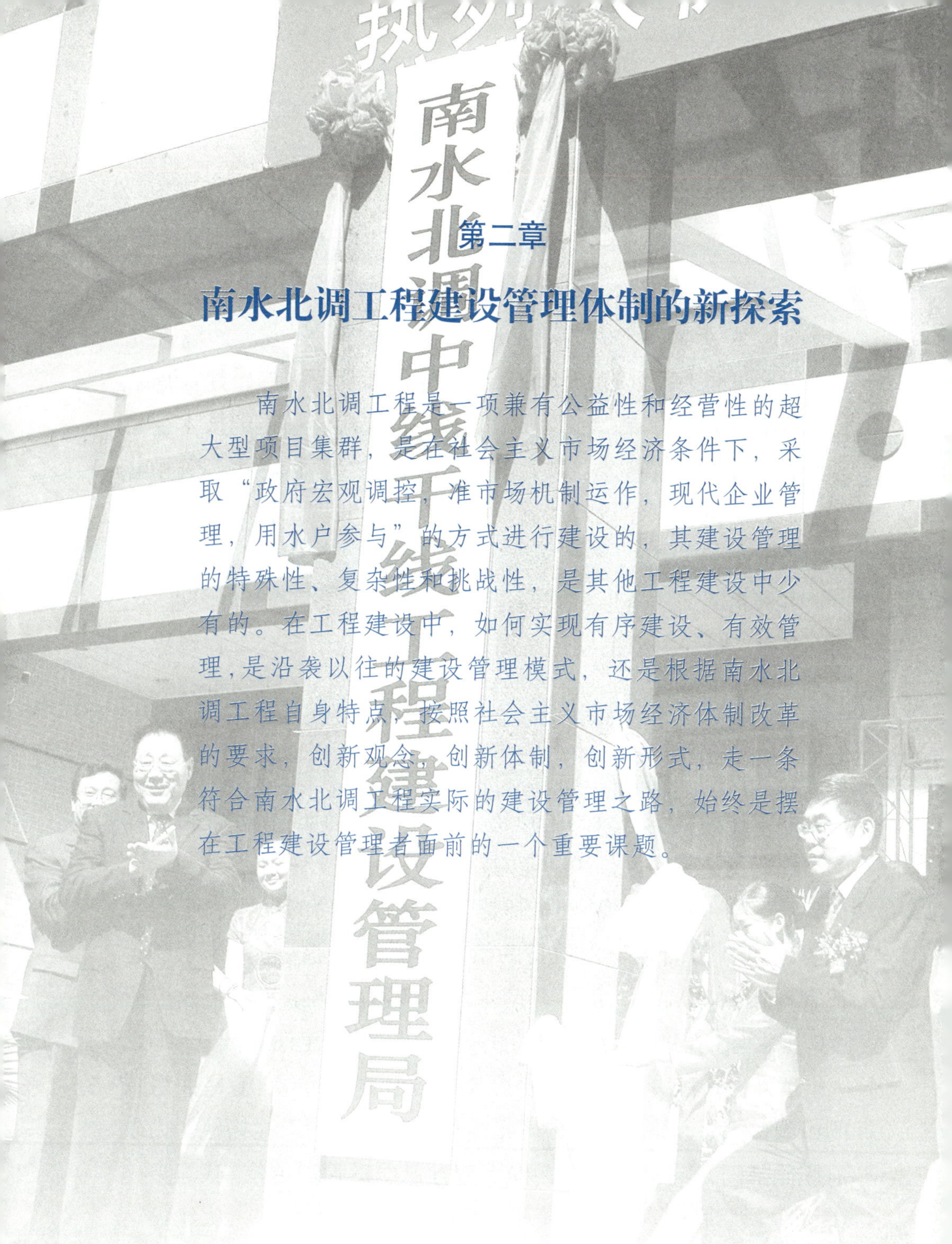


## 第二章

# 南水北调工程建设管理体制的新探索

南水北调工程是一项兼有公益性和经营性的超大型项目集群，是在社会主义市场经济条件下，采取“政府宏观调控，准市场机制运作，现代企业管理，用水户参与”的方式进行建设的，其建设管理的特殊性、复杂性和挑战性，是其他工程建设中少有的。在工程建设中，如何实现有序建设、有效管理，是沿袭以往的建设管理模式，还是根据南水北调工程自身特点，按照社会主义市场经济体制改革的要求，创新观念，创新体制，创新形式，走一条符合南水北调工程实际的建设管理之路，始终是摆在工程建设管理者面前的一个重要课题。

# 工程建设管理体制的重要性

南水北调工程具有跨流域、跨地区、涉及范围广、建设周期长、投资巨大等特点，涉及政治、经济、社会、环境、技术等诸多方面，工程既具有公益性，又具有一定的经营性，生产关系非常复杂。决策好、建设好、管理好，是南水北调工程实现良性运营的关键。

南水北调工程全生命周期包括规划期、建设期、过渡期、运营（使用）期，由于工程建设周期长，长期处于部分工程建设、部分工程运营的状态，建设期和运营期有较长时间的重叠和并存。其中，建设期是整个工程全生命周期的重要环节，它既关系到工程建设的各项管理工作的开展，又影响工程过渡期和正常运行期的工作。科学有效的工程建设管理体制对确保南水北调工程的良性运行、整体效益和功能的发挥，具有重要作用。

科学的工程建设管理体制是工程建设成功的保障。工程建设管理体制明确了工程项目的组织体系、职能/职责体系和运行管理体系。从组织角度，南水北调工程构建了政府行政监管（南水北调工程建设领导机构和办事机构）、工程建设管理（项目法人管理机构）和决策咨询服务（专家咨询委员会）三个层面组成的组织体系；从职能/职责体系角度，南水北调工程构建了由政府职能部门，项目法人、工程承包方，项目管理单位/代建方、咨询方/监理方等各方职责组成的职能/职责体系；从建设运行角度，南水北调工程构建了由各行政机构、项目法人、用水户等有关方之间相互关联、利益共享、责任分担的运行管理体系。工程项目的组织体系、职能/职责体系和运行管理体系分别从组织上、责任上、机制上确保了工程建设的成功。

科学的工程建设管理体制是确保南水北调工程顺利建设良性运行、保障工程持久发挥综合效益的前提之一。南水北调工程建设管理体制在充分考虑工程实际和“准市场”定位的基础上，按照“政府宏观调控、准市场运作、企业化管理、用水户参与”以及充分发挥中央和地方等多方积极性的指导思想进行设计，体现了最大程度地发挥市场在资源配置中的基础性作用，同时发挥中央及地方政府宏观调控作用的原则，有利于明晰产权、明确责任、责权统一、管理到位。

科学的工程建设管理体制是确定投融资模式、建设管理模式、合同管理形式的重要条件。投融资模式明确了投资主体和责任主体，建设管理模式明确了工程项目管理各方之间的关系和方式，合同管理形式明确了工程项目的合同类型和合同当事人之间的关系，它涵盖了从工程建设前期策划到后期运营的整个过程。不同的投融资模式、建设管理模式、合同管理形式决定了工程建设参与各方在建设过程中的不同地位和作用，合同文件、参建各方的组织形式也将随之发生变化。

科学的工程建设管理体制是项目组织体系的构建基础。在组织、管理、经济、技术等因素中，组织是工程建设管理成效的决定性因素。工程项目组织体系主要包括工程项目的组织机构、组织分工、工作流程等内容。工程项目组织体系的设置将直接关系到工程项目管理功能和工程项目整体管理效率的发挥。加强工程项目管理，首先必须建立一个科学的工程项目组织体系。南水北调工程形成了完整的组织体系：一是南水北调工程建设领导机构和办事机构，即国务院南水北调工程建设委员会及其办事机构国

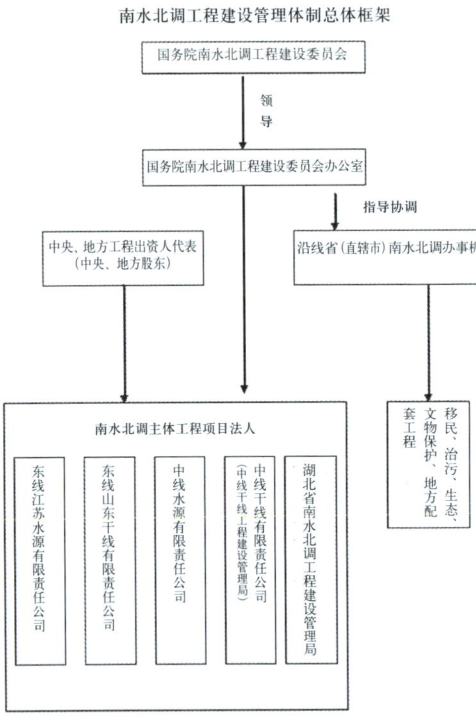


⊙南水北调工程建设管理体制总体框架

务院南水北调办公室（下称南水北调办）、工程沿线各省、直辖市成立南水北调工程建设领导小组，并下设办事机构；二是工程建设管理机构，即南水北调工程项目法人，承担南水北调工程的勘测（包括勘察和测绘）、设计、监理、施工设备研制、生产、购置等任务；三是决策咨询机构，即南水北调工程建设委员会专家委员会。

领导、计划、组织、协调、控制、创新是工程建设管理的基本职能。按照“纵向到底、横向到边、责任到人”的管理思想，需要明确南水北调工程组织体系中各组织机构的职能/职责。在明确南水北调办和工程沿线各省、直辖市办事机构职能的同时，需要明确项目法人、承包方、项目管理单位/代建方、咨询方/监理方等各方的职责。通过决策领导关系、政府监督关系、行业管理关系、咨询指导关系、经济合同关系、监理服务关系等，将工程项目建设各方在职责明确的前提下有机联系起来。

科学的工程建设管理体制也是工程建设接口管理的主要依据。工程建设接口管理是大型复杂工程的关键内容之一。南水北调工程组成复杂，建设期管理层次多，参与单位多，管理接口多，内部管理环境复杂。一是南水北调工程涉及政府部门、项目法人、设计单位、承建单位、监理单位、咨询单位以及设备材料供货单位等众多主体；二是南水北调工程需要分期建设，每一期工程由多个单项工程或单位工程组成，每一个单项工程或单位工程又由多个设计单元组成；三是南水北调工程规模大建设周期长涉及面广，点线面相结合，影响因素多，建设管理体制较为特殊和复杂；四是需要与众多利益相关方进行多层次单边或多边沟通和协调，需要对大量的工程信息进行处理。可见，南水北调工程各组织之间、工程各组成部分之间、组织与工程之间、组织与周围环境之间、工程与周围环境之间等存在既相互关联又相互制约的工作接口，由此需要对各类接口进行有效管理。工程建设管理体制可以明确工程项目的接口数量、接口类型和接口关系，可以为有效地实施工程建设接口管理提供依据。

科学的工程建设管理体制是调动各方积极性的杠杆。我国在基本建设管理体制改革以前，工程建设基本上是以组建领导小组、工程指挥部等临时性管理机构的形式来组织实施。随着建设领域各项改革的深入，市场发育逐步完善，多元化投资主体的逐渐形成，以前工程建设中采用的临时性建设管理模式已不能适应工程建设管理的需要，特别是在经营性项目中更显得力不从心。科学的工程建设管理体制有利于充分调动工程建设各方的积极性，体现在两个方面：一是改革后的工程建设管理体制融合了现代市场经济的思想，明确了投资、产权、分配的关系，能够代表和反映各投资主体应有的权利和利益，体现权利、利益对等的责任和义务，可以较好地调动各方的积极性；二是改革后的工程建设管理体制可以通过合理分配职能/职责，正确处理各方之间的相互关系，选择相应的建设管理模式等。

工程建设管理体制是工程规划设计的重要组成部分。在南水北调工程项目的建设期、过渡期、运营（使用）期都应建立相应的管理体制，为此，需要在工程规划设计阶段研究提出工程建设组织体系、项目运行机制及工程有关建设各方职责。随着工程的进展，还需要对规划设计阶段设计的工程建设管理体制进行调整完善，使之更好地满足工程建设的要求。

## 南水北调工程建设管理体制的特殊性

南水北调工程建设管理是在特殊时期、特定环境下，对特别工程的科学管理，无论是在组织形态上还是在运行机制上都与以往的管理体制有很大的不同。在体制设计上，不能完全照抄照搬已建工程的管理体制及方式，而要探索出一条适合社会主义市场经济要求和南水北调工程特点的新路子。管理体制既要反映时代、环境、工程的特点，又要符合经济、管理活动的客观规律。

**首先，工程建设管理体制应满足社会主义市场经济的要求**

在市场经济条件下，只有建立适应市场经济要求的工程建设管理体制，才能适应环境的要求，满足工程建设管理的需要。在设计工程建设管理体制时，要按照社会主义市场经济规律和价值规律办事，以经济建设为中心，政府简政放权，监管市场，改善环境；企业自主经营，自负盈亏，自我约束，自我发展；充分利用市场，合理优化配置资源。具体体现在：一是作为政府部门应当切实履行其相应的职能，做好政策调整、宏观调控、建筑市场管理、国有资产监管、保护合法经营、打击违法违规，同时又不过多干预市场主体的行为，为工程建设创造良好的环境。二是作为市场主体的经营者，在工程项目建设经营活动中，必须守法合规，公平竞争，守合同，讲信誉，承担社会责任。因此，工程建设管理体制的设计，既要考虑建设各方利益与工程建设目标的一致性，又要充分引入竞争机制，适应市场经济的要求，建立可控、有力的约束。

**其二，重大基础设施的战略地位要求加强政府宏观调控**

南水北调工程是从我国水资源的合理配置的战略全局出发安排的特大型工程建设项目，政府在南水北调工程建设中的作用是不可代替的。经验证明，重大基础设施建设项目，政府决策、协调、支持是关键。在南水北调工程的管理体制设计中，必须充分发挥政府宏观调控作用，政府管理机构应具有高度的权威性，并赋予其相应的行政职权。政府的宏观调控作用主要是审定不同阶段的工程建设规划，批准工程项目建设方案，审定年度建设计划，研究制定筹资、移民、环境保护、工程建设的有关政策条例，研究决策建设运行过程中的重大问题，协调解决好调水区和受水区的关系，协调处理好节水、治污、生态环境及征地移民等方面的问题。

**其三，工程建设管理体制应充分体现时代特征**

南水北调工程建设时间跨度长，与市场经济相适应的工程建设管理体制也在不断改革。这就要求设计管理体制时要充分体现时代特征，遵循社会发展的规律，把握好工程建设的需求和改革的节奏，清醒认识并把握南水北调工程正处于社会主义市场经济发展期、体制转型期、技术成熟期、社会矛盾凸显期的特征。

**经济发展期。**世纪之初，我国经济形势处在新中国成立以来相对稳定、持续增长、经济效益明显改善的良好时期。经济增长质量和效率得到明显改善，财政收入增长较大。经济快速发展和经济实力迅速增强能为建设南水北调工程提供充足的资金支持，也为又好又快地推动工程建设管理工作提供良好经济环境。科学发展观的提出，既为搞好南水北调工程建设指明了方向，也为做好工作提出了更高的要求。

**体制转型期。**南水北调工程建设之初，中国的改革进入了经济体制、政治体制、社会体制、文化体制“四位一体”全面改革的新时期。体制转型成为这一时期的典型特征。体制转型期必然对搞好南水北调工程建设提出新的更高的要求，既要求我们要适应社会主义市场经济体制的新特点、新要求，开拓进取，不断创新，又要结合南水北调工程自身的特点和实际，脚踏实地，实事求是，不断探索解决体制转型期南水北调工程建设遇到的新情况、新问题。

**矛盾凸显期。**从社会发展的阶段性来看，中国社会的发展正处于一个矛盾凸显期。我国经济体制转型带来的观念转变、结构转换、机制转轨、利益调整以及社会经济组织形式、就业方式、利益关系和分配方式日益多样化，使人们的思想观念、行为方式、生活方式都发生了明显的变化。改革开放以来，我国经济发展取得了举世瞩目的巨大成就，但也积累了不少的矛盾和问题。在这个历史阶段，进行南水北调工程建设，我们将面对更加复杂的局面，更多的利益诉求，以及规章制度滞后于经济社会发展引发的更多的问题。

**技术成熟期。**随着世界经济社会的发展，科学技术创新日新月异，许多高新技术迅速研发并被成功应用于经济社会的各个领域，科技创新进一步推动经济社会的进步。经过多年技术创新，以及国内长江三峡工程、黄河小浪底工程、西气东输、青藏铁路等诸多大型工程建设实践，为搞好南水北调工程提供了宝贵经验。其间，许多新技术将日益成熟地应用于大型工程建设。比如丹江口大坝加高工程中新老混凝土结合，中线穿黄工程中大断面开挖盾构技术应用，超大口径PCCP管道制造安装，西线高海拔、高寒地区复杂地质条件下大断面、长隧洞的施工，北方地区冬季冰期输水安全以及长距离调水互联网技术推动下的信息化、自动化管理等诸多技术难题，逐步得到研究解决，为顺利推进工程建设提供了雄厚的技术支持。

此外，在南水北调工程建设管理过程中，体制机制的创新是一个动态的、不断完善的过程。工程建设过程正处在我国经济社会发展重要时期，征地移民政策、环境保护政策、金融税收政策不断调整，公路、铁路、油气、天然气管道加快建设，钢铁、煤炭、水泥、人工费价格不断攀升。经济社会建设的新要求，必然会时刻反映到工程建设过程中来；工程建设本身也会不断遇到新情况、新问题。不能设想新的体制和机制一旦确立，就能一劳永逸。为了促进和保证工程建设的顺利实施，还要特别注重转变发展观念，创新建设模式。要不断研究新情况，及时改正与工程建设管理实际需要不相适应的习惯和做法，把成熟的经验和做法及时地规范下来，不断为新体制、新机制的实践补充新内容，以体制、机制的不断创新促进和保障工程建设任务的完成。

管理体制应当以法律法规为基础，明确各方的利益关系，规范市场行为。以工程建设的规范化、科学化、制度化确保工程质量、进度、安全和投资效益。在管理体制的框架内，根据不同时期南水北调工程建设进展情况和实际需要，有重点、有计划、有步骤地组织制定好南水北调工程建设市场监管、招标投标、计划管理、进度管理、合同管理、质量管理、安全管理、科研管理、信息管理等规章制度，逐步完善工程建设管理法规体系，为搞好南水北调工程建设提供有力的制度保证。

**其四，工程建设管理体制应充分体现工程特征**

南水北调工程建设主要有以下几个特点。

一是工程的多样性。南水北调工程点多、线长，仅东、中线一期工程就包含单位工程2700余个。这些单位工程，不仅有水库、渠道、水闸等一般水利工程，还有大流量泵站，超长、超大洞径过水隧洞，超大渡槽、暗涵等。建筑物型式多样，必然对施工技术和施工组织要求多样，必然对工程建设统筹、项目整合能力、综合管理能力提出了更高的要求。

二是投资的多元性。南水北调主体工程建设由政府拨款、南水北调工程建设基金、国家重大水利工程建设基金和银行贷款组成。政府拨款及重大水利工程建设基金主要由中央政府安排，南水北调工程建设基金实际是认购南水北调水权，因各省市的需水量、调水距离不同而不同。中央拨款、重大水利工程建设基金和省市筹集的南水北调工程基金共同构成项目资本金，出资者按比例行使各自的责任、义务和权利。贷款由工程建设的责任主体统一承贷，并以水价和延长筹集的南水北调工程基金、重大水利工程建设基金偿还。投资多元化要求南水北调工程在建设过程中必须集中统一管理，加强项目法人的责任，维护项目法人的权利，合理调配资金，既保证工程建设的实际需要，又有利于从严控制建设成本，最大限度地节省投资。

三是管理的开放性。南水北调工程建设管理的开放性，是我国经济社会发展的客观要求。主要表现在：南水北调工程浩大，跨区域，跨流域，在项目建设的管理上，既要体现项目法人的责任主体地位和作用，又要建立多层次分级负责管理的体系，既要充分发挥项目法人的积极性，又要充分发挥所经地区的积极性。南水北调是一个复杂的系统工程，除主体工程建设以外，还有大量相关工作，如征地移民、生态与环境保护、水污染治理、配套工程建设、文物保护、节水、地下水控采、产业结构调整等，涉及众多地区、众多部门的职责和利益关系调整。在社会层面的管理上，必须通过中央和地方政府相关部门有效的合作与协调，齐抓共建来实现。在南水北调工程建设中各项政策的制定与实施，必须充分考虑有利于工程建设、经济发展、社会稳定的要求；必须充分听取沿线各级政府和广大人民群众的意见，建立有效的信息沟通渠道，接受社会、公众的监督；必须建立科学民主的决策机制，广泛听取专家和社会各界的意见和建议。这种管理开放性的特点，客观上要求建立起统一高效的管理和协调机制。

四是区域的差异性。南水北调东、中线一期工程涉及七省（直辖市），区域、城乡差别大，经济发展不均衡。水资源调配既有调水区也有受水区，调水区既要做好水资源保护，又要促进当地经济社会发展；受水区用水对象既有城市也有农村，既要做好南水北调与当地水源的有效配置，又要下大力气控制超采地下水；工程沿线既有沿海经济发达省份，也有中部地区经济相对欠发达省份，工程所涉及不同区域里，既有水库移民异地安置，也有干线移民就地后靠、土地调整，既有城市拆迁，也有乡镇补偿，等等。因此，在政策的制定和把握上，既要考虑政策的统一性，又要研究不同地区不同对象的特殊性。

五是效益的综合性。南水北调工程的效益是通过多方面来实现的。既有经济效益也有社会效益、生态效益；不仅要保证调水量，还要保证水质，促进沿线治污水平的提高；不仅要保证调来水的有效利用，还要促进受水区的节水，修复生态环境。统筹各类不同目标，最终实现南水北调工程综合效益。

**其五，工程建设管理体制应充分体现管理特征**

南水北调工程是一个庞大的工程系统，有其内在的规律，需要通过与之相适应的管理体制、管理模式、管理程序、管理方法，建立高效的项目管理体系。

工程建设管理体制的特点要求在国务院南水北调工程建设委员会统一领导下，在南水北调办的指导监管下突出项目法人、承包方、工程监理的“三方主体”责任，通过建立“三种关系”将参与工程建设的各方紧密地联系起来，形成一个完整的项目组织系统。一是项目法人充分利用市场竞争机制择优选择承包商、制造商、供应商，并通过工程承发包合同在项目法人和承包方之间建立承发包关系；二是通过招标选择及签订工程建设监理合同、科技研发合同、工程合作合同，在项目法人与监理、科研单位及社会中介组织之间建立委托服务关系；三是根据工程建设合同，并通过项目法人对监理单位的授权，在监理单位与承包方之间建立监理与被监理的关系。工程建设管理体制应通过这三种关系以经济合同为纽带，将项目法人、承包方、监理单位紧密地联系在一起，形成了一个以项目法人为主导设计、施工、监理，设备供应单位及咨询、评估、法律机构共同参与的完整的组织系统，为实现工程项目的总目标提供组织保证。

**其六，工程建设管理体制应充分体现文化特征。**

南水北调工程纵穿江苏、山东、河北、河南、湖北五省及北京、天津两个直辖市。东线穿过齐鲁文化区，是古代诸子百家学说荟萃之地；中线穿过中原文化区，是中华文明的发祥地。尽管地域不同，但文化传统一脉相承。无论是齐鲁文化还是中原文化，精神内核都是一致的。中国传统文化源远流长，博大精深，不仅对社会发展和历史演进产生了深远的影响，也将对南水北调工程建设产生影响。研究构建工程管理体制，既要吸收西方现代管理理念，又要体现中国传统文化特征。

任何管理目标的实现，都要靠一定的组织来完成。组织划分不仅有明确的分工还应以“和谐”为管理的终极目标。不论部门如何划分，整体和谐所激发的向心力，就会促成真正的分工不分家，目标一致团结协作。因此，在管理体制设计上要以“分”为基础，以“合”为目标，既要有产权明晰的项目法人机构，又要有统一的领导机构和工作目标。

现代管理理论认为：人是管理对象中最能动、最活跃、最革命的因素。工程管理当中，应该体现以人为本的理念，充分重视人力、智力资源的作用，调动每一个人的积极性，使南水北调工程建设者、工作者、参与者全身心地投入工作当中去，以参与造福子孙的南水北调工程为荣，以建好南水北调工程为责，尽职尽责，勇于担当，攻坚克难，甘于奉献。

## 南水北调工程领导机构的成立

2002年12月，朱镕基总理宣布工程开工时明确表示，开工指的是南水北调工程开工，而不是说南水北调东线和中线一期工程开工，此后南水北调工程建设所有的项目都不再搞开工仪式了，只是根据条件是否成熟，陆续开工建设。这就意味着历经五十多年的南水北调工程规划论证，经国务院批复的南水北调工程已进入了实施建设阶段。

然而，开工以后紧接着面临的一个实际问题就是，怎么管理这项巨大的系统工程。在《南水北调工程总体规划》中曾提出“成立南水北调工程建设领导小组，下设办公室”。2003年1月31日，国务院副秘书长马凯与水利部部长汪恕诚及国家计委副主任刘江协商后，给温家宝副总理提交了书面报告：鉴于南水北调工程已经开工，但南水北调工程领导小组及其办公室成立还需要有一个酝酿及按程序报批的过程，为不影响南水北调工程的正常进行并加快其工作机构的组建工作，建议先成立国务院南水北调工程领导小组办公室筹备组，并对筹备组的任务、人员组成、后勤保障以及筹备组的工作进度提出建议，提出力争5月1日前南水北调办公室正式挂牌工作，请求尽快成立南水北调工程建设领导小组和办公室筹备组。当日，温家宝总理批示：拟同意先成立办公室筹备组。朱镕基总理、李岚清副总理分别于2月1日及1月31日圈阅。

2003年2月28日，按照国务院领导同志的指示，我临时负责的国务院南水北调工程建设领导小组办公室筹备组正式成立并开始工作。4月，南水北调工程基金工作小组成立。工作初期，筹备组由水利部、国家计委、环保总局借调22人，由水利部支持提供一间办公室开始工作，首要任务是对外协商国务院有关部门，提出成立国务院南水北调领导小组组织机构建议名单，对内拟出国务院南水北调工程建设领导小组办公室的职责、机构、人员配制的初步方案，经过与国务院有关部门反复协调后，报中央编制委员会办公室。2003年6月11日，水利部会同国家发改委向国务院呈送了《国务院关于成立国务院南水北调工程领导小组的通知（代拟稿）的请示》，建议将“领导小组”改称“国务院南水北调工程建设委员会”。7月31日，国务院决定成立国务院南水北调工程建设委员会，建设委员会由国务院有关领导同志、中央有关部门和有关省市主要负责同志组成，国务院总理温家宝任南水北调工程建设委员会主任，国务院副总理曾培炎、回良玉任副主任。

国务院南水北调工程建设委员会作为南水北调工程最高层次的决策机构，研究决定工程建设、征地移民、水污染治理和生态环境保护等方面重大方针、政策、措施及其他重大问题。国务院南水北调办公室作为建设委员会的办事机构。

为确保南水北调工程的顺利实施，2003年8月4日，国务院办公厅印发《国务院南水北调工程建设委员会办公室主要职责内设机构和人员编制规定的通知》，国务院南水北调工程建设委员会办公室（下称南水北调办）机关行政编制70名，内设综合司、投资计划司、经济财务司、建设管理司、环境移民司和监督司。办公室的主要职责：1.研究提出南水北调工程建设的有关政策和管理办法，起草有关法规草案；负责国务院南水北调工程建设委员会全体会议以及办公会议的准备工作，督促、检查会议决定事项的落实；就南水北调工程建设中的重大问题与有关省、自治区、直辖市人民政府和中央有关部门进行协调；协调落实南水北调工程建设的有关重大措施。2.负责监督控制南水北调工程投资总量，监督工程建设项目投资执行情况；参与南水北调工程规划、立项和可行性研究以及初步设计等前期工作，汇总南水北调工程年度开工项目及投资规模并提出建议；负责组织并指导南水北调工程项目建设年度投资计划的实施和监督管理；负责计划、资金和工程建设进度的相互协调、综合平衡；审查并提出工程预备费项目和中央投资结余使用计划的建议；提出因政策调整及不可预见因素增加的工程投资建议；审查年度投资价格指数和价差。3.负责协调、落实和监督南水北调工程建设资金的筹措、管理和使用；参与研究并协调中央有关部门和地方提出的南水北调工程基金方案；参与研究南水北调工程供水水价方案。4.负责南水北调工程建设市场准入、进度、质量、安全、验收的监督管理；组织协调南水北调工程建设中的重大技术问题。5.参与协调南水北调工程项目区环境保护和生态建设工作。6.组织制定南水北调工程移民迁建的管理办法；指导南水北调工程移民安置工作，监督移民安置规划的实施；参与指导、监督工程影响区文物保护工作。7.负责南水北调工程（枢纽和干线工程、治污工程及移民工程）的监督检查和经常性稽察工作，具体承办南水北调工程阶段性验收工作。8.负责南水北调工程建设的信息收集、整理、发布及宣传、信访工作；负责南水北调工程建设中与外国政府机构、组织及国际组织间的合作与交流。9.承办国务院和国务院南水北调工程建设委员会交办的其他事项。

2003年8月13日，中央组织部常务副部长沈跃跃代表中央宣布成立南水北调办公室党组任命张基尧为党组书记、南水北调办主任，李铁军、宁远为党组成员、南水北调办副主任。

2003年8月14日，国务院南水北调工程建设委员会第一次全体会议在京召开。国务院总理、南水北调工程建委会主任温家宝主持会议并发表重要讲话，国务院副总理、南水北调工程建委会副主任曾培炎、回良玉出席会议并讲话，建委会全体成员出席了会议。会上，我代表建委会办公室向会议作了关于南水北调工作情况的汇报。国家发改委、财政部就有关问题做了汇报。会议审议并原则通过南水北调建设委员会工作规则、2003年拟开工项目及中央投资、南水北调东线治污规划实施意见，以及加强南水北调工程前期工作、建立南水北调工程基金等有关问题。8月27

日，国务院南水北调工程建设委员会下发第一次全体会议纪要，会议对当前工作提出以下要求：1.加强组织领导实行严格责任制。2.加强前期工作确保开工项目如期实现。3.健全运行机制，促进工程建设和管理规范化、制度化。4.加强机构建设，做到精干高效。会议还明确要求南水北调办同发改委、水利部抓紧研究论证从小浪底工程引水供北京的应急方案。

此后，南水北调中线一期工程沿线的北京、天津、河南、河北、湖北以及东线一期工程沿线的江苏、山东均依照国务院的做法成立省级南水北调工程建设委员会或领导小组及省市两级办事机构。2003年7月15日，湖北省南水北调工程领导小组成立。2003年9月9日，河南省人民政府成立了河南省南水北调中线工程建设领导小组。2003年10月21日，河北省人民政府成立了河北省南水北调工程建设委员会。2003年11月11日，江苏省人民政府常务会议同意成立江苏省南水北调工程建设领导小组。2003年12月18日，天津市委常委会决定成立天津市南水北调工程建设委员会。2003年12月31日，北京市机构编制委员会批准成立北京市南水北调工程建设委员会。南水北调工程领导机构正式开始工作。

## 工程建设管理体制的构建

南水北调工程是一个兼有公益性和经营性双重性质的工程项目。南水北调工程的特点和建设背景，决定了其管理模式不能照搬一般大型基础设施项目的模式，而要紧密结合工程自身的特点，按照社会主义市场经济体制改革的要求，建立层次简约、责任明晰、调度科学、运行高效的管理体制。

南水北调办遵循国务院批复的《南水北调工程总体规划》

中关于建设管理体制实行“政府宏观调控、准市场机制运作、现代企业管理、用水户参与”的指导原则，提出并经南水北调建委会批准后建立了以项目管理为核心，适应南水北调工程建设需要的管理体制，其指导原则主要是“四个有利于”：有利于政府宏观调控，实现水资源优化配置；有利于贯彻执行国家基本建设法律，法规政策；有利于建立产权明晰的现代企业制度；有利于确保工程良性运行。其总体框架分为政府行政监管、工程建设管理和决策咨询服务三个层面。

政府行政监管层面，国务院成立了国务院南水北调工程建设委员会，作为工程建设最高层次的决策机构,研究决定南水北调工程建设的重大方针、政策、措施和其他重大问题。国务院南水北调办公室作为建设委员会的办事机构，对南水北调主体工程建设实施行政管理。

自2003年下半年起，工程沿线各省、直辖市政府先后成立省、直辖市南水北调工程建设委员会或领导小组，下设办事机构。沿线各省设立的办事机构形式多样职责不一，有的政企不分，政府大包大揽。国务院南水北调办成立后，为进一步加强南水北调工程的政府监管，2003年9月，经南水北调建委会同意，国务院南水北调办向有关省、直辖市人民政府印发了《关于有关省市组建南水北调工程办事机构意见的函》，要求有关省、直辖市政府在组建南水北调办事机构时，要坚持政企分开、政事分开的原则，明确责任主体，理顺管理体制，避免管理层次重叠，职责不清，给工作造成被动。为组建精干、高效、规范的南水北调办事机构提出要求和职责建议：

各省、直辖市南水北调工程建设委员会或领导小组办事机构，承担本省、直辖市辖区内南水北调主体工程及工作的有关政府职能，及南水北调配套工程建设的政府行政管理职能：1.根据国家有关南水北调工程建设的政策和管理办法，负责对本辖区南水北调主体工程范围内的节水、治污、生态环境、文物保护和征地移民，对南水北调工程基金的筹措等进行协调和监督。2.行使本辖区配套工程建设的政府管理职能，包括制定有关政策，协调有关职能部门按职责分工开展工作，加强对配套工程建筑市场的规范，以及对工程质量、资金的政府管理与监督。3.在职责范围内，做好工程的协调、服务，为工程建设提供必要的条件，创造良好的环境。4.受国务院南水北调工程建设委员会办公室的委托，承担各行政管辖区域内采用"委托制"管理方式的南水北调主体工程建设项目的行政监督管理工作。同时，接受国务院南水北调工程建设委员会办公室的监督检查和业务指导。

工程建设管理层面，南水北调工程建设以南水北调工程项目法人为主导，承担南水北调工程项目管理、勘测设计、工程监理、施工、咨询等建设业务单位的合同管理及相互之间的协调和联系。南水北调工程项目法人是工程建设和运营的责任主体，建设期间，主体工程的项目法人对主体工程建设的质量、安全、进度、资金筹措和使用负总责，负责组织编制单项工程初步设计，协调工程建设的外部关系。通过竞争方式择优选用承担南水北调工程项目管理、勘测（包括勘察和测绘）设计、监理、施工、设备制造、供应等业务的单位，并实行合同管理。

国务院南水北调办紧密结合工程的实际，充分吸收国家发改委、水利部等国务院相关部门、相关省市、有关专家学者及各方面意见，集思广益，充分协商，提出了《南水北调工程项目法人组建方案》（以下简称《方案》）。《方案》遵循了以下原则：1.坚持总体规划批复意见的原则。政企分开、政事分开，按照现代企业制度组建南水北调工程项目法人。2.坚持实事求是原则。东、中线分设项目法人，条件具备的，抓紧组建有限责任公司；条件不完备的，作为过渡先组建建设管理局。3.坚持建设与运行管理相结合的原则。落实项目法人筹资、建设、运行、还贷、资产保值增值等责任于一体。4.坚持资产清晰原则。明晰产权，处理好增量资产与存量资产、中央资产与地方资产以及地方资产之间的关系。5.坚持有利于工程质量、资金和进度控制的原则。6.坚持市场配置资源原则。发挥市场配置资源的基础作用，选择专业性项目管理单位承担单项工程建设管理。

2003年9月27日，南水北调办在京召开由国家发改委、财政部、水利部、建设部及国家环保总局代表参加的南水北调工程项目法人组建方案座谈会，向有关部门征求项目法人组建的意见。我出席会议听取与会人员的意见和建议。

在《南水北调项目法人组建方案》的讨论中，有关部门对南水北调中线先行组建干线工程建设管理局有意见分歧。2003年11月19日，我代表南水北调办致信国务院副秘书长汪洋，将南水北调办公室会商发展改革委提出的“南水北调中线干线工程管理局”的组建意见呈报，并对暂时组建南水北调中线工程管理局等条件成熟后改建为南水北调中线有限公司一事作出说明。汪洋秘书长提出三条建议并得到了曾培炎、回良玉两位副总理的批示。

2003年10月31日，南水北调工程建设委员会批准《南水北调工程项目法人组建方案》。

根据南水北调工程总体规划和分期建设要求，并考虑到历史情况、现状条件以及工程运用功能，《方案》对于主体工程，拟分别组建南水北调东线山东干线有限责任公司、南水北调东线江苏有限责任公司、南水北调中线干线有限责任公司（南水北调中线干线工程建设管理局）和南水北调中线水源有限责任公司。在工程进入运营阶段，再组建南水北调东线有限责任公司和南水北调中线有限责任公司由作为中央出资人代表的国资委监管。汉江中下游治理工程由湖北省组建项目法人，负责相应工程建设和运行管理。此外，各地方配套工程由地方组建项目法人，负责相应配套工程的建设和运行管理。

2004年6月10日国务院南水北调建设委员会批复南水北调东线江苏境内工程项目法人组建意见，南水北调工程第一个人项目法人“南水北调东线江苏水源有限公司”宣告成立。

⊙张基尧在中线干线主体工程项目法人成立揭牌仪式现场

2004年7月，南水北调中线干线工程建设管理局、南水北调中线水源有限责任公司、南水北调东线山东干线有限责任公司相继成立。

南水北调中线干线工程建设管理局由国务院南水北调办组织成立，承担中线干线主体工程建设期间的项目法人职责。南水北调中线水源有限责任公司由水利部组织成立，作为中线水源工程的项目法人，负责丹江口大坝加高等中线水源工程项目的建设管理并参与丹江口库区移民工作。

南水北调东线江苏水源有限责任公司由江苏省人民政府组织成立，作为东线江苏境内工程项目法人，承担东线江苏境内工程的建设和运行管理任务。东线工程建设完成后，公司负责江苏境内南水北调工程的供水经营业务，向东线山东干线有限责任公司供水。

南水北调东线山东干线有限责任公司由山东省人民政府组织成立，作为东线山东干线工程项目法人，承担东线山东干线工程的建设和运行管理任务。

决策咨询服务层面，成立南水北调工程建设委员会专家委员会，以调研、会议、检查、咨询等多种方式对南水北调工程提供技术支撑和服务。

温家宝总理在国务院南水北调工程建设委员会第一次全体会议上特别强调：南水北调工程的建设，必须遵循客观规律，必须建立科学民主的决策。工程的设计、建设和运行管理，都要建立在科学民主的决策基础上，完善论证决策的各项制度，认真研究解决工程中遇到的各种问题。对不同的方案和措施要充分论证，科学比选，慎重决策。国务院南水北调建委会成立南水北调建委会专家委员会，不仅是贯彻温总理指示的具体行动，更是为了建立完善的南水北调工程科学、民主决策机制，保证工程建设顺利进行的重要措施。

2004年4月21日，首届南水北调专家委员会全体会议在北京召开。专家由南水北调办协商有关部门提名，国务院批准并直接聘任。首届南水北调专家委员会各专业院士、专家38名，由我国著名水利水电专家、两院院士潘家铮任主任，水利部总工程师高安泽、南水北调办副主任宁远任副主任、南水北调办总工汪易森任秘书长。专家委员会的主要任务：一是对南水北调工程建设中的重大技术、经济、管理及质量等问题进行咨询；

二是对南水北调工程建设中的工程建设、水污染治理及生态环境保护、移民工作的质量进行检查、评价和指导；三是有针对性地开展重大专题的调查研究活动。专家委员会的工作方式，一是专家委员会内专家与委员会外专家相结合，在研究不同专业不同领域的问题时，在专家委员会的基础上广泛聘请科研机构、大专院校、企事业单位更多的专家一起工作；二是充分发挥专家委员会桥梁和纽带作用，通过各方面专家吸纳社会各界更广泛的意见和建议，实现各项决策的民主化科学化。专家委员会的工作重点是：工程层面涉及的丹江口大坝加高工程中混凝土伸缩性研究、中线穿黄工程中大断面盾构技术应用、中线膨胀土（岩）段的渠道稳定及防渗、东线低扬程大流量水泵选型问题、保证工程质量的有效措施等。社会层面涉及的东线治污、

⊙国务院南水北调建委会专家调研座谈会现场

中线水源区保护、受水区地下水控采、丹江口库区移民规划及政策指导、输水过程中供水安全的应急防护处理、节水措施的落实等。经济层面涉及基金筹措及物价上涨、水价负担及承受能力、受水区丰水年的效益发挥、延长基金征收年限用于还贷的风险，等等。

南水北调工程专家委员会的作用重要，专家委员会主任一职更必须学识渊博，德高望重，责任心极强的人才可胜任。

2003年冬的一天，天气已渐转寒，北京尚未供暖，我去潘家铮院士家看望潘总（水利水电界都习惯以这样的方式尊称这位德高望重的两院院士）并邀请他出任专家委主任。下午三时许，我到潘总家，家中收拾得一尘不染。知道我要来，事先还请保姆备好了一杯香茶，充分体现了他为人处事的风格。落座后我先是询问他的身体状况，我知道当时的潘总身兼工程院副院长、国家电网技术总顾问等多个职务，75岁高龄且瘦弱多病的他仍和年青人一样奔走在水利水电建设工地以及技术研讨会、咨询会、审查会现场。每份咨询报告，每次会议发言，他总是亲力亲为，用蝇头小楷准备发言材料，书写咨询报告。他的思路敏捷，技术功底深厚，文采飞扬，每篇讲话或报告都是学术精品。望着疲惫的潘总我欲言又止，怎么好再给他增加工作压力。

“你刚到南水北调办工作，万事开头难，诸事繁忙，不只是来看看我的吧，有什么事你就说吧！”他那明察秋毫的眼神早已觉察到我的来意。“潘总，南水北调工程已经开工，根据南水北调建委会的决定，建委会要组建专家委员会，我们研究希望你能出任专家委员会主任，只是考虑到你工作繁忙和身体欠佳，我不忍开口。”我实话实说。

听说我的来意，他稍作沉思后说：“我现在手上的事的确太多，而且身体也不是很好，可是南水北调专家委主任这个担子，我还是接下了，因为南水北调工程对我们国家太重要了，工程也太复杂，建设期间会遇到很多意想不到的问题，我们有责任把这个工程干好，给国家和人民一个交代。”

几个月后经国务院批准，南水北调建委会正式聘任潘家铮出任南水北调专家委员会主任。此后的十年间，我不知多少次向他请教技术问题，请他主持技术审查和工程质量检查。潘总签发的咨询报告、向国务院的汇报，上至中央领导，下至一般技术干部，都认为是最权威的意见，得到了充分的尊重和认可。

“黄河有病，病得很重，现在非治不可，而且应该付出代价。人病了要输血、换肝、换肾、换脊髓，自己家里的亲人甚至陌生人都会捐献，我们的母亲河都病入膏肓了，向姊妹河调点水来有什么不可以？”在南水北调规划阶段，潘总是南水北调工程坚定的支持者，规划的审查者、技术的把关者，他参加的顶尖级的论证会、审查会不计其数，出具的审查报告和会议纪要车载船装。

2012年潘总因病住医院，我多次去他的病榻前探望，小小的案头，总是堆满来自各方的技术成果、咨询报告、项目审查意见。2012年4月，我再次看望潘院士，他拖着十分虚弱的身体对我说：“我心中最放不下的就是四川的锦屏水电站和南水北调工程，你们可一定要精心组织，保证工程质量，让这一项工程永远造福人民。”没想到他的这句话成了我们最后的交谈，也成为永远激励我前进的动力。

“如果三峡工程需要献身，我将毫不犹豫地首先报名，我愿让自己的身躯永远铸在三峡大坝之中，让我的灵魂在晨曦暮霭之中，听那水轮机发电机唱歌，迎接那万吨船队的来往，直到千秋万载……”这决不是豪言壮语，这是一代水利水电泰斗的博大情怀，是爱国敬业的榜样。潘总不仅对南水北调、三峡工程是这样，他对全国的水利水电的事业，对祖国美好未来都有着终生不息的追求，有着发自肺腑的热恋，有着一代宗师的风范。

专家委员会汇聚了一批在水利工程、地质结构、生态环境保护等领域具有很深造诣的专家学者。多年来，专家委员会组织专家组，研究咨询南水北调工程建设中的诸多重大技术问题，对南水北调工程建设质量、水污染治理成效等开展检查，并承担南水北调工程初步验收的工作，提出了很多针对性强、质量高的建议，有力地推动了南水北调工程建设的顺利进展，保障了工程安全。

## 探索工程建设管理新模式

多年来，在南水北调工程建设管理体制框架下，遵循市场经济规律和工程建设规律，结合南水北调工程建设的特点和实际，在工程建设实践中，逐步探索并形成了独特的南水北调工程管理模式，包括工程建设管理模式、征地移民管理模式、水污染治理及水资源保护管理模式。根据南水北调工程建设的需要，逐步建立了多层次、多类型的协调机制，建立健全了南水北调工程建设各项规章制度，为工程建设的顺利实施提供了重要保证。

工程建设管理模式

在政府宏观调控下，南水北调工程建设严格实行项目法人责任制、招标投标制、建设监理制。根据建委会批准的《南水北调工程项目法人组建方案》，综合考虑南水北调工程实际，在南水北调东、中线一期主体工程建设中组建了五个项目法人，具体负责东、中线一期主体工程及汉江中下游治理工程的建设和运行管理。中线干线工程涉及面广，各种关系复杂。短期内尚不具备组建南水北调中线工程有限责任公司的条件，一是对于中央出资者代表，相关部门意见分歧较大。二是地方出资额度一时尚难到位，作为资本金来源的南水北调基金筹措困难。三是有限责任公司的资产所有者国资委在工程建设阶段，对南水北调中线有限责任公司实施行政管理较为困难。因此，报经南水北调建委会批准，先期组建中线干线工程建设管理局，作为工程建设管理的责任主体履行建设期间的项目法人职责，条件成熟时再适时改制为有限责任公司。

南水北调工程点多、线长、涉及面广，工程建设与运行管理相统一，如果在工程建设初期组建庞大机构，既非常困难，也会给工程运行管理带来极大负担和压力。因此，需要在工程建设期充分发挥市场配置资源的基础作用，探索工程建设管理的新模式，努力减少工程建设和运行成本。同时，还要针对南水北调工程建设的特点，发挥和调动好工程建设沿线地方政府参与工程建设的积极性。经过试点，南水北调工程在项目法人主导下，采用项目法人直接管理、委托地方管理以及通过市场选择代建机构管理相结合的工程建设模式。

项目法人直接管理。项目法人对工程技术含量高、工期紧的跨河、跨路大型枢纽建筑物以及省际、市际边界工程，设立现场管理机构对工程建设项目直接管理。项目法人对工程建设项目直接管理既可以控制关键节点工程的建设质量和进度，加强对工程关键技术的把握，引进竞争机制，发挥示范带头作用，又可以培养工程建设管理队伍，为未来工程建设管理和运行维护做好准备。

委托管理。为发挥南水北调工程沿线各省市的积极性，对部分工程项目建设采用委托制，即由项目法人以合同的方式将部分工程项目委托项目所在省、直辖市与政府行政部门分开的建设管理单位组织建设。项目建设管理单位受项目法人的委托，承担委托项目在初步设计批复后建设实施阶段的建设管理，依据国家有关规定以及签订的委托合同，独立进行委托项目的建设管理并承担相应责任，同时接受依法进行的行政监督和财务审计。受委托的建设管理单位由项目所在省（直辖市）南水北调办事机构负责组建。

项目建设管理单位具有企业属性，对其基本要求：项目管理机构具有同类工程的管理资质和经验，能独立行使委托项目管理职责，有履行委托工程管理的资质和能力；派驻项目现场的负责人应当主持过或参与主持过大中型水利工程项目的建设管理并经过相关专项培训；派驻项目现场的技术负责人应当具有高级专业技术职称及相应的执业资格,从事过大中型水利工程项目建设技术管理并经过相关专项培训；技术、经济、财务、招标、合同、档案管理等方面有完善的管理制度,能满足委托项目建设管理的需要；组织机构完善,人员结构合理，具有各类专业技术职称的人员不少于总人数的70%，能够满足委托项目建设管理的需要；拥有适当的机构支持以及办公场所。国务院南水北调办对委托项目的建设以及项目法人和项目建设管理单位的建设管理行为进行监督。有关省、直辖市南水北调办事机构根据国务院南水北调办的委托，对委托项目的建设活动行使包括招标投标、安全生产、质量监督、审计、稽察等方面的行政监管职责。

代建制。为充分发挥市场配置资源的基础性作用和优势，提高工程建设专业化管理水平，南水北调工程鼓励积极探索和推行代建制建设管理模式。代建制是指在南水北调主体工程建设中，工程项目法人通过招标等方式择优选取具备项目建设管理能力、具有独立法人资格的项目建设管理机构或具有独立签订合同权利的其他组织（即项目管理单位），承担南水北调工程中一个或若干个单项设计单元、单位工程项目全过程或其中部分阶段建设管理活动的建设管理模式。项目管理单位在合同约定范围内就工程项目建设的质量、安全、进度和投资效益对项目法人负责。项目管理单位的具体职责范围、工作内容、权限及奖惩等，由项目法人与项目管理单位在项目建设管理委托合同中约定。项目管理单位依据国家有关规定以及与项目法人签署的委托合同，独立进行项目建设管理并承担相应责任，同时接受依法进行的行政监督及合同约定范围内项目法人的检查。

项目管理单位必须具备的基本条件：具有独立法人资格或具有独立签订合同权利的组织，一般应从事过类似大型工程项目的建设管理；派驻项目现场的负责人应当主持过或参与主持过大型工程项目建设管理，经过专项培训；项目现场的技术负责人应当具有高级专业技术职称，主持过或参与主持过大中型水利工程项目建设技术管理，经过专项培训；在技术、经济、财务、招标、合同、档案管理等方面有完善的管理制度，具有各类专业技术职称或相应执业资格的人员不少于总人数的70%；工作场所固定，技术装备齐备，能满足工程建设管理的需要；注册资金800万元人民币以上，净资产1000万元人民币以上；具有承担与代建项目建设管理相应责任的能力。

通过实施代建制，招标选择具有资质和经历的社会专业化队伍管理南水北调工程建设，有效弥补了项目法人建设管理力量的不足，减轻了项目法人（项目管理单位）在工程建成后安置管理人员的负担，有利于促进管理水平的提高，也为今后运行管理的资源配置预留了空间，是在新的市场经济条件下对水利工程建设管理新模式、新思路的探索。

南水北调工程征地移民管理模式

南水北调工程征地移民，实行“国务院南水北调建设委员会领导、省级人民政府负责、县为基础、项目法人参与”的管理模式，既体现了中央、地方各级政府在征地移民工作中政府主导作用，也对新形势下项目法人在征地移民工作中的作用提出了要求。首先是建委会领导。我国的土地制度决定征地补偿和移民安置工作属于政府行为。实践证明，必须依靠各级政府才能做好征地移民工作。所谓“建委会领导”，就是由南水北调工程建委会制定南水北调工程征地移民的统一的政策、条例，审批征地移民规划，明确统一补偿标准及资金来源，研究解决南水北调征地移民中的重大问题，国务院有关部门各负其责做好征地移民工作。

省级政府负责，县为基础。南水北调工程跨越我国东中西部多个省市，各地情况差异较大，移民类型和安置方式复杂多样，既有南水北调中线丹江口水库及东线水库移民、干线建设中的农村征地拆迁，也有城市居民搬迁，各地经济发展差异大，补偿补助标准不一致。征地移民工作有着不同于一般水利工程的复杂性。在制定征地移民政策实施方案时，既要考虑政策和制度的统一性，又要针对不同地区和不同工程征地移民特点设置一定的弹性空间。所谓“省级政府负责、县为基础”，指省级人民政府可以根据建委会制定的统一政策，结合本省直辖市实际，制定实施方案，进行政策的微调，解决本地带有特殊性的问题，落实征地移民工作各级地方政府的责任。县为基础，是指县级人民政府作为我国土地权属和产权管理的最重要环节，需要充分发挥其在社会动员、资源调配、行政执法、维护稳定等方面的政府作用，在本县范围内制定征地移民实施细则，对于征地移民工作实施监管，县级以下各级人民政府办理具体的补偿兑付、组织拆迁安置等工作。

项目法人参与。南水北调工程投资的多元性和准市场配置的特点，与纯公益性的水利工程完全依靠政府拨款不同。征地移民的投资是工程总投资的组成部分，各级政府组织实施征地移民工作的同时，需要项目法人代为履行投资人的义务。所谓“项目法人参与”，是南水北调工程与征地移民紧密结合的工程特点以及市场经济的运作方式决定的。项目法人参与，对征地移民资金进行筹集和安排，并参与资金使用的管理，体现了投资人的权利和义务，分清了投资人和实施者的责任，有利于实事求是地研究和解决征地移民工作中遇到的问题，有利于征地移民工作与南水北调工程建设更好地衔接，有利于征地搬迁方案在实施中的调整，有利于保护被征地农民和拆迁对象的权益。

南水北调工程水污染治理及资源保护管理模式

水污染治理和水资源保护是南水北调工程能否发挥效益的关键，是工程建设的重要内容。在水污染治理和水资源保护方面，南水北调工程秉承“以人为本、人与自然和谐发展”的理念，坚决贯彻“三先三后”的总体原则，把治污和保护工作放在了比工程建设更加重要的位置，建立了科学规划、职责明确、制度配套、资金保证、主管部门监督的工作模式。通过推进工业产业结构调整、提高沿线企业排污标准、加强水污染防治基础设施建设、实施截污导流工程、推广湿地建设等众多综合措施的运用，在搞好工程建设的同时，加强东线水污染治理，保护中线水源地，充分发挥其对全国其他地区治污工作的辐射带动作用，努力实践人与自然和谐发展的工程建设新模式。

首先是制定治污和环保规划。为保证东线调水水质，2002年，国家计委会同水利部、环保总局、建设部等部门及江苏、山东、河北、安徽、河南、北京、天津等省市，共同编制了《南水北调东线工程治污规划》，并将其纳入《南水北调工程总体规划》。为推进

《南水北调东线工程治污规划》的实施，南水北调办、国家计委、监察部、建设部、水利部、环保总局联合制定了《南水北调东线工程治污规划实施意见》，2003年10月，国务院批复并转发了该实施意见。在治污规划的基础上，山东、江苏两省根据东线工程利用京杭运河输水沿线湖泊调蓄的实际情况，分别制订了41个控制单元的实施方案，增加了船舶污染治理、城市生活垃圾处理、人工湿地建设等内容，两省共安排了各类项目426项，总投资153亿元。规划项目和投资均较《南水北调工程总体规划》有了较大幅度增加。

中线丹江口库区水源地及调水沿线的水资源保护工作，是中线工作的重点。2006年2月，国务院批复了国家发改委、水利部、环保总局、南水北调办联合制定的《丹江口库区及上游水污染防治和水土保持规划》。为做好规划的实施工作，国家发改委及有关部门加强领导和组织协调，建立了丹江口库区及其上游水污染防治和水土保持部际联席会议制度，充分发挥地方政府和有关部门的作用，组织规划的实施工作。同时，通过制定并完善水源地保护法规，建立多元化的投融资体制，加强项目建设的协调和运行管理，加强执法监督，提高科技支撑能力，推动科技成果转化，建立生态监测网络等多项措施，保障规划的顺利实施。

其次，明确治污责任。根据《南水北调东线工程治污规划实施意见》，东线治污规划实施的责任主体是山东、江苏两省人民政府。两省人民政府负责辖区内的治污项目，对辖区内治污工作及调水水质负责。国务院有关部门按照各自职责开展工作，并对地方治污工作进行考核。国家发改委负责组织审查区域治污实施方案，并将治污工作纳入年度国民经济和社会发展计划；环保总局负责对治污进行指导、监督和检查；建设部负责指导、监督城镇污水处理及再生资源利用设施建设和运营；水利部负责截污导流项目的前期工作；监察部负责对地方政府落实治污责任和目标完成情况进行检查。2003年10月15日，南水北调办代表国务院南水北调建委会与江苏、山东两省人民政府分别签订了《南水北调东线工程治污工作目标责任书》，进一步落实了治污责任。为加强治污工作领导，江苏、山东两省分别成立了东线治污领导小组，下设办公室，负责研究部署东线工程本省段的污染治理工作。

第三，完善治污配套政策。几年来，江苏、山东两省各级党委、政府高度重视东线治污工作，领导有力，组织到位，法规制度逐步健全，行政监管和督察力度不断加大。两省都制定了多部有针对性的地方配套法规和标准，江苏省制定了《江苏省长江水污染防治条例》《苏北地区建设项目环境准入条例》；山东省出台了《山东省南水北调沿线地区水污染防治条例》，专门针对南水北调东线工程实施了严于国家标准的《山东省南水北调沿线水污染物综合排放标准》。两省均加强了水污染防治的执法检查，加大对违法排污查处力度。山东省每季度由省人大、省政府领导带队对省市县治污工作进行暗查，对查出的问题依法依纪给予处理，追究有关部门和人员的责任。此外，两省还加快了污水处理费的调整步伐，调水沿线所有地市污水处理费征收标准小步快走逐步提高。

第四，落实治污资金。除截污导流项目纳入东线一期主体工程外，其他东线治污项目资金主要由南水北调工程基金、城市污水处理费、银行贷款和企业自筹等多渠道筹集。其中，“十五”期间国家在“三河三湖”重点流域治理中，已对东线部分治理项目给予了补助。为进一步调动地方治污积极性，2006年国务院对用于东线治污的南水北调工程基金管理方式进行了调整，即江苏、山东两省征收的南水北调基金70亿元不再上缴中央，由两省包干使用。2007年，国家发改委、水利部和南水北调办研究决定，对截污导流工程审批方式进行调整，其资金来源也相应调整，进一步落实了治污项目、资金、水质“三包干”。

第五，主管部门监督。为监督规划落实、资金使用和治污工作效果，由环保总局牵头，国家发改委、财政部、水利部、监察部、建设部、南水北调办七部委组成的联合监督检查小组，每年两次对东线工程治污情况进行检查，南水北调办作为协调单位，及时了解治污工作进展，治污资金落实，监测断面水质，并协调有关部门及时解决东线治污及中线水源地保护中的有关问题。在南水北调工程建设委员会全体会议期间，由山东、江苏两省人民政府向全会作专题汇报，联合检查组对水污染治理情况进行综合汇报。受南水北调建委会委托国务院相关部门及时发现并主动协调治污工作中的问题，对地方政府履行责任、实现承诺也起到较大的推动作用。

为保证新模式在工程建设实践中的有序推进，提高管理效率，确保工程建设进度、质量、安全和投资效益，南水北调办探索建立南水北调工程建委会成员单位层面、省市南水北调工程办事机构层面、项目法人层面三个层面的协调机制，并在工程建设中发挥了重要作用。建委会成员单位层面的协调机制，是通过南水北调办与国务院南水北调工程建设委员会成员单位及国务院其他相关部委工作联系，加强沟通了解，争取工作支持，促进有关问题解决。通过协调，南水北调办与国家发改委、建设部、公安部、交通部、铁道部、环保总局、国家文物局、国有资产监督管理委员会、国家电网公司等分别建立了双边或多边的工作协调机制，促进南水北调工程前期工作、工程建设、安全保障、交通道路、治污环保、文物保护、项目法人治理结构等各方面工作的进展。省市南水北调工程办事机构层面的协调机制，是通过会议、检查、研讨、座谈等不同形式，将中央有关南水北调工程建设的方针、政策传达到地方，并通过省市南水北调办事机构的工作落实到基层。省市南水北调办事机构也通过工作汇报，及时向南水北调办汇报工程及移民工作进展，反映遇到的问题和困难，并共同研究解决问题的有效途径和措施。项目法人层面的协调机制，是南水北调办通过加强对项目法人的工作，努力减少南水北调工程给地方带来的影响，切实保护好人民群众的合法利益，协调地方政府加强征地拆迁，营造良好的施工环境。推进南水北调工程建设进展，项目法人也将工程建设第一线的情况向南水北调办反馈。三个层面的协调机制层次不同，条件和范围不同，所发挥的作用也不同，但是它们目标相同，就是通过互相补充，协商沟通，达成共识，从而促进南水北调工程建设中各种问题的解决。

科学合理的制度设计和建设是南水北调工程新体制新模式顺利推行的保证。工程开工以来，通过不断探索和总结，在前期工作、建设管理、征地移民、治污环保、监督稽察、资金管理等各个方面，制定了一系列规章制度，为规范南水北调工程建设行为，为南水北调工程建设的顺利实施提供了重要的制度保证。

2004年9月，国务院南水北调工程建设委员会印发《南水北调工程建设管理的若干意见》，标志着南水北调工程建设管理的基本制度到位，为依法对工程建设实施管理奠定了制度基础。此后，国务院南水北调办先后制定了《南水北调工程初步设计管理办法》《关于加强南水北调工程设计变更管理工作的通知》《南水北调工程建设资金管理办法》《南水北调工程代建项目管理办法》《南水北调工程委托项目管理办法》《关于进一步规范南水北调招标投标活动的意见》《南水北调工程质量监督管理办法》《关于加强南水北调工程科技项目管理工作的意见》《南水北调工程建设征地补偿和移民安置资金管理办法》《南水北调工程建设稽察办法》等一批制度和办法，初步形成了比较完整的建设管理制度体系，这些规章制度在南水北调工程建设中都得到了较好的执行和遵循，为规范南水北调工程建设管理起到了十分重要的作用。

南水北调办成立以来，认真贯彻落实南水北调建委会《关于南水北调工程建设管理若干意见》，狠抓工程建设管理的规范化和正规化建设。在认真执行国家工程建设管理现行标准的基础上，结合南水北调工程建设管理的实际需要，先后制定了一系列管理规定，突破了一批设计和施工中的重大技术问题；采取有效措施进一步规范了工程建设招投标工作和设计变更的审查批复；严格质量管理，加强质量控制，强化质量监督，落实质量责任，研究建立和完善了质量保障体系和监督管理体系；组建了工程沿线七省（直辖市）质量监督站及丹江口大坝加高、中线穿黄工程等重要工程项目质量监督站，组织开展不同层次的质量检查。这些办法和措施的实施，对保证南水北调工程建设质量和安全生产，实现工程建设管理的正规化、规范化和制度化起到了重要作用。

⊙专家在进行质量检查

## 工程建设管理体制的思考

南水北调工程建设管理体制，是在汲取以往大型水利水电工程建设成功经验的基础上，充分考虑南水北调工程的特点进行的成功探索，也是经过国务院有关部门及沿线各级地方人民政府反复协商取得共识的成果。几年的实践证明，这一体制符合南水北调工程建设管理的实际，促进和保证了工程建设的顺利进行。这种体制从研究探索到创建实施，经历了多方面的碰撞和磨合，从不理解到理解，从不习惯到习惯，在实践中不断完善。

一、新体制在实践中的碰撞

由于南水北调工程建设体制不同于传统的公益性水利工程建设管理体制，在新体制新机制的运行过程中，难免会出现一些矛盾和问题。

观念上的碰撞。集中反映在对南水北调工程的性质定位方面，以及由此引起的对工程供水目标认识的不同。在工程性质的定位上，有些同志认为南水北调是纯公益性工程，应由中央政府为主投资兴建；也有些同志认为南水北调工程是经营性工程，主要为城市供水，应走完全市场化的建设路子。在供水目标上，有些同志认为应该首先考虑到农业用水和生态补水，应该直接向农业供水，通过河湖给生态补水。对工程性质和供水目标认识上的不同，直接导致对南水北调工程筹资、建设管理和运营管理认识的差别。

体制上的碰撞。集中反映在对工程性质的认识和市场经济条件下政府与企业的定位上。有的同志希望政府部门直接组织工程建设。具体到南水北调工程建设管理体制和模式方面，认为本辖区内的工程应由本地政府有关部门进行建设管理，忽视或不认可项目法人在工程建设和运营中的责任主体作用。在南水北调工程征地移民管理体制方面，有的同志对项目法人与征地移民管理机构签订投资包干协议存在不同的认识，认为项目法人作为企业与政府机构签定协议不妥；项目法人中有的同志则认为征地移民由地方政府负责，项目法人没有主动权，对征地移民投资更是无法管理，因征地移民工作影响工程建设，项目法人没有责任，等等。

方法上的碰撞。突出反映在对行业管理和项目管理的认识上。南水北调工程战线长，且点多面广，从总体规划批复到宣布开工建设，时间很短，规划设计与工程建设的任务繁重而艰巨。与此同时，工程建设需要大批的工程建设管理人员，很多不同部门、不同地方，甚至不同行业的人员聚集在一起，政治和业务素质参差不齐，工作经历差别很大，看问题和处理问题的角度和方法也就不同。一些同志习惯于用政府管理的方法处理南水北调工程建设管理中的问题，习惯于制定政策，下发文件，召开会议，部署工作，宏观指导。这些与项目管理的要求很不适应。作为项目管理不但要研究、制定政策，更需要检查监督政策的落实，并根据实际情况进行及时调整，要深入基层，到项目现场去解决问题。以项目管理为核心的南水北调工程建设管理，在工作观念上需要以工程建设为中心；在工作思路上，要实现宏观和微观管理的结合，把宏观管理落实到微观措施上；在工作目标上，要既注重过程，更注重结果；在工作层次上，要减少管理层次，减少工作环节，满足工程建设的时效需要；在工作方式上，要更多通过现场调查、工作协调，及时决策；在工作方法上，特别需要团结协作，密切配合，统筹兼顾，提高效率。

利益上的碰撞。南水北调工程纵跨长江、淮河、黄河、海河四大流域，东、中线一期工程经七个省、直辖市，这中间涉及多方利益的博弈，既有调水区与受水区的利益问题，也有不同省、直辖市、地区之间的利益问题，还有部门、行业之间的职责利益问题。反映在调水区和受水区的利益碰撞，集中在调水区的生态补偿机制和调出水的价格形成机制方面。在投资筹集上，中央和地方的投资比例及项目安排上存在不同的意见，在工程建设的增量资产和存量资产的协调管理上存在不同的看法；在工程建设管理和建成后运营管理的主导权有着不同的要求，等等。

## 二、新体制在实践中的磨合

任何一种体制机制的形成都需要一个过程，从制度的设计到最终实现，整个过程都是集思广益、不断完善的过程。在这个过程中，各种观念、利益和方法的矛盾和碰撞是不可避免的，南水北调工程建设管理的新体制也不例外。客观上，南水北调工程在国务院批复总体规划以后，就直接进入了工程实施，在规划阶段虽然对工程建设管理体制进行了总体研究，提出了工程建设管理的基本原则，但具体到实践中如何落实，依然需要进行大量研究探索，这个过程本身就是各种观点相互商榷不断磨合达到认识统一的过程。在体制、机制的设计完成之后，要在工程建设中加以实践和检验，在没有经过充分实践检验之前，产生一些疑惑或阻力也是正常的。另外，在实践过程中，还会出现一些事先未能估计到的情况，还会遇到一些新问题和新困难。对待这些问题和困难，不同的人，不同的机构，站在不同角度去观察和分析，所得出的结论也将不同，所提出的解决问题的方式方法也会不同。南水北调工程建设采取的态度是：正视问题，并在工作中研究解决问题，加强沟通，增强理解，坚持原则，有限调整，互相支持，协调解决。

## 三、新体制在实践中的协调

正确认识和处理南水北调工程管理体制推进中的矛盾与碰撞，是推动新体制、新机制走向深入和成熟的重要一环。关键是要按照建立社会主义市场经济体制的总体要求，从实现南水北调工程总体效益最大化的目标出发，从落实科学发展观、构建和谐社会、促进经济社会可持续发展的高度认识和处理这些问题，协调和减少碰撞。正确认识和处理全局与局部、眼前与长远、中央与地方、政府部门与企业、调水区与受水区等若干重大关系。注重遵循经济社会发展和工程建设两个规律，按照有利于促进工程建设的需要来进行。按照政企、政事、政资分开的原则，让政府和企业各自回归自己的本位，既要发挥政府的宏观调控作用，又要充分发挥市场主体在资源配置中的主导作用。要适应改革、发展、稳定的要求，积极营造良好的工程建设环境。

在南水北调工程建设实践中，各级南水北调工程建设管理机构，按照“转变发展观念，创新发展模式”的精神，从推进南水北调工程建设顺利实施的高度，明确管理责任，处理好利益关系，不断树立和增强大局意识、整体意识、责任意识、机遇意识，准确把握工程建设中的政府定位、法人定位、市场定位，各负其责，各行其职，各得其所，既不能越位，也不能缺位。

在工程建设上，通过委托管理的方式将部分工程交由地方组织建设管理机构管理；在工程投资上建立大型水利工程建设基金，增加中央投资比例；在水污染治理上，改变计划资金渠道，把治污资金交由地方管理，并把东线工程南水北调基金留在地方用于水污染治理；在征地移民上，调整移民规划，增加征地移民投资，支持地方四年计划、两年完成等举措，都是在工作实践中，对工作机制和模式的调整，对于协调中央与地方政府部门及法人的关系，促进南水北调工程建设及相关工作起到了重要作用。

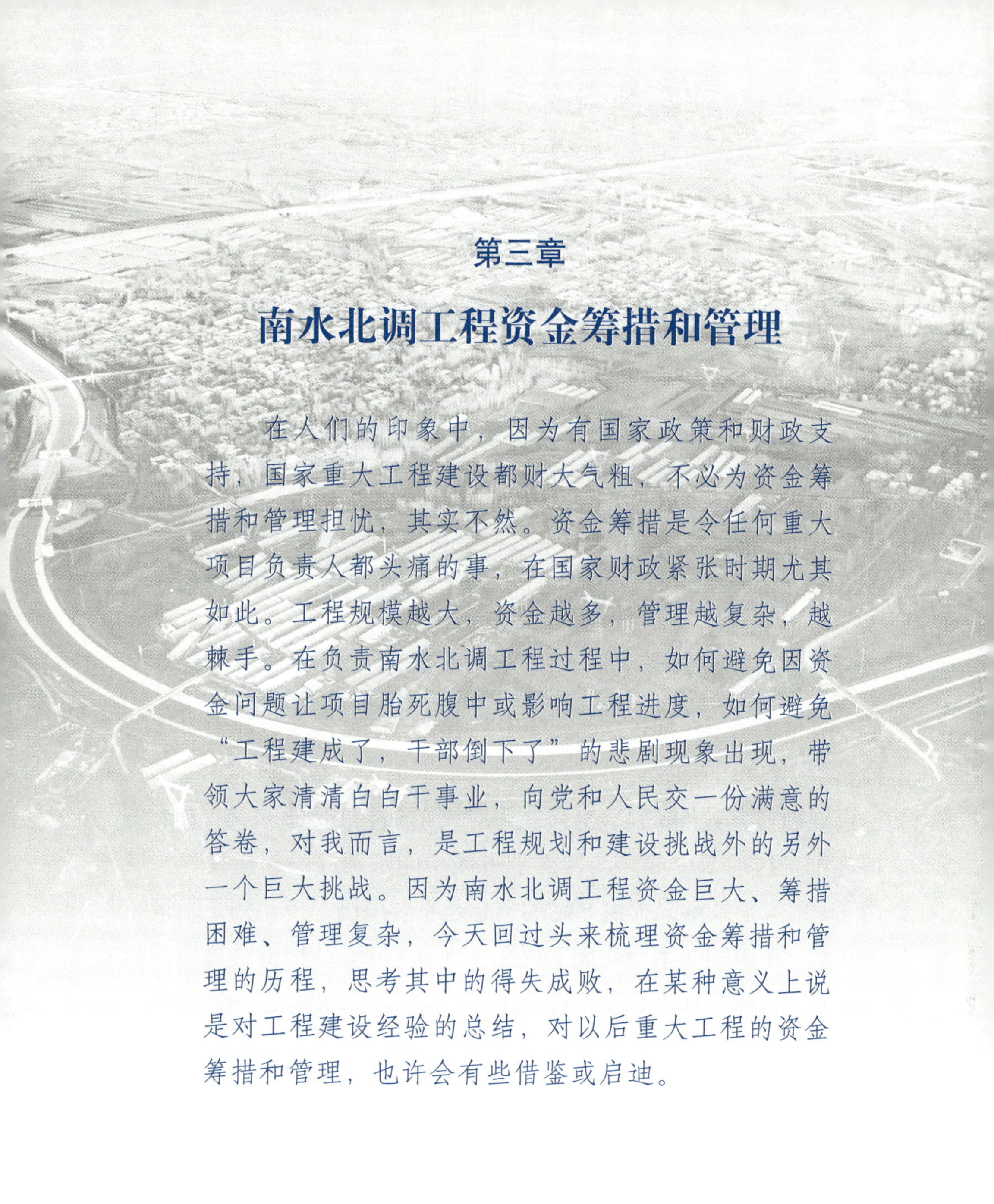

# 第三章

# 南水北调工程资金筹措和管理

在人们的印象中，因为有国家政策和财政支持，国家重大工程建设都财大气粗，不必为资金筹措和管理担忧，其实不然。资金筹措是令任何重大项目负责人都头痛的事，在国家财政紧张时期尤其如此。工程规模越大，资金越多，管理越复杂，越棘手。在负责南水北调工程过程中，如何避免因资金问题让项目胎死腹中或影响工程进度，如何避免“工程建成了，干部倒下了”的悲剧现象出现，带领大家清清白白干事业，向党和人民交一份满意的答卷，对我而言，是工程规划和建设挑战外的另外一个巨大挑战。因为南水北调工程资金巨大、筹措困难、管理复杂，今天回过头来梳理资金筹措和管理的历程，思考其中的得失成败，在某种意义上说是对工程建设经验的总结，对以后重大工程的资金筹措和管理，也许会有些借鉴或启迪。

# 资金筹措和管理至关重要

俗话说“巧妇难为无米之炊。”毛泽东也曾形象地说：“手中没把米，叫鸡都不来。”对重大工程特别是水利工程来说，资金更是至关重要。南水北调工程从1952年毛泽东提出“南方水多，北方水少，如有可能，借点水来也是可以的”这伟大构想到50余年后才开工建设，我认为这里面既有“文化大革命”的影响及众多需要规划、协调、研究的问题，也与我们国家的综合国力、技术水平相关，资金问题更是不可能绕开的重要原因。

南北水调工程规模浩大，其中挑战之一就是需要巨额资金作支撑。举个简单的例子，早在20世纪六七十年代，关于南水北调工程建设规划就有各种争论，有人认为应该先干中线后干东线，有人支持先干东线后干中线。为什么那时候不能两条线一起建设呢？说白了，国家财政难以提供充足的资金是重要原因之一。到了上世纪90年代，在编制《南水北调工程总体规划》中，就把资金筹措作为一个重点。我们明白，没有资金保证，规划就将永远是一纸画饼。

在以往的工程建设中，由于资金问题而导致停工的例子很多，我们有过惨痛的教训。我大学毕业就从事水电建设工作，干过多项水电工程，可以说深知其味。我第一次参与建设的是云南以礼河梯级水电项目，四级水电站，干干停停持续了20多年，其中最大的原因就是国家资金供给不足。当时是计划经济，每年资金计划下达后首先要算发多少工资，再算能剩多少钱购置材料机具，能干多少活。这样，资金发挥的效益当然很差，工程损失很大。南水北调这样巨大规模的工程，假如在建设资金上出现断档或者不足，那就会延迟前期投入资金效益的发挥，加上贷款利息等的原因，工程成本将会急剧膨胀。我们曾经算过一笔账，南水北调工程推迟一年大概要增加投资100亿元。在财政紧张的情况下，这可是个天文数字。所以说，对于南水北调工程来说，资金到位既是前提，又是保障。

因为资金数额巨大，筹措渠道和资金结构又很复杂，资金管理尤显关键。也就是说，光“有米下锅”不行，还得有科学的管理，才能“将米煮成一锅饭”，而不是“一锅粥”。

南水北调工程资金管理复杂与工程结构本身复杂相关。首先，南水北调工程分几期建设，投资也有阶段性、实效性的问题，增加了资金管理难度。基本建设又有不同的规划设计阶段，比如工程规划阶段要做投资估算，到可行性研究报告阶段要做投资匡算，到初步设计阶段要做投资概算，到工程竣工还要做投资决算，不同阶段的投资变动较大。其次，南水北调工程战线长，范围广，项目多，工程类型复杂。东、中线一期工程有155个单元，分中东两条线，处于不同地区。东线处于江苏、山东等经济比较发达地区，中线处于湖北、河南、河北等中部地区，不同地区南水北调基金筹措的力度不同。第三，东、中线工程穿越中国古代文化、文明的核心地区，涉及文物点多、价值大，比如河南、湖北、山东等都是文物大省，文物保护任务十分艰巨，有时候宁可调整渠道走线也要保证国家文物安全。修改设计必然要增加投资。第四，南水北调工程资金使用结构也很复杂，它涉及主体工程、征地移民、水污染治理、水环境保护、文物保护等方面。主体工程主要包括开挖渠道、建设水库、穿渠建筑物、修建各类泵站等。征地移民资金数量很大、管理层次多。比如，中东线一期工程沿线永久征地就有100多万亩，加上临时用地50万亩，一共约150

⊙丹江口均县镇北泰山庙墓群2008年度考古发掘鸟瞰图

多万亩，库区移民及干线搬迁50多万人。国家政策的变动、原材料价格调整、土地房屋树木及地上附着物统计的变化等都影响资金的筹集和使用。污染治理方面的资金管理也不简单，涉及污水处理厂的建设、产业结构调整、小流域治理、截污导流工程等等，不仅类型多，资金结构、中央与地方投资比例和管理方式也不同。总之，南水北调工程建设资金的筹措、管理，监督都面临一些新的要求和问题，对管理者来说，无疑是新的考验和挑战。

## 资金筹措

现在的国家重大工程资金筹措和计划经济时代有很大区别。

计划经济时代，水利工程建设资金都是国家划拨，改革开放特别是实行社会主义市场经济体制以后，这种情况发生了很大变化，多种渠道融资成为趋势。然而，用哪几种渠道融资，如何融资，当时依然存在明显分歧和争议。有媒体就曾以“南水北调启动5000亿融资计划，融资模式分歧大”为题进行报道，认为“在融资方面，各相关方分歧很大，争论相当激烈”。其实，当时的争论主要集中在两个方面：一是是否需要采用多种融资方式，二是中央和地方资金如何分担。水利系统内的专家，尤其是一些老专家，主张南水北调应由国家出钱，理由是这项工程是公益性、战略性工程，这类工程投资是国家财政的职能。也有人则提出，除了银行贷款，多样化的融资方式还应包括发行债券、股票和基金，甚至包括资产证券化。

其实，融资渠道争论的关键是南水北调工程的定性问题，也就是将其定性为公益性的还是经营性的问题。《南水北调工程总体规划》编制组综合各方面的观点，认为公益性和经营性并非完全对立。一方面，南水北调工程是水资源在全国范围内的优化配置和生态保护项目，是国家的重大战略性工程；另一方面，它实际上与北方地区对水资源的需求有直接关系，供水对象主要是城市，也涉及经济和市场问题。所以，经水利部、国家计委等部门研究并经国务院同意把南水北调工程定性为准公益性工程，既带有一定公益性又以市场为导向的工程，由政府主导，市场运作，企业管理，用水户参与。

工程性质明确后，《南水北调总体规划》建议，资金的来源主要从三方面着手：中央财政、南水北调基金、银行贷款。我们的思路也大体符合后来的实际情况：中央财政的支持由两个部分组成，一部分是中央预算内资金和国债；一部分是由地方水价加价所得建立南水北调基金，基金一部分交给中央，作为中央的资本金，另外一部分作为地方的资本金；银行贷款则由牵头银行组织一个银团，大家共同承担风险。当时设想从这三方面筹措资金不太复杂。实际上，真是“看似寻常最奇崛，成如容易却艰辛”，每笔资金的争取都很曲折，都有不为人知的艰难。

多渠道筹资中，国家财政支持肯定是第一位的、起引导和决定作用。在给国务院的汇报材料上，强调南水北调工程是国家工程，期望得到中央财政较大的支持。当时，朱镕基总理告诉我们，国务院也拿不出这么多钱。我们理解，朱总理说这话有他的难处。当时是2000年，国家财政困难，整个外汇储备才1600多亿美元。但是，理解归理解，无论如何要得到国家财政支持，否则工程将无法进行。我当时就对时任国务院副秘书长的马凯同志反复陈述：这么大的水资源跨流域配置工程，假如政府不出钱，没法向老百姓交代啊！再说，这可是体现政府形象的事。

经过反复争取，后来我们终于获得中央财政20%的支持，这可是反复努力才得到的，当然后来的变化中央资金已远远不止20%了。这中间还有个小故事。记得2002年8月23日我参加国务院第137次总理办公会，会后听国务院副秘书长马凯说，中央考虑对南水北调工程资金给予10%的支持。得知这一消息，我心里十分焦急，心想这么大的工程，中央只出10%，全靠地方筹资和贷款，会对工程建设和运行产生较大问题，经向汪恕诚部长报告后，汪部长也十分着急，我们请求再向总理汇报。一旦总理办公会议纪要定下来，事情就难办了。可是再一问，朱总理开完会后第二天就出国访问了，怎么办？只有找马凯副秘书长想办法。于是，我紧盯不放，向他反复说明并得到他的大力支持。马凯副秘书长通过大使馆向朱总理汇报南水北调工程资金问题，经总理同意调整中央出资比例，这才有了后来的20%。不知内情的同志和地方领导都不满意，问我："中央怎么才出那么一点钱？"我只能说20%国务院已尽了最大努力，也是无奈之举。"无奈之举"是实情，大家也知道，1998年长江发生大洪水，1999年以后搞灾后重建需要投入大量资金，对当时相对薄弱的国家财力来说，这样的支持已是十分难得了。

中央财政支持主要靠中央财政预算和中央发行的国债安排。当时，每年的中央财政预算没有多少钱，国家发改委每年划给水利部的资金计划只有400多亿元。400多亿元，对于全国水利工程来说是捉襟见肘，处处短缺。至于想打其他方面或部门资金的主意，那几乎是不可能的，这一点我十分清楚。我在水利部工作时分管规划、计划，每次参加国家计委组织各部门讨论年度资金计划的会议，都争得不亦乐乎。大家都认为自己所在行业重要，都认为资金分配比例不合理。总之，南水北调工程的投资只能在水利投资的400多亿里做文章。南水北调占多了，其他水利建设就少了，挤不出多少"油水"。我们只好将重点放在争取国债资金上。

南水北调工程总体规划时，考虑借鉴过去重大建设项目设立基金的做法，在受水区设立南水北调工程建设基金。南水北调工程建设基金从哪来呢？羊毛出在羊身上，南水北调是水利工程，肯定只能从水上做文章。我们了解到电力基金主要靠电费加成形成。那么，水价加成搞南水北调工程建设基金，也就名正言顺。不过，水价加成不能太高，必须考虑到人民群众及各行各业的承受能力，搞得好也可以起到促进节约用水的作用。同时受水区收到的南水北调基金可以作为该省市的资本金，投入南水北调工程建设并享有用水权。随着各省市调水量及调水距离不同，所承担的南水北调基金也不同。南水北调办成立以后，我们与财政部、国家发改委把测算核定沿线各省（直辖市）南水北调基金数额，帮助督促地方建立南水北调基金当作主要工作着力推动，但在实践中各地都遇到很多实际困难，基金的建立和征收并不顺利。

在上世纪90年代，贷款利息相对较低，银行资金不很充沛。银行一听说如此巨额的贷款，都怕放出去收不回，不愿意担风险。虽然南水北调办的同志反复说明，以后可通过水价及延长南水北调基金来偿还，等国家财政好转，可以用政府资金来偿还，风险不大。但银行依然觉得不保险。

为确保工程建设资金的落实及降低贷款风险，南水北调办策划银团贷款模式。2004年4月21日，由国家开发银行企业局牵头，在北京召开南水北调工程2004年第一次银团会议，以国家开发银行、工商银行、建设银行、交通银行、农业银行等九家银行组成南水北调工程贷款银团。最终，银团和南水北调办签订协议，贷款558亿元。具体情况是：国家开发银行提供213亿元贷款，中国建设银行提供85亿元贷款，中国银行、农业银行及工商银行各提供60亿元贷款，浦东发展银行及中信银行各提供5亿元贷款（不足部分打算再用国家建立的社保基金等其他基金融资）。贷款年限暂定为20年，为了体现对南水北调这一国家重点工程的支持，银团决定在国家确定的利息基础上下浮15%。在以后的使用中，由于国家调控，银行贷款额度减少，银行不再愿意向南水北调这样的长线工程放贷，所以一段时间贷款资金到位曾受到影响。

政府出一点，基金集一点，银行贷一点，就是当时资金筹措的情况。资金结构相对比较复杂，管理难度就大多了，每年围绕资金到位都要做大量的工作。即使在南水北调建委会全体会议上温家宝总理，曾培炎、回良玉副总理一再强调，财政部多次发文催交，还是有部分省（市）南水北调工程基金收缴困难，对正在建设的南水北调工程带来一定影响。从资金筹措方面可以看出，南水北调工程启动很艰难，没有中央领导的重视，没有各部门的积极支持和统一运作，这个项目根本上不了。

## 资金追加

随着工作的深入，南水北调工程资金需要量发生了巨大变化。《南水北调工程总体规划》批复以后开始作《南水北调东、中线一期工程可行性研究报告》。可行性研究报告比总体规划更加细致、深入和具体，更具操作性。但经过细化，资金总量比总体规划时的1240亿翻了一番，高达2456亿元。筹措1240亿已属不易，工程还没开始资金就要翻番，一下子引起轩然大波。许多媒体找我，问为什么增加那么多钱？工程还没开始钱就翻了一番，那工程干完得多少呢，有谱吗？《南风窗》就曾以“南水北调推迟幕后”为题，分析南水北调工程推迟的原因，其中就说到：“归根到底，是资金出了问题。物价上涨、辅助性工程过多、移民搬迁补偿标准大幅提高这些因素综合起来，已经让南水北调的总投资至少翻了一番。”应该说文章的说法还是比较客观的。不过，南水北调工程资金增加的原因，远比文章所说的复杂得多。

**一是国家政策的变化。**政策变化主要体现在征地移民政策和税收政策的变化。按照原国务院颁发的大中型水利水电工程征地补偿及移民安置条例，征地补偿和移民安置的标准是农业前三年亩产平均收入7至8倍。后来，由于经济社会发生了很大变化，如此低的补偿标准农民难以承受，基层地方政府意见很大。经多方测算、协商并报请南水北调工程建委会同意，南水北调工程按照16倍的标准给予补偿，比起以前的补偿标准整整翻了一番。150万亩征地需要增加多少钱，可想而知。税收政策变化对资金影响也很大。比如说耕地占用税，以前税率很低，水利工程还可享受减免政策。可到南水北调建设阶段耕地占用税一下子增加到每亩24元多，这一项就增加260多亿元。

二是工程量的增加。工程量的增加，最典型的就是跨渠桥梁的增加。我给河北、河南的同志做工作，请他们在考虑老百姓出行方便的基础上，也一定要考虑控制建设规模，降低建设成本。但地方政府希望桥越多越好，越宽越好。我们规范了交通桥和人行桥。比如说学校在渠道右边，村庄在渠道左边，这中间必须有桥，但是这个桥不一定过汽车，过人就可以了。后来，虽然经过反复协调，但南水北调中线平均800米就修一座桥。另外在南水北调建设的同时，地方公路也在建设。而南水北调工程建设周期很长，地方公路建设速度很快。公路建到南水北调工程段被堵住了，地方就要求修桥。当然，还有不少石料场、开挖土料的存料场、弃料场由于地方的原因变动较大，增加运输距离，而变动的结果多是追加投资。南水北调工程是一个庞大的土工建筑群，需要9.5亿立方米土石及当地建筑材料，仅料场就有数以百计的存料场、弃料场和取料场。建设料场，看上去容易，但这中间也涉及环境影响、经济效益、群众利益等各方面的复杂关系。为了输水干渠平直通畅，工程建设低洼地段需要填高，这就需要从取料场挖土。挖土就得毁坏农田，一般情况下，好的土地老百姓不愿意被征，沙质土地土质较差又不能满足工程需要，离工程近的地政府一般不愿意被征收，远的运输成本太高，工程单位难以接受，在料场选择中充满协调和妥协。弃料厂存在同样的问题，工程挖出来的废土要拉到别的地方去。地方政府巴不得用弃土造出新地，但是，一小块一小块的填挖造地太分散，运输距离远，影响工程进度、增加工程成本，所以从工程设计上来说，就巴不得弃料场集中在一个地方并尽量就近使用。南水北调工程遵循以人为本，在国家利益和群众利益结合点上考虑问题，我们把认识统一到多造一点地有利于国家，也有利于农村的发展，对农业也是一种支持，于是把原来设计的很多弃土场做了调整，宁可增加成本也要保护群众利益。

**三是物价上涨。**南水北调工程建设期间，物价处于上升态势，2002年以后增长尤其快，各种建筑材料、人工费用齐步往上走。比如，当时编制可研报告时，人工费是每人每天36元，后来涨到150元。为什么说推迟一年要增加100亿元，一个重要原因就是物价增长太快。南水北调工程需要物资量很大，当地材料、沙石料都是由地方生产。工程越紧张，材料费越上涨。地方政府干预成效甚微，这就是市场机制！如果施工单位自己组织生产，地方又不愿意了。工程建设必须协调好和地方的关系。南水北调工程占用了农民的土地，也需要给当地群众一些经济补偿，解决当地群众就业也是重要方面。这样才能保证平稳的工程建设环境。

**四是治污项目纳入南水北调工程规划。**水污染治理工程量很大，也是一个长期的艰巨的工程。比如，东线治污资金153亿元，中线治污资金70亿元，纳入工程投资就必然增加概算。按说这部分资金不应该纳入到工程投资中，可是不列入工程投资治污资金就没有渠道，治污不达标，建好工程又有什么用。我们绝不能把污水引到北方、引到首都来！

⊙京石段渠道上的桥梁

**五是工期推迟，利息增加。**南水北调东、中线一期工程原来计划2010年开始供水，后来由于种种原因推迟到2013年2014年分别供水，558亿银行贷款四年的贷款利息也不是个小数目。

虽然说资金增加有充分理由，但毕竟投资规模翻了一番。报告报送后，温家宝总理批示让审计署先进行审计。其实道理很简单，就是温家宝总理对南水北调工程资金增加如此之大不放心，而且当时社会和媒体都提出了疑问。结果，审计以后并没能减多少，因为资金增额确实是合理的、出之有据的。

审计结束后，南水北调工程可行性研究报告必须解决资金来源问题。资金来源不清楚，国务院难以批复南水北调工程可行性研究报告。关键问题是要解决钱从哪里来。为了解决这个问题，前后大概用了五年时间。南水北调工程可研报告之所以拖到2008年才获得批复有诸多原因，我认为原因之一就是要解决增加投资的问题。

南水北调工程可研报告编制阶段，南水北调办围绕增加资金从哪来的问题，私下已做了大量工作。总体规划阶段筹集1240亿资金时，好不容易中央财政出20%，增加的1000多亿让政府出肯定不可能，找水利部解决更不现实，就算其他水利工程都停掉，水利投资全用在南水北调工程上也远远不够；增加水价也不能无休无止，企业及人民群众对水价的承受能力有限；向银行贷款，且不说是否能够贷到，即使贷到了也无法承担利息负担。原来的路子全都走不通了，只有另辟蹊径。于是我们盯上了三峡工程建设基金。

为建设三峡工程建立的三峡基金，在三峡工程竣工后的使用问题，早已受到广泛关注，很多方面都眼睁睁地盯着，比如国家电网公司想要用它搞高压电网建设、铁道部想要用它搞高速铁路建设。我们则急切需要用它来解燃眉之急。

2003年9月29日，我给曾培炎、回良玉副总理写信，建议在三峡工程建成后，三峡工程建设基金部分用于南水北调工程建设。回良玉副总理9月29日批示：可送发改委研酌。曾培炎副总理9月30日圈阅。

2003年以后的几年，我多次找发改委主任马凯、三峡工程建设委员会办公室主任蒲海青、财政部部长金人庆协商，李铁军、宁远副主任多次与财政部等部门领导反映协调，有关部门工作人员多次反复研究征求国务院相关部门及有关省市的意见，最后形成研究报告报送国务院。国务院高度重视南水北调增加投资的问题。

2006年11月10日，国务院副总理、南水北调建委会副主任曾培炎召集国家发改委、财政部、国务院法制办主要负责同志研究南水北调工程增加投资筹集问题。原则同意从2010年起利用三峡基金停收的电价空间，征收国家重大水利工程建设基金，统筹解决南水北调工程投资缺口问题。国务院办公厅形成报告报温家宝总理。温总理作出批示，要求抓紧制定具体方案，提请建委会尽快讨论。2007年3月14日，国务院曾培炎副总理主持召开座谈会，回良玉副总理、华建敏秘书长出席会议，国家发改委、财政部、南水北调办及国务院相关部门的负责人参加会议，共同研究将三峡基金转为大型水利工程建设基金的问题。根据会议要求，3月15日，由国家发改委张平主任约请南水北调、三峡工程受益区14个省（市）以及吉林、甘肃、广西、福建4个非受益省（区）政府的负责同志，就建立重大水利工程建设基金征求意见。与会不少同志赞成将三峡基金用于南水北调工程建设，但也有同志提出三峡工程基金用于南水北调名不正，言不顺。有的同志提出非南水北调受益地区不应承担建设资金，也有的同志提出三峡工程已建设完成，三峡基金不应再征收，会后综合各方意见形成专题报告报送温总理。温总理指出：资金缺口筹资方案要依法合规、科学论证、实事求是、切实可行。建议方案确定前由审计署进行一次全面审计。

2007年11月27日，国家发改委会同财政部、水利部、南水北调办向国务院报送了《关于设立国家重大水利工程建设基金及南水北调筹资方案的请示》（下称《请示》），《请示》对增加投资缺口，增加投资原因，增加投资的资金筹措渠道进行了分析，提出增加投资筹资方案的具体意见以及管好用好工程投资的政策措施。《请示》对基金征收方案进行了测算，遵循的原则是：第一，依据各省三峡基金额度现状征收。第二，在三峡和南水北调两大工程受益省份征收。第三，其他非收益的中西部、东北及福建16个省份征收基金用于本省重大水利工程建设。又经过反复的协调，最后的结果是：三峡工程基金在三峡工程建成后转化为大型水利工程建设基金，其中一部分用于南水北调工程建设，另一部分用于三峡移民后期扶持；在南水北调工程、长江三峡工程中不受益的地区征收的三峡基金，全部返还地方用于水利基础设施建设。这个政策应该说比较周全，解决了四个问题：一是解决了南水北调工程资金缺口和三峡移民后期扶持资金来源问题；二是为大型水利工程建设找到了长期资金渠道；三是对中西部、东北地区水利建设给予了极大支持；四是将三峡基金转为大型水利工程建设基金，等于给基金找到正式“户口”，为今后水利工程建设扩大基金规模留下了空间。2008年1月9日，国务院召开204次常务会议，研究确定南水北调东、中线一期工程增加投资筹措方案并对南水北调资金使用及其他工作提出要求。

围绕南水北调工程建设资金的筹措，进行了为时五年的艰苦研究协调工作，总算有了结果。它解决了建设资金的巨大缺口，也延长了南水北调工程可研报告批复的时间。

## 资金结构

在《南水北调工程总体规划》中，主体工程静态投资4860亿元，建设期50年。有人提出疑问，50年这个规划预测如何得来？近5000亿元投资50年建设周期确实不是拍脑袋说的，是根据南水北调工程分期建设方案及规划水平年的物价水平经过认真推算的，主要依据是按照调水线路计算工程量、搬迁规模、物价水平测算投资。报5000亿元投资50年计划时，大家意见不太一致。我当时担心如此巨额的资金审批通不过，曾向规划编制组的同志提出西线三期是否可以不报。但有些同志尤其是从事规划多年的老同志认为，为了保证规划的完整性，还是有必要一步到位。后来按照他们的意见报上去，还是幸运地获批了。总体规划的5000亿元中，东、中、西线工程分别为：650亿元、1170亿元、3040亿元，合计4860亿元，为留有余地，宏观表述为5000亿元。这就是最初的总体规划资金结构。

最初计划的东中线一期工程1240亿元，其中东线320亿元，中线920亿元，中央财政、南水北调基金和贷款的金额比例分别为：中央财政资金248亿元，占20%；地方筹集的南水北调基金434亿元，占35%；贷款558亿元，占45%。在资本金与银行贷款的比例上，我们原本希望资本金占80%，银行贷款占20%。银行贷款占45%显然大大超出了预期。这里有必要说明的是：地方南水北调基金从山东、江苏、河南、河北、北京、天津这几个省市筹资。每省资金额度由南水北调办会同发改委、财政部根据需供水量和供水距离统一安排，指明资金来源，各地方政府组织收取，不足部分由省市财政补齐。分配情况大概是：山东87亿元，江苏43亿元，河南40亿元，河北115亿元，天津66亿元，北京83亿元。地方筹集的434亿基金中，需要交给中央130亿，作为中央出的资本金。所以，实际算在地方政府头上的资本金是304亿元，在资本金比例上中央378亿元，占55%，地方占45%，中央控股。

随着资金量的不断变化，资金结构随之发生变化。随着东、中线一期工程可研报告的编制资金增加到2456亿元以后，资金结构为：中央投资部分414亿，占16%；重大水利工程建设基金1241亿，占50%；南水北调基金减少到290亿，占11%；贷款还是558亿，占21%；地方筹资43亿，占2%。地方筹资主要用于东线工程水污染治理及中线工程水源地保护的部分项目。

从上述数据可以看出，资金结构发生的变化是翻天覆地的。中央投资明显增加，由248亿增加到414亿。另外，重大水利工程建设基金1241亿，属于中央投资。这样一来，中央投资1656亿，已占到66%，地方负担大大减轻。其中，南水北调基金也大为减少，基金中央分成部分亦不需要上交中央。建设资金结构调整，中央政府承担更大责任，既减轻地方负担，也为南水北调工程解决了建设资金不到位的困扰，使得工程建设资金有了可靠保证。

从南水北调工程资金筹集的过程得出这样几点认识，一是随着改革开放，我国经济实力有了较大提高，但是历史欠账和用钱的地方太多，大型工程投资巨大，资金筹措仍然有较多困难。二是在资金筹集中既要坚持谁受益谁出资的原则，又要加大中央政府支持，要妥善处理好中央与地方受益与不受益省份的关系，多渠道利用社会资源，优化资金结构。三是既要统一思想、明确目标、又要充分协调、民主决策，一次不行两次、两次不行多次，开启双方及多方的多层面的协商渠道，只要把思想统一到国家利益、人民福祉上来，总能达成统一的意见，形成满意的成果。

既然资金数量和结构变化如此之大，大家都很关心一个问题：投资今后还会不会变，能否预测一下会增加多少？实话说，恐怕还得增加。因为国务院批复可研报告是2008年，工程投资是以2007年物价水平年测算的，工程结束时间是2014年。七年时间能不变吗？情况和之前资金增加时一样，涉及征地移民资金增加、工程建设设计变更、物价及人工费用上涨、贷款利息增加等方方面面。举一个简单的例子，可研报告阶段，丹江口库区移民规划资金237亿，在初步设计批复时高达495亿元，翻了一番。比如树的补偿，不同直径的树补偿标准不同，六年时间树长粗了，补偿就要增加。在移民资金问题上自始至终，我们秉承一个观念，凡是用到老百姓头上的，凡是有政策依据的，一定要用够用足，让老百姓得到实惠。

## 资金管理

资金来源问题基本解决后，如何管控是个备受关注的重大问题，而且也是个高风险问题。资金越多，责任越大，风险越大。在南水北调办组建之初的南水北调办全体干部会议上我就提出，南水北调工程建设必须保证“三个安全”，即“工程安全”、“资金安全”、“干部安全”。工程安全就是要保证工程按照设计目标高质量、高速度、低成本进行建设，发挥工程的经济效益、社会效益和生态效益。资金安全就是在工程建设中一定要把资金管理好、控制好，不能让资金流失、挪用，不能出现违规运作，保证资金全部用在工程建设上、征地移民上、环境保护上。干部安全就是说必须在南水北调工程建成时，干部行得正、立得住，顶得住诱惑，坚守住底线，不能“工程建起来，干部倒下去”。

要保证这“三个安全”并非易事，巨额资金是巨大诱惑，任何渠道、环节出问题都会是大问题。完善的制度可以堵塞漏洞，抑制邪念，不完善的制度会造成管理缺失，行为失范。要向党和人民交一笔放心账，要对干部的成长负责，就必须依靠严格的制度和严肃的纪律。为了制定严格科学的资金控制管理办法，我们做了细致的工作，这里主要介绍“四个政策”和“四项措施”。

“四个政策”中第一是南水北调投资实行静态控制动态管理。2004年11月6日召开的南水北调建委会第二次会议明确要求，南水北调工程要切实加强资金管理，对工程投资实行“静态控制，动态管理”，严格控制工程成本，建立工程投资约束、激励机制。据此，南水北调办公室制定了《南水北调工程投资静态控制动态管理规定》(下称《规定》)，并会同国家发改委、财政部、水利部于2008年4月3日报国务院。《规定》的主要内容：一是建立静态投资控制机制，二是建立动态价差及利息调整机制，三是建立多层次投资控制考评及激励约束机制。在汪洋副秘书长协调和发改委、财政部的支持下，这个《规定》于6月4日经李克强、回良玉副总理签阅，南水北调建设委员会批准，作为南水北调工程建设过程中的资金管理准则。静态控制主要是针对国家批复的投资规模，控制可研报告批复的2546亿元静态投资不得突破。动态管理主要是根据政策调整、物价变化等不可以预见因素增加的资金，允许动态的调整。实施静态控制和动态管理的最大优点是不需要一个一个单元工程重新追加概算。要使南水北调工程静态投资控制在国家批准范围内，动态的物价变化、政策变化每一项都必须有据可查，这就必须建立资金管理的平台和严格的管理制度，加强对建设投资的控制和监管。

第二是授权南水北调办向银行拆借资金。当工程投资和建设需求有差距，也就是资金供不应求时，财政部允许南水北调办公室通过“搭桥资金”解决。所谓“搭桥资金”，就是通过银行借贷“救急”，防止因资金问题影响工程进度。南水北调办和银行签订“搭桥资金”协议，保证“搭桥资金”本金和利息的偿还。在某种意义上，财政部起了担保的作用。

第三是规定征地移民资金由地方政府包干使用。南水北调工程资金中最难控制的就是征地移民资金，它涉及数百个乡村千家万户移民，大到乡镇搬迁，小到一家一户财产赔偿。一棵树多粗，一个鸡窝多大，都要计算，都与资金相关，一点儿马虎不得，很难管理。而且这些具体事务都是不断变化的，今年这棵树小，明年就长粗了；今年种的是玉米，明年就种小麦了。如此庞杂的工作，靠南水北调办公室的力量显然是远远不够的，我们借助地方政府的力量，由南水北调建委会授权南水北调办和各省市政府签订征地移民包干协议，实行任务包干、工作包干、投资包干。

第四是治污环保资金由国家发改委直接拨付，地方政府负责。治污环保涉及地方工作的方方面面，资金经常是无底洞。如果这个资金交给南水北调办管理地方则会不断提出要求，同时也难以实现治污工作的权责统一。所以，南水北调办和国家发改委协商并报南水北调建委会同意，决定由发改委直接将治污资金拨给有关省政府，省政府按照治污规划要求实现治污目标，直接对南水北调建设委员会负责。

这四个政策，实际上就是资金管理办法原则性和灵活性相结合，将最难管理的征地移民资金和治污环保资金划出去，交由有管理能力和行政职责的各级地方政府，充分借助地方政府的管理职能，由他们负责管理，直接对建委会负责。在四项政策的基础上，南水北调办还制定“四项措施”进行一步夯实资金管理的基础、扎紧资金管理的笼子，降低工程建设成本。

**一是控制投资结构和项目建设节奏，按照最合理的工程建设程序进行建设。**就像木桶一样，盛水量多少往往被短板所限制。南水北调工程有成千个项目，依照工程建设顺序如果其他项目建成了，一个或几个项目没建成，工程依然无法投入使用，先期的投资将造成浪费。南水北调工程建设最佳效果是，分期建设，同步建成。工期长的早开工，工期短的晚开工，同一个阶段内全部建成，投资效益最佳。为此我们根据工程建设项目的实际，制定了初步设计批复计划和工程建设开工建设目标，加快建设周期长技术复杂的项目开工，强化投资的合理性。同时资金使用也需按程序合理使用。贷款时间越长，利息势必越多，所以先用国家拨款，再用南水北调基金，再用大型水利建设基金，实在万不得已再贷款。对于大型工程来说，合理的建设程序和资金使用程序至关重要，它可以控制工程建设进程，也可以减少资金滞留和浪费。

**二是制定工程资金管理办法、移民资金管理办法和实施细则，明确资金使用责任单位、使用程序和要求。**通过资金管理办法和措施，严格管理资金支出，全程监管资金去向。南水北调办与发展改革委、财政部等几个部门协商，决定对保证质量按时建成，又节约资金的工程进行奖励，鼓励基层干部和工程建设者在资金管理上、工程建设上出主意、想办法。严厉打击贪占和挪用工程建设资金。在对工程资金严格管理的同时，我们还请资金支付银行协助监管资金走向和使用是否合理、合规。

**三是千方百计优化项目设计，减少设计变更，严格、规范进行概算审查及招标竞争。**最大的节约还是设计方案的优化。渠道线路尽可能短一些，建筑的成本尽可能低一些，土石料场离项目尽可能近一些，施工设备的施工效率尽可能高一些，这些都需要通过优化项目施工组织设计来实现。所以在项目投资审查中，排除干扰，千方百计剔除与主体工程没有直接关联的项目，严防随机搭车，严格按照国家定额和预算要求进行审查。在工程施工的投标招标中，坚持合理分标，集小为大，引进国有大型施工企业，按照招投标法严格程序规范行为，公开透明选择信誉好、能力强、价格低的国有特大型施工企业从事南水北调工程的施工。

**四是严格资金审计。**建立严格的审计监督制度，除南水北调办公室专门成立经济财务司对资金进行管理和内部审计外，还聘请会计师事务所、各地方审计机构进行审计。江苏省还组建由省检察院、纪委、审计局共同参加的资金管理办公室，统一资金监督管理。对南水北调工程的大规模审计，我经历的就有两次：第一次是2008年对南水北调工程可研报告批复前的审计，第二次是2009年对我本人进行的专项审计。这两次大规模审计很详细，很严格，每次都长达半年以上。实践表明，南水北调资金管理总体比较规范，制度比较健全，是经得住检验的。

## 资金回收

虽然说我们将南水北调工程定性为准公益性工程，不以盈利为目的，但它也存在资金的回收及偿还贷款问题。无疑，南水北调工程资金的回收主要渠道是水价。水价的确定首先要充分考虑供水成本问题。南水北调工程供水成本比较复杂，主要由六部分组成：（一）固定资产折旧费，就是在南水北调工程建设过程中形成了固定资产的，比如渠道、泵站、各种建筑物，每年按照国家规定比例提取折旧；（二）固定资产维护费，主要是南水北调工程每年的维护、检修等费用；（三）工程管理费；（四）抽水电费；（五）贷款本金、年利息。（六）税金。除此之外，供水的距离变化、工程建设中资金的增加等也会影响水价。

水价的高低，既要考虑回收国家资金，也要考虑地方政府和用水户的承受能力。我们当然不能完全按照供水成本算水价，但南水北调的水价比规划阶段稍微高一点也是正常的，毕竟建设成本大幅度提高。为了避免出现供水后钱收不回来，工程难以为继的局面，建议采取如下几项措施：

**一是严格控制地下水超采。**规划南水北调工程的时候，就考虑到要限制超采地下水，这不仅是经济问题，也是生态问题。一方面，南水北调供水后，如果地下水继续超采，这就与工程建设初衷完全相悖，既造成巨大浪费，资金的回收也会出现问题。另一方面，南水北调工程一个重要的目的就是补偿生态用水，改善环境。如果南水北调工程补给生态水的同时，地下水又被严重超采，显然达不到改善环境的目的。

**二是制定基本水价和计量水价两种不同水价。**两种不同水价。主要目的是保证资金有效回收。基本水价即容量水价，就是固定资产折旧、贷款本息和维护、检修费用等固定成本形成的水价。这个水价由南水北调工程运行管理机构直接向省（市）政府收取。基本水价是固定的，不管用水户用没用水、用水多少，它主要依据各省（市）承诺水量和调水距离确定工程规模产生的不变成本计算。计量水价，就是根据各省（市）实际用水量，每年变动的成本、合理利润以及给国家上交的税收来计算。

三是**加强水资源调控**。水资源调控主要是对生态用水的调控及不同水源的调控。比如根据地下水的恢复情况与当地政府协调处理生态用水，回补地下水或增加河道水，地方政府应为南水北调用于生态的水付费。这种规划思路和制度设计目的，主要是保证资金回收，起码保证工程正常运行费用和贷款偿还。当然，客观上也有利于减少地下水超采和用水浪费，避免对生态环境的破坏，促进当地经济社会健康发展。

水价问题，可以说既是一个经济问题，也是一个社会问题。适度的水价是促进合理供水和经济社会发展的有效手段，必须处理好投资回收和用水户承受能力、经济发展和生态保护、价格杠杆和用水权益保障、海水淡化和水资源优化配置等各种关系。

在用水保障上，我们还应该推动最低保障和超额用水加价相结合的制度。我一直认为，水的自然属性决定保障用水是人权的一部分，水的社会属性决定多用水多付费，所以人民群众基本生活用水应该是低价的，商业用水应该市场调节，超量用水应该累计加价。这不仅体现社会公平、市场经济的价值原则，也有利于水资源节约。

要真正发挥南水北调工程的更大效益，还要加大节水和有选择地适时进行后续工程建设。加大节水力度才能保证水资源调配起到实质性作用，如果一边调水，一边浪费，只能造成恶性循环。而后续工程建设有利于充分利用已建工程，将工程利用效益和范围扩大，进一步扩大受益面和受益群众。

必须处理好海水淡化和水资源优化配置关系。一方面，海水淡化不能解决所有地区和全部缺水问题；另一方面，有条件的地区应鼓励海水淡化。有人认为，天津海水淡化工程可以向北京供水，我不支持这个观点。海水淡化是有条件的更是有成本的，天津海水淡化工程连天津本身都满足不了，怎么可能再向北京供水。有人说要把海水调到内蒙古、新疆去，我认为那更是无稽之谈。水资源优化配置应该统筹协调、科学合理，坚持节约优先原则，秉承实事求是精神。

## 第四章

# 南水北调工程的技术挑战

有人认为，南水北调工程不就是把南方的水修条渠道引到北方吗，谈不上太多技术问题。不仅普通人有这种认识，就连业界中也有一些人持这样的观点。事实上并非如此，南水北调工程作为优化我国水资源配置的重大战略工程，百亿方水穿山越岭千里大转移，绝非简单。事非经过不知难，只有切切实实经历过，实践过，才能深切体会个中艰辛。担任南水北调工程建设委员会办公室主任以后，我与工程建设者一道为应对工程技术挑战付出了巨大努力，也和大家一起分享了成功的喜悦。如今回想起来，真有点“雄关漫道真如铁，而今迈步从头越”的感慨。

# 不同阶段面临的技术挑战

调水工程在全世界并不罕见，不少国家都有类似的工程，比如美国的田纳西调水工程、澳大利亚的雪山调水工程，但国外调水工程与中国南水北调工程相比，真是“小巫见大巫”，不管是调水距离还是水量、规模都小得多，而且其功能也远没有南水北调工程复杂和综合。比如，雪山调水工程的目的就是为了引水发电。南水北调工程是综合性工程，不仅仅是为调水而调水的单一工程建设，还涉及水污染治理、文物保护、移民搬迁等诸多方面，还涉及节水、地下水控采，生态环境修复诸多领域。南水北调工程战线很长，东线一期工程利用京杭大运河，中线一期工程在中国的腹地开了一条长长的渠道。再加上工程主要经过的中东部地区，是我国经济相对比较发达的地区，纵贯长江、淮河、黄河、海河四大流域，交通、通信、能源网络密布，在施工过程中一方面要对原有的各种基础设施进行保护；另一方面还要保证工程建成后恢复设施原有的功能，这就涉及临时更替和长期复建问题。形象一点说，就是在人的腹部开了一刀，开肠破肚以后，每根血管都要缝合，每根神经都要对接，每段骨骼都得完整无缺，而且缝合以后还能跟原来一样。工程规划、设计、建设、运行四个方面带来的巨大挑战可想而知。

## 一、规划阶段的技术挑战

一是线路选择。在规划阶段，首当其冲的挑战就是线路的选择。总的来说，把长江水引到北方，这个方向是没有分歧的，但是线路怎么走，走到哪里，分歧就比较大。比如说，东线干线工程一开始就是利用江苏省的“江水北调”工程增提长江水北送，再向东穿过黄河经河北输送到天津，后来增加了从东平湖向东将长江水一直送到烟台、威海的胶东干线。这是因为烟台、威海长期缺水，2001年旱情十分严重，有些水库干枯了，还在水库的库底打井取水。而这一地区经济比较发达，很多外企在这里落户，人民生活、经济发展迫切需要水的支撑。中线同样有这个问题，从方向来说，把汉江丹江口水库的水引到北京，在线路安排上，一方面要考虑沿途省市的需要，另一方面又要重视线路途经地区的地质状况，比如煤炭采空区、暴雨集中区、地震高发区、河流穿越区，尽量减少渠道纵向的起伏，少占和不占耕地农田，尽量减少大量挖方填方，最大可能实现挖填平衡，等等。因为这些错综复杂的原因，规划阶段在线路的选择上，就提出20多个方案进行比选，力求既满足工程

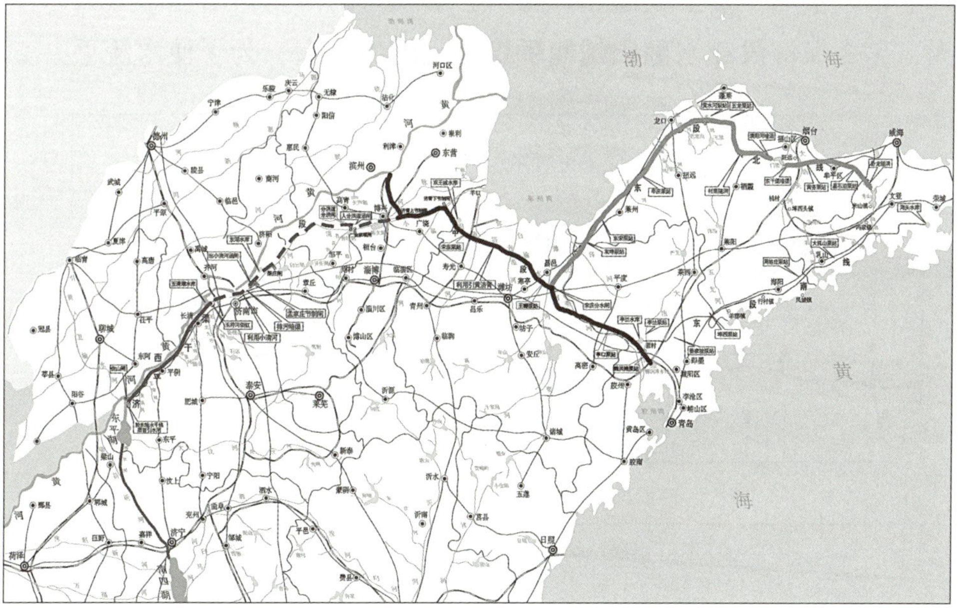


⊙在南水北调东线工程山东线路中，可以看到通往青岛和威海的渠道

需要，又满足经济社会发展和人文要求。

二是水头[1] 设计。东线利用京杭大运河输水水头设计问题不大。实际上，整个东线工程山东境内的黄河海拔最高，约65米高程，以黄河分界，地势向南向北都是越来越低，天津市地面高程大约4—5米。只要把长江水一级一级抽到黄河边，然后就可以通过穿黄工程自流到河北和天津。但是，具体分几级提水、泵站设在哪儿、提水的容量多大、泵站的规模怎样与江苏境内原有的工程结合，等等，涉及泵站位置及容量的选择。

在中线，南水北调引水渠道要跨越河流、铁路、公路及油气管道数百条，为保证河流行洪及水质安全，所有的交叉都采用立体交叉，规划阶段就规划建设交叉建筑物1774座，建设阶段又有较大的增加。丹江口大坝加高到176.6米高程，北京地面高程也只有40多米，这个落差本身很小。那么长的距离，只有130多米落差，平均一公里大概才10厘米。那么小的落差，沿途阻力又大，怎么保证汉江水翻山越岭平稳地自流到北京。为了使水流平

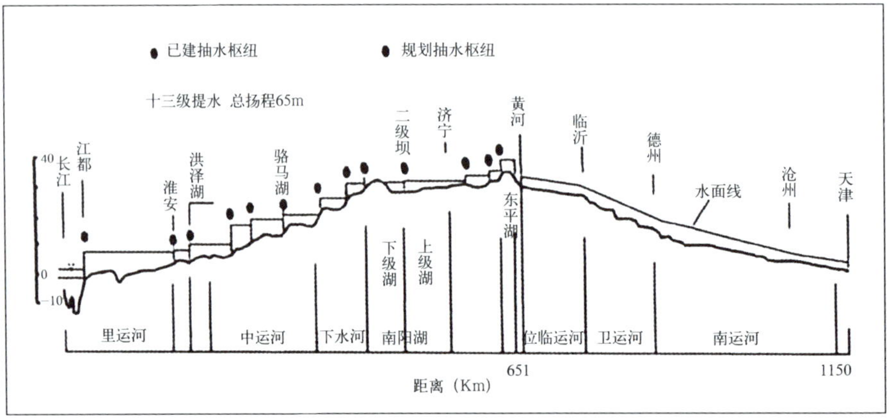


⊙东线工程输水干线纵断面示意图

[1] 水头：单位重量的水所具有的机械能，用高度表示，常用单位为米。

稳，只有尽量减少阻力。所以不管设计倒虹吸（当渠道与河流高程接近，处于平面交叉时，需要修一建筑物，使水从河流下穿过，此建筑物通常叫作倒虹吸），还是设计跨河渡槽，都必须严格考虑水头的节约和消耗。规划中也考虑过像东线一样用提水的方法解决水头小的矛盾，但是中线调水量大，用泵站提水耗电量大，不仅建设成本高，运行成本也高，水价也将水涨船高。

三是工程结构。就工程结构本身而言，如果只是筑堤挖渠，结构形式比较简单。但是，穿山越岭、跨河穿城，采用哪种结构方式合适？有的适合架桥，用渡槽方式解决；有的适合从地下用倒虹吸方式解决。管道从地上走和从地下走，结构是大不一样的。在这种情况下往往争议很大，这就更需要反复进行论证比选。

⊙施工中的安阳河倒虹吸工程

⊙正在建设中的中线穿黄工程

南水北调中线一期工程，穿越100多条河流，每一条河流的穿越都有一个反复论证的过程。论证既要考虑经济上合理，也要考虑技术上可行，还得综合考虑水流条件、环境条件、两岸群众生活方便等其他因素。除了穿越河流的问题，还有穿越铁路、公路、油气管道等情况，

⊙漕河渡槽工程

同样需要分析、论证，所不同的是还要与产权单位、相关部门协调，有时会各执己见、互不相让，也有时会随船搭车，借机提高标准、扩大规模，往往一个方案要召开多次论证会议，相互妥协才能逐步达成共识。

**四是疑难问题分析预测。**大型工程在规划阶段就应预测在建设当中会遇到的各种问题。但是，搞这么大的调水工程和盖房子不一样。盖一般的房子，就算是几十层高楼大厦，也不过是一层层叠加，每一层基本都是一样的。南水北调工程则不同，它遇到的情况和问题是层出不穷的。比如，气候的影响。必须考虑南方和北方气候差异，尤其是冬季冰冻对施工和已建工程的影响，北方的工程就必须采取防冻胀措施。地质的影响。地形、地貌、地质对线路影响很大，是从地下走还是地上走、用什么结构形式、采取多大的渠坡坡度。就拿河南来说，有煤炭采空区、膨胀土渠段的问题，需要专门研究拟定技术方案和施工措施。又比如丹江口大坝加高，在我国要兴建一座100多米高的大坝技术上是成熟的，但是在原来基础上加高，新建坝段要和老坝很好结合，就不那么简单了。就像我们做衣服一样，在旧的衣服上做两个新袖子，能否缝接好是个问题，而且用水一洗，老布和新布收缩不一样，老坝和新坝也有收缩不一样的问题。怎么样克服这些问题，使新老坝接合好，形成浑然一体，同样有很多需要解决的技术难题。还比如，要将汉江水输送到北京，根据输水量计算，丹江水进入北京后必须用两条直径8米以上的PCCP管。可当时国内还没有这种大直径管的制造厂，也没有进行这么大断面管子的安装设备，这就需要我们自行研制，生产出合乎技术要求的PCCP管，自己设计制造运输机械和安装设备。对这些预计将出现的问题，必须提前进行研究实验和技术准备。

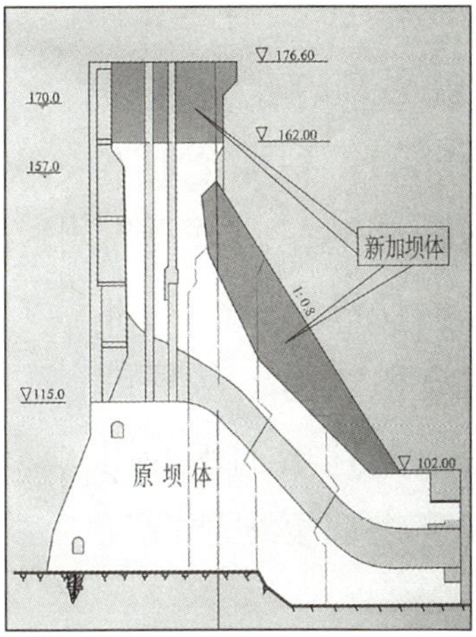


⊙丹江口大坝剖面图

⊙ PCCP管道安装

凡事预则立，不预则废。对这些疑难问题我们尽力做到超前预测、缜密预测、全面预测，逐个问题地研究技术路线和解决方案，有的还要反复进行实验，不能闭门造车。但是不管思维多么周密，还是有些问题在实践当中才能发现。

二、设计阶段的技术挑战

设计阶段面临的挑战丝毫不亚于规划阶段，主要表现在五个方面。

**一是整体控制与单项设计。**设计阶段首当其冲的挑战就是如何处理好整体控制和单项设计的关系。实际上，南水北调就像是一个由积木组装起来的大型结构，其设计以省为设计单位，一个省又分若干个设计单元，一个设计单元又分若干渠段、若干个建筑物，所有建筑物都必须协调，既保证单一建筑物的功能，又满足整体设计的要求和工程运行的需要。例如一段一段的水头加在一起，就不能大于总体水头。

单项工程怎样才能达到适用性和整体工程统一性的目标？有的时候，整体合理局部不一定合理。比如说，一般意义而言，线路最短是最合理的，但是城市分布不同，地形地质状况不同，各地的需调水量也不同，调水线路就必须考虑这些差异。有的时候，这个建筑物在这个地方是合理的，到那个地方则不行，冬天冰冻问题，北方比南方要突出，渡槽在南方没有问题，放在北方就必须采取特殊防冻胀措施。反过来说，局部合理整体不一定合理。修倒虹吸可能比修建渡槽容易，从局部看是合理的，但是从整体上看，太浪费水头，而且增加水的阻力，受防洪度汛的影响较大。因而每一个建筑物都要视情况反复比选，充分论证，做到技术可行，经济合理。

**二是有规可依与建立新标准。**如果现成的水利工程规范和标准适用南水北调工程，就必须严格按国家规定执行。但是，工程建设过程中也遇到过很多没有现成标准的情况。比如，大断面PCCP管以前没有设计、生产标准。没有标准，工厂按照什么设计、制造，制造的误差是多少，根据什么验收？这就需要根据工

⊙南阳膨胀土试验段

程要求，制定新标准。新标准的制定既要尽可能参考国外的标准，又要结合国内的材料技术经过反复的试验；既要在设计上保证建筑物安全，又要在施工技术上能保证质量。有很多项目都需要组织设计、科研、施工人员反复试验研究。比如说穿河的特大型渡槽的抗裂标准、抗震标准、抗冻标准，像丹江口大坝加高的砼强度、收缩延展性标准等等。还有的水工建筑物的设计施工已有标准，但不适合南水北调工程需要，需要在原标准基础上补充完善。比如，膨胀土渠道的设计已有标准，但不能满足南水北调工程强膨胀土的需要，就只能通过试验收集设计参数，研究修改使之符合南水北调工程的需求。

三是**交叉建筑物**。穿越交叉建筑物情况很复杂，有穿公路的、穿铁路编组站的、穿居民区的，各种各样。北京市内的输水隧洞就是在西四环路的下面，在地面建筑物的桩基之间穿行。2002年国务院批复的南水北调总体规划中，就明确规定：有关部门及地方在南水北调渠道上建设桥梁、道路，要事先和南水北调办公室协商。但是，实际情况是那几年交通发展很快，尤其是高速公路建设很快。南水北调规划在前，按规定后规划的工程应该服从先规划的工程。但因为南水北调设计周期长，战线长，有些项目开工晚，公路、铁路规划在后，可建设在前。这就带来原来后建的铁路、公路应穿越南水北调线路，可后来变成了南水北调工程穿越铁路公路。要穿越已建成的建筑就得多花钱，多花钱不说，还得与产权单位协商。比如说公路，南水北调工程要穿越它，得先花钱修一个临时弯道，保持公路不中断，然后才能从原有路上破路施工。事毕，还要把公路恢复。如果是南水北调工程在前，那么就是高速公路承担这些工作了。当时我们曾预计南水北调工程推迟一年要多花100多亿，其原因除了物价上涨，政策调整外，大量穿越工程的增加也是重要原因。

2007年9月，为加强南水北调工程与在建、已建公路的协调，减少有关单位随船搭车提高标准以及穿越方案协调难，审批慢的问题。在部门多次协调的基础上，我致信交通部李盛霖部长，就建立相应协调机制，合理控制改建复建工程建设规模，加快跨渠桥梁工程审批以及临时断路施工等问题，提出明确协调原则，要求提高协调工作效率，严禁借机随船搭车提高已建工程标准，扩大交通工程补偿规模等问题。在李盛霖部长支持下，由南水北调办与交通部联合发文，组建协调工作机构，明确协调工作原则，对于基层工作的协调起到了重要的指导作用。

**四是建筑类型繁多、要求各异。**大坝、渠道、枢纽、交叉建筑物等，可以说在水利工程上的绝大部分建筑类型在南水北调工程上都存在。不同的建筑类型有不同的设计要求和标准，也有不同的施工方法。所以，南水北调虽然是一项工程，但是几乎聚集了整个水利领域所有工程类型和施工方法，给设计、施工单位提出了更高的要求。小浪底工程建设是一个大型枢纽工程，可以按照大型水利枢纽设计施工，长江堤防可以按照江河堤防设计施工，南水北调工程，既有枢纽、渠道，也有泵站、渡槽、倒虹吸，工程项目的差异性增加了设计及施工困难。

三、建设阶段的技术挑战

建设阶段要把蓝图变成现实，面临的挑战就更多更复杂，主要表现在四个方面：

**一是众多因素引起的设计变更。**建设阶段的众多挑战中，设计频繁变更是最让人头疼的。工程师们常说，设计是工程的灵魂，优秀的设计是工程建设的基础。有人说，南水北调是“三边工程”，说的就是它是边设计，边施工，边运行的。从整个工程而言，的确存在甲工程设计、乙工程建设、丙工程运行的问题；但从一个单项工程而言，在总体规划和可研报告的基础上完成了工程初步设计审批程序，又是符合建设程序要求的。对南水北调这样的巨型工程集群，不能用常规工程的要求来对待。首先，从整个工程建设的总体考虑，工程需要规划单项工程开工的前后次序和进度。一般情况，工程复杂、建设周期长的先开工，建设周期短的后建设。东线工程可以建设一段，投入运行一段，中线工程分头开工，同步竣工，则是最经济的。其次，也要根据需要，合理安排，有时候必须作出调整。比如说，因为北京地位重要，水资源供需关系紧张，北京市希望在奥运会前给北京供水，从石家庄到北京的京石段工程就自然成为施工重点，率先开工。从另外意义上说，京石段也是南水北调中线工程的试验段，通过京石段的建设，在技术上、管理上、征地拆迁上为其他工程提供借鉴。再次，还必须考虑投资效益，因为不可能有那么多钱全线开工，必须做出一个合理的投资安排计划。实际上，在统一的总体设计基础上，也存在先开工的先设计，后开工的后设计的问题。但是，单项工程设计必须在总体规划、可行性研究报告前提下，在整体初步设计大纲的指导下进行。即便如此，在实施过程中变化仍然很多，包括前面提到的建筑物交叉问题，也还有实施过程中的地质变化，以及人文情况的变化。比如，南水北调施工阶段，许多地方正在进行社会主义新农村建设，规划设计中需要通过的村子，村民原来希望拆迁，可以用拆迁款盖新房。但新农村建设以后，条件改善了，刚盖了新房又来拆，村民就不乐意了。再如，穿渠道的人行桥开始设计三米宽，渠道顶宽有几十米，三米宽的桥面在几十米的长度上就像走钢丝一样，行走起来十分不安全，地方政府及群众意见很大。人行桥加宽就要增加投资，负

⊙京石段上的桥

责概算审查部门的同志不太愿意。我们就给设计及审查方面的同志做工作：那是过人的桥，看着孩子们在那么窄的桥上走，怎么能放心？而且，随着社会发展，很多人都不是步行过桥，而是骑自行车、摩托车，三米宽的桥上，两辆摩托车怎么错车？这就是社会的发展变化，工程建设为民造福就必须去适应这个变化。设计单位的同志还是很理解的，听取意见后，认认真真又重新设计。类似这种变动太多太多了，南水北调工程建设周期长，国家正处于市场经济的改革过程中，各地经济社会变化快且大，南水北调工程边设计、边施工、边运行的情况就是这样产生的。

**二是技术合理性与施工可能性。**施工的可能性对技术的合理性是一个大的检验。以南水北调中线京石段为例，设计中的京石段，渠道两侧及底部都有混凝土衬砌，为了减少它的摩擦力，减少沿途水头损失，要求做的很光滑，理论上是合理的。但是在运行过程中发现，有些孩子偷偷下去游泳，因为面板太光滑，没有抓手，溺亡事故时有发生。后来不得已我们调整设计，每隔几百米增加一个踏步。应该说，光滑的面板设计上是合理的，但事实上还要考虑使用中的安全。又如，原来我们虽然考虑到北方的冻胀，但是对它的严重程度认识不足。在通水运行后渠道冬天结冰，渗透水在土壤中结冰，混凝土面板大片大片地被顶裂，开裂后，水再渗漏进去，结冰后工程损毁严重。后来吸取教训，在混凝土面板下加厚反滤层，增加土工布，解决了混凝土面板在冻胀下开裂的问题。又比如河南境内渠道膨胀土问题、中线黄河以南的高填方问题。这些问题不断考验着设计合理、施工可行和运行安全这些矛盾，只有统筹规划、设计合理、施工可行、运行安全才能保证工程效益的长期发挥。

⊙渠道一侧的台阶

**三是调整施工进度与保证工程质量。**南水北调工程进度，可以说是前松后紧。2002年开工以后，到2008年国务院批准《南水北调工程可行性研究报告》。在这六年间开工的项目较少，进度压力不大。但是，根据《南水北调工程总体规划》东、中线一期工程2010年要通水，在2008年批复可研报告后，工程进度已严重滞后，为保证工程质量，不得不调整通水目标。南水北调办组织项目法人及相关单位认真研究并报经南水北调工程建设委员会批准后，把东线通水时间调整为2013年，中线通水时间调整到2014

年。实际上，调整的这个通水目标，也是相当有难度的，是要齐心协力千方百计才能完成的。这是因为：一是《南水北调工程总体规划》计划2010年通水，从开工到通水时间为八年，若从可行性研究报告批准时间计算，要依次延长到2016年，若如此，北京、天津、河北等水资源供需矛盾会更加严峻，难以向社会交代。二是考虑到建设周期越长，投资越大，工程建设成本和今后水价负担更重，考虑到丹江口大坝加高、中线穿黄工程等一批关键工程已经开工的因素，对工程建设进度进行多层次反复研究，自加压力地提出调整后的建设目标，把直线工期由八年压缩为六年。2008年11月7日，南水北调第三次建委会批准了调整后的建设目标，压力全压在南水北调工程建设者身上。其实，在南水北调工程进度调整中，也充分体现了一种责任担当，体现了为国分忧、为民解难的精神。

有些工序和施工方案在普通情况下是可行的，但是在进度的压力下就必须优化配置各种工程建设资源，采取“五加二”“白加

⊙雪天施工

黑”全天候的施工方式，千方百计协调地方，加快沿线房屋拆迁及土地征用的速度，减少周边环境影响和施工干扰，及时有效地解决工程建设中遇到的种种问题，使南水北调工程建设这列快车一路绿灯，处处严防死守，站站无缝衔接。

**四是先进技术与落后生产方式。**先进的技术要求与相对低下的劳动力素质之间的矛盾，在南水北调工程建设中充分展现。有的施工方案，技术上是合理的，但是工艺上就行不通，因为施工技术和人员的素质满足不了创新设计的要求。再好的设计，要能够变成工程实际，需要施工人员具备精湛的技术和各种条件下工作的适应能力。当前，大量的农民工进入南水北调工程建筑市场，既缺乏系统培训，又缺乏具体指导，中标施工单位技术力量分散，技术方案滞后，技术管理不满足南水北调工程的需要。实话说，施工队伍的素质与南水北调工程高标准的技术要求有较大差距。这些差距只有依靠南水北调办公室及项目法人加强监管，督促各施工单位在实践中优化配置资源，强化建设管理，探索好的经验和做法并相互借鉴，靠充实技术力量、强化劳动组织和提高民工素质来解决。

**四、运行阶段的技术挑战**

运行阶段的技术问题，有的已经发生，有的还在预测，但这里有必要介绍一下。

**一是长距离调水。**南水北调工程一开始，我们就注意到了这个问题。打个比方说，某一个地区或城市暂时不需要供水，或者某渠段受到外因导致的污染，通知丹江口水库渠首或其中某渠段的调度中心，接到通知再关闭闸门，中间少说几分钟，几分钟得进来多少水？多流进的水或污染的水流到了哪儿，在哪儿能拦截住，怎样及时把后面的闸门关掉，把前面闸门打开，把水放出去？这都涉及远距离调度的及时性和可靠性的问题。而且，1400多公里（包括天津干线段154公里）的线路上，有分水口门73处，节制闸51座，退水闸38座（后期设计略有调整），要保证它能够统一运作、统一调度，不是件简单的事。为此，南水北调中线建管局在北京设立现代化的调度中心，全程自动化监测。又在沿线省会城市设置了调度分中心，在各调度中心及分中心，闸门的开启情况能清清楚楚展现出来，现场工作情况能通过闭路电视传递。同时，也准备了多种可能情况出现的调度预案，在特殊情况下，万一现代化的设备出了问题，现场也必须能够控制。

**二是不同目标的调度。**根据各地水资源不同和用水情况不同，调度方案也是不一样的，不是简简单单送水的问题。比如，到每年的汛期，东线工程的供水就应该服从于防洪调度，首先满足于京杭运河的泄洪功能。又例如，某个地区今年降雨量大，不需要或者减少供水，在这种情况下，如何发挥工程建设效益、增加北方生态用水及地下水补给。在水资源的合理配置上，还要充分利用当地水资源，因为南水北调东线水源不仅是长江水，还有淮河水、山东南四湖的水、东平湖的黄河水以及当地的地面、地下水，多种水资源要本着先近后远、先地上后地下的使用原则，统一调度发挥最大的经济、社会效益。这都需要统一、有序、科学调度。这些问题，在调度方案及应急方案中都应进行反复研究论证，并形成科学、合理的方案确定下来，纳入调度规程，认真贯彻落实。

**三是不同条件下建筑物使用要求不同。**南水北调工程，不仅仅是供水，还涉及航运发电等多种综合功能。比如南水北调东线在山东用水量小的时候，是不是能不供水或者少供水呢？那也不行。原来京杭运河南四湖至东平湖水量小，航运功能萎

⊙通航的京杭大运河

缩，现在拓展了东平湖至南四湖的航线，可以通行1000吨的货船。从南四湖到东平湖这一段的航运水量必须保证。还有水质问题。假如南水北调工程取水后，出现水质问题，停止供水会对已纳入当地水资源配置的用水造成重大影响，对人民生活及工农业生产造成损失。出现这一情况，如何进行水资源的转换和调剂，要靠合理配置水资源解决，又要靠有效的经济及行政措施来保证。但如果水质好，却拒绝使用，则会造成工程效益的衰减，巨额投资的浪费。

**四是建筑物之间相互配合。**南水北调工程来水从水源地到千家万户，中间是通过千千万万的建筑物联系起来的，有上百个闸门，有几千公里的渠道，有干线工程和配套工程，最后通过水厂和配水管网输送到千家万户。从取水口到用水户，每一个环节的调度都要求非常精细，而且不允许中间有疏漏或者错误。局部的问题都会对供水造成影响，因此，南水北调工程建设管理者不仅以如临深渊、如履薄冰的精神搞好各项工程建设，还要以严谨求实、一丝不苟的态度搞好工程的运行管理，不断研究解决运行中的新情况、新问题，使南水北调工程长期造福人民。

上面说的这些，还不是挑战的全部，至于运行阶段的新情况新问题，在实际运行当中还会不断产生，这只能在实践当中不断研究解决了。

## 确立科学合理的技术管理原则

面对南水北调工程既多又复杂的技术挑战，南水北调工作中有一个总的指导思想，就是实现规划科学、技术合理、方案可行、建设可控，运行可靠、效益良好，在这个指导思想下严格遵循处理这些问题的工作原则。

**一是多方案比选、反复论证原则。**在南水北调工程中，我们一直强调所有项目必须反复论证，进行经济、技术、社会多种因素的综合考虑。设计阶段要尊重已取得的规划成果，在此基础上对重点项目、重要方案，由不同团队平行设计，多专业专家从多视角充分讨论，选择最优方案。

但实际情况与工作原则往往有偏差。在南水北调东、中线一期工程总体可研评估中，有的专家忽视国务院已批复的《南水北调总体规划》成果及经多层次多学科专家反复论证、多方面协调形成的基本结论，再次提出中线工程一步到位或黄河以南一次建成的意见，使工作面临引发再一次调水规模的争论。鉴于南水北调工程已于2002年开工，至2006年《南水北调东、中线一期工程可行性研究报告》尚未获得批准，政府换届，新任地方领导对南水北调工程的历史情况了解不深，国家发改委委托中国国际工程咨询公司对《南水北调工程可行性研究报告》的咨询评估遇到了较大阻碍，发改委审查工作进展迟缓，我和南水北调办的同志心中十分焦急。无休止的争论，只能导致工程的停滞。我和宁远副主任及南水北调办的同志分不同层次奔走在中咨公司、发改委及有关部门之间进行说明和协调。在不得已的情况下，我于2006年4月13日致信国务院曾培炎副总理，申述维护《南水北调总体规划》原则及主要结论的重要性。曾培炎副总理4月16日指示：同意南水北调中线工程可研评估应遵循国务院批复的《南水北调总体规划》的意见。4月18日，温家宝总理指示：同意培炎同志批示，要尽力做好解释工作，以利统一认识。温家宝总理及曾培炎副总理的批示，避免了可行性评估中对已有结论的问题旧事重提再引争论，同时也可从另一个侧面说明南水北调工程的建设过程始终贯穿着统一认识、民主决策、科学决策的问题，作为贯穿其中的协调工作又是何等困难与重要。

**二是传承与创新相结合原则。**所谓传承，就是成熟的施工规范和技术标准、施工工艺和施工方法，需要继承和发扬。强制性标准必须严格遵守。所谓创新，就是以前没有规定，需要重新制定标准、规范、工艺方法的，要在学习、借鉴国内外经验的基础上，进行探索、在实践中创新。

**三是技术先进性与工程安全性相统一原则。**我始终坚持一个观点：南水北调工程是一个实用性的工程，一方面不追求技术上的顶尖设计，工艺上的顶尖创新，是用成熟的技术保证工程安全、可靠和实用；另一方面需要充分利用已有的成果和成熟的经验，作为我国最大的调水工程，必须体现时代特征和我们这些年技术的进步与发展。南水北调工程毕竟是关系到人民群众生命安全，关系到整个北方地区经济社会发展和生态安全的巨型的调水工程，安全可靠是第一位的。因此工程设计及建设中可以进行局部试验，但必须反复试验取得扎实可靠的成果后才能运用到南水北调工程中去。我们进行的南水北调中线穿黄工程1∶1衬砌模型、不同混凝土配比及施工方法实验、弱膨胀土及强膨胀土渠段膨胀机理及处理方法的研究、PCCP管道生产工艺试验等等，都是基于这个原则在探索中积累，成熟后运用的。

**四是科学合理性与社会可行性相一致原则。**南水北调工程涉及经济社会，事关生活、生产、生态，是自然科学与社会科学的结合。不管是工程建设还是征地移民，水污染处理都必须根据不同情况、不同需求，在经济合理与技术可行之间，在既遵循自然规律又遵循社会发展规律的基础上，寻求平衡点和最佳契合点。

## 应对技术挑战的措施

技术指导思想和工作原则很重要，但要落实这些思想、原则，就必须制定具体的、严格的、周全的应对措施。

**一、组织管理到位**

**一是机构完善、职责明确。**长江水利委员会设计研究院（下称长江委设计院）及淮海水利委员会设计研究院（下称淮委设计院）分别负责南水北调中、东线工程总体规划、可行性研究报告的编制和技术管理；南水北调总工办、投资计划司负责初步设计的技术审查和协调。为加强技术管理，南水北调办在投资计划司设立计划处，工程建设管理司设立技术处，负责南水北调工程初步设计及工程建设中的技术管理。在南水北调工程总体规划及可行性研究报告批准后，委托长江委设计院编制南水北调中线工程总体设计大纲，与中线输水干渠经过区域的河南、河北、北京、天津水利勘测设计院签订委托书，长江委设计院负总责，相关设计院承担负责区域项目初步设计的技术责任。除此以外，还充分发挥项目法人对初步设计的组织作用，充分利用南水北调专家委及社会专家资源对一些重大技术方案，重要技术成果进行审定。专家委不定期召开会议，进行技术审查、技术讨论、技术咨询、质量监督和评价。技术管理方面的领导层次、咨询层次、实施层次三个方面的职责清楚，每个层次技术问题的设计论证情况、实施情况、监督情况，都及时形成文字依据，既便于及时交流，又有利于责任检查。

**二是统分结合、协调有力。**统分结合说来容易，操作起来复杂。南水北调中线一期工程，在总体设计大纲之下，由各省的水利勘测设计院负责其省内工程的设计，这样做有利有弊。有利的是，地方设计院对当地的水文地质及人文情况熟悉。不利的是，设计层次越低，技术水平越低，经验不足。所以统分结合就更显得重要，局部的设计必须纳入统一的设计大纲中，由长江委设计院进行统一审查总装。有时局部的设计方案和总体设计大纲不相协调，设计双方争执不下，互不相让。统一规划，分段设计，有力协调，科学决策，既要发挥地方的积极性，又不能失去统一规划的原则和前提。这中间，大量的协调工作只有项目法人以至南水北调办去做。比如，南水北调工程在河南的路线长达700多公里，有时候河南水利设计院做的方案和长江委的要求不一致。长江委不同意河南的方案，要求修改设计。一般情况而言，局部应该服从全局，河南水利设计院的方案应该接受长江委设计院的意见。但各设计单位又都认为自己最了解当地的实际，自己的方案及设计经过精心考虑，是正确的，不肯修改。这个时候，就只能由中线建管局会同南水北调办出面进行协调。实在协调不下来，办公室必须在征求专家委意见的基础上作决定，并承担一切责任和后果。

**三是广泛利用社会科技资源和成果。**主要分三个层次。第一个层次，广泛利用专家的力量。南水北调这么复杂的工程，光靠南水北调专家委的专家是不够的，于是组建了专家库，包括水利系统、水电系统、中国水科院、水利部水规总院，各个地方设计院、国家及地方施工单位，全行业顶尖级的专家几乎都被吸纳进来。这个专家库不仅为招标投标提供技术支撑，也提供了工程所需各专业的技术资源。400多名专家名单在库内可以随时随机提取，哪一个专业工作需要就请哪一类的专家。第二个层次，充分利用各省水利设计院的力量。在设计工作中，一个省的力量不够，可以请其他省的设计院进行配合，比如河南省水利工程勘测设计院工作任务重，设计时间紧，南水北调办就要求河南省设计院和天津水利工程勘测设计院签协议，总负责的还是河南省水利工程设计院，天津水利工程勘测设计院接受委托开展部分设计工作。第三个层次，广泛利用全社会的技术力量。比如，在施工阶段，通过招标在全社会招录技术人员、工程监理，聘用社会上有影响、有实际工作经验的专业工程师做现场经理，或者做现场技术主管。南水北调工程的技术力量，可以说是扩大到了全国水利、水电、铁路及工业民用建筑系统，完全突破了南水北调工程系统的资源范围。

**四是设计招标、择优选择设计队伍。**有一部分项目，特别是技术比较复杂、时间要求比较紧迫的项目，光靠一个设计院的力量难以完成，南水北调工程通过招标，选择全国优秀的设计单位。设计招标阻力很大，操作起来很难，哪个设计院都不愿意放弃自己的利益，提供前期工作的资料，但我们还是想方设法进行尝试，推动这项工作。设计招标最困难的地方，就是地质勘探水文监测等资料在设计院手中，让设计院将资料拿出来社会共享，是相当困难的。如果没有地质勘探及多年水文、气象、降雨等资料，如何招标，何谈设计！所以，设计招标的第一步就是必须把前期工作的产品市场化。说白了，就是地质勘探等设计资料应归设计出资者所有而不是由承担设计的设计院所有，只有转变了这种观念和明确成果的所有权，设计工作才可能进入建设市场。当然，这涉及全国基本建设领域设计市场化改革的问题，并非南水北调单一工程所能解决。

二、制定完善制度

**一是调整初步设计审批职能。**这里主要说一下初步设计的审批职责问题。按照国家水利工程基本建设程序，水利工程初步设计技术审查由水利部负责，发改委批准。南水北调东、中线一期工程有35个单项工程需经国务院审定，59项单元工程，233项单位工程初步设计需经国家发改委审批，各种审查审批达600余次。这样的审查程序如何满足南水北调工程尽快开工建设的需要？另外，有工程管理职责的南水北调办无项目审查权，有项目审查权的水利部、发改委却没有工程管理的责任，如此权责分离又如何对南水北调工程建设进行有效监督？单项工程审批慢，工程管理职责不清，成为南水北调工程建设初期的最大制约，既定的工作程序急待突破。

2004年4月15日，我给发改委刘江、姜伟新副主任致信，说明南水北调工程的复杂性、紧迫性和多样性，要求把南水北调工程初步设计审查审批职能交由南水北调办负责。同时将原由流域机构及有关水利厅负责的初步设计文件的编制审核工作交由项目法人负责。面对国务院职能部门的职责划分和部分基层工作人员的权利护卫，协调工作十分艰难。此后，南水北调办宁远副主任及投资计划司的同志多次协调国务院有关部门，要求减化项目审查程序，加快单项工程审批工作。继之我又多次用写信、汇报的方式，向国务院副秘书长张平，发改委主任马凯、水利部部长汪恕诚报告，要求从工作机制上解决南水北调工程项目审批慢、职责分离的问题，并建议在国务院批准南水北调可行性研究报告后，初步设计交由南水北调办审批。这一建议得到曾培炎副总理重视并责成发改委研究。

交由南水北调办审批南水北调工程初步设计的建议最终被发改委接受，并在2004年11月6日召开的南水北调工程建设委员会第二次全体会议纪要中明确：在南水北调工程项目法人组建后，工程项目初步设计的组织工作逐步移交项目法人负责。国务院批复南水北调工程可行性研究报告后，单项工程初步设计审批工作交由国务院南水北调办承办。要强化项目法人责任，重视发挥项目法人在前期工作中的作用。从此，制约南水北调单项工程开工进展的最大困难得以解决，同时也进一步加大了南水北调办对南水北调工程的行政管理责任。

事后，在中央编制委员会办公室的支持下，南水北调办成立了设计管理中心，从事南水北调工程的初步设计技术审查及重大设计变更的审查。南水北调工程前期工作与工程建设关系初步理顺。

**二是发扬技术民主、严格决策程序。**关于技术上的问题，是不能用行政命令的方式解决的，必须通过充分的技术论证，吸纳专家和工程师的意见，在广泛听取意见的基础上，实行科学、民主技术决策。专家们提出意见和建议，多是从技术角度考虑的，绝大部

⊙中线邓州段渠道上的桥梁

分意见都应该得到尊重和采纳，但也存在例外。比如说，有专家认为隔800米建一座桥太多了，2公里建一座就可以。从技术层面上，专家说的是对的。但是在行政上，就要考虑附近村落布置、孩子上学、群众出行等因素。实践中南水北调中线渠道大约800米就有一座公路桥或人行桥，而人行桥多数也是可以通行农用车的。

在不同的场合我曾谈起过，任何一项大型水利工程的建设，总有不同的意见和争论，正是这些不同的意见和争论促使工程的论证更全面、更科学，建设更谨慎、更认真，管理更细致、更规范。不同的意见是大型水利工程建设的警钟和明镜，对工程的实施同样作出重大贡献。

三峡工程的建设和争论在于建还是不建。为此进行了长期的全方位的研究、论证。南水北调工程的分歧多集中在如何建的问题上。为此同样经历了长期、反复、科学的论证，甚至在南水北调总体规划经国务院批准后，有些论证仍在继续。我就以工程建设方案论证中的几个方案为例，略加阐述。

南水北调东线工程的建设方案分歧相对较小，利用京杭运河作为输水通道几乎是专家们的共识，在东线一期工程可行性的研究阶段。有个别同志提出“鲁水鲁用”，即由山东境内南四湖、梁济运河向北降坡至黄河，修建大型穿黄隧洞，恢复京杭运河通航功能，使杭州至北京之间船舶直航。这一方案反复报送江泽民、胡锦涛、朱镕基、温家宝等几十位中央领导同志。在中央领导的关心下，水利部与南水北调办负责组织进一步论证工作。我还请原山东省南水北调办公室主任耿福明主持召开由山东省水利厅、交通厅、国土厅等有关专家参加的研讨会，反复研究该意见的必要性及可行性。根据水利部和山东省水利厅的研究意见请水利部总工高安泽及南水北调总工汪易森当面与意见提出者进行交流，并请山东省省长韩寓群、副省长陈延明向其作出说明，2006年4月，南水北调办会同水利部向国务院报告了《关于×××同志所提南水北调东线建设有关建议的处理意见的报告》。但意见提出者执着地不断向中央及国务院、全国人大反映自己的意见。2006年9月后，两部门又多次组织专业人员对该同志意见进行研究，并于2007年8月13日由水利部将调查研究情况向曾培炎副总理汇报。曾副总理指示：将有关情况通报该同志。我们按照曾副总理的指示进行了落实。不同意见的反复论证在一定程度上延长了《南水北调东线一期工程可行性研究报告》及东线项目的批复时间，但从另一方面又对恢复梁济运河航道、增加通航设施，提供了意见支持。

东线工程建设方案中的分歧，还包括是一次通水到天津还是先通水到山东德州，第二步再延伸到天津。在南水北调工程总体规划阶段，规划编制组的同志与天津的同志进行了多轮协商。天津不少同志认为东线来水水质难以保证，坚持增加中线供水量，拒绝使用东线长江水。水利部认为山东是东线调水的用水大户，也是东线治污的主要责任单位，为保证山东人民用上安全的长江之水，在中央的支持下，山东会不遗余力地加强水污染治理，山东人民可以用的长江水，天津人民同样可以使用。我受水利部委托向时任天津市市长、副市长解释：多一条供水来源就多一份供水安全，中线之水难以满足天津用水需求，东线水质经治污处理后一定会得到改善。经多次协调，在天津坚持不要东线水的前提下，总体规划明确由中线工程向天津供水8亿立方米，把东线一期工程压缩至供水到山东德州。即便如此，在工程实施阶段我们仍坚持了早在上世纪80年代就开始建设的东线穿黄隧洞，在东线一期工程建设中，一次扩大建设到满足向天津供水的工程规模，为今后的东线二期、三期工程奠定了基础。

2013年底东线一期工程通水。经山东、江苏两省的共同努力，东线水质全线达到地表水三类标准。随着天津滨海新区的建设和天津市的经济社会发展，在海水淡化的基础上，天津市又重新提出延长南水北调东线一期工程向天津供水的要求。然而，这需要对工程重新立项评估，各项政策的变化及环境的变化也必然增加投资及建设困难。

东线工程建设中还存在提水泵站分级、苏鲁边界输水渠道布置、绕行或穿行南四湖等不同方案的分歧，但这些不同意见和分歧在反复的讨论和协调中都逐一得到解决。这期间我又一次体验到水利工程是自然科学与社会科学的结合，协调对于搞好水利工程是何等的重要与艰难。

南水北调中线工程由于是越跨四省市，输水总干线全部新建输水渠道，工程建设方案的论证和比选较之东线更为复杂，工作的时间更长，协调的难度更大。

⊙丹江口大坝加高工程

丹江口大坝加高工程是中线一期工程的龙头。在水利部给国务院报送并经批准的《南水北调工程总体规划》中明确："规划将丹江口大坝加高14.6米，坝顶高程为176.6米，正常蓄水位从157米提高到170米，水库由不完全年调节提升为不完全多年

调节，相对库容达到290.5亿立方米，新增库容116亿立方米，大坝加高后第一期工程调水规模为95亿立方米，基本满足需调水量的要求……”在《南水北调工程可行性研究报告》审查期间，中国国际工程咨询公司某专家给温家宝总理写信，提出为减少丹江口库区移民，不加坝或降低加坝的意见。温总理要求南水北调办组织科学论证并报告论证结果。遵照总理批示，我们组织了由水利部长江水利委员会牵头的又一轮丹江口大坝加高方案论证，并请提出意见的专家实地考察，参加论证会议，表述不同意见，倾听其他专家及地方政府的意见。尽管有些论证是重复的，论证工作又经历了半年多时间，论证的结论依然是丹江口大坝加高是必要的，加高比不加高有利，加高14.6米比降低加高有利，它不仅保证供水

要求，还可使汉江中下游防洪标准由20年一遇提高到100年一遇。库区群众和河南、湖北两省人民政府都急切盼望以兴建中线工程为契机，妥善解决和安置丹江口库区移民……尽管又一次论证的结论与以前论证的相同，论证工作延长了中线一期工程可行性研究报告的批复时间，但论证又一次凝聚了共识，更加把着力解决好移民问题作为丹江口大坝加高的关键，更加坚定了加坝移民的决心和信心。

三是**建立完善工程管理制度**。工程管理制度是保证工程质量、控制工程投资、实现工程进度目标的保证。根据南水北调工程第一次建委会全体会议的要求，南水北调办拟定了《关于南水北调工程建设管理的若干意见》，并在报送南水北调建委会前分头征求国务院相关部门的意见。三个多月的时间，我和南水北调办的同志通过上门汇报、部门座谈，给部门领导写信多种方式，征求意见数十次。与发改委协调年度计划安排及项目概算、审批程序等问题，与财政部协调关于南水北调资金，采用国库集中支付及政府采购、计划安排程序等问题，与建设部协调投资计划会同建设部审查及省市南水北调办负责配套供水工程建设的行政管理等问题，与水利部协调前期工作，审查审批程序和转移工作重点等问题。由于国务院职能部门分工较细，均涉及南水北调工程管理，要在已分工的职权内调整对南水北调工程的管理职责，有关部门表示了相当的谨慎和为难。协调工作最后都不得不到副部长、部长层面，甚至于求助于汪洋副秘书长。记得《若干意见》的征求意见稿送达建设部后，建设部曾先后两次提出过23条建议，绝大部分我们采纳或调整，其中就年度投资计划需国务院有关部门会签及省市南水北调办对配套供水工程负责行政管理两条意见没有形成共识，致使建设部未能对《若干意见》进行会签。2004年4月，我致信建设部汪光焘部长和仇保兴副部长，对没有形成共识的两条意见专门进行解释说明，最终促成双方的理解，经过反复的解释说明、工作交流、感情联系、协调让步，最后终于形成了有关部门较为一致的意见报送国务院。2004年10月8日，国务院南水北调建委会印发《南水北调工程建设管理的若干意见》，它就如同南水北调工程管理的基本法，确定了工程管理的框架和格局，有力地为制定各项管理制度奠定了基础。在此基础上南水北调工程制定了较为完善的规章制度。这些制度包括技术管理、质量管理、进度管理、计划管理、工程投资管理、招投标管理、征地移民资金管理等等，每个方面的制度都有系统规定、明确要求和监督检查，具有很强的针对性和可操作性。这些制度形成一个相互联系又各具特点的制度体系，随着工程建设深入发展和客观条件的变化，不断地进行补充、完善，成为工程进度、质量和成本控制的重要保证。

四是实事求是进行设计变更。作为一般水利工程，是非常忌讳设计变更的，变更越多，工期拖延和投资增加就越多。但是，由于地质条件不可能完全掌握，施工环境也会随时发生变化，任何工程又都不能摆脱设计变更。在南水北调工程上，我们始终清醒地认识到设计变更是不可避免的。东、中线一期工程近3000公里输水线路，10年时间的工期，在那么大的时间跨度和区域跨度上，如果说没有变更几乎是不可能的。变更不可怕，重要的是必须本着实事求是的态度，本着技术可行和使用可靠的原则去进行设计变更。一是要及时决策。修改设计或完善工艺，时间越及时，损失越小。二是要实事求是。工程变更必须结合工程当时当地的实际，切忌闭门造车，隔窗看花，要深入工地现场研究，慎重决策。三是要兼听多方意见。对同一设计变更，往往设计、施工、监理及地方政府提出的意见是不同的，从不同角度及不同利益看问题往往发生分歧，这就要求管理单位全面听取各方意见，从工程安全大局出发，坚决维护国家利益，保障人民群众的合法权益。四是要多方案比选。任何设计变更方案都不是唯一的，要有多方案的技术、经济比较和质量进度论证，综合各方面的因素，根据变更项目的特点选择整体效益最大化的方案。

三、开展设计稽查

国内在建工程多有工程稽查，但很少有设计稽查。开展设计稽查，是南水北调工程特点之一。之所以搞设计稽查，一是

⊙稽察专家组对在建工程进行现场检查

考虑到设计的复杂性和多层次性，保证单项工程的设计和整体的工程功能完美结合在一起。为了保证技术要求全面贯彻，保证协商成果得到落实，设计稽查有利于设计成果衔接。二是从设计单位本身来说，出于利益的考虑，总希望投资越大越好，因为投资越大，拿到的设计费越高。变更的投资越大，施工单位、甚至地方政府也会有利。通过稽查，可以较大限度地避免这种情况出现，利于有效控制投资。三是设计单位之间互相竞争，互不通气。加大设计稽查，有利于及早协调设计单位之间的矛盾，贯彻总体设计原则，发现设计中存在的问题。因此设计稽查是南水北调工程的一个特殊手段，在设计和施工中起了很重要的作用。设计稽查由南水北调办组织有丰富水利工程设计经验的专家，分若干稽察组分期分批有重点的进行，对每个稽察项目都在深入了解情况的基础上，提交稽察报告，明确稽察意见和建议，并由南水北调办公室责令有关设计单位进行整改，南水北调办对整改情况组织检查。

**四、重视现场实验**

南水北调工程遇到很多其他工程中没有遇到过的问题，没有现成经验可循，每当遇到这种情况，我们谨慎采取现场实验的方式，探索经验，提供借鉴。

**一是把京石段作为南水北调工程的大试验段。**2008年奥运会在北京举行，应北京市要求并由国家发改委批准，南水北调中线工程京石段率先开工建设。南水北调中线京石段全长307公里，几乎包含了中线工程建设中的大型渡槽、倒虹吸、输水渠道、加压泵站等多种工程类型，涉及征地移民、工程建设、环境保护、冰期输水等多个方面。面对着PCCP管的制作安装、北京西四环下的输水隧洞的开挖衬砌、北拒马河倒虹吸施工及漕河渡槽三向预应力张拉等诸多技术挑战，以及在南水北调工程建设中管理体制的磨合问题、征地搬迁中地方政府及搬迁农民的利益诉求问题、输水渠道运行中落水儿童的施救等问题的出现和解决，都为南水北调沿线工程提供了借鉴。当时郭庚茂同志在河北任副省长，分管河北省的南水北调工作，他经常对我说：“南水北调中线京石段率先开工，我们成了南水北调试验段了。”我说：“当试验段好啊！京石段早建成早受益，既缓解北京水资源供需矛盾，又对南水北调中线工

⊙大断面PCCP管吊装

⊙通水后的京石段渠道

程建设提供借鉴。河北省也从给北京供水中得到收益。”

二是PCCP管工艺试验。PCCP管工艺的试验贯穿设计、制作、安装的整个流程。PCCP管生产商在北京设计院多年研究取得大量成果的基础上，在设计研究人员的指导下最初参照小断面的

PCCP管生产工艺和国际设计制作标准，改进制作方法研制了一节直径8米的PCCP管，经验收实验未能达到设计要求。后经设计制作单位联合开展多项科技攻关，反复修改设计，改善工艺，制成新的PCCP管后，进行材料检验、强度试验、打压试验等程序。这样的工艺试验反复修改多次，直到满足所有设计指标，在取得大量参数的基础上借鉴国外的技术标准，明确南水北调北京

段PCCP管设计标准、施工工艺，逐步形成一套规范的工艺流程和验收标准。在成功制作大断面PCCP管的基础上，根据PCCP管的段长和重量，设计单位与机械制造厂一起研究设计起吊器具和运输工具，明确回填碾压的厚度以及质量检查、检验方法和要求。这一套工艺的每一个环节，几乎都是经过实验确定的。

三是膨胀土(岩)试验。膨胀土是一种特殊的粘性土，干燥状态下非常坚硬，遇水以后就膨胀松软。在膨胀土区修堤筑路，晴天土质坚硬，下雨后大面积饱和的土层松软滑塌。国内尚没有强膨胀土条件下修建大型渠道的成功先例，小断面的弱膨胀土渠是采取避让或换土的办法。但是，南水北调工程避不开这个问题。想要把整个膨胀土区绕过去，既要增加很长的距离，又离城市太

⊙新乡膨胀岩试验段

⊙机械化衬砌

⊙中线穿黄工程中盾构机施工实现首条隧洞顺利贯通

远，增加供水成本。像安阳就是一个大的膨胀土区，难以绕开。局部的实验室试验又难以完全模拟现场条件，不具代表性。为使膨胀土渠段的衬砌在长期通水条件下保证安全，使设计施工更结合膨胀土的特性，我们一方面组织力量研究膨胀土的膨胀机理和抑制与水结合的技术措施，一方面在河南安阳进行膨胀土及膨胀岩试验。着力取得不同条件下的膨胀参数和滑动曲线，取得不同衬砌形式下的监测成果。试验在不同膨胀度下进行，分别取了两段渠段做试验段。试验中，每一个渠段采取四五种不同组合的支护方法，总的思路是防止水的下渗，阻断水与土的联系。经过多种不同方式的衬砌，在经过较长时间过水监测后，进行多参数对比，选择抑制膨胀作用最好的工艺。这个试验花了很多精力和时间。

除了上面这几种典型的现场试验，还有穿黄工程隧道衬砌方式方法及混凝土参数选择、跨河大型渡槽混凝土裂缝预防和处理等等，都进行了现场试验。至今南水北调东、中线工程都已如期通水；京石段工程也已运行多年，当然，工程还将面临时间的考验，但从以往扎实的技术工作来看我充满信心。

应该说，南水北调工程在应对和解决技术挑战上，是比较成功的，取得了大量技术成果。至2010年，南水北调工程就已经获得了115项专利。这些科研成果，不仅指导了南水北调工程本身，也对全国其他同类型的工程建设提供了借鉴，为工程质量提供了技术支持和保障。

# 第五章

# 生态文明理念贯穿工程始终

党的十七届四中全会把生态文明建设提升到与经济建设、政治建设、文化建设、社会建设并列的战略高度，是“五位一体”建设目标的重要组成部分，强调生态文明建设与社会建设是相互支撑的关系。党的十八大报告指出：“面对资源约束趋紧、环境污染严重、生态系统退化的严峻形势，必须树立尊重自然、顺应自然、保护自然的生态文明理念。”2016年5月，习近平总书记在东北调研时指出：生态就是资源，生态就是生产力。我们在南水北调工程建设中，始终坚持生态文明的理念，在东线水污染治理、中线水源地保护、中线输水总干渠建设等方面，做到生态环境保护与工程施工“同规划、同部署、同实施、同运行”，把生态文明理念贯穿于工程建设始终。

# 南水北调东线一期工程水污染治理

南水北调东线工程利用京杭大运河输水，长期以来由于运河沿线工业密集违规排放等原因，运河水质差一直是社会各界普遍关心的问题。国务院领导多次指出南水北调东线工程成败在水质，治污是关键。东线治污工作不仅关系到东线调水的水质安全和京杭运河沿线的生态环境，还直接关系到全国其他地区水污染治理的信心。为此国务院批准的《南水北调工程总体规划》中专项编制了《东线工程治污规划》。

《东线工程治污规划》指出，输水干线规划区骆马湖以南，除个别指标超标外，基本符合国家地表水环境质量四类标准，骆马湖以北至东平湖水质较差，多项指标超过五类标准，过黄河进入海河流域后水质全部为劣五类。同时指出，输水干线规划区骆马湖以北区域的不牢河、南四湖、梁济运河和东平湖等11个控制单元，COD排放量为29万吨，占输水干线规划区排污总量的62%。规划表明，东线工程治污的重点区域在江苏骆马湖以北的山东、河北省京杭运河沿线，主要污染物为COD和氨氮。

东线工程治污规划提出了确保东线工程全线输水水质达到国家地表水环境质量三类标准的治污方案，即节水为先，治污为本，截污导流，综合治理，形成治理、保护、回用一体化的治污工程体系。

党中央、国务院及社会各界都十分关注东线治污工作。2003年8月14日，国务院总理、南水北调建委会主任温家宝主持召开南水北调工程建设委员会第一次会议，温家宝总理在讲话中强调：南水北调工程建设要坚持先节水后调水，先治污后通水，先环保后用水的原则，始终把节水治污放在首位，能否将清洁的长江水安全输送到山东、河北、天津，关系到东线工程建设的成效，关系到我国在国际社会中的形象。东线工程的重点是治污，难点也是治污，要抓紧完善南水北调东线工程治污规划实施意见，并尽快启动第一批治污工程。

2003年4月8日至9日，南水北调办筹备组会同国家发改委在京主持召开南水北调东线工程治污工作前期准备会，会议听取了江苏、山东、河南三省治污情况汇报，并对提交东线治污工作会议的《南水北调东线工程治污规划实施意见》进行了讨论。水利部、建设部、国家环保局有关司局负责同志和三省发改委、水利厅、环保局的有关同志出席了会议。

2003年7月2日—3日，经国务院同意，国家环保总局在京召开全国重点流域污染防治工作会议，环保总局、发改委、水利部等国务院有关部门的负责人，各省（自治区、直辖市）分管环境保护工作的副省长（副主席、副市长）及环境保护局主要负责人参加会议。我以水利部副部长、南水北调办筹备组负责人身份参加会议。会议决定将南水北调工程治污工作纳入国家重点流域、区域污染防治重点，加强指导，加大投入，加强监督。把南水北调东线治污工作纳入国家布局之中，又突出在其他流域区域之上，这对南水北调东线治污工作是极大的支持和推动。

2003年9月22日，组建不到一个月的国务院南水北调办在充分协商江苏、山东、河南三省后，与国家发改委、监察部、建设部、水利部、国家环保总局联合上报《南水北调东线工程治污规划实施意见》（下称实施意见）。10月2日，国务院批转印发了《实施意见》。

《实施意见》明确南水北调东线治污工作根据“三先三后”总体原则，以东线工程治污规划为依据，结合淮河流域、海河流域水污染防治“十五”规划，以控制单元为基础，以产业结构调整、工业综合治理、流域综合整治、城市污水处理及再生利用设施建设、截污导流工程为重点，把节水治污、生态环境保护与调水工程建设有机结合起来，确保东线一期工程输水目标的实现。

《实施意见》强调五项工作原则：一是实行水质、总量、项目、投资、责任五位一体，建立五位一体的治污机制；二是节水优先，治污为本，加强公众节水意识，从源头减少污染，提高农业用水灌溉效率和再生水的利用率；三是治污与调水工程相协调，做到“清一段，通一段”；四是总体推进、重点突破、划定重点治污区域，优先实施重点区域治污项目；五是落实地方行政首长负责制，实行一把手亲自抓、负总责，逐级签订目标责任书，确保各项治污措施的落实。

《实施意见》提出了总体目标和阶段目标。总体目标是：2007年实现东线一期工程输水干线水质全线达到地表水三类水质标准；江苏省进入输水总干渠的化学需氧量COD控制在2万吨，氨氮控制在0.1万吨以内；山东省进入输水总干渠的COD控制在4.3万吨，氨氮控制在0.43万吨以内。《实施意见》指出了2003年至2007年实施工作的重点是：解决江苏省扬州水源区和徐州地区、山东省南四湖地区和东平湖区域的污染问题，并分阶段提出2003年至2005年和2005年至2007年的工作重点。明确了治污项目按照基本建设或技术改造程序报批。资金来源为：未做到达标排放的工业企业治污资金由企业自筹解决，截污导流项目资金列入南水北调工程投资；城市污水处理和流域综合整治项目资金从城市污水处理费、南水北调工程建设基金、银行贷款及地方自筹多渠道解决。

《实施意见》明确了中央有关部门和地方政府的职责分工。江苏、山东省人民政府负责组织本行政区域内治污项目，组织编制控制单元治污实施方案，制订产业结构调整和清洁生产实施方案，对本行政区域内治污工作及调水水质负责。制订年度控制及总量削减计划，明确责任人并对地级政府的治污工作进行考核。同时明确在南水北调办的协调下，国家发改委、环保总局、建设部、水利部、监察部按照各自职责，各司其职，各负其责，团结协作。

《实施意见》要求建立南水北调东线工程行政首长负责制、考核办法和媒体监督机制，将负责治污工作的地方人民政府行政责任人、技术负责人和项目负责人通过新闻媒体公开；由环保总局会同国务院有关部门对东线治污工作进行指导、监督和检查；在输水干线源头和省界设立自动监测站，主要入海（湖）支流及控制单元设立监测断面，主要重点污染企业排放口设置监测设备。由监察部门对地方政府及有关部门执行环境保护法的工作情况进行监督检查。

《实施意见》是东线治污工作的指导性、纲领性文件，它不仅明确了指导思想、工作原则，提出了治污目标和工作重点，更重要的是明确了治污工作的组织领导责任和监督责任。在《实施意见》的指导下，在江苏、山东省地方政府的组织下，东线工程水污染治理步入新的阶段。

2003年10月15日，为贯彻落实国务院批复的《实施意见》，部署东线工程治污工作，南水北调办召开东线工程治污工作会议。

工作会议上，我在介绍北方地区缺水形势及南水北调工程进展后，分析了南水北调东线治污工作面临的形势和任务。据有关部门监测显示，2003年8月份南水北调东线工程黄河以南段有10个断面水质达到四类，占规划监测断面总数的44%，南四湖入湖口蔺家坝断面水质基本为四类，骆马湖以北至东平湖多项指标超过四类，过黄河入海河流域后水质均为劣五类。

结合山东、江苏治污工作我说：近年来，东线工程沿线的山东、江苏两省政府高度重视治污工作，相继采取了一系列措施。江苏省政府召开淮河流域水污染防治暨南水北调东线工程治污会议，敲响了全省向水污染宣战的战鼓。山东省针对省内结构性污染严重的现状，已率先关闭东线工程沿线42条2万吨以下的草浆生产线，2003年8月召开了山东省草浆造纸污染防治工作现场会和淮河、海河流域水污染防治工作会，9月通过了《山东省生态省建设总体规划纲要》，明确提出了生态省建设目标。

面对依然严峻的水污染现状我说：东线治污的进展与南水北调工程《东线治污规划实施意见》的目标要求差距还很大，治污任务仍十分艰巨。一是工业污染依然严重。输水工程沿线造纸、酿造、皮革三个制造业COD排放量占工业企业COD排放量的80%以上，是工业污染源治理的重点和难点。二是工业治污设施与生产规模不适应，偷排漏排现象较为普遍。三是城市污水处理管网不配套，收费标准低，已建污水处理厂不能满负荷运转。四是输水沿线污染源尚未得到有效治理，养殖业污染加剧，氨氮污染问题已逐渐成为水污染防治的重点。五是向输水干线河湖排污总量依然很大，2000年黄河以南输水干线COD排放量22.1万吨、氨氮2.33万吨，与2007年规划目标COD排放量6.3万吨、氨氮0.53万吨差距很大。

结合贯彻落实国务院批复的《实施意见》，我代表南水北调办提出工作要求：

一是增强对治污工作的责任感和紧迫感，牢固树立“五个统一”即统一思想、统一行动、统一标准、统一要求、统一协调。统一思想，即沿线各级地方政府要把思想统一到党中央、国务院的水污染治理指导思想和工作部署上来，统一到《南水北调工程总体规划》及《实施意见》上来，提高全局意识、一盘棋思想。统一行动，即东线治污不仅要全线联动，而且要与输水线路上游地区联动，治污工作要结合淮河、海河流域水污染防治与“十五”计划统一实施。统一标准，即2005年江苏境内输水干线出省水质达到三类，2007年山东境内输水干线水质稳定达到三类标准。统一要求，即把环保意识贯穿南水北调工程建设全过程，治污与工程建设同规划，同部署，同建设，治污工作适当超前，做到清一段通一段。统一协调，即国务院南水北调办承担省际之间的协调工作，地方南水北调部门承担省内各地区间的协调责任，通过各地各部门的共同努力，实现南水北调工程的规划目标，促进节水、治污及生态环境保护各项工作的顺利进展。

二是落实东线工程治污工作目标责任制，建立治污责任追究制度。制定辖区内控制单元治污方案并纳入地方国民经济发展年度计划，党政一把手亲自抓、负总责，逐级签订目标责任书，定期对地市政府的治污配套资金落实、项目进展、总量削减、防治目标及水质状况进行考核，建立水质、排污总量、工程项目、投资、责任五位一体的治污机制，确保各项治污措施的落实。

三是把节水治污和生态环境保护始终放在南水北调工程建设的首位。抓紧编制控制单元实施方案，将南水北调东线工程治污规划中的产业结构调整、工业综合治理、流域综合整治、城市污水处理及再生水利用和截污导流工程五大类项目分解对应到各控制单元。

四是把水污染防治工程建设同改革排污收费机制结合起来，加强排污收费的征收管理，积极筹措治污资金。东线工程治污在2007年前需完成260个项目，总投资136亿元，其中山东需投资87亿元，江苏49亿元，时间短、资金需求量大。东线治污资金除国家每年安排的三河三湖（淮河、海河、辽河、太湖、巢湖、滇池）治理项目资金和部分国债外，东线各省还要抓紧制定南水北调工程基金征收办法，抓紧污水处理费的征收管理，确保东线治污资金的落实。

五是加强对开发建设项目的审批管理，严格控制新增污染源，执行严格的取水许可、排污许可制度，加强新开发项目的水资源论证和环境影响评价，坚决执行污染物总量控制制度，坚持存量治理与增量控制相结合，严格防止“边治理，边污染，边保护，边破坏”的现象发生。

六是加强治污项目的建设管理，改革污水处理运营机制。治污项目要严格遵照基本建设程序，实行项目法人负责制和建设项目质量终身责任制，精心组织，精心设计，精心建设，造福于民。建成后的污水处理厂要按市场经济规律和现代企业制度的要求，破除政府大包大揽的做法，明晰产权，逐步市场化，探索政府规划、社会投资、企业管理、市场化运营的路子。

七是加强治污工作的协调配合，建立强有力的监督检查机制。地方各级政府和有关部门要按国务院批复的《实施意见》要求，履行各自职责，加强沟通，共同指导和监督东线治污工作；要建立公众监督机制，畅通监督渠道，提高监督效能；要把治污责任落实到项目，到单位，到个人，对负责治污工作的地方政府责任人、项目责任人和运行责任人，在社会公开并加大干部考核中治污工作成效的权重，增强其社会责任感和治污成就感。

八是加强治污工作法制化建设，实现依法治污。按照国务院南水北调工程建设委员会第一次会议要求，南水北调办抓紧研究制定工程沿线及水源地水污染防治条例和水资源保护管理办法。建议山东、江苏地方政府结合本地实际加强水污染防治地方性法规的制定，以更严的法规、更严的纪律、更严的措施杜绝企业违法排污，控制污染物总量的继续攀升，加强污水处理设施建设及中水回用，控制总量，减少存量，遏制增量，努力开创南水北调东线工程治污工作的新局面。

东线工程治污工作会议后，南水北调东线山东、江苏两省进一步加大了水污染治理力度，一场目标明晰、标准明确、项目落实、资金到位的东线治污攻坚战就此打响。

在东线治污攻坚过程中，国家发改委，水利部、建设部、环保总局以及南水北调办等国务院相关部门发挥了重要作用。

一是明确治污责任。在南水北调东线工程治污工作会议上，受南水北调建委会委托，我代表国务院南水北调办与江苏、山东两省治污工作的主管领导何权、赵克志两位副省长签订了《南水北调东线治污工作目标责任书》，明确了省级地方政府是东线治污的直接

⊙2003年10月15日，在南水北调东线工程治污工作会议上，张基尧（前中）代表国务院南水北调办分别与江苏省人民政府、山东省人民政府签订《南水北调东线工程治污工作目标责任书》

责任方，负责制定本地区的水污染治理法律和政策，以控制单元为基础制定阶段水质目标和治理措施，筹措地方治污资金，指导协调治污项目实施，加强治污项目建设资金使用及治污效果的监督。南水北调办及国务院有关部门则根据《实施意见》的分工各司其职。发改委负责组织国务院有关部门审查区域治污实施方案，并将南水北调东线治污工作纳入年度国民经济和社会发展规划；督促并指导地方产业结构调整、企业技术改造和清洁生产计划的实施；加强对项目前期工作的指导和督促，会同财政部落实国家补助投资的资金来源。环保总局负责对东线工程治污工作实施统一监督管理，建立环境监测制度；会同国务院有关部门加强环境监测网络建设，发布环境质量状况报告；提出控制单元治污项目实施顺序、时限和工艺要求；监督并指导地方治污工作，协调解决重大环境问题。建设部负责指导并监督地方城镇污水处理厂及再生水利用设施（含配套管网）的计划、建设和运营；加快适用技术的推广应用；参与指导污水处理工程与截污导流工程的衔接工作，建立污水处理设施建设和运营成本的约束机制。水利部负责指导并监督流域水土保持和小流域综合治理等计划的制定和实施；参与环境监测网络，核定水域纳污能力，提出限制排污总量意见；负责截污导流项目的前期工作；加强水闸调度，建立水量、水质协调机制。监察部负责对地方人民政府及有关部门落实治污任务和目标完成情况的监督检查。

二是落实治污资金。《实施意见》明确了东线治污资金来源。由于南水北调东线山东境内输水沿线及周边排污企业多，水污染严重，治理资金需求量大，地方政府筹措困难，过多使用银行贷款必将加大政府还贷压力。

2005年10月29日至11月1日，我和南水北调办副主任李铁军陪同国务院副总理曾培炎考察南水北调东线工程。国务院副秘书长汪洋，国家发改委副主任杜鹰，国土资源部副部长李元，建设部副部长傅雯娟，水利部副部长矫勇，环保总局副局长张力军，江苏省委书记李源潮、省长梁保华，山东省委书记张高丽、省长韩寓群等陪同考察。曾培炎副总理一行视察了江都水利枢纽、已经投入运行的宝应抽水站工程、正在建设的解台泵站和万年闸泵站，考察了东线治污的江苏宿迁市中运河整治工程、山东济宁新薛河入湖口人工湿地，察看了南四湖的水质。曾培炎副总理主持南水北调东线治污工作现场会，听取山东、江苏两省东线治污工作的汇报，并发表了重要讲话。

曾培炎副总理在讲话中指出：南水北调东线工程成败关键在治污，难点在山东。……财政部、国家发改委、南水北调办要进一步支持山东解决治污资金困难。会后根据曾副总理指示，国务院有关部门研究并报南水北调工程建委会同意，将山东上缴的45亿元南水北调基金用于山东治污工作，为东线工程治污工作奠定了坚实的物质基础。

三是实行联合检查。根据《实施意见》要求和东线治污阶段工作实际，在南水北调建委会的同意下，由国家环保总局牵头，组成国家发改委、建设部、水利部、监察部和南水北调办参加的六部委联合检查组，每年对东线治污的计划落实、资金到位、项目执行、治污效果等进行检查，对重点地区和工程进行重点抽查，并在南水北调工程建委会全体会议上进行如实汇报。督察组深入到东线治污一线，检查高污染企业的关停并转，了解污水处理厂及配套管网的建设及运行，检查截污导流工程进展情况，查看南四湖及输水沿线的水质记录，评价治污效果。检查组听取山东、江苏以及地级市政府的治污情况汇报，与企业、项目法人及群众座谈，充分吸纳当地干部群众对东线工程水污染治理的意见，积极研究治污工作中企业转型、渔民安置、配套管网建设、建设资金、人工湿地建设试点等方面存在的问题，向国务院有关部门提出建议。通过联合检查组的认真检查，实地调研，广泛听取地方政府和企业治污项目的意见，把检查组转变成调研组、工作组，对东线工程治污工作起了较大的促进作用。

四是加大协调工作力度。南水北调办作为国务院南水北调工程建设委员会办事部门，主要职责就是协调，它的工作就像南水北调工程整台机器中的润滑剂，在诸多的职责、利益、分歧、矛盾中寻求最大公约数，增加工作的推动力。

江苏徐州的截污导流工程是东线截污导流工程中难度最大的一项，徐州地区是南水北调东线必经之地，地区污水处理厂处理后的中水难以就地消纳，这部分处理后的污水既不能再排入东线输水的京杭运河，又不能排往其他省区，若是引排入海，一则工

⊙2008年10月，徐州市截污导流工程开工。徐州地区是南水北调东线必经之地

程浩大，二则会造成沿线及近海污染。为此，徐州截污导流方案几经调整修改，多次专家论证。南水北调办李铁军副主任多次实地考察，参加会议，协调方案，帮助徐州地区尽量多地把中水用于城市绿化、环境改善和农业灌溉，最大限度地减少对周边环境的影响，为推动徐州截污导流工程起到了重要作用。

南水北调东线输水干线南四湖的入湖口湿地是南四湖水质净化的最后一道屏障，湿地中的水生植物大量吸附水中的氨氮，对水质起到了明显的净化作用。

山东省环保厅张波厅长是位技术型官员，他对湿地的净化治污作用有较深的研究，并致力于推动入湖口湿地的现场实验。为解决湿地建设的资金和技术问题，在我去山东检查治污工作时，他提出请我帮助在科技部立项并得到资金支持。在他的介绍下，我寄希望于湿地能对东线水质改善发挥较大作用。回京后我致信科技部、环保总局的领导，请求在科技部的生态环保项目中给予列项支持，并在技术层面给予指导。

我每年都要去东线工程二三次，并非对工程建设不放心，而是关心治污工作的进展，期盼治污取得实实在在的效果。2006年11月2日—8日，我在江苏、山东检查工作期间，参观了江苏徐州由社会资金办起的“三八”污水处理厂。污水处理厂年处理污水20万吨，只有13个运转人员，在市政府按每吨污水补贴0.6元的情况下，污水处理厂管理得井井有条；而政府负责管理的污水处理厂人浮于事、效率低下、运行成本高昂。我深深感到污水处理厂的建设管理体制必须改革，应该打破政府包建包管的格局。我大力提倡并宣传这种管理体制的探索，希望在山东也得到推广。2009年6月，我察看了滕州市界河入湖口人工湿地建设，湿地面积有数千亩，水流纵横，芦苇成片，鱼虾遨游、野鸭成群。我问起身边的张波。他说人工湿地是几十条大小河流进入南四湖的必经之地，大片的芦苇减缓水流，能吸纳水中80%以上的氨氮，对入湖支流起到重要净化作用，只是目前太少了，建议能在南四湖支流入湖口建立起三十万亩人工湿地，到那时南四湖的水质会得到极大改善。湿地还可以种植荷花、芦苇等有经济价值的水生植物，改善环境发展旅游，增加湖区人民的收入。

考察结束后，我见到山东省委书记姜异康、省长姜大明，并请他们加大对建设南四湖入湖口人工湿地的支持，促进南水北调东线水质改善，使山东人民率先用上放心的长江水。

2010年7月5日，南水北调东线水污染治理暨截污导流工程建设现场会在山东省济南市召开。会议在交流水污染治理，截污导流工程建设经验的基础上回顾了七年来东线治污工作所取得的重要阶段性成果，总结了山东、江苏两省治污工作的经验，对实现南水北调东线治污目标提出了积极建议。会议结束时我代表南水北调办作了会议总结。我在讲话中充分肯定东线治污取得的成绩：在党中央国务院的关怀下，在苏鲁两省政府领导下，调水沿线环保工作者和沿线企业、群众共同努力，历经百般艰辛东线治污工作取得阶段性重要成果。

一是东线治污规划项目完成90%以上，南水北调东线工程治污规划苏鲁两省治污实施方案中，426项工程全部开工。截至2010年上半年已完成399项，完成率94%。人工湿地项目正在加快建设步伐，江苏省四项截污导流工程已有三项投入使用，工程规划建设难度最大的徐州截污导流工程已开工建设。

二是已建工程投入运行，如期发挥工程效益。苏鲁两省采取BOT、TOT方式融集社会资金，全面提高城市污水处理收费标准，加快污水处理厂及污水收集管网建设，推进污水处理厂产业

⊙江苏省江都市污水处理厂

化进程，强化污水处理设施运行监管等综合措施，有效保证了规划内城市污水处理厂的建设和运行，运行负荷率在80%以上。通过对污水处理厂和重点工业污染源在线监测、驻厂取样监测、不定期抽查等检查方式表明，已完成的工业源治理项目，废污水排放达标率在90%以上。

三是调水沿线污染物总量削减明显，水质和生态持续改善。经过沿线各地共同努力，南水北调东线沿线污染物排放量大幅削减。2006年的COD及氨氮浓度较规划前均削减了80%以上。2008年COD及氨氮入河量又较2006年削减了52.7%及74.2%。污染物排放总量基本达到或接近目标控制总量，部分污染严重的河段水质明显改善。2010年一季度，黄河以南36个考核断面中，达标断面23个，达标率66%。其中江苏省境内水质已基本达到地表水三类标准，治理难度最大的徐州南四湖支流复新河水质由劣五类提高到四类，污染严重的山东境内输水干线近50%监测断面水质达到三类。

尚未达标的断面河段水质主要污染物浓度已大幅度下降，南四湖周边污染严重的入湖支流光府河、城郭河、东鱼河等有了较大改善。南四湖、东平湖水质由劣五类提高为四类，对环境敏感已经绝迹多年的小银鱼又重现湖中，湖边野生植物、珍惜鸟类日渐增多。

东线治污任务艰巨，阶段成果来之不易。回顾几年来，山东、江苏两省各级人民政府本着对党中央负责，对两省及东线沿线人民负责的精神，以坚韧不拔的毅力、科学求实的态度、严谨细致的作风、愚公移山的精神，在东线沿线水污染治理方面做了大量富有成效的工作。

**一、东线治污领导重视、组织有力、目标明确**

山东、江苏两省认真贯彻工程规划阶段朱镕基总理提出的“三先三后”总体原则，高度重视东线工程沿线水污染治理，把东线治污纳入地方经济社会发展年度计划，并突出治污工作的关键地位。在南水北调办与山东、江苏签订《南水北调工程东线水污染治理责任书》后，层层签订治污责任书，编制控制单元治污规划和年度工作计划。

苏鲁两省分别成立了由调水沿线各地市政府领导挂帅的“淮河流域水污染防治工作领导小组”及“南水北调东线治污工作领导小组”统一指挥，协调治污工作。江苏省还在省南水北调办设立了由省发改委、环保、建设和水利部门职能处室负责人组成的治污处。山东省政府领导带队邀请省人大常委会参加，每季度组织省、市、县三级联动，开展环境执法检查，对工业污染源、污水处理厂排污口、河流断面水质情况进行明察暗访，组织严格考核，每月公布调水沿线重点流域出入境断面水质和治污项目进展。

《实施方案》经国务院批复后，苏鲁两省据此划分治污单元，将流域、区域控制断面水质目标落实到沿线各级市、县地方政府和企业单位。在总量控制的前提下，目标层层分解，既有以省为单位的排污治污总目标，又有市、县区域的责任目标和企业减排目标，为建立明确的责任体系创造了条件。

二、东线治污规划科学、理念创新、政策到位

首先是规划科学。针对东线治污目标、污染物排放控制总量，在规划的426个项目基础上对治污项目进一步优化，增加了京杭运河船舶污染治理、运河沿线污水垃圾回收，城市生活垃圾处理，调整截污导流和工业水污染治理项目，使《南水北调东线工程水污染治理规划》更加完善。

其次是理念创新。山东省围绕水质目标要求，结合治污工作的特点和当地实际，在实践中探索出一条“治、用、保”并举之路。“治”是包括清洁生产、末端治理、环境基础设施建设、面源污染治理、河湖清淤疏浚和强化环境管理在内的全过程污染治

⊙淮安截污导流清淤工程

理。“用”是在污染治理的基础上，因地制宜利用流域内季节性河道和闲置洼地，建设中水截、蓄、导、用设施，合理规划中水回用工程，力求中水不进入输水干线。“保”是在保障防洪安全前提下，综合采用河湖入湖口人工湿地净化、河道走廊、湖滨及湖区湿地修复等生态修复和保护措施，对流域内的生态恢复过程进行强化。“治、用、保”一体化治污思路，充分体现了减少污染物排放，水资源循环利用，促进经济增长方式转变的循环经济思想，在实践中取得了明显的效果。如滕州市城郭河和白沙河水污染综合防治工程，采取了“点源治理，集中处理，截蓄导用，湿地净化”相结合的综合处理措施，使城郭河出境断面水质COD浓度由2005年的每升150毫克下降到每升30毫克，氨氮浓度由每升8毫克下降到每升2毫克，最终通过人工湿地对入湖河水进行深度净化达到三类水质标准。

第三是政策到位。苏鲁两省在治污规划实施过程中，针对南水北调东线沿线结构性污染较为突出的问题，不断完善地方法规和标准体系，发布了一系列加强水污染防治和生态环境建设的条例、办法等地方规范性文件，淘汰落后产能，提升企业准入门槛，推进清洁生产，治理船舶污染，为全面深化治污工作提供了有力的法规和政策保障。山东省在2006年率先颁布了严于国家标准的地方性南水北调沿线水污染物综合排放标准，省人大常委会审议通过了《山东省南水北调工程沿线区域水污染防治条例》，以地方立法的形式对水污染防治工作进行了规范。对于环境容量饱和的区域，禁止新增排污总量的项目建设，严格控制新上造纸、化工、酿造等重污染项目，按先算、后审、再批的程序，有效控制新增污染项目，对未按时完成污染削减指标、河流断面水质长期超标的地区，实行区域限批。山东省还认真落实重点企业监管等“四个办法”，抽查监测重点企业、污水处理厂、主要河流断面，开展整治违法排污的专项行动，保持严厉打击环境违法的高压态势。江苏省明确了省、市、县三级建设项目环境影响评价的审批权限，对越权违法、违规审批明确具体处理规定，提高苏北地区化工行业准入门槛，将新建项目安排到工业园区，同时加快老项目的治理和搬迁，实行污染集中处理，积极探索环境安全预警监测体系和应急处置体系等措施，构筑水质安全防控体系。

三、东线治污形成了一套行之有效的管理模式

首先是落实责任。苏鲁两省在与调水沿线14个地市签订治污目标责任书的基础上，将治污目标任务与“十一五”期间的治污减排任务结合起来，纳入领导班子和干部考核目标，以完不成任务就下岗的干部考核约束性目标，把责任落实到实处。

其次是建立机制。经国务院同意对东线治污资金管理方式进行调整后苏鲁两省征收的南水北调工程建设基金，由两省包干使用，实现水质、项目、资金三包干，有效调动了地方积极性。江苏省建立了政府领导、部门负责、环保监管、企业治理、舆论监督、公众参与的工作机制，山东省制定了党委领导、人大监督、政府负责、环保监管、部门配合、公众参与、舆论监督的环保工作机制。以控制单元为基础，以局部保整体，以支流保干流，建立起“五位一体”的治污机制，有效解决了从规划制定到实施过程中各项工作衔接。

第三是重视发挥政府、市场两个作用。两省在治污工作中强化政府职能，也充分发挥市场作用。江苏省落实“以奖代补”财政资金1.35亿元，山东省落实到位3000多万元，支持淮河流域暨南水北调污水处理厂管网建设。山东省调水沿线黄河以南段所有县（市、区）均建成污水处理厂，全部执行一级排放标准。枣庄

市自我加压，要求在每个区（市）都建起污水处理厂，每个污水处理厂都有一套完整的污水管网、一套除磷脱氮工艺、一套中水回用网络、一套污泥处理设施、一套自动在线监测系统、一套企业化运行机制。江苏省26个污水处理厂有17个采用 BOT方式建设运营，共融集社会资金8.7亿元，为污水处理设施实现投资主体多元化、运行主体企业化、运行管理市场化创造了条件。

**四、东线治污探索了一套较为成熟的工作经验**

首先是加强治污项目管理，保证规划目标实现。苏鲁两省根据南水北调东线工程治污规划，结合本省实际编制实施方案，将规划目标分解到实施方案的项目中，在治污工程建设中，实行项目管理，严格按照项目负责制、招标投标制、工程监理制及合同管理制，确保项目扎实开展取得实效。山东省在截污导流工程的基础上主动增加配套资金，建设中水提水泵站、输水管道等配套工程，将中水用于农田灌溉、工业用水及生态环境用水，21个截污导流工程为区域内200万亩农田提供了灌溉水源，促进了节水、水污染治理和水资源的高效利用。

其次是多方筹措资金。为保证用于治污的南水北调资金及时足额到位，两省分别制订了年度资金筹措计划，积极利用国家“以奖促治”“以奖代补”等环境保护政策，多渠道筹集治污资金，研究制定污染补偿和生态补偿等奖励措施。此外两省都加快了污水处理费的调整，调水沿线污水处理费征收标准已全部提高到每吨1—1.2元，分别出台了多项污水处理费征收和使用管理办法，为已建成的污水处理厂及配套管网正常运行提供保障。

三是加强监督监测，开展联合执法。苏鲁两省对考核断面实行每月例行监测，定期公布调水沿线重点流域出入境断面水质状况，开展“整治违法排污保障群众健康”环保专项行动，严肃查处违法排污企业。江苏省自上而下向南水北调治污工程派驻纪检监察工作组，对工程建设情况，尤其是资金使用情况进行全过程监督。山东省还开展了政府统一领导，环保、监察等有关部门参与的联合执法。

东线治污虽然取得了初步成效，但仍有接近40%的断面尚未达标，而且治理的难点和硬骨头还在后面，在以后时间里，既要巩固已取得的成果，确保已达标断面不出现反弹，又要进一步统一思想，加强领导，精心组织，有序推进。我为后续的东线治污工作提出建议：

**一、巩固治污成果抓紧实现东线全程水质达标**

一是要进一步加强截污导流工程、流域综合整治和人工湿地等规划项目建设，优化设计方案，落实建设资金，加快建设进度，搞好配套设施，确保治污项目实施。

二是要在对单元治污方案实施效果进行评估的基础上，进一步补充完善治污方案，尤其是京杭运河航运污染治理，主航道两侧散乱小码头进行拆除整合，加强船舶的防污技术改造，建设船舶垃圾及油污水接收处理系统。

三是要控制水产养殖，划定湖区功能区、建立人工养殖总量控制制度，科学确定养殖规模，改造围网、网箱等养殖方式，依法清理养殖区外人工养殖设施。

四是要控制面源污染，江苏省要在调水源头及沿线重点地区加强输水干线城区段整治，加强引江河道及湿地保护、生态林网及生态廊道、生态环境监测系统等建设。山东省要做好南四湖38万亩围垦圩田的退耕还湿地工作，在调水汇水区规范养殖业，进行养殖业污染综合治理，发展绿色有机高效农业，降低农药、化肥用量，推广有机农产品种植，坚决禁止农村生活垃圾、污水直排入河入湖。

五是要加强环境安全风险管理与预警体系建设，开展调水沿线企业环境风险评估，在重要河流及环境敏感区域设置安全预警监测点位，完善环境应急预案和应急处置设施建设。

**二、将东线治污与重点流域水污染防治相结合，实现东线水质长期稳定达标**

要把水污染治理的重点由工程治理为主转到生态建设与工程治理相结合、实行综合治理上来。“十二五”开始，东线治污工作将作为淮河、海河流域水污染防治工作的重点。沿线地方政府及调水有关部门要认真研究流域的共性问题和南水北调沿线的污染治理特点，结合东线通水时限，分阶段提出水质保护目标，统筹调水水质保护和地方经济社会发展，制定主要污染物排放量及入河量削减指标，动态调整削减污染物存量，控制污染物增量，研究做好南四湖等环湖及输水沿线生态带建设、污水资源化利用、面源污染源治理等工作。

**三、深化考核，促进东线治污向更深层次更广范围发展**

国务院有关部门将继续组织实施东线治污考核工作，苏鲁两省政府要各自对控制单元治污工作进行自查。沿线控制断面凡没有达到调水水质目标要求或超过污染物排放总量的，要暂停审批治污减排和生态恢复外的所有建设项目，并视情况提出限排或停排污染物的要求，对未完成治污目标且整改不利造成较大社会影响的，要依法依纪追究相关单位和个人的责任。

2003年以来，南水北调东线沿线地方政府在东线治污方面做了大量工作，取得可喜成果，我和调水办同志做了一些力所能及的协调工作，为东线治污尽了微薄之力。但是由于南水北调工程通水目标的调整和东线治污工作本身的艰巨性、复杂性，直到我离开领导岗位，东线治污的目标仍未完成，这客观上加重了后续工作同志的压力。令人欣慰的是，在党中央、国务院关怀和江苏、山东两省人民政府的领导下，输水沿线地方政府勇于担当，积极作为，企业及群众不懈努力，热心参与，南水北调办及国务院有关部门加强协调，大力支持。2013年东线工程通水时，东线水质全线实现了达标水质，南水北调东线沿线治污规划的目标终于得以实现。

东线水质全线达到国家地表水三类标准，实现了一渠清水北送的目标，也极大提升了全国水污染严重地区进行治理的信心，解除了河北沧州、衡水尤其是天津市对使用东线长江水的疑虑。但这只是治污目标实施的第一步，今后如何巩固这一成果，处理好经济社会发展与生态环境保护的关系，使东线之水长期稳定达标，将是长久的任务。

## 南水北调中线一期工程水源地保护

中线水源地——丹江口水库的水质如何一直是党中央、国务院以及南水北调中线受水区各级政府和人民群众关心的一个话题，更是南水北调必须面对的问题。与东线工程不同，中线丹江口水库的水质总体很好，一般达到地表水环境质量二类，水库中心部分可达地表水一类。因此，与东线水质工作的重点是治理污染不同，中线丹江口水质工作的重点是长期保护。虽说丹江口水库现在水质很好，但是现在好不等于今后好，随着丹江口库区及上游经济社会发展，排污量的增加，丹江口水库依然有被污染的危险。原来太湖的水质还不错，沿线城市多用太湖水为饮用水源，可到20世纪80年代以后，随着地方乡镇企业的发展，太湖污

⊙丹江口库区俯瞰

染日益严重，以致到了水质恶化、蓝藻爆发的严重程度。因此，为保护好丹江口水库这一库清水，在总体规划阶段就曾提出，在丹江口库区也需要一个保护规划。但是在当时的情况下，从事规划方面工作的同志认识并不一致，再加上水环境保护投资方面的

增加，在《南水北调工程总体规划》中的中线工程生态环境保护规划，并未能对丹江口库区及上游的水环境保护及水土流失治理提出具体的保护及治理项目，更未能落实治理资金和措施。

**一、保护水源，规划当先**

规划是行动的指针、建设的蓝图。对南水北调而言，为保护好南水北调中线水源，的确需要一个更加具体、更具操作性的《丹江口库区及上游水污染防治和水土保持规划》。根据时任国务院副总理温家宝同志的指示：汉丹江流域水污染防治和水土保持应及早规划纳入南水北调中线总体方案。2002年8月，水利部、环保总局组织长江委水资源保护局等单位启动该项工作。9月，水利部、环保总局会同陕西、湖北、河南三省水利、环保等有关部门进行了现场考察，初步确定了规划范围及编制规划的技术路线。

2004年6月，我与南水北调办环境与移民司及有关部门的同志到陕西、湖北、河南，沿汉丹江流域进行考察，听取了规划工作进展情况汇报，希望加快规划编制工作，同时，明确要求南水北调办主动介入规划的编制和工作协调。

2004年10月25日，国务院南水北调工程建设委员会召开第二次全体会议。我在汇报下一步工作安排时提出建议：要加快《丹江口库区及上游水污染防治和水土保持规划》（下称《规划》）的编制，进一步明确水污染治理和水资源保护责任主体、建设项目、资金来源、建立协调机制，加强国务院有关部门对丹江口水库区及上游退耕还林（草）、水土保持、水源保护区建设、水污染防治、生态移民等项工作的支持。会议纪要对中线水源地保护工作明确指出：中线工程的当务之急是加强水源地保护。要加强对丹江口库区及上游地区的环境保护和治理，建立由发展改革委牵头的丹江口库区及上游水源保护和生态建设协调机制。

2004年11月，国家发改委在京召开《规划》审查会，国务院有关部委及陕西、湖北、河南三省代表及特邀专家共60余人到会，会议在充分肯定规划成果的基础上提出了修改建议。

2005年7月，国家发改委、水利部、环保总局、南水北调办在多次进行协调修改并征求了农业部、国家林业局及陕西、湖北、河南三省意见后，联合会签《规划》，正式上报国务院。

2005年10月18日，曾培炎、回良玉副总理听取《规划》编制工作汇报。之后，发改委组织水利部、环保总局、南水北调办及《规划》编制的相关单位根据国务院领导的要求，研究地方及有关部门提出的意见，对《规划》内容再次修改，形成《规划》新文本。

2006年2月16日，国务院批复了《丹江口库区及上游水污染治理和水土保持规划》。从此，中线工程水源地的水质保护工作有了规划可遵循。《规划》涉及丹江口库区及上游陕西、湖北、河南三省7个地市的40个县，面积8.81万平方公里。

《规划》原则一是预防为主、保护优先，水质水量并重、点源面源同控，统筹协调、突出重点。二是流域治理与区域治理同步，上中游治理与库区治理同步，治本与治标同步，立足近期、着眼长远。三是政府引导，社会参与，把建立机制、制定政策、加强监督与调动地方群众积极性结合起来。

《规划》目标是丹江口库区水质长期稳定，达到国家地表水环境质量标准二类要求，汉江干流省界断面水质达到二类标准，直接汇入丹江口水库的各主要支流达到不低于三类标准。

《规划》划分了水源地安全保障区、水质影响控制区和水源涵养生态建设区18个控制单元。通过规划，明确治理工作重点，对水源地安全保障区主要抓好三条河（湖北十堰神定河、河南南阳泗河、河南南阳老灌河）的治污和水库区面源控制工程。在水质影

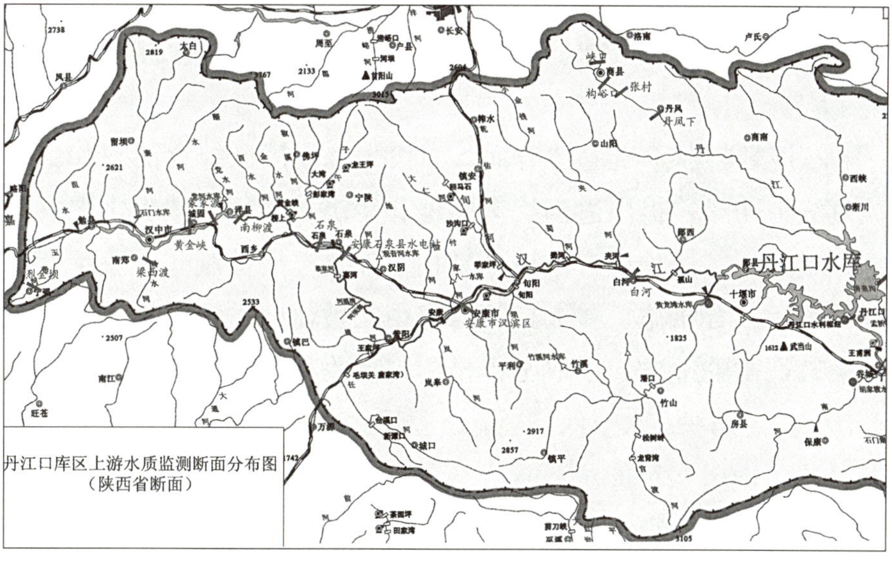


⊙丹江口库区水质监测（陕西省）断面分布图

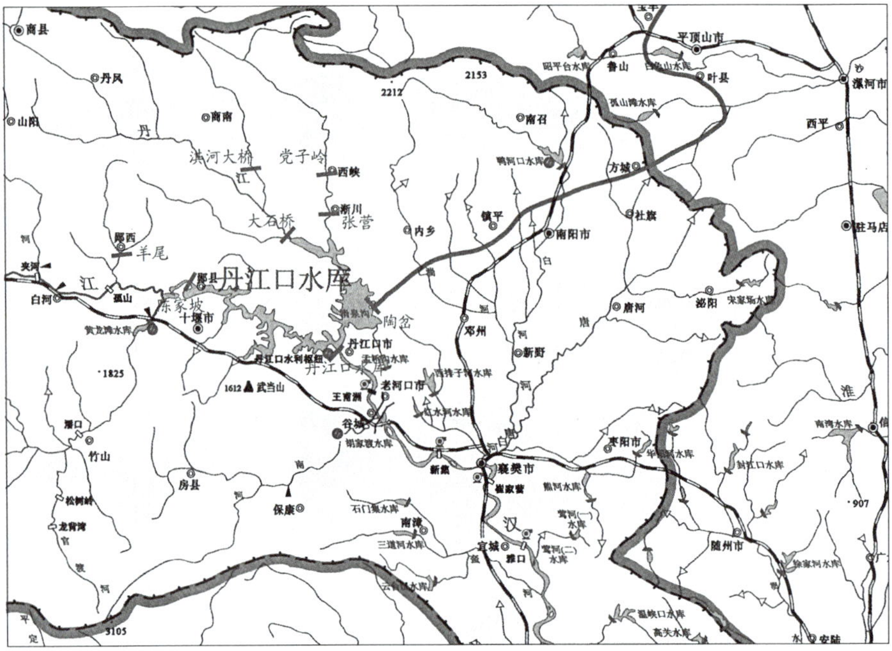


⊙丹江口库区水质监测（湖北河南两省）断面分布图

响控制区，主要加强安康、商州基础设施建设，河南栾川、卢氏采矿区工业整治，汉江、丹江、堵河干流小流域综合治理。在水源涵养生态建设区，做好汉中市基础设施建设及水土保持生态修复工程。

《规划》在水土保持方面，布设生态缓冲、综合治理和生态修复三道防线，提出适当扩大园地和经济林面积，减少化肥农药施用量，切实保护现有植被，禁止开荒，严格控制非农业生产用地等多项综合措施。在人口相对集中的坡耕地及植被较差、水土流失较严重的地方，采取工程措施与植物措施相结合，进行坡面整治、沟道防护、水土保持、疏溪固堤、治塘筑堰及封育管护，在居民集中地区实行能源替代、舍饲养畜、生态移民等多项措施，减少对生态环境的人为破坏。

《规划》提出建设污水处理厂，进行工业类污染源治理、小流域综合治理、垃圾清理、生态农业示范工程等措施，重点抓好丹江口水库周围湖北、河南直接入库河流整治、流域水污染防治和小流域水土保持，使水质迅速改善。同时要求丹江口库区及上游主要城市安康、商州、汉中加强城市基础设施建设，切实改变汉丹江流经城市段水质低劣的状况，依托汉江干流上的安康水库、石泉水库形成保护丹江口水库水质的生态屏障。

《规划》确定水污染防治近期项目97个，水土保持与面污染源防治近期项目781个，总投资68.89亿元，每年可削减COD9.6万吨、氨氮0.39万吨，使治理区25个县的水土流失治理程度达到30%。《规划》建议2010年后继续实施远期项目1234个，总投资124.44亿元。

《规划》提出了加强领导、组织协调建立部际联席会议制度，制定并完善水源地保护法规，建立多元化的投融资体制，加强项目建设的协调和投资管理，加强执法监督，提高科学技术支撑能力，推动科技成果转化运用以及建立生态监测网络等多项规划保障措施。

《规划》的生命力在于实施。国务院批复《规划》后，国务院有关部门及陕西、湖北、河南省人民政府认真贯彻实施，把加强丹江口库区及上游水环境保护及水土流失治理，保障南水北调中线工程水质安全作为重大责任。按照《规划》建议，国家发改委牵头组成由水利部、农业部、建设部、国土资源部、国家环保总局、南水北调办、国家林业局等部委参加的联席会议，明确会议组织形式、会议内容和议事工作程序，加强对《规划》实施的协调和监督，及时解决规划实施中的困难和问题。南水北调办根据《规划》研究提出年度实施计划、项目实施顺序及投资计划，列入南水北调工程年度投资计划，报经南水北调工程建委会批准后实施。

《规划》明确了陕西、湖北、河南三省人民政府作为《规划》实施的责任主体，要求三省沿汉丹江各级地方人民政府紧紧围绕加强丹江口库区及上游水环境保护及水土保持长期保持丹江口水库水质良好这一宗旨，在省级政府统一领导和部署下，积极开展工作，尽快落实各项规划措施，加快规划项目的实施。湖北、河南、陕西针对不同地域特点，就工业结构调整、污水排放及水环境保护、小流域治理及水土保持、污水处理厂及配套管网建设、垃圾处理及矿山重金属污染等方面制定多项政策制度和区域性法规，把丹江口库区及上游的水环境保护及水土流失治理纳入地方经济社会发展规划，同部署，同实施，同检查，并不断在干部考核中增强生态环境保护责任的权重，提升调水区干部群众保护好一库清水的紧迫感和责任感。在我去库区调研时，不时有群众对我说："我们这里的水是要送到北京去的，我们一定把这库水保护好，绝不能让党中央、国务院和北京人民喝脏水！"

二、高度重视水质安全

党中央、国务院高度重视南水北调中线丹江口水库的水质。2007年5月18日，我向国务院副总理、南水北调工程建委会副主任曾培炎汇报南水北调工作。他听取了东线水污染治理及丹江口库区水质保护及移民前期工作情况汇报后，对丹江口水库的水质保护工作特别强调：中线工程水质事关京、津及沿线人民的饮水安全，要抓紧《规划》实施，切实保证丹江口水库的水质。

2008年7月21日，我向国务院副总理、南水北调工程建委会主任李克强汇报南水北调工作后，他在谈到中线工程水质时强调：丹江口水库现在水质不错，但一定要保护好，随着库区及上游经济社会发展，污染物的排放量一定会增加，要加强部门间协调，配合地方政府切实做好水源地水质保障和生态环境建设。既要保护好丹江口水库的水质，也要协调好生态保护和经济社会的发展，让库区人民在南水北调工程建设中得到实实在在的利益。

全国人大和全国政协及社会各界对丹江口水库水质十分关心，2007年8月，全国政协人口资源环境委员会“南水北调中线工程水质保证”调研组赴陕西、湖北、河南等地调研，调研组视察丹江口水库上游的生态环境保护、污水排放、垃圾处理以及金属矿产开采对汉丹江水质的影响，并提出针对性和操作性很强的建议。温家宝总理8月27日指示：保证中线调水水质，任务重大而艰巨，要自始至终高度重视。

2009年2月16日，我向全国人大常委会副委员长、九三学社中央主席韩启德汇报南水北调工程情况，尤其是东线水污染治理和中线丹江口水库水质保护的情况。不久，九三学社组织了丹江口水库及周边水污染治理及水环境保护的专题考察，并向中央提交了南水北调中线工程水环境保护方面的考察报告。

作为受水区的北京市市委书记刘淇、市长王岐山等领导多次调研丹江口水库的水质，并与湖北、河南库区地方政府进行座谈，积极支持中线工程水源地保护。在工程后期建立丹江口库区对口支援机制，帮助并促进丹江口库区水质保障与经济社会协调发展。

党中央国务院的关怀和受水区地方政府的支持，进一步提高了湖北、河南、陕西认真实施《规划》，做好丹江口水库及上游水环境保护的认识，加大了各项政策措施执行及规划项目实施的力度。

多年来湖北十堰、河南淅川都有种植黄姜的习惯，黄姜是生产皂素的原料，加工生产的皂素绝大部分出口日本。农民种植黄姜比山地种粮收入翻几番，黄姜加工业也从中获得较大的利益。可是黄姜在加工过程中排放大量废液，废液中的COD浓度高出企业排放标准十几倍甚至几十倍。黄姜加工企业是重污染企业，调整治理黄姜加工企业是南水北调中线水质保护的重点难点。2005年5月5日，温家宝总理对此提出明确要求：要及早改进黄姜加工工艺，实现清洁生产，保护南水北调水源地不受污染。

南水北调办一方面支持地方政府引导当地农民调整产业结构，结合当地气候和水土条件，把种植黄姜逐步转移到种植花椒、果林等其他经济作物。另一方面会同科技部设立黄姜加工工艺研究专题，并与清华大学、武汉大学签订科技攻关协议，组织科研人员联合攻关。我还于2005年8月15日致信武汉矿冶大学郭湘芬教授，为她的团队在黄姜加工工艺科研方面取得的成绩表表示祝贺，对其成果推广及应用于工厂试验提出意见建议，协调科技部课题组与其联系和协作。对于生产规模小、技术改造无望的黄姜加工企业，支持地方关、停、转产。南水北调办副主任李铁军同志多次深入库区对黄姜生产加工进行调研，签订委托协议组织清华大学与科技单位联合攻关改造黄姜加工工艺，探索改造黄姜产业之路。

2005年初我在淅川县视察黄姜种植和黄姜加工企业，看到停产的厂房和转产待业的职工，听到种植黄姜农民收入减少的忧虑和地方政府组织转移种其他经济作物的探索，深切体会到农民和生产企业在结构调整和关停转产中的困难和艰辛，深切感受到为了中线水源保护，他们在自身利益的保护与割舍中的痛苦抉择，深切体会到为保护好一库清水永续北送，调水区人民付出的代价。与库区人民作出的奉献相比，我们所做的一点工作又是何等的微不足道。

三、另辟蹊径，探索生态补偿机制和办法

神定河是湖北十堰市境内汇入丹江口水库的重要支流，长期以来由于没有污水处理厂及配套的污水收集管网，大量的工业废水和生活污水通过神定河直排入库，成为丹江口水库主要污染源之一。建设神定河污水处理厂是《规划》实施中的首批开工项目。

我多次去神定河污水处理厂检查工作。第一次去时污水处理厂刚刚开工，酱黑色的神定河水散发着刺鼻的臭气，河附近的居民意见很大。当他们知道我是从北京来的领导，就纷纷围拢来。有的居民指着黑臭的河水说："你看看这条河，这些臭水都流到水库里去，以后你们北京人就得喝这样的水，你们能咽得下去吗？"年纪大的老乡说："请你们领导帮助想想办法，把这河治一治吧，我们在这里天天闻着这臭气，看着这污水，怎么吃得下饭，睡得着觉。我们的孩子们又怎么能安心在这里长期生活。过去的神定河可是水清草绿鱼虾成群。现在哪还有鱼虾，有的只有恶臭。"听着老乡们的强烈反应，我深感责任和压力。污水处理厂的建设不仅关系到南水北调中线水质，同时也关系到库区人民的切身利益、生存发展，我催促神定河污水处理厂加快建设早日投产。

第二次去神定河时，污水处理厂已建成，当时污水处理还是二级标准，但污水处理厂建设的规格很高。我察看了污水处理流程和处理后的污水水质，了解污水处理厂的运行情况。看后我批评污水处理厂的建设管理单位在建设中的浪费和管理人员过多，提出应该压缩人员，降低运行成本。同时我在十堰市及污水处理厂负责人的汇报中得知，处理厂的处理率很低，其原因一是当地污水处理收费标准低，且不少用户拒缴污水处理费；二是污水处理管网不配套，新建的污水处理厂多数时间处于大马拉小车甚至停产状态。我只有请地方政府一方面支持加快配套管网建设，另一方面逐步提高污水处理收费并加入自来水收费，在污水处理量还未排到设计容量前，请当地方政府给予财政补贴，保证投巨资建设起来的污水处理厂正常运转。

我也深知地方财政的困难。丹江口库区多为山峦丘陵，交通不便，经济欠发达，污水处理厂建设对他们来说也是第一次，地方政府和人民群众经济承受能力弱。我内心清楚地知道我的要求难以落实，如何从南水北调工程的角度给予支持，必须从《规划》外另辟蹊径。

南水北调中线工程调水区人民群众为保护好中线水质进行工业结构调整，限制高污染企业，减少农药化肥用量，加强污染治理和生态环境建设付出了较大代价，多次要求国家及受水区给予生态补偿。我们认为调水区地方政府和人民群众的要求是合理的，可是当时国家还没有生态补偿的政策。

为加强对丹江口库区及上游地区的财政支持，促进南水北调中线丹江口库区水环境保护工作，南水北调办副主任李津成多次向财政部解释、协商，南水北调办会同河南、湖北省政府多次向财政部汇报，并请财政部及国家有关部门去库区调研，同时协调水利部、国家环保总局多方面开展工作。

财政部十分支持南水北调工程建设，关心中线丹江口水库水环境保护，在反复研究综合平衡的基础上，财政部于2008年11月26日将《财政部关于增加三江源等生态保护区转移支付力度的请示》报呈国务院，文件申述了加大转移支付的必要性：对国家重要生态屏障和生态战略区域实行必要的生态补偿，逐步建立生态屏障保护长效机制，是成熟市场经济国家的普遍做法。我国重要生态区特别是重要水源地和天然林保护区的生态非常脆弱，党的十七大及“十一五”规划明确要求，建立健全资源有偿使用制度和生态环境补偿机制。全国人大、全国政协和社会各界广泛关注，地方政府更希望尽快出台具体的操作办法。有关地区已作出较大贡献，加大对这些地区的财政转移支付力度，一方面是对其实施生态保护进行必要的补偿，保护地方政府积极性；另一方面也可以发挥示范作用，引导并鼓励其他地区关注生态环境建设，推动科学发展。

请示还对补助范围、补助办法和补助形式提出意见。补助范围包括南水北调中线工程丹江口库区及上游40县，补助办法为增加对补助范围内地区转移支付力度。在原各项转移支付不减的情况下，提高一般性转移支付（转移支付系数由70.5%增至100%），适当调增标准支出。补助方式是在一般转移支付下，单独列南水北调中线丹江口库区及上游生态保护区转移支付。

请示报告得到国务院批准。财政部下发《财政部关于下达三江源等生态保护区转移支付资金的通知》。2009年又印发了《国家重点生态功能区转移支付办法（试点）》的通知，在公平、公正、公开、透明，循序渐进、激励约束原则下，进一步规范了分配办法、监督考评、资金使用范围、激励约束措施。2008年中央财政下达陕西、湖北、河南生态保护区转移支付14.46亿元，主要用于工业结构调整、生态环境保护，部分资金用于污水处理厂运行费用补助。

经过两年多的努力，以增加财政转移支付的方式，支持丹江口库区及上游地区解决了部分财政资金不足的问题。随着国家经济发展和财政支付能力的增强，对丹江口库区及上游地区生态保护，财政转移的力度逐年增加，这一措施极大调动了地方保护生态的积极性，也为进一步探索更大范围的生态补偿机制和生态补偿办法提供了借鉴。

第三次去神定河污水处理厂已是2009年，神定河水虽然依然未能达标，但污染严重程度已发生了明显变化，恶臭的气味闻不到了，河岸两侧还长出了青草，污水处理厂配套管网已增加100多公里。当我问及污水处理厂负责人能否正常运行时，他说：现在污水处理量加大了，成本自然就降下来，污水处理厂的运行效率可以达到80%以上。地方政府也给补贴，加上我们也加强管理，污水处理厂的污泥干燥后可以做肥料。尽管我并不完全相信他的话，但我有理由相信比以前是进步和提高了，神定河水水质的变化是最能说服人的证据。

四、关注垃圾处理

世界上本来就没有废物，只有放错地方的资源。垃圾是人类生活、生产必然产生的废弃物，但经过处理它也是座矿山。

在南水北调工程开工前，丹江口库区污水处理厂建设滞后，垃圾处理更没有提上日程，农村垃圾遍地，城市垃圾围城的现象普遍存在，上游地区借夏季洪水倾泻垃圾。《丹江口库区及上游水污染防治及水土保持规划》规划了一大批垃圾处理项目，包括城镇垃圾处理场及农村垃圾分散收集集中处理设施，避免垃圾及废液直接排入支流或丹江口水库。

2007年夏，我带队去丹江口库区考察水污染防治工作，来到湖北省郧县城关垃圾处理厂。垃圾处理厂建在一条小溪旁，以填埋方式进行处理。我在与处理厂负责人交谈时，不时有垃圾车到来，腐烂的垃圾散发着刺鼻的恶臭。我问到处理厂的防渗处理、处理容量和使用时间，以及旁边小溪如何截断垃圾废液渗流等问题，处理厂的负责人一一作了回答。但是当我看到作为防渗层的塑料垫层可能在垃圾处理场建设中及垃圾倾倒时被损坏，处理厂与水溪之间的截渗沟太浅可能会有深层渗漏，垃圾处理场的石灰土料覆盖不及时时，十分担忧在多雨暴热的郧县这种垃圾处理场的生态安全和使用寿命。可在当时，填埋依然是多数垃圾处理的主要手段，我当即对垃圾填埋场的防渗处理和管理提出要求，并建议地方政府对区域内的垃圾处理设施进行防渗检查。此后，我又在这次考察中参观了一座小型垃圾焚烧场。焚烧场的负责人告诉我：焚烧垃圾大量的工作是垃圾分类，运来的城镇垃圾要经分类后才能焚烧，而且焚烧的成本高，温度低于800度还极易产生二噁英有毒气体。看来两种垃圾治理方式均有优缺点，填埋宜作为应急之举，焚烧应作为长远之策。至于垃圾分类这本是通过提高人们的环境意识、辅之以社会管理的多种措施可以做到的。焚烧成本高可以结合水泥生产、垃圾发电等项目来解决，应该作为未来垃圾处理的方向。对于填埋式处理方式，要切实做好底层防渗处理，选址要远离水源水系和人口密集地区，即使这样也难以做到对地下水绝对没有污染，应逐步被生物发电所取代。

此后我又走了很多地方，考察垃圾处理情况。在城镇及农村垃圾处理的探索中，各地都有不少新的做法。例如，农村垃圾就地制作肥料，户分类、村收集、县处理，但对城镇大型垃圾处理依然未能有重大突破。我期盼着科学技术的进步和垃圾处理工业化方式的诞生，期待着从我做起把垃圾分类变成每一个人的自觉行动。

### 五、生态移民工程与统筹协调发展

陕西的安康、汉中、商州均在丹江口水库的上游，是汉江源头，南水北调中线水源的汇流区和生态涵养区。在《规划》中，陕西的水土保持小流域治理项目最多，生态补偿的转移支付也最大。我几次去丹江口上游地区调研，了解山水田林路小流域综合治理情况，对汉江穿越城市段的水污染防治提出意见，但最令我难忘的还是陕西汉江流域的生态移民工程。

陕西汉丹江两岸山峦起伏，森林密布，植被良好，但人口居住分散，生活污水垃圾及养殖污染是主要污染源。深山中的群众生活贫困，受教育程度低，通水、通电、通路等基础设施建设严重滞后。为帮助深山区的群众脱贫致富，为加强汉丹江流域生态保护和环境治理，为实现贫困山区的人民与全国同步奔小康，陕西省委、省政府决定实施生态移民工程，将400余万秦巴山区汉江两岸深山中的群众搬迁下来，相对集中安置。我认为这是保护环境，统筹城乡发展使改革开放成果惠及贫困山区数百万群众的重大举措。

2009年我在陕西考察时曾参观了几处生态移民的居民点。居民点建设在青山环抱之中，依山傍水，住房整齐又形态各异，充分保留了陕西地方特色，移民安置区布设排污管线并因地制宜建起污水处理设施。小小的暴氮池里种着荷花，既可观赏又能吸附污水中的氨氮。居住点的粪便垃圾集中处理，形成有机肥料。我曾问及生态移民的群众，与在山区相比有何变化。一位年长的老人说：从山里搬出来住上楼房，又有了电，通了路，还通了电话有了电视，生活条件改善太多了。政府组织年轻人出去打工，我们年纪大的就在林木间种点蘑菇，养点鸡。政府还办起了煤气站，我们再不用砍树烧柴，我们这辈人真是享了国家的福。一位知道我是搞南水北调工作的村干部插话说："我们每个居民点都有污水处理设施，农村用水量小，几十户人家就这样一个小型湿地，加上塑料管线，就可以做到污水的有效处理，不会再让污水直排入汉江。我们一定会把我们的汉江保护好，让党中央国务院放心，让北京人民喝上干净的汉江水。"

看到眼前崭新的居民点、配套的污水处理设施和人民群众满意的笑脸，听着干部群众质朴的话语，我感到一种巨大的力量在推动着丹江口水库和上游的水污染治理及生态环境保护，那就是党中央、国务院把生态文明纳入五位一体的战略部署，加强生态文明建设的号召深入人心；那就是地方党委政府在认真实施《规划》的同时，又因地制宜结合当地经济社会发展实施以扶贫攻坚、生态保护为目的的《规划》外的措施，加大水污染防治和生态保护的力度；那就是调水区的人民群众把保护生态环境、保护汉江水质同向北京及受水区人民供水紧密联系在一起，形成自觉自愿的行动。我又一次深刻体会到社会主义制度的优越性，体会到在中国共产党的领导下，只要全国人民齐心协力，什么困难都无法阻碍我们前进的脚步。

全国政协有位领导曾问起我：丹江口水库如何保证水库水质，主要矛盾是什么？我沉思片刻后回答：丹江口水库的水质良好，长期以来，南水北调中线工程陶岔取水口一直稳定在国家地表水二类标准。保证丹江口水库水质的主要矛盾是丹江口库区水质保护与当地经济社会发展的矛盾，正如当地有的群众所说：我们手捧着金饭碗，要加心用意地保护它，但当我们吃不上饭的时候，我们还能看着金碗饿肚子吗？要保护好丹江口水库一库清水永续北送，就必须促进库区及上游地区生态环境保护与经济社会协调发展。

如何协调发展？要协调发展就必须有一个协调发展的规划，它涉及丹江口库区及上游的湖北、河南、陕西省7个地市40个县甚至更广泛的地区，涉及规划区的经济、社会、文化及生态文明建设，涉及眼前及长期的很多政策和措施。为了保护好已经取得的生态保护成果，为了协调好调水区经济社会发展与生态环境保护的关系，把保护中发展、发展中保护落到实处，经南水北调办与发改委多次协商，由发改委牵头，组织编制完成了《丹江口水库及上游经济社会发展规划》，并结合国家的“十三五”规划实施。

## 六、一渠清水永续北送任重道远

在2010年南水北调工程建设工作会议上，我总结一年来的工作时讲到，至2009年年底，《丹江口库区及上游水污染治理和水土保持规划》已累计下达投资28.45亿元，环库污水及垃圾处理设施已全部建成或在建。河南、湖北、陕西三省关闭污染严重的中小企业近千家。将曾为当地支柱产业但污水排放严重超标的黄姜加工业进行了全面清理，种植面积大幅度减小。关闭小矿山近百家。水土保持项目已基本完成，丹江口水库水质总体保持良好。《丹江口库区及上游经济社会发展规划》在发改委组织下已完成初稿，初步建立了丹江口库区及上游的生态补偿机制，财政部在下达南水北调中线水源区中央一般性财政转移支付14.6亿元的基础上，又下达2009年资金17.9亿元，实现了逐年增加的目标。

也有的同志对我说：“丹江口水库的水质原来就是二类，经过几年的保护和治理，不还是二类吗？”其实不然。若没有《丹江口库区及上游水污染防治及水土保持规划》的制定和实施，没有陕西、湖北、河南三省7市40个县广大干部群众的努力工作和自觉奉献，随着调水区的经济社会发展和污染物排放总量的增加，丹江口水库的水质未必能保持在二类，排放严重的重点企业和主要支流未必能得到治理，积累形成的重污染企业和大量生活、生产垃圾带来的污染问题，将埋下更大的隐患。我是这样想，也是这样说。对于南水北调中线水源地来说，保护生态就是责任，水质稳定就是成果，都需要付出成本和代价。

2010年7月5日，在南水北调办召开的东线工程治污现场会上，我对丹江口水库水质保护提出要求：一是抓紧《规划》的实施和完善，已开工的项目要保资金、保质量、保效益，尽快建成投产并巩固已取得的水质成果和生态环境建设成果。二是加快进行《规划》的补充，对丹江口水库水质保护影响较大的远期项目，可以研究提前实施；一河一策，制定每一条重要入库支流和监控断面水质限期达标的具体措施，落实目标责任制，其中神定河、泗河、灌河、淇河和汉丹江城区段要作为重点。三是加强丹江口库区及上游地区环境保护执法力度，建立排污单位环境责任追究制度，督促排污单位落实规划要求，严防在市场价格回升的情况下，已关闭的黄姜生产企业死灰复燃。在关闭小型矿区加大矿区污水处理的同时，特别注意矿山企业尾矿安全，防止垮塌污染水源。四是统筹南水北调中线水源地保护政策措施，实现南水北调受水区与调水区经济社会发展和谐共赢。国务院南水北调办主动协调国务院有关部门，统筹兼顾，紧密配合，发挥多项政策的综合效益；地方政府要用好用活各项南水北调水源地环境保护政策和资金，保证治污设施正常运转；关闭重污染企业，妥善安置转岗职工；积极开展农村环境整治，严防农村生活垃圾污水直排入河入库。

由于国务院批准《规划》的实施和陆续出台的多项政策措施综合作用，由于陕西、河南、湖北三省调水区地方政府不懈努力，由于地方企业、人民群众的奉献付出，由于远期项目的提前实施和各项后续工作的持续发力，丹江口水库水质一直保持在良好状态，保障了受水区人民的用水安全。

## 南水北调中线总干渠输水水质保障

在南水北调工程总体规划阶段的多种方案比选时就涉及渠道输水及管道输水的分析论证。管道输水方案的优点之一是能有效保证输水水质，这恰恰又是渠道输水方案的不足。由于工程规模大、运行成本高，以及管道方案不能实现自流输水等原因，经反复论证总体规划选择了渠道与管涵相结合的输水方案，并在《中线工程生态环境保护规划》中对输水区水质保护提出要求及拟采取的措施。

南水北调中线工程输水总干渠全长1267公里，天津干线长154公里，输水沿线既有大中城市，又有农村矿区；既要穿越河流，又要跨越铁道公路；既有挖深输水的地下工程，也有筑堤输水的地表建筑；既有黄河以南地区四季不冻的平静渠流，又有黄河以北冬季严寒下的冰期输水。在气候条件复杂、工程形式各异、人类活动密集的区域建设的南水北调中线总干渠，如何保证工程建成后的水质安全，使一渠清泉永续北送，是总体规划必须认真研究的问题。

《南水北调工程总体规划》对南水北调中线工程输水区提出明确的保护要求。一是依据《饮用水水源保护区污染防治管理规定》的有关要求，划定输水区内的河、渠、湖、库一体化的饮用水源保护功能区。按功能区对水质、土壤及地下水进行重点保护，并分别建立地下水水位、水质，地表水水质、土壤，湿地及生物种群的生态监测站，对生态环境可能产生影响的因素进行监测。二是作好施工期拆迁安置环境规划，实施水土保持方案，防止施工产生废水、废气、废渣、噪声等影响。三是工程运营期全面实施输水干线污染物零排放措施，严格防范干渠与铁道、公路立交处突发性污染事故，并在输水干渠两侧建设50—100米的绿色生态屏障。四是规划在瀑河水库控制区域内建立水源保护区，禁止一切污染水质和破坏生态的活动，在水库周边建立绿色生态屏障和湿地处理系统。

在南水北调工程总体规划阶段，由于工作阶段的深度要求，不可能提出更加具体的输水水质保护措施，这项工作需要在后续的南水北调工程可行性研究及工程建设过程中不断完善。其中瀑河水库的建设也由于地质及环境等方面原因，未能在南水北调中线一期工程中实施。

在后续的规划设计、工程建设、运行管理阶段，围绕着保证中线工程输水水质安全，着重做了以下几项工作。

**一、明确目标，科学规划**

《南水北调工程总体规划》批复后，在后续的可行性研究和初步设计大纲编制过程中，国家发改委、水利部、国家环保总局、南水北调办统一思想，把中线输水干线工程的设计原则明确为：在保证工程安全的前提下，干线输水渠道实施零排入；尽量节约耕地，降低成本，实现工程效益、社会效益、生态效益最大化。在这一指导原则下，南水北调中线设计单位长江委设计院及沿线省级水利勘测设计单位开展了总体工程设计与分段分项工程设计，进行渠道线路方案比选。

南水北调中线工程输水量由南向北逐渐递减，北京年净供水量10亿立方米，天津年净供水量8亿立方米。考虑到北京市人口密集，交通复杂，渠道输水难以保证不被污染，于是在中线京石段（石家庄至北京）进入北京的惠南庄泵站后，设计全部使用PCCP管道输

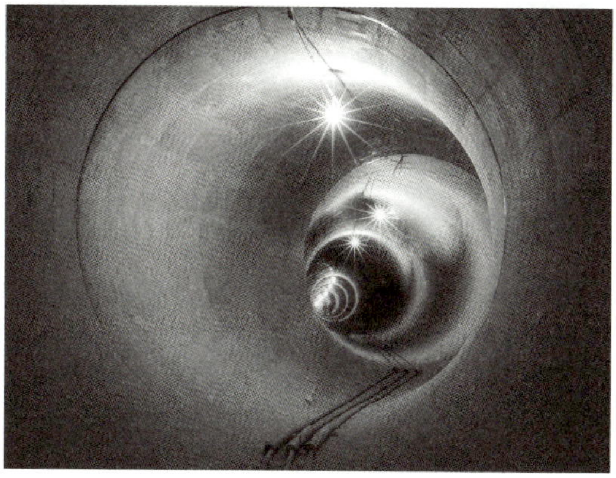

⊙北京西四环下的暗涵

水。进入城区后，采用直径6.9米的双隧洞输水。尽管PCCP管的设计制造安装及西四环下的隧洞开挖面临诸多技术挑战，为保证输水水质，在建设各方努力下完成了这一庞大而复杂的地下工程建设。从河北徐水向天津供水的天津干线，考虑到地势低洼、地下水环境复杂等特点，采用了全线地下箱涵的设计方案，从而保证优质的汉江水在天津干线沿线不被污染。

南水北调中线工程要穿越大小河流686条，需跨越铁路、公路，其中铁路51处。输水干线与渠道交叉128处。工程沿线流量不同的大小河流多数受到污染。不少河流汛期过洪，其他季节干涸无水，成为排污通道。南水北调中线输水干渠为保证输水

⊙平顶山沙河渡槽

⊙世界最大的U形渡槽——湍河渡槽工程

水质，全部选择与穿越河流立体交叉，与铁路枢纽、公路、油气管道立面穿越。这就需要设计建造20多公里长的沙河渡槽、10多公里长的湍河渡槽等世界级的渡槽，以及倒虹吸、涵洞泵站159座，需建设跨输水干渠公路桥1238座，人行桥数百座。这样一来，建设成本高了，建设难度大了，但是丹江口水库来水全线立交一路封闭地输送到受水区河南、河北省、北京、天津市，为中线输水水质安全提供了保证。

南水北调中线工程主要为城市供水兼顾生态与农业，在输水线路的选择中，既要考虑到供水方便，减少地方的配套工程规模、不能把输水渠道建设得远离城市，又要考虑水质安全，尽量减少城市污水及地下污水的渗流。经逐个城市段的多方案比较，在考虑地形、地质及工程安全的前提下，除河南焦作段外，其他城市附近的输水干渠大多选在城市的上游，既可直流向城市供水，又不受城市污水垃圾的污染。同时输水干渠在城市上下游均设置与河道相连接的退水口门，如果输水渠道在特殊情况受到污染时，可以在最短的时间关闭输水渠闸门，把受污染的汉江水从退水口排向下游河道，这就从工程结构上增加了输水干渠水质保障的安全系数。

二、划定保护区，建设清水廊道工程

根据国务院批准的《南水北调工程总体规划》和国家《饮用水水源保护区污染防治管理规定》的有关要求，2007年由南水北调办、国家环保总局、水利部、国土资源部联合印发《关于设定南水北调中线一期工程总干渠两侧水源保护区工作的通知》，河北、河南、北京、天津四省（市）开展了水源区划定和管理工作。2008年5月，天津市人民政府批准了南水北调中线天津段两侧水源区保护方案。2010年7月，河南省人民政府颁布实施南水北调中线输水干线两侧水源保护区划定方案。北京市和河北省也先后制定实施《北京市南水北调工程保护办法》和《河北省南水北调输水总干渠两侧水源保护区划定方案》。两省两市沿线地方政府认真贯彻科学发展观和生态文明建设的方针，通过加快产业结构调整和推进城市化进程，不断加强环境治理和生态建设。一是严格控制在水源保护区内新开工建设水污染类项目。二是开展城市环境治理。“十一五”期间沿线四省（市）污水处理率由54%提高到71%，垃圾无害化处理率由30%提高到60%。三是开展农村环境治理。在调水工程沿线推广禽畜粪便、生活污水、生活垃圾、秸秆等生产生活废弃物资源化利用和配方施肥，减少化肥、农药污染。四是开展生态建设。开展平原绿化和京石段应急供水工程管理范围内的造林绿化工作。五是开展城镇园林绿地建设。沿线城市地方政府在城市总体规划、土地利用总体规划和绿地系统规划中，都将干线两侧园林绿化地建设作为重点纳入规划。如邯郸市提出南水北调中线工程两侧各控制100米宽绿化带，郑州市提出200米宽绿化带。中线输水干线穿城而过的焦作市也提出并启动工程两侧各100米宽的园林绿化带建设。

为保证中线干线两侧城市处理后的污水不进入输水干渠，在总干渠两侧设置截渗沟和与干渠立交的导污管沟，防止地面污水、雨水及中水直排入渠和地下污水的渗漏，对保护区内与输水工程无关的项目和污染源，逐步清除。

三、做好施工期的生态环境保护工作

南水北调中线输水干线渠道及各类建筑物建设施工范围大，建设周期长，沿线搬迁的居民多，在干线建设及拆迁后的安置中，除保证拆迁户的房屋补偿及土地划拨调整，交通、供水、通电等基础设施建设外，南水北调办还特别强调拆迁房屋的清理及清理后的环境保护，规划建设建筑垃圾堆放场，做好水土保持及建设用地的环境保护和绿化，真正把1267公里长的输水总干渠打造成生态长廊、绿色长廊。

南水北调中线主体工程需完成土石方约9.5亿立方米。为保证填筑用土的质量和最大限度地做到挖填土平衡，在初步设计阶段，设计单位分段规划了取土料场、存土料场及弃土弃渣场，并对这些料场分头做了水土保持和生态环境保护设计，施工过程中喷水降尘，及时碾压覆盖，存、弃料场绿化，运输道路洒水除尘，把施工中形成的粉尘降到最小，把对自然生态环境的影响降到最低。例如，按照规划设计中线总干渠要从黄河北岸的一个小村庄附近穿过，为保证渠道的承载力需夯实基础，施工震动和噪音较大，群众意见强烈。为保护环境不影响附近群众的正常生活，我们修改设计，把浅层加固改变为深层灌注桩施工，并严格规定夜晚不施工，宁可投资增加也要减少噪音保护环境，让附近群众满意。

在南水北调中线工程施工中，不仅派驻工程质量监督站、工程质量检查组，同时也组建派出环境影响及生态环境保护检查组，对施工单位制定的环保措施落实情况进行检查，做到生态环境保护与中线工程施工同规划，同部署，同实施，同运行，把生态环境保护的理念贯彻到南水北调工程建设的全过程。

# 第六章

# 南水北调丹江口库区移民搬迁

移民历来都是困扰全世界水利工程的共同难题，被形容为“天下第一难”。南水北调是当前世界上规模最大、涉及范围最广的调水工程，根据东、中线一期工程可行性研究报告，工程占地规模约150万亩。其中，工程永久占地约100万亩，临时占地约50万亩，涉及7省市100多个县，38万人需要搬迁，50多万人需要进行生产安置，平均每年需要搬迁约为8万人，任务十分艰巨、紧迫。征地移民工作涉及国家、地方、部门、单位、集体、个人等错综复杂的关系，具有很强的政策性、社会性、时效性。实施过程中程序多、环节多、矛盾多，哪一个环节处理不好都会影响到工程建设的顺利进行，关系到社会稳定。南水北调工程移民大多集中在中线丹江口水库及输水总干渠沿线，因此可以说，南水北调建设关键在中线，中线工程建设关键在移民。其中，丹江口库区移民的搬迁安置则是南水北调中线工程的难点和重点。

2009年，库区移民搬迁工作正式开始。在移民搬迁工作中，我们坚持以人为本理念，把维护移民群众合法权益放在首位，顺应和尊重移民意愿，制定合理惠民的移民补偿补助政策，并不折不扣地执行落实到位，让移民群众成为南水北调工程建设的受益者，努力把南水北调移民搬迁办成重大的惠民工程、民生工程。2012年4月23日，随着河南省淅川县最后一批省内安置移民抵达新家，南水北调一期工程库区移民搬迁工作顺利结束，进入移民后期扶持和生产发展阶段。

南水北调工程从提出论证50多年来，全国人民尤其是北方缺水地区的人民，从城市到农村，无不企盼着南水北调工程早日实施和通水，为受水地区注入新的活力，为调水地区的移民带来新的契机。丹江口库区和工程沿线的人民群众对工程给予充分的理解和支持，服从国家安排积极支持南水北调工程，在征地和搬迁过程中，勇于担当积极配合，表现出高度的国家意识、大局意识。

丹江口水库运行初期水库正常蓄水位157米，淹没淅川县土地面积362平方公里，工程建设需动迁移民20.2万人。库区移民搬迁工作从1959年至1978年，历时20年，先后6批分别被安置在青海省、湖北省、河南省的淅川县和邓州市。由于当时国家经济困难，移民安置标准低，安置地生产、生活条件差，不少移民又返回原地成为丹江口水库的二次移民、三次移民。

南水北调工程总体规划丹江口水库加高至176.6米，增加库容116亿立方米，需要移民34.5万人。南水北调中线干线沿线需要就地搬迁约18万人。移民工作的难点是库区移民。

党中央、国务院高度重视南水北调移民工作。2005年2月19日，胡锦涛总书记在省部级主要领导干部提高构建社会主义和谐社会能力专题研讨班上发表重要讲话，在谈到做好构建社会主义和谐社会的各项工作时指出：当前要重点解决好在土地征用、城镇拆迁、企业重组改制和破产过程中损害群众利益的问题。国务院领导也多次作出重要批示，并召开汇报会、协调会，及时研究解决工程建设中的移民问题。2004年10月25日，国务院南水北调工程建设委员会第二次全体会议在北京召开，国务院总理、国务院南水北调工程建设委员会主任温家宝主持会议并讲话。会议确定了南水北调工程征地补偿和移民安置工作贯彻开发性移民工作方针，被征地农民和移民以农业安置为主，确保安置后生活水平不降低，实现“搬得出、稳得住、能发展”的要求，为南水北调征地移民明确了原则、方向和目标。会议同时明确了南水北调工程征地补偿和移民安置的管理体制，即在工程建设征地补偿和移民安置工作中实行“建委会领导、省级政府负责、县为基础、项目法人参与”的管理体制。会议要求南水北调办抓紧制定南水北调工程征地补偿和移民安置办法，以切实可行的政策为南水北调征地移民提供保证。

## 移民新政惠民生

没有规矩不成方圆。对南水北调工程征地移民这种涉及人多、投资量大、持续时间长、关系移民群众切身利益的重大工程，更是需要配套的政策、严格的执行、有效的监管。

南水北调办借鉴三峡、小浪底及其他大型水利水电工程征地移民工作的经验，针对南水北调工程征地移民特点，制定了《南水北调工程建设征地补偿和移民安置暂行办法》，按程序报国务院审批。2005年1月27日，南水北调工程建设委员会批准了《南水北调工程建设征地补偿和移民安置暂行办法》共6章34条，对南水北调主体工程范围内的征地补偿及移民安置工作内容、程序、要求作了明确规范。这个重要文件为南水北调工程征地移民工作提供了政策基础。随后南水北调办抓紧配套制度建设，组织起草有关办法和规定。

南水北调工程沿线城市聚集，发展水平不一，征地拆迁情况复杂，征地标准差异很大，为统一南水北调征地补偿政策又承认不同城市间的差异。2005年3月1日，南水北调建设委员会下发

《南水北调工程建设中城市征地拆迁补偿有关问题的通知》，明确南水北调工程沿线城市拆迁补偿经国家批复后与当地征地拆迁标准之间的差额，由当地人民政府使用国有土地有偿使用收入予以解决。

关于耕地开垦费、森林植被恢复费、新菜地开发建设基金的记列和征收标准，在落实过程中，有的地方政府及国务院有关部门与南水北调建委会规定的原则精神在认识上存在分歧，对工作造成一定影响。为此，我在2005年3月17日致信国务院副秘书长汪洋、张勇，建议对此三项费用的记列和征收标准予以明确，得到国务院领导的赞同。

2005年4月4日，南水北调工程建设委员会下发《关于南水北调工程建设征地有关税费计列问题的通知》，对耕地开垦费、森林植被恢复费、新菜地开发建设基金收取标准进行了明确。

2006年2月20日，南水北调工程建设委会发出《关于做好南水北调工程征地移民工作的通知》，强调认真落实南水北调工程征地移民管理体制，严格执行国家批准的征地移民工程概算，切实安排好被征地农民及丹江口水库移民的生产生活，坚持以农业安置为主，积极开辟就业渠道，并制定相应的扶持政策。

在建委会一系列政策精神的指导下，南水北调办制订了配套的实施办法。2005年6月8日，南水北调办颁发了《南水北调征地移民资金管理办法（试行）》，对南水北调工程资金管理的基本原则、实施主体、资金筹集使用、投资包干管理、计划管理、财务管理、监督检查都作出了具体规定。

2005年8月3日，南水北调办颁发了《南水北调工程移民安置监测评估暂行办法》。明确了移民安置监测工作的依据、范围、确定监测方式、工作方法和对监测工作的检查和配合，明确了征地补偿和移民安置监理单位确定方法、监理合同签订、监理工作组织实施等。

随后南水北调办还制定颁发了:《南水北调干线工程征迁安置办法》《南水北调丹江口库区大坝加高工程征地补偿和移民安置验收办法（试行）》《南水北调工程建设征地补偿和移民安置监理暂行办法》《南水北调工程建设文物保护资金管理办法》《南水北调工程征地移民档案管理办法》等。

2006年7月7日，国务院颁发《大中型水利水电工程建设征地补偿和移民安置条例》后，南水北调办配合国务院有关部门出台了配套法规和标准:《大中型水利水电工程移民安置前期工作管理暂行办法》《大中型水利水电工程移民后期扶持人口核定办法》《水利水电工程征地移民实物调查规范》《水利水电工程征地移民安置规划设计规范》《水利水电工程建设征地移民安置规划大纲编制原则》《水利水电工程建设农村移民安置规划设计规范》等。

在征地移民安置的不同阶段，南水北调办针对移民工作中发现普遍性问题及时下发通知、复函，协商国务院有关部门对有关问题及时作出答复，明确政策界限，对南水北调征地移民工作起到重要的规范、指导作用，形成了南水北调征地移民有法可依、有规可循的制度环境。

在制定政策、制度的过程中，南水北调工程移民还推出多项惠民“新政”。

“新政”之一是调整征收耕地的土地补偿费和安置补助费。1991年国务院颁布的《大中型水利水电工程征地补偿及移民安置条例》规定，土地补偿费标准为该耕地被征收前三年平均年产值的3至4倍，安置补助费标准为该耕地被征收前平均产值的2至3倍。1999年修订施行的《土地管理法》规定，土地补偿费为该耕地被征收前三年平均产值的6至10倍，安置补助费为该耕地被征收前三年平均产值的4至6倍，但是两者总合上限为30倍。南水北调工程建设初期，一是国务院尚未修改原来的《条例》，二是公路、铁路、机场等大型基础设施均采用了高于水利水电工程的耕地补偿及移民安置标准。有的地方形成“一村两制”——同一村子因工程项目不同征地标准各异的情形。南水北调工程如何遵循？为了保护移民的合法权益，南水北调办组织涉及征地移民量较大的河南、湖北省地方政府和国土资源部、发展改革委、水利部、国务院法制办等有关部门深入调研，反复协商，多方面听取基层地方政府和移民群众的意见。在报经南水北调建委会批准后，把工程征地补偿及移民安置费之和提高到被征地前三年平均产值的16倍。这一标准的提高使南水北调工程移民得到较大实惠，并被国务院第130次常务会议审议通过的《大中型水利水电工程征地补偿及移民安置条例》（下称《条列》）所采纳。《条例》还适当扩大了补助范围，对移民搬迁户在淹没线以上的林木、房屋及其他不动产予以补偿。

“新政”之二是在丹江口库区移民搬迁中涵盖了二次、三次移民。1958年丹江口水库开工建设，近20万移民离开热恋的家园故土，远走他乡。随着丹江口水库蓄水情势的变化和社会的发展，不少当时搬迁的移民又回迁到丹江口库区。南水北调工程建设，丹江口水库要加高，回迁的移民成了二次、三次移民，这批返迁的移民怎么办？有的同志主张：“他们已经享受到国家移民政策，这次不能与第一次的移民享受同样政策。”有的同志说：“为平衡新老移民关系，可以对老移民给予适当的补贴。”返迁移民对此反应强烈。我们研究认为，老移民已为丹江口水库初期建设作出了贡献，当时国家经济困难，补偿补助水平很低，补助费建的住房都留在安置地，返迁的移民一般都比较困难，固定资产少之又少，遵循以人为本最大限度保护人民群众利益的原则，只要是规划范围内的，不管是二次、三次移民，通通纳入规划，一视同仁安排。这一特殊规定，极大地稳定了返迁移民，减少了移民搬迁的困难。

“新政”之三是规范了移民安置方式。南水北调工程移民坚持以农业安置为主，采取县内集中安置、县内分散安置、省内跨县安置、自愿投亲靠友多种形式。征地移民资金全部列入南水北调工程概算，由项目法人与移民区及移民安置区人民政府签订移民安置协议，按移民工作进展及时直接支付资金。支付的资金用于搬迁费、个人财产补偿费部分全额兑付给移民，其他部分用于安置区统一安排移民生产生活。这一规定不仅明确了征地移民资金来源，而且规范了其用途，对维护移民利益，保证移民资金安全起到重要作用。

⊙向移民兑付补偿资金

2006年3月29日，国务院召开第130次常务会议，审议通过修改后的《大中型水利水电工程征地补偿及移民安置条例》，国务院总理温家宝主持会议。会议发言讨论最多的是征地移民补偿标准及后期扶持。在标准方面，我支持水利部提出的根据移民使用土地数量分三级确定补偿标准的意见，占用土地多的采用低标准，占用土地少的采用高标准。在水库移民后期扶持制度讨论中，为不造成安置移民及当地农民之间的矛盾，我支持后期扶持资金提取一部分由移民安置区用以发展生产、进行基础设施建设的意见。经会议讨论采用了征地补偿、补助按征地前三年平均亩产值16倍的统一标准，实施移民后期扶持20年，每年每人600元。按照“一个尽量、两个可以”的原则，确定扶持资金的使用方式，即“能够直接发放到移民个人的，应尽量发给移民个人，用于移民生产生活补助；也可以实行项目扶持，用于解决移民村群众生产生活中存在的突出问题，还可以采取两者相结合的方式。”

## 严谨翔实的移民规划

丹江口库区移民涉及两省5市（县）41个乡镇470多个行政村数万平方公里，既有土地征用补偿，又有移民房屋拆迁；既有淹没线下人口搬迁，房屋、林木、土地等固定资产赔偿，又有淹没线上移民财产的处置；既有一次移民的新问题，又有二次、三次移民的老问题，情况复杂问题多样，为保证移民群众合法权益，分别不同情况，一家一户地做好丹江口水库移民规划就显得十分重要。

2003年1月11日，南水北调中线丹江口大坝加高工程水库移民规划工作领导小组第一次会议在湖北鄂州召开。会上我代表水利部宣布了南水北调中线丹江口水库移民规划工作领导小组名单。领导小组由长江水利委员会主任蔡其华任组长，湖北省副省长贾天增和河南省副省长王明义为副组长，同时宣布了各专业组的构成及负责人。

我在会议讲话中明确南水北调工程征地移民工作的目标：一是南水北调工程实行开发性移民方针对于移民及被征用土地

的农民（干线征地后，失去土地的农民由地方政府进行土地调整，不涉及外迁，其身份不同于移民），要确保他们在移民及搬迁安置后生活水平不降低，实现搬得出、稳得住、能发展；二是征地移民工作要及时推进，平稳有序，保证工程顺利开工和建设，为工程建设创造良好的社会环境。要实现上述目标，征地移民规划和实施，应该坚持以下六个原则：一是坚持以人为本，切实保护移民及被征地农民的合法权益。二是依法办事，认真执行《土地管理法》、国务院《大中型水利水电工程征地补偿及移民安置条例》及有关政策、法规。三是统筹规划，在移民安置及生产发展中切实尊重移民及被征地农民的意愿。四是责权清晰，落实好各级地方政府和项目法人征地移民的工作责任。五是因地制宜，贯彻以农业安置为主的方针。六是公平、公开、严格征地移民资金的使用管理和检查监督。同时，要求在征地移民工作中要处理好国家、集体和移民、被征地农民的关系，切实保护移民的合法权益不受损害；处理好移民生活安置与生产安置的关系，切忌重生活轻生产、重眼前轻长远；处理好移民安置与安置地基础设施建设的关系，切忌随船搭车扩大建设规模，提高建设标准；处理好征地补偿计划、资金安排与兑付关系，切忌层层截留占用，不能及时足额落实到移民手中；处理好国家补偿标准及地方补偿标准的关系，在国家补偿标准的基础上，各地因地制宜可做适当微调，做加法不做减法；处理好移民前期安置与后期扶持的关系，前期安置是基础，后期扶持是保障，两相结合紧密衔接统筹兼顾；处理好征地移民与工程建设的关系，依靠南水北调工程建设努力改善移民及被征地农民的生产生活条件，征地移民工作要超前于工程、服务于工程建设。

丹江口水库移民规划领导小组组长蔡其华表态说：长江水利委员会将全力做好行政服务及技术服务，把南水北调中线工程建设成水源地一池清水、总干渠清水长流、五省市多赢的一流工程。南水北调工程丹江口水库征地移民规划工作由此启动。

早在1958年开工的丹江口水库建设，就为今后南水北调工程大坝加高留有余地，大坝基础一步到位。可是工程论证了几十年，丹江口库区的群众等待了几十年。在水库淹没区域内，国家不可能投资大搞基础设施建设，投资者不想把钱投到水库打水漂，库区经济社会发展受到极大制约。加之库区山多地少，交通不便，人口增加土地紧缺，移民群众生活困难，库区经济社会发展滞后，区域性贫困日益加剧，种地难、住房难、娶妻难、生育难、上学难、看病难……在艰难等待中，丹江口库区地方政府及人民群众都急切盼望南水北调早开工，库区移民早启动。

2003年2月8日，国务院办公厅下发《关于严格控制丹江口水库枢纽大坝加高工程坝区和库区淹没线以下区域人口增长和基本建设的通知》，库区人民由此看到了希望，奔走相告，祝贺这迟到的《通知》。

2003年春节刚过，长江水利委员会及湖北、河南两省的专家和工作人员，肩负国家行动的重任、党和人民的嘱托以及库区人民的期盼，投入到科学、严谨、务实、紧张的征地移民实物数据核查的工作中。

公平、公开、公正是调查工作的基本原则。保证人口、土地、房屋等数据的真实性检验着调查人员的责任心和职业操守。既要对国家负责，也要对移民负责，本着实事求是的精神和严谨负责的态度，他们丈量房屋、土地、果园、猪圈、鸡窝、羊栏；他们数竹子，量林园，查水井，钻地窖，工作不折不扣，数量不增不减，项目不重不漏。实物核查要当场与户主对证签字，其中不乏放宽尺码增加数量的要求和无理指责的吵闹，可是一把尺子量到头，千家万户一个样，公平公正赢得了库区群众的良好口碑和充分信任。“踏遍千山万水，走遍千家万户，道尽千言万语，历经千辛万苦”，群众的评价为实物核查打了满分。

事后调查结果的质量抽查和GPS卫星定位核查都进一步说明各级实物调查精确度高，符合调查大纲的要求，可以作为规划阶段的依据。

据初步统计，南水北调中线丹江口大坝加高工程共需移民安置34.5万人，涉及湖北省18.1万人，河南省16.4万人。移民中有年逾古稀的老人、咿呀学语的儿童、身强力壮的中年汉子、刚刚过门的小媳妇，有在水上漂泊半生的船夫，也有一辈子面朝黄土的农民。他们将离开赖以生存的故土，在陌生的土地上开始新的生活。在他们舍弃的家园上将建成290.5亿立方米库容的巨型水库，支撑起北方受水区超过一亿人的生存与发展。

34.5万丹江口库区移民搬向何处？哪里是他们新的家园？为落实移民外迁安置，河南省政府于2003年6月24日在郑州召开移民安置方案备选区环境容量调查动员会，湖北省政府于7月4日召开了移民安置动员区调查动员会。会后长江委设计院分别同两省移民主管部门对其选择的外迁安置备选区进行环境容量初步调查，并于同年8月下旬编制完成两省外迁安置环境容量初步调查报告。为不影响丹江口大坝加高工程的施工，2004年2月至4月，先期开展了丹江口大坝加高工程坝区移民外迁安置规划工作。

2004年12月，长江委设计院编制完成《中线一期工程丹江口水利枢纽大坝加高总体可行性研究水库建设征地移民安置规划设计报告（送审稿）》，组织了《丹江口水利枢纽大坝加高初步设计坝区施工占地移民安置规划报告》复审会议。长江委设计院按照审核意见进行修改，形成了《丹江口大坝加高工程坝区施工占地移民安置规划报告》。

2005年4月18日，《丹江口大坝加高工程坝区施工占地移民安置规划报告》被批准后，湖北省下达坝区移民动员令，从5月下旬至6月28日，在短短一个多月时间内，湖北省丹江口市基本完成了坝区2572名移民搬迁任务，确保了丹江口大坝加高工程顺利开工建设，拉开了丹江口库区移民工作的序幕。

2006年3月，李铁军副主任出席南水北调中线一期工程丹江口水库建设征地移民初步设计大纲（修订稿）审查会。4月26日，国务院南水北调办批复了该设计大纲，继之正式启动了库区移民的初步设计工作。此后在南水北调办的主持下召开多次库区移民初步设计协调会，并协调河南、湖北召开了丹江口水库征地移民初步设计工作动员会议，全面开展了库区移民初步设计。

| 区县 | 外迁 | 内安 | 小计 |
|---|---|---|---|
| 丹江口市 | 3.95 | 5.41 | 9.36 |
| 武当山区 | 0.36 | 0.67 | 1.03 |
| 郧县 | 3.19 | 3.82 | 7.01 |
| 郧西县 | 0.24 | 0.10 | 0.34 |
| 张湾区 | | 0.38 | 0.38 |
| 合计 | 7.74 | 10.38 | 18.11 |

⊙湖北库区内安移民分布示意图

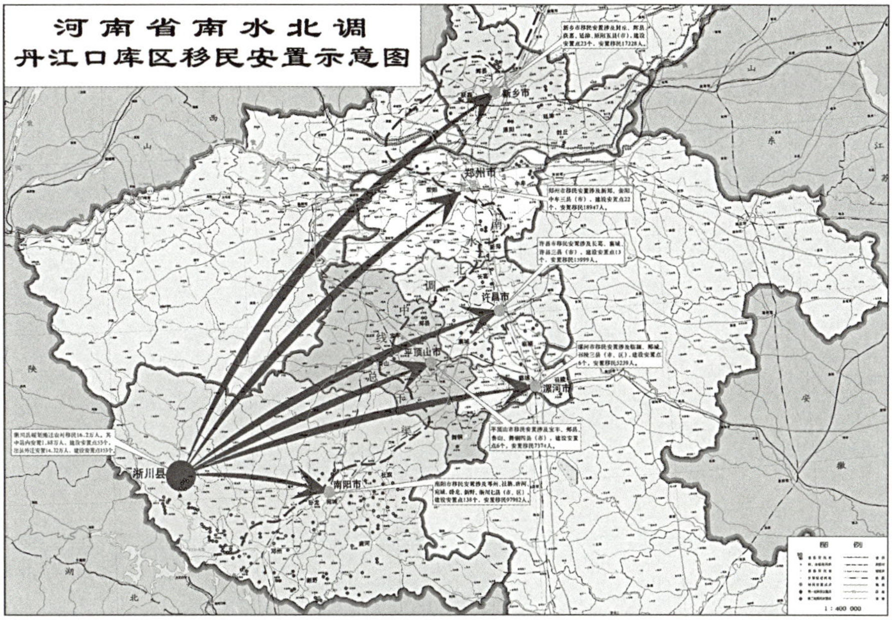


⊙河南省南水北调丹江口库区移民安置示意图

有一个场景至今仍记忆犹新。在南水北调工程总体规划批复前的2002年5月，我陪同温家宝副总理视察南水北调中线工程。记得在河南南阳龙山宾馆听取河南省委负责同志汇报后，温家宝副总理对移民工作作出重要指示。他说：移民安置是南水北调中线工程成功的前提，也是一项艰巨的任务。库区移民脱贫致富，应该成为南水北调工程成功与否的重要因素，一个主要标志。南水北调中线工程搞得很好，今后移民问题遗留很多，这也不算工程圆满。他对丹江口库区移民的深切关怀，体现在掷地有声的言词之中。

我们在丹江口库区移民外迁安置规划中，认真贯彻温家宝总理的指示精神，切实改变以往重建设、轻移民，重安置、轻发展的思想，一是结合河南、湖北的不同特点，切实落实农业安置的原则。湖北有较多的农场可提供安置移民，每人土地不

⊙湖北移民新居

少于1.4亩；河南土地相对短缺，但每人必须保证1.05亩水浇地和少量自用菜地。二是改变以往移民安置方式，把分散安置改变为依托大中城市及经济发达地区以原村为基础，尽量集中安置在城镇周边，延续村约民俗，提高发展致富融入当地社会的能力。三是把移民安置与小城镇建设相结合，改变传统农业500米生产半径为依据的规划思路，在有条件的农场规划相对集中、社会功能配套的移民聚集区。在这个思路指导下，2008年11月，我在湖北团风县黄湖农场考察时建议，将原规划的5个600至800人的安置点合并为一个规模较大的集中安置区。2009年6月18日，调整后的“五合一”规划方案出台，湖北移民安置点由510个减少到194个。一年多后，我再次去黄湖农场，看到的是800多套整齐、简洁的黄色楼房，宽敞的道路，配套的排水、电力、通讯设施及功能完善的村支部、村委会、医务室、学校等行政服务及群众休闲娱乐设施，俨然一幅社会主义新农村的景象。我暗自庆幸当时的提醒和决定。四是规划要充分尊重移民群众的意愿，不管是安置点的选择还是移民新区的建设，都必须由移民群众参与，反复征求移民意见，并由移民代表去安置点实地考察，努力做到移民安置区交通方便、土地肥沃、气候温和、设施配套、人民群众满意。河南淅川的一个移民村就曾三换安置点，规划人员及移民干部的辛苦，换取了移民群众称心如意。

## 落实地方各级政府的责任

南水北调工程征地移民实行建委会领导、省级政府负责、县为基础、项目法人参与的管理体制，其中省级政府负责，县为基础十分关键。

2005年4月5日，根据南水北调工程建委会颁发的《南水北调工程建设征地补偿和移民安置暂行办法》，我受国务院南水北调工程建委会委托代表南水北调办分别与江苏省、山东省、河北省、湖北省、河南省、北京市、天津市的代表签署了《南水北调主体工程建设征地补偿和移民安置责任书》。责任书明确国务院南水北调办承担的责任：

1.贯彻《暂行办法》制定相关配套制度。

2.审批初步设计阶段的征地补偿和移民安置规划。

3.协调项目法人与省级主管部门签订征地补偿和移民安置投资包干协议并对执行情况进行监督。

4.审核下达征地移民年度投资计划、督促项目法人筹集和支付征地补偿和移民安置资金。

5.指导监督移民安置的监理、监测。

6.对征地补偿和移民安置进行稽查。

7.组织征地补偿和移民安置总体验收。

8.及时研究各省（市）在征地补偿及移民安置中的问题。

9.协调移民安置后期扶持工作。

省级人民政府应承担的责任：

1.贯彻执行《暂行办法》，制定本行政区域内南水北调工程征地补偿及移民安置的有关政策和规定，主要包括：土地补偿和安置费分解兑付办法和具体标准、有关政策及管理制度等。

2.确定本行政区内负责征地移民工作的主管部门，组织监督部门、省级以下人民政府按各自职责做好征地移民工作，主要包括：落实被征地农民和农村移民生产安置所需土地，编制征地移民实施方案并组织实施，预防和处置征地移民群体事件及相关信访工作。

3.发布工程征地范围确定通知，控制征地范围内迁入人口、新增建设项目、新建住房、新栽林木等。

4.责成有关部门及省级以下人民政府配合项目法人开展工作，主要包括：工程用地预审和用地手续办理，编制初步设计阶段征地补偿和移民安置规划。

5.根据国家批准的初步设计阶段征地补偿和移民安置规划，审批或责成省级以下人民政府审批征地补偿和移民安置方案。

6.促成省级主管部门与项目法人签订征地补偿及移民安置投资包干协议，监督检查包干协议内征地移民任务完成及资金使用管理。

7.责成省级以下人民政府配合项目法人和省级主管部门开展征地移民监理监测。

8.组织本行政区域内征地补偿及移民安置验收。

9.及时向国务院南水北调办反映征地移民中的问题。

2005年4月5日，南水北调办受南水北调建委会委托，召开了由南水北调沿线七省市人民政府参加的南水北调工程征地移民工作会议，国家发改委、国土资源部、水利部、国务院法制办等有关部门负责同志参加会议。会议贯彻落实国务院南水北调工程建委会第二次全体会议及温家宝总理讲话精神，明确了实行征地补偿和移民安置要坚持开发性移民方针，确保移民搬迁后生活水平不降低，做到搬得出，稳得住，能发展，可致富。在移民工作中要正确处理好七个关系，即国家、集体与被征地农民、移民的关系，生活安置与生产安置的关系，移民安置与基础设施建设的关系，征地补偿费计划与兑付的关系，国家补助标准与地方补助标准的关系，移民安置与后期扶持的关系，征地移民与工程建设的关系。着力作好五方面的工作：一要制定切实可行的移民安置方案，妥善解决移民的住房和就业等生计问题。二要实行南水北调建委会领导，省级政府负责，县为基础，项目法人参与的移民工作机制，明确各方面在移民安置工作中的责任，充实机构，完善制度，加强协调。三要认真贯彻保护耕地的基本国策，实现征地移民与工程建设紧密结合。四要加强移民资金的管理和监督，确保移民资金真正用于移民，保证资金安全和干部安全。五要统一思想，顾全大局，加强移民干部队伍的思想和作风建设。会后调水沿线七省市分别明确了本行政区域内征地移民的责任部门。除湖北、河南指定由省移民办公室负责南水北调工程征地移民外，其他沿线省市均由水利主管部门负责。继之沿线七省市相继召开了南水北调工程征地移民会议，省市县逐级签订责任书，在明确职责，分清权限的基础上，把征地移民的责任层层落实到基层。

县级党委和政府是中国共产党执政的基础，是各项工作的前线指挥部，是党和政府的方针政策能否落地生根的关键。县级党委政府的精神状态对南水北调工程及征地移民工作的认识，对南水北调建委会各项移民方针、政策的理解以及对广大移民群众的感情，决定了对征地移民工作是否能加强组织、有力推动，决定了人民群众的合法权益是否能得到切实保护，也决定了上级党委、政府对移民的关怀是否能真正得到体现。

淅川县是丹江口大坝加高库区移民的重点县，河南省16.4万移民全部集中在淅川。淅川又是河南省南阳市管辖范围内的贫困县，是河南省库区移民的重点、难点。丹江口水库移民看河南，河南移民看南阳，南阳关键在淅川。

2009年6月，在南水北调工程丹江口库区移民即将开始之际，我带队去河南调研。在河南省省长助理、原南阳市委书记何东成的陪同下，了解移民工作的准备情况及基层干部群众的意见。我在调研后感到，淅川县委对河南省提出的丹江口区移民“四年任务、两年完成”信心不足，压力很大。县委书记情绪低落，既没有贯彻省委、省政府决定的明确态度，也没有组织干部群众出主意想办法的具体措施，甚至根本提不出困难在哪里、需要什么支持，只是一味地强调时间短、任务重，四年任务两年根本完不成。面对一线指挥员如此的精神状态，我和东成同志十分担心，当晚与他深度交谈，提升他的信心。

我说：南水北调工程是党中央、国务院决策的重大战略性水资源配置工程，河南省委省政府高度重视，全力支持，举全省之力保障南水北调河南段工程及征地移民工作如期完成。淅川县是移民工作的重中之重，对淅川来说这既是挑战又是机遇，对县委、县政府来说既是信任又是考验，淅川县绝不是孤军作战，在你们的背后有南阳市委、市政府，河南省委、省政府的领导和支持。现在目标已经确定，不是能不能完成的问题，而是如何全县动员组织群众以什么样的姿态和措施完成的问题。有什么困难你可以提出来，大家想办法共同解决。

何东成是南阳市的老书记，他政治坚定、大局意识强，在我与县委书记交谈后，他又以南阳老书记的身份单独与其交谈，明确指出：困难当前就是对干部的考验，河南移民“四年任务、两年完成”，是省委、省政府根据当前的形势和移民的要求反复研究决定的，这是南水北调工程的大局，是河南省的大局，作为县里的一把手你应该知道，把你放在这个岗位是组织上对你的极大信任，冲锋号吹响了，只有勇往直前往前冲，前赴后继一往无前，这也是对你政治上的考验。

我和何东成的谈话，可能对县委书记产生较大的思想震动，估计他一夜未眠。第二天清晨，他对我们说：请张主任、何省长放心，我们一定按省里的要求，认真研究制定移民方案，把移民工作做好。

回到郑州后，我把在淅川工作的情况向郭庚茂省长报告，郭省长十分体谅淅川的困难，经多方研究后决定：一是近两年淅川县委及政府工作以征地移民作为考核重点，不再突出GDP；二是增加一名副县长专门分管移民；三是机关编制根据移民工作需要予以增加；四是淅川县内的耕地补助费，经省政府同意后可适当地用于当地移民；五是淅川县的办公经费做适当调整。省委、省政府组织上的关心和政策上的倾斜是对淅川移民的极大支持，该县委书记的思想和工作状态有了较大的转变。

河南移民工作的实践证明，省委、省政府的决定是十分正确的，淅川不仅没有拖河南移民的后腿，相反还创造了不少移民工作的经验。同时淅川的实践也说明了，不仅在移民工作中，在党和政府各项工作中，县一级组织是何等的重要，作为承上启下的桥梁纽带，作为党和政府工作的前线指挥所，那里的工作一刻也不能放松。七品芝麻官，可关乎我们党的执政基础、生死存亡，关乎人民群众的疾苦和对党的信任，关乎民族振兴大业能否实现。

## 库区移民试点

为了加快丹江口大坝加高移民搬迁的工作，发现外迁移民安置规划中的问题，验证规划思路、工作原则、补偿标准以及安置方案是否结合新形势下移民工作的实际，我与南水北调办的同志研究提出在大范围移民搬迁前在河南、湖北进行小范围移民安置试点的意见，这一意见得到了国家发改委、水利部及国务院相关部门和两省人民政府的支持。

2007年10月25日，南水北调办在北京召开丹江口大坝加高库区移民试点工作座谈会。会上我就进行库区移民试点工作的目的、意义、方法、步骤作了说明，并对两省政府移民机构和广大移民干部提出要求：一是提高对试点工作的认识。试点工作是大规模移民的序幕，也是丹江口库区移民的组成部分，是了解移民诉求的机会，更是检验移民政策、规划的实践；既是对移民工作机构、工作方式方法的考验，又是对移民干部的培训……二是根据已有的工作基础，河南、湖北分别在征求群众意见基础上编制一万人左右的库区移民试点方案，明确安置地点、新村建设、征地补偿、土地调整、时间顺序等。试点方案要有代表性和示范性，应尽量包括库区移民的多种形式和不同需求。三是加强组织领导，着力探索试点移民中的好做法、好经验，不断发现问题，解决问题，及时总结经验。四是处理好试点移民与大范围移民的关系，注重政策的连续性和经验的示范性，个案性问题可留置后期处理。

随后我带领征地移民调研工作组先后到河南、湖北、江苏、山东等省市开展调研，深入到丹江口库区和移民安置区，实地了解地方政府及移民群众对移民工作的意见，发现征地移民工作中存在的问题，形成了《南水北调工程征地移民调研报告》，为《南水北调中线丹江口库区移民初步设计报告》的编制提供参考。

2008年10月17日，南水北调办给湖北省、河南省下发《关于开展丹江口库区移民试点工作的通知》，并下达了经国家发改委同意的移民试点投资计划，正式启动丹江口库区移民试点工作。通知要求利用秋收后、春播前的有利时机，年底前完成移民新址

⊙国务院南水北调办主任张基尧（右二）、湖北省委书记罗清泉（右三）考察丹江口库区移民工作

征地和“三通一平”等基础设施建设，2009年9月底前完成移民房建及基础设施配套、移民生产用地调整及责任田划分，2009年底前全面完成试点工作。

2008年11月7日、11月25日，河南、湖北分别召开丹江口库区移民安置试点动员大会，两省省委、省政府主要领导，人大、政协及分管移民工作的省领导，有关厅局的负责同志出席会议。在移民试点工作动员会上，我就充分认识丹江口库区移民安置工作的重要性和紧迫性；以科学发展观为指导把以人为本贯彻到移民工作始终；加强领导，团结协作努力完成库区移民试点任务三个方面发表了意见，并提出了工作要求：一是把移民安置工作纳入南水北调工程及省内近期重点工作，统筹谋划全面安排。二是移民安置始终坚持以人为本，充分尊重移民意见，切实保护移民群众合法权益。三是认真落实移民政策，加强移民政策的宣传，不折不扣把政策执行到位。四是认真研究解决移民试点中的新情况，新问题，不断总结移民试点中的经验和做法。五是积极创造、维护和谐的移民环境。六是加强对移民试点工作的领导，明确责任，团结协调，充分发挥各职能部门的作用。七是加强移民资金的管理监督，确保库区移民工程安全、资金安全、干部安全。

2009年5月23日，南水北调办召开库区移民试点和干线工程征迁工作现场经验交流会，考察参观湖北省移民试点新村建设及搬迁后移民生产生活情况，总结交流征地移民工作的经验，研究解决移民试点中发现的问题。

试点工作总体顺利。至2009年底，河南省完成12个移民安置点的建设，10627人全部搬迁到移民新居，在校学生全部入学。湖北省完成枣阳3个安置点、屈家岭5个安置点和邓林农场2个安置点的部分移民的搬迁安置，完成搬迁7170人。

移民试点工作的实践，是对丹江口库区移民的理念方式、规划方向、具体政策、移民组织等进行了一次检验，为局部政策调整提供了基础。例如，在初期征地移民规划及移民试点中，规划移民建房补偿是每平方米430元，经我们几次到安置点现场了解，当时的建房成本每平米要450元，有的施工队合同单价超过450元，若一意坚持原来的补偿数字，就意味着移民要自己支付部分建房成本或施工方降低质量标准。又例如按以往的移民政策是保持建筑物、构筑物的原规模、原标准、原功能“三原原则”，可是在现实的移民工作中，由于丹江口库区移民的多次搬迁，住房条件极差，不少家庭住房面积不足24平方米，而且还是草泥结构难经风雨。我们决不能在安置区保持这种原标准、原规模，给移民建设蜗居式的茅草房，这样的政策需要调整。再例如丹江口库区由于多年不搞基础设施建设，道路、供水、供电、通讯十分简陋，学校、医疗等公共设施缺乏，多数乡村没有办公地点，新建的移民新村是延续“三原原则”还是借南水北调之机予以改善？由于淹没线分割人住在线上、土地在线下，或人住在线下、耕地在线上的实际问题如何解决？诸如此类事关移民群众的切身利益问题该怎么办？

针对此类问题，我时常想起温家宝总理在河南考察，听取了我的汇报后强调的：南水北调工程是世界瞩目的重大工程，我们一定要把南水北调工程建成一流水利工程、生态工程、廉政工程、利民工程、和谐工程，要使库区移民群众在这项伟大工程中受益，脱贫致富，共享改革发展的伟大成果。总理的话就像一把钥匙，让我领悟到丹江口库区移民是南水北调工程的组成部分，搞好移民工作，让移民群众在工程建设中受益，是工程建设目标的重要内容，是社会责任的最重要体现。经南水北调办与河南、湖北两省协商，我们把移民建房补贴由430元调整为530元，不足24平米住房的移民全部调整为24平米砖混结构住房。有关基础设施及淹没线影响问题，本着实事求是的精神，结合新农村建设要求一步到位。其他问题也逐一明确政策界限。我心中想，把钱真正用到移民头上，就是多一点也是应该的。最终，作为《南水北调中线一期工程丹江口大坝加高库区移民安置初步设计报告》中的各分项规划，南水北调办批复的规划投资由可研阶段的237亿元增加到495亿元。

2009年5月24日，我出席在郑州召开的库区移民试点和干线征迁工作现场经验交流会。会上，我讲了做好新形势下南水北调征地移民工作必须坚持的八个方面：

一是必须坚持把南水北调工程建设纳入地方经济社会发展

之中。

二是必须坚持发挥党的领导优势、社会主义制度优势、党和国家政策优势、党的群众工作优势，引导征地移民工作在政府的统一部署下，有序开展，稳妥进行。

三是必须坚持发挥建委会领导、省级政府负责、县为基础、项目法人参与的南水北调征地移民管理体制的作用，充分发挥各级地方政府的积极性，明确责任，细化措施，加强组织，严格监督。

四是必须坚持发挥省级政府有关部门的作用，加大移民工作宣传，形成齐心协力关心移民工作，移民光荣、奉献伟大的社会氛围。

五是必须坚持在征地移民规划的基础上，从细从实做好落实到村、到户、到人的征地移民实施方案，因村制宜，因户制宜，依据政策，符合实际，认真听取移民群众意见，着力保护移民群众利益。

六是必须坚持层层落实移民工作责任，制定并认真执行移民干部工作考核标准及奖惩办法，加强移民工作的组织领导，把最优秀的干部派到移民工作中，在移民工作中接受锻炼和考验。

七是必须坚持把深入细致的思想工作与研究解决移民群众的实际问题结合起来，部门包村、干部包户，思想工作见物见人，要带着感情做工作，解决问题促搬迁，真正做到和谐搬迁，社会稳定。

八是必须坚持政策公开、方案公开、资金公开，加强资金管理和监督，努力创造心平气顺、公开透明的移民环境，坚决打击挤占挪用移民资金、侵占移民利益的行为。

会议还多方面总结了试点移民的房屋、土地、实物补偿，移民新村规划建设、移民搬迁等方面的经验，为全面移民工作的实施提供借鉴。

一、征地移民实物调查

移民工作最重要的是实事求是，对移民对国家负责，每一个小小的疏忽过错，对一户移民可能就是一个重大损失。在丹江口水库移民实物调查核实中，规划设计人员与移民干部做了大量艰苦细致耐心的工作。一是现场实物调查要详细周密，不留空白，不留死角。调查人员面对丹江口库区正常蓄水位170米以下的淹没区和淹没影响区的房屋、人口、土地、工业企业及各项专项基础设施，每一个村、每一个村民小组和每一户移民、每一间房、每一片耕地、每一口水井、每一棵果树，本着不漏一户、不丢一人的原则，始终坚守着自己的职责，对于调查中的每一个数据、每一张图表，都要现场勘察、丈量、计算、登记。

⊙认真算好每笔账

二是实物调查成果必须三榜登记，公开公示，上册上墙，接受移民群众的监督和评价。在听取移民意见后，对正确调查要坚持，对有出入的要纠正。调查人员始终坚守着政策的底线，移民调查人员及移民干部始终带头遵守执行移民政策，实行三榜公示，真正做到让移民心服口服。

三是补偿政策必须传达落实到每一户移民。移民迁出地政府及移民部门把移民政策补偿标准编制成宣传手册，做到移民人手一份，利用广播电视报纸多种媒体大面积、全覆盖进行宣传，派移民干部进村入户，逐家进行宣讲。新形势下的群众对移民政策研究和维权意识极大增强，不断提出问题和质疑，促使各级移民部门加大政策及补偿标准的学习和解读，加强对移民群众的了解与沟通。补偿政策的宣传过程变成了对政策理解深化的过程，也成了对实物补偿的落实过程。

四是补偿资金必须及时全额兑付到户到人。在实物调查、“三榜公示”的基础上，对补偿资金同样做到“三榜公示”。公示的过程就是再次听取移民意见、移民之间相互监督的过程，也是对移民政策、补偿标准得求群众认可的过程。对于广大移民能否及时合理兑付补偿资金，关系到移民群众的切身利益，也关系到移民政策和补偿标准的权威性、严肃性。三榜公示后，经移民认可应补偿到户的补偿资金，必须促使县、镇、乡、村逐级及时全额兑现。对于资金筹措中的困难，项目法人通过银行贷款临时拆借。南水北调办及省、市、县移民部门，对移民补偿资金的补偿程序、时间都提出明确要求并加强监督。

⊙张榜公示实物量和补偿资金

## 二、为移民选建新家园

住房是农民的命根子，不少农民一辈子都在为住房发愁为盖房奔波。对于移民来说在什么地方建房，建什么房，怎样建房是移民迁安工作的重头戏，也是移民搬迁安置的前提。淅川移民试点的做法为丹江口库区移民进行了有益的探索。

**一是迁出地与安置地无缝对接。**根据迁出地与安置地区位经济发展水平、土地资源基础设施状况、耕作习惯、生活习俗等方面综合比较，按照“迁安条件基本相当、任务容量基本匹配、对接框架基本不变”的原则，提出移民村安置点对接方案。方案经四个环节对接：首先，迁出地县级政府组织移民乡村干部对初步确定的安置点进行考察，安置地县级政府根据反馈意见进一步优化整合；其次，迁出地乡镇组织移民村“两委”班子考察安置点，安置地根据意见再次调整优化新村建设用地及生产用地；第三步，迁出地组织移民村迁建组织进行考察，再次征求移民代表意见并签对接协议；第四步，在迁安双方一致同意的情况下，移民村迁建组织签订对接确认书，逐级上报省政府移民办，作为编制安置实施方案的依据。

**二是住房设计科学适用，充分留有选择余地。**要为南水北调移民再选一个新家园至少要经过规划选址、三通一平、新村建设3个阶段78个环节。

新村建设分公共设施和房屋设计两部分。公共设施包括对外交通、供电、供水、街道、学校、村部、卫生室、路灯照明、对外排水、绿化环保等等。设计要遵循以人为本理念，尽量统筹多渠道资金，把移民新村建设成社会主义新农村。

户型设计组织有关设计单位按照“前瞻时尚、经济实用、美观大方”原则，在第一批新村建设中设计出16套户型图集，

⊙移民小学开学

第二批分三类13种户型图集供移民选择。本着户型相对集中、移民本身自愿、规模发展留有余地的精神，根据不同经济条件选择不同面积。我曾去多个移民安置点考察，多数移民村都是两层、三层楼式结构，两室一厅、三室一厅、三室两厅，面积在150—250平方米，并有厨房、卫生间、前后阳台，居住条件有了极大改善。

在统一设计、自愿选择的基础上，河南、湖北移民安置地还根据不同特点和经济条件增加了新村建设内容。有的规划了每户移民有一个小院，有的增设了太阳能热水器，有的增设了沼气池，也有的增设了煤气管道，有的在小院内增设厨房及储物间……各个安置地都力所能及地把移民的生活安排得更舒适、更方便、更美好。

**三是集中建房实行双委托。**《大中型水利水电工程建设征地补偿和移民安置条例》规定："农村移民住房应由当地农民自主建造。"如果仅把移民"自主"建造理解为移民"自己"建造，则南水北调34.5万移民的住房建设将遥遥无期，在"自主"建造的原则下，有没有既能满足移民意愿，又能有效控制工期的方式？

经过认真研究并充分征求专家及移民群众的意见，河南移民办提出“双委托”的建房形式，即由移民户与移民迁安委员会签订《委托建房协议》，迁安委员会与安置地乡镇政府签订《转委托建房协议》。经过两次委托，安置地政府建设责任主体和监督管理主体的地位依法得到确立，建设移民新村的责任感和积极性进一步强化，移民住房及新村环境管理得到加强。“双委托”的移民新村建设方式是南水北调工程移民建房的探索，它为以后进行的丹江口大坝加高库区移民“四年任务、两年完成”提供了借鉴。

**四是新村建设规范严谨保证质量。**在移民新村的建设上，总体来说，移民自愿选择，集中建设比移民自建容易保证进度质量。安置地与迁出地两地配合协调，比安置地单一承担建设更为有利。在集中建房的移民新村，有几点经验。1.严格投标招标，严把入口关。通过公开公平竞争把资质高、信誉好的施工企业引入移民新村，鼓励企业降低成本保证质量承担社会责任，造福移民群众。2.严格质量管理。派驻由移民村干部、村民代表和专业技术人员组成质量监理，对移民村建设施工进行旁站监理，及时发现质量问题，每道建设工序完成需由监理签字。移民住房监理代表多由移民村年龄大、辈分高、有一定文化的移民推荐产生，具有很强的代表性和权威性。移民代表定期轮换。3.逐家逐户建立质量档案，并对移民新村建设开展质量评比、交流学习，对发现的质量问题及时整改，整改不力一票否决。4.在建设移民房屋的同时，新村基础设施建设及公益性设施同步进行，保证移民入住时各项配套设施同时投入使用。

## 三、搬迁全程细字当头，亲情涌动

组织成百甚至几百人，数十辆甚至上百辆车数百公里的大搬迁，绝不是一个简单的事。搬迁队伍充满着移民群众对家乡故土的眷恋、对骨肉亲人的割舍；充满着对安置地生活不习惯、环境不熟悉的担忧和对未来生活的迷茫；充满着老人、妇女、孩子在长途搬迁中的情绪波动和突发事故的风险；也充满着党和各级政府对作出牺牲奉献的广大移民群众的敬意和关怀。这种敬意和关怀无处不在：

**一是搬迁行动体现在细字上。**货物装卸井井有条，特殊人口排查护送，搬迁车队组织有序，车辆统一编号，人货分流，干部沿途护送，迁安两地干部交接。途中警车先导、速度控制、停车吃饭、停靠如厕，都有周密考虑。沿途地方政府准备热饭热菜热水。每批搬迁都要制定特殊情况的应急预案，尽可能事先把所有可能出现的紧急情况都作出周密安排。

⊙移民搬迁车队

⊙河南省淅川县仓房镇移民乘坐的渡轮行驶在丹江口水库上

二是搬迁行动体现在情字上。搬迁地干部陪同祭祖先，辞亲友，搬运装车；沿途设置红幅、标语，各地干部群众夹道相送，

⊙2010年6月，河南省淅川县城的各界群众走上街头欢送移民

⊙2010年6月，河南省辉县冯窑安置点迎接新搬迁来的村民

彰显移民群众舍小家顾大家的无私奉献精神；到了安置地，早早等候的干部群众像喜迎亲人般热情欢迎，送上茶饭；新房中柴米油盐、蔬菜水果一应俱全，搬迁服务队卸车下货，使背井离乡的移民油然产生回家返乡的感受，离别乡愁信心百倍地开始新的创业、新的生活。

**四、有土安置，移民安居乐业**

南水北调工程移民采取有土安置。在人多地少的河南，大面积调整耕地及建设用地绝非易事，仅河南邓州市就需要接纳安置移民30345人，需调土地4.5万亩，而且必须是土地肥沃、交通便利、能够用水灌溉的好地，初算一下就要轮转近70万亩。

安置地的乡镇地方政府急移民所急，想移民所想，广大农民以手足之情积极响应国家号召，挤出集体所有正在经营种植的土地，合并调整农民手中的土地，兴修水利设施，改造可灌溉的土地，有时为了安置一户移民，就需要调整三户、五户甚至十户八户的土地。乡村干部磨破嘴皮跑断腿，移民迁安组一块一块地量，一遍一遍地算，为的是能让迁来的移民住下来就能拿到地，第二年就能收到粮；为的是让移民群众心中踏实，发展有资产，致富有奔头。

土地落实是移民的最大愿望。试点移民一般在到达安置地后两个月内都分得了较好的土地，当年便种上了小麦，他们看着种下去的粮食，才真的充满了新生活的希望，才能把安置地当成自己的家。

南水北调移民试点成果丰硕，它不仅在政策上给我们提供了调整的依据，同时在方式方法上给集中移民提供了借鉴。

## 移民迁安攻坚战的台前幕后

2009年“两会”刚过，我去河南调研南水北调工程及征地移民工作，在与省长郭庚茂会面时，郭省长提出河南省打算把四年的移民任务提前两年完成。其原因，一是适应广大移民的呼声和愿望，迟搬一年，生产生活就多受影响一年；二是保持移民政策的连续性和时效性；三是集中使用移民资金减少物价变动的影响；四是全省上下集中时间集中力量，便于打歼灭战。我十分赞成郭庚茂省长的意见，也明白他征求我的意见用意之一是如何落实“四年任务、两年完成”数额巨大的移民投资。我认为，加快移民进度对尽快实现移民改变生产生活条件的愿望十分必要，同时，我也认为三峡工程百万移民大约用了12年，河南省南水北调16.2万移民要在两年完成，必将是新中国移民史上强度最大的移民行动。如何把工作做细做好，使移民群众满意，是一场艰巨的攻坚战。

我爽快地说：砸锅卖铁也要支持你们的决定，我相信发改委和财政部也会支持，关键是省里面一定组织好、协调好，面对如此高强度的移民，一定要做到和谐搬迁万无一失！

2009年7月3日，郭庚茂省长就丹江口库区移民“四年任务、两年完成”进行专题调研，并在淅川召开南水北调移民工作座谈会。在听取南阳市淅川县工作汇报和乡（镇）村代表发言后说：“丹江口库区移民试点工作进展顺利，群众反映比较满意，取得了阶段性成果，为展开大规模移民积累了经验，奠定了良好基础。”

他指出：省委省政府提出丹江口库区移民“四年任务、两年完成”目标是顺应移民群众期盼，早日实现移民安居乐业的迫切要求。同时受当前国际金融危机的影响，物价呈走低态势，花同样的钱可以办更多的事，移民群众可以得到更多的实惠，是移民搬迁工作的良好时机。有关方面一定要下定决心，坚定信心，集中精力，争取用较短的时间完成移民搬迁这一艰巨的任务。为了实现移民群众早搬迁、早稳定、早发展、早致富的目标，我们承担再大的风险都值得。

郭庚茂省长回到郑州立即把调研结果向河南省委、省政府作了汇报。“四年任务、两年完成”经河南省委、省政府决策，变成了集体的意志、党和政府的号召，这个艰巨的任务也是对河南省各级干部政治智慧、执政水平、领导能力、部门合作的严峻考验。

2009年7月24日，中共河南省委、省政府将《河南省南水北调丹江口库区移民安置工作实施方案》印发全省各有关市、县。方案很详细，包括丹江口库区移民的目的、意义、任务、政策、标准要求、规划建设、组织领导等诸多方面，但最核心的内容就是“四年任务、两年完成”。这要求丹江口库区16.2万移民搬迁完

⊙2011年3月24日，河南省省长郭庚茂（中）实地查看新郑市郭店镇岗移民新村

成的时间，由原来的2013年底提前到2011年8月底。一场新时期“天下第一难”的移民搬迁安置攻坚战在中原大地打响。

2009年8月3日，河南省南水北调丹江口库区移民安置指挥部办公室正式挂牌，河南省委副书记陈全国任政委，分管副省长刘满仓任指挥长，全面领导指挥全省移民工作。指挥部下设办公室，由河南省南水北调办主任王树山兼任主任，下设办事部门作为指挥部日常办事机构，负责移民迁安工作的组织、协调、指导、监督、检查和服务。

从此，指挥部办公室的灯光彻夜通明，一个个问题反映到这里来，一个个会议在这里召开，一个个建议提交省委、省政府，由省委、省政府决策后，一道道指令从这里发出。王树山领导下的指挥部办公室六大职能发挥得淋漓尽致，各部门之间配合得得心应手。在河南省政府领导下，刘满仓和王树山就像高速前行列车的两个轮子，牵引着河南省丹江口水库移民安置这列重载列车穿山越涧飞速前行。他们披星戴月心无旁骛的工作精神和认真求实的工作态度，深得广大移民干部和群众的赞扬。

河南结合本省实际推出做好丹江口库区移民搬迁、实现“四年任务、两年完成”八大举措：

一是加强组织领导，落实移民搬迁责任。河南省委省政府始终把移民迁安作为重要政治任务和阶段性中心工作，作为“一把手工程”，市、县党政一把手挂帅，分管领导现场指挥，形成目标一致、运转高效的领导集体。

实行派驻移民工作组制度，由省直部门抽调得力人员组成搬迁安置市县驻地工作组，一包到底直到搬迁任务完成，全程协调监督移民迁安，并由此作为考核使用干部的依据。

加强对村干部和党员的培训，充分发挥基层党组织的战斗堡垒作用，引导广大党员干部服从大局积极带头搬迁。建立激励机制和责任追究机制，对响应号召积极做好群众工作的村支部书记和村主任给予奖励，对工作不力行动迟缓的及时采取组织措施，造成后果的依法依纪追究责任。

二是举全省之力加大对移民迁安的帮扶。在用足用够国家政策并积极争取更多支持的基础上，河南省制定出台了一揽子支持移民安置的优惠政策。省直36个部门结合部门特点对口支援，市县做出倾斜支持，计划安排直接帮扶资金22.92亿元，全省上下形成齐心合力移民攻坚的良好氛围。

有钱出钱有力出力，财政、农业、教育、卫生、交通、水利等部门用活政策，盘活资金，给予支持，各地整合支农惠农资金，倾力支持移民。平顶山市对建二层房屋的移民每户奖励8000元，南阳市每户以奖代补1500—8000元，郑州市在安置区对每亩土地另外奖励7000元、地面附属物每亩奖补1500元，河南省移民办积极筹措资金用于移民搬迁和生产发展，每户奖励、补偿资金达4600元。十人帮一人易，一人帮十人难。在全省各方面的帮助下，丹江口库区移民实实在在得到了实惠，生产生活条件有了翻天覆地的变化，迁安速度明显加快。

三是强化部门协作，形成工作合力。从2009年7月开始，河南省实行库区移民迁安包县工作责任制，省直25个厅局均由一名副厅级实职干部带队，由5—7人组成工作组分别进驻有移民任务的25个县，驻村入户一包到底。在此影响下，各市县也实行了市包县、县包乡、乡镇干部包村包户的逐级包干制度。

包县、包乡、包村、包户，包的是落实“四年任务、两年完成”的目标，包的是和谐搬迁的责任，包的是对移民实际问题的解决，包的是中央及省市政策的落实。各级部门一切服从移民，一切为了移民，一切围绕移民，周到服务移民。正如有些工作组同志所说：“移民就是爹，移民就是妈，给爹妈办事没什么价钱可讲。”

四是落实移民迁安原则，把移民新村建设成社会主义新农村的示范村。在国家批复的规划设计基础上，结合河南社会主义新农村建设，安置方案上坚持有土安置，在居民点选择上坚持“三边”原则（公路边、城镇边、产业集聚区边），在生产用地上严格执行1.05亩水浇地或1.4亩旱地，在特殊情况下增列移民公益设施补助费，建设雨污分流污水处理设施，通过土地整理，大大改善耕种条件。

五是强化督促检查，严格实行奖惩。河南省制订完善了库区移民工作督促监察办法和奖惩办法，省移民安置指挥部定期或不定期根据监督办法对工作进度、建房质量、资金管理、政策落实等进行检查，并通过一月一通报、一月一评比，形成县与县之间争当先进、你追我赶的良好氛围。

六是坚持亲情操作、和谐搬迁。河南省委、省政府在移民迁安中坚持尊重移民意愿，让移民参与搬迁安置全过程。在地面附属物补偿、移民新村选址、新房建设、搬迁安排、土地划拨各个阶段均提前做出规划安排，尊重移民群众的知情权。采取各种奖励办法，坚持群众不理解不搬，问题不解决不搬，条件不具备不搬，方案不周密不搬，政策不到位不搬。在两年多的时间里，河南组织搬迁安置丹江口库区移民16.2万人，没有发生群体性移民聚集，没有出现社会不稳定迹象，没有给经济社会发展造成不良影响。

七是加强质量管理，确保新村建房质量。在移民试点工作的基础上，从全社会征集美观实用的230个户型设计方案，经筛选推荐46个编制成册，供移民选用。在新村建设上始终坚持统一征地、统一规划、统一标准、统一建设、统一搬迁、统一发展的“六个统一”指导思想，严格实行政府监督、中介监理、企业自控、移民参与的“四位一体”的质量监督体系，严格把好招标投标关、市场准入关、材料进场关、监测检验关、竣工验收关“五道关口”，使移民新村建设质量始终处于受控状态。

八是加强后期帮扶，促进生产发展。实行搬迁与划地两统一，督促安置区及时划拨耕地，确保农耕时节前种上小麦，同时及时办理各种行政、户籍、转学等手续，复核公示移民人口，按月发放生活补助。举办养殖、种植、务工等培训班，使移民群众尽快适应新环境，学习新技术，发展新产业。

在中原大地如火如荼进行一场全省动员“四年任务、两年完成”移民迁安攻坚战的同时，荆楚大地上也在进行着同样的战斗。

⊙丹江口库区河南移民新村

几乎在河南省委、省政府提出“四年任务、两年完成”的同时，结合湖北省实际，湖北省政府提出了“四年任务、两年基本完成、三年彻底扫尾”的工作目标。湖北省移民局汪元良局长对我说：“我们这是充分留有余地，目标仍是四年任务两年完成。”

湖北是移民大省，建设葛洲坝、三峡工程的移民尚未完全安排妥当，南水北调丹江口水库17万移民的任务又接踵而来。紧紧围绕“四年任务、两年基本完成”的工作目标，湖北省李鸿忠省长多次强调“三优”（即优越、优先、优厚）原则，推行了“双确定、双委托”的湖北模式，开展了带着爱心、热心、责任心，一切想着移民，一切为了移民，一切服务移民的“三心”行动。

在规划工作中，湖北提出的“三个统筹”“两个结合”“六个一”的措施目标。“三个统筹”是统筹移民新村长远发展和近期建设，统筹移民安置、生活、生产，统筹移民物质和文化需求。“两个结合”是把移民安置、发展与安置区社会经济发展规划相结合，把移民新村建设与社会主义新农村建设相结合。“六个一”是每个人有一份稳产高效的口粮田，每户有一个良好的居住环境，每户建一个沼气池，每人享受一份国家后期扶持的补助，每个符合条件的移民办理一份新型农村社会养老保险，每户培训转移一个劳动力。“六个一”政策切中移民需求，促进了搬得出、稳得住、能发展、可致富的搬迁目标的实现。

湖北省委、省政府在研究移民优惠政策时，决定在每人1.4亩土地的基础上再按每人0.1亩标准为移民新村配置集体发展用地，在移民安置资金中预留5000元为移民办理养老保险，投入10亿元资金支持移民新村基础设施建设。

湖北省在丹江口库区移民建房中的实行“双确认”“双委托”模式，即由安置区和迁出区政府组织移民迁安理事会选点对接，确认房（户）型、建房面积和楼层，再由移民户与移民迁安理事会、移民迁安理事会与安置区政府双向签订委托建房协议，由安置区当地政府统一负责组织与配套公益设施一起建设。

湖北省在丹江口库区移民迁安中实行“六清”“四不迁”，即实物指标核查清，补偿资金兑付清，债权债务化解清，建房资金收缴清，搬迁前矛盾处理清，资料档案交接清。“四不迁”即搬出地政府承诺宣传不到位不搬，安置不妥当不搬，当事人思想不通不搬，矛盾隐患不排除不搬。

⊙丹江口水库移民高高兴兴在屈家岭落户

2010年春节，时任湖北省省长的李鸿忠、副省长田承忠带着省委、省政府对丹江口移民的关爱和慰问，到黄冈市团风县黄明新区向移民拜年，了解移民来到新区后住的怎样？吃的怎样？孩子上学如何？生产是否开展起来？春节后的第一天上班，他们又到潜江实地调研移民安置工作。李省长叮嘱身边的工作人员和移民干部："一定要带着对移民们群众的深厚感情，把工作做实，做细……"在"四年任务两年完成、第三年收尾"的日子里，李鸿忠及省委、政府的领导同志不知多少次走进移民家，询问移民的疾苦，解决迁安中的问题，推动移民新村建设和生产发展。湖北省省委、省政府提倡开展的"三心"行动，如春风似清泉滋润着移民的心，各项强有力的政策措施保障着移民群众在搬迁中脱贫，在安置中发展，在创业中致富。

⊙湖北省省长李鸿忠深入丹江口库区考察移民工作

无论是河南还是湖北，在破解“天下第一难”的丹江口库区移民大搬迁、大安置、大发展中都有着许多好经验、好做法，这些好经验好做法多是各级移民干部在实践中积累创造的，是34.5万移民群众在感情和现实的奉献中实践的，他们才是破解“天下第一难”的决定因素。为了国家行动，为了南水北调工程，为了几十万移民的根本利益，他们付出了艰辛的劳动、辛勤的汗水，甚至宝贵的生命。

共和国会永远记住他们，南水北调受水区亿万群众会记住他们，历史会永远铭记他们的功勋。我们的记者已经或正在用手中的笔，饱蘸深情的浓墨以各种方式记下南水北调库区移民的历史壮举，记下一桩桩一件件激动人心、催人泪下的移民故事，记下创造共和国辉煌历史的普通而又伟大的移民群众和一切想着移民、一切为了移民、一切服务移民的各级干部。

# 库区移民工作体会

移民问题是一个重大的社会问题。处理移民问题应该是从以人为本的视角，以社会发展的角度，全方位地解决移民工作中的问题。立足我在南水北调办工作的时段回顾丹江口库区移民工作的经历，我主要有以下七点体会。

第一，在党中央、国务院的领导下，我们制定了一套适应新时期经济社会发展的移民政策，在执行这一系列政策时既保证了严肃性，也体现出灵活性。一是国务院南水北调工程建委会颁发了《南水北调工程建设征地补偿和移民安置暂行办法》等有关政策，河南、湖北省人民政府制定了一套完整的丹江口库区移民制度和规定。二是有较坚实的资金支持。在南水北调办批复初步设计报告的时候，核定概算为495亿元，比可研报告阶段翻了一番。三是在执行移民搬迁政策过程中不采取“一刀切”。例如在处理丹江口库区移民问题时，既坚持移民政策的严肃性，又区分一般情况与特殊情况，根据不同情况给予调整。对于没有劳动力的孤寡老人，对于原来的住房只有十多平米草房依靠补偿金无力盖新房的，对于历史欠账的农村基础设施，也按照相关规定一并解决。移民新村基础设施建设有了翻天覆地的变化。

第二，经过多年调研，多次变动，南水北调移民规划比较完善。我的体会是：规划和实际情况差距越大，越难执行；反之，移民规划制订得越细，规划的内容与实际情况越吻合，规划中越能体现以人为本的精神和维护移民的实际利益，执行起来也就愈加容易。

规划中，我们认真落实温家宝总理的指示，实行有土安置的原则。土地是农民唯一可靠的生产资料，有了这个生产资料移民心里面踏实。移民有了一份属于自己的土地，即使不去外面打工，依靠自己经营的土地及房前屋后种一点瓜果蔬菜，也可以生存。在现有情况下，首先要确保每个移民拥有最基本的土地。不管湖北、河南，调整给移民土地的质量都不低于当地农民的水平。

对于移民新村，也有一个详尽的安置规划。首先，移民原来大部分住在库区的山坡、沟壑边，和外面的世界接触很少，如果国家把现在安置的地方建设得比原住地的生活条件好，谁不愿意到生活好的地方去呢？在河南、湖北我们采取的办法就是把移民安置到城市周边产业聚集区附近，比原来居住地的条件好了。其次就是采取相对集中安置，精神上打消移民顾虑。以前我们采用把移民分散安置的方法，这使移民有思想包袱：我是外来人，易受当地人欺负，长时间难以融入当地社会。南水北调库区移民则采取尽量整村搬迁，虽然迁移到了其他地方，但是这些移民的周围还是原来的乡亲，使他们有了安全感，有利于淡化故土难离的乡愁，有利于形成村子还是原村子、邻居还是老邻居的氛围，有利于尽快融入当地社会。

移民不仅是搬出去，更重要是使他们“稳得住、可发展、能致富”。移民搬迁的目的是结合移民机会改善生产生活条件，融入当地社会，能够跟当地的人民群众一样可发展，可致富。所以在移民安置规划中制订了多项后期扶持的政策，帮助移民有生产手段，有致富门路。我以前曾经回访过小浪底工程建设的一些移民，住得确实很好，但是房子里面什么都没有，揭开锅是空的，缸是空的。因为他搬到楼上去，猪养不成，鸡养不成，房前屋后菜种不成，移民不安心。我们不能光看到眼前，看移民新区房子盖得如何，更要看移民的生活生产条件有没有改善，有没有发展空间，致富有没有希望。丹江口地区多是丘陵山区，农户基本种果树，搬到平原地区后要种水稻、小麦，当地农户种一亩可能收1000斤，移民可能连500斤都收不了，这就需要政府对移民加以培训，教给移民致富的手段。

仅仅从事农业也不行，因为农业的收入很低。为此在规划中尽可能把移民安置在城市附近，便于其出去打工。一个农民家庭只要有一个出去打工的，这家生活基本上就没有问题，稳得住的问题也可以解决。据我观察，农村里凡是有能力盖新房的农户，家里都有人在外面打工。我到河南考察，当地政府开办移民职业学校，举办专业培训班，培养移民中的年轻人学电脑，搞电焊，学汽车修理，还把移民的培训基地和城市的人才中心对接。就是这些培训基地和学校，让搬迁的移民尤其是年轻人有了一技之长，为外出打工创造了条件，移民做到心安才能真正做到身安。

第三，移民搬迁必须坚持政府主导。移民工作不能按照企业行为去操作，必须是政府行为。一个企业去移民，难以发挥党的领导作用和政府职能，难以协调相关部门及多种资源，难以长期地为移民服务。我以为一定要把移民工作当作各级政府的责任，当作社会稳定的重要方面，当作执政为民的重要任务去做。

河南省委、省政府把移民工作作为一段时期全省的一项重要工作。淅川是移民大县，对县委县政府的考核内容主要就是移民工作进行得如何。县领导班子不够，就加派人员增加力量。湖北省也是这样，十堰市有十多万移民，市委书记市长主要工作就是做好移民工作。

政府行为另一个好处就是能调动配置多种资源，把移民新村建设和当地的新农村建设结合起来，把移民的脱贫致富和当地经济社会发展结合起来。政府有责任帮助移民和当地居民一样脱贫致富。河南省为库区移民建立移民新村，不完全靠移民资金，省委、省政府把有关的厅、局都集中起来，分工合作：新村的交通，交通厅负责；新村的学校，教育厅负责；新村的广播电视，广播电视局负责；新村的卫生所，卫生厅负责，等等，“各家的孩子各家抱走”，每一个移民安置县都有各个厅局的驻点干部。县、乡、村都有干部驻村入户，包户包人，这个力度是很大的，是任何企业都无法实现的。四面八方的资金都往移民新村集中，资源往移民工作倾斜。所以我认为移民是政府行为，需要以政府主导，统筹规划，组织领导，政策配套，监督到位。

第四，移民工作要有优秀的移民团队。再好的政策，再好的

⊙征地移民干部给丹江口市凉水河移民做深入细致的思想工作

规划，都得靠人去落实，没有各级干部的勤奋工作将一事无成。因此移民工作还要靠各级地方干部带着深厚的感情去做好移民的组织、动员、协调、服务等方面的工作。为此，河南、湖北两省从省、市、县、镇直至村的每一级政府，都成立了专门的移民机构，而且派出得力的驻村干部。这些干部熟悉移民政策，对移民有感情，能够身体力行地去和移民同吃同住同工作。移民干部把自己全部的精力和感情都投入到移民当中去了。他们站在移民的角度，体谅移民感情上和生活上的困难，与移民一起研究破解搬迁难题。他们以情动人，以理服人，以行为感人，把移民当亲人，感情上慰藉，生活上关心，搬迁中帮助，而不是简单地以“国家政策就是这样”，进行生硬死板的动员。为了几十万移民的根本利益，他们付出艰辛的劳动，辛勤的汗水，甚至宝贵的生命。这种动之以情晓之以理，不是亲人胜似亲人的体谅关怀，胜过千言万语的说服动员。

河南省焦作市的搬迁工作是个难点，南水北调中线主干渠渠道从该市区中间穿过，需要搬迁很多居民。虽然南水北调办按照国家规定的移民政策给予了补偿，但与城市拆迁的补助标准差额巨大。焦作市委、市政府倾全市之力，河南省也给以政策倾斜，南水北调办给予力所能及的帮助。即便如此搬迁工作仍有很大困难，需要当地政府深入细致地一家一户做好工作。有的搬迁户是孤寡老人，没有子女，他们说：远亲不如近邻，住久了邻居相处的就像一家人，我离开这里以后怎么办，老邻居分散了谁给我养老送终？因此坚决不搬。焦作市的移民干部就认这些老人做干爹干娘，不仅每个星期去看望他们，而且承诺以后负责给他们养老送终！这不就是以情感人嘛？！有的干部上门到群众家去做工作，由于搬迁户白天上班，找不到人，帮扶干部就买了早点，拿着牛奶在他们门口等着，和他们一边吃一边谈。可以说，没有这一批为南水北调移民无私奉献、兢兢业业的移民干部，我们制订的政策再好也执行不下去。

第五，移民工作要营造一个良好的社会氛围。移民既然是一项政策性很强的社会工作，就需要一定的政治氛围和环境氛围。通过南水北调工程移民工作我体会到：营造一种有利移民搬迁的氛围，是移民搬迁能够成功的重要条件。这个氛围是什么呢？就是营造“移民伟大，移民光荣”的社会意识，引导整个社会尊重移民，爱护移民，帮助移民，支持移民。必须进行大张旗鼓的宣传，使移民感觉到搬迁是为了顾全国家大局，是为了南水北调工程向北方人民供水，是为了改善自己的生产生活条件，是为了子孙后代的发展，由山区到平原，由封闭到开放，虽然要经历一段感情、生产、生活方面的不适应，经历一些困难和磨炼，但发展致富的前景是美好的。通过大力宣传增强移民群众的责任感和荣誉感，提高移民脱贫求变的主动性。

河南、湖北两省的省委书记、省长曾多次到移民村去视察，去慰问，去座谈。当地的新闻媒体——电视、广播、报纸等也大张旗鼓地宣传丹江口库区移民对国家经济建设的贡献，宣传他们对南水北调工程所付出的代价，宣传有关的移民政策和省里的具体工作安排。移民搬迁时，为移民车队安排了警车护送，医院的车子随行。长长的车队上面都挂着巨幅标语，所有这些工作，都体现出整个社会对移民的尊重，让他们感受到：我虽然做出了奉献和牺牲，但是值得的，因为赢得了社会的认可、尊重和帮助。

第六，移民工作要充分调动移民自身的积极性。在南水北调移民搬迁过程中，尽可能地让移民参与其中。因为一切工作的对象都是移民，一切工作都应围绕移民进行，必须充分听取移民意见，动员移民参与规划、补偿、建房、搬迁以及后期扶持的全过程，发挥移民群众的聪明才智和主人翁精神。

⊙河南省淅川县盛湾镇两位小移民向前来送行的亲人挥手告别

制订规划之初，先听取移民群众意见，比如说按照规划拟搬到某个地方，行不行？因为不能都去安置地，就让村里“两委”成员和选举的代表到那里去考察。如果大部分代表认为这个地方不行，就再选第二个地方，一直到基本上满意了才把安置地定下来。另外，有的移民想向外搬，有的愿意就地后靠，移民户的情况不同差异很大，这要充分尊重移民的意见。进行实物核查时，核查结果全部进行公示。某家有几间房，有多少平米；有几亩地，多大面积；有几棵树，多大直径；养了几只鸡，有多大鸡窝；等等。公示的目的一是了解移民满不满意，同时也可以互相监督。在安置地给移民建房时，为了让移民们放心房屋质量，除工程监理之外，由移民自己选派三到四个代表出任现场建房监理，对建屋质量进行监督。这些移民代表在建房现场管吃管住，专门给他盖的临时房，雇的炊事员，比现场施工人员的待遇还好。这三四个人要定期转换。就这样，每一个环节都和移民商量，每一个环节都让他们亲自参与直至他们搬入安置地。

参与过程实际上也是我们宣传党的政策、提高移民对移民政策认识的过程，也是体现以人为本理念、尊重移民意愿、实现和谐移民的过程，也是移民能不能安稳住下来，长期稳下来，逐步发展起来的保障。

第七，移民工作还必须建立迁出和迁入两地地方政府长期对移民负责的协调机制。两地政府不仅要加强在移民规划实施搬迁过程中的协调和衔接，还要长期对移民稳得住，可发展，能致富提供政府各项服务，这样才可以让移民群众放心。迁出地方面，从开始做规划，丈量土地、实物核查都是由当地政府主导，征地移民补偿由他们负责分发到每个移民手中。安置地政府负责移民新村建设及移民土地划拨，负责移民搬入后生活的安置、后期扶持和生产发展，包括对移民的社会服务、养老保险、合作医疗，等等。这两个地方政府假如衔接不上，会对移民的生活带来不便，对移民的利益造成损失，对移民政策的落实和政府公信力造成影响，甚至导致移民返迁回流。

南水北调工程丹江口库区34.5万移民已经做到了和谐搬迁，取得平安入住的阶段性成果。融入当地社会、发展生产、改善生活的工作也已经开展。丹江口库区的移民有没有可能回流，要经过历史的考验。我相信，在党中央的关怀下，在河南、湖北两省党委、政府及各级地方政府的领导组织下，在各项移民政策及社会资源的扶持以及移民群众的勤奋创业下，移民群众的日子一定会更美好。

# 第七章

# 努力实现南水北调工程预期目标

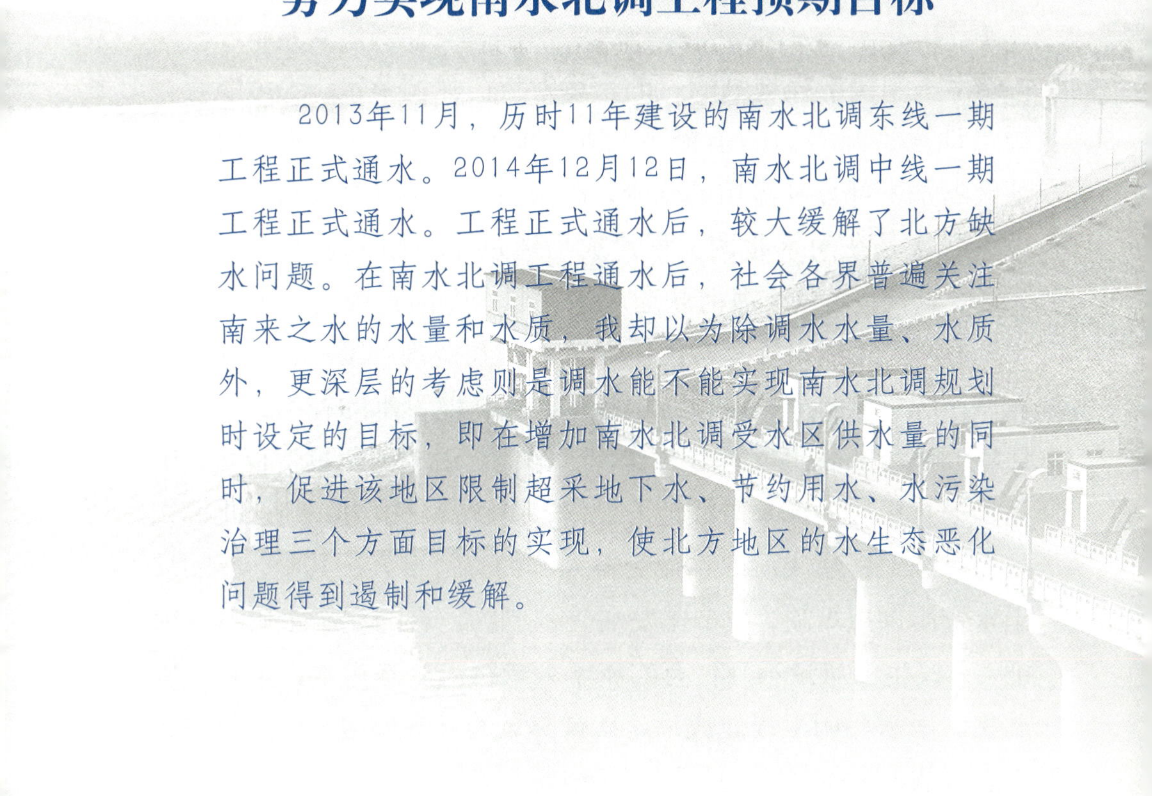

2013年11月，历时11年建设的南水北调东线一期工程正式通水。2014年12月12日，南水北调中线一期工程正式通水。工程正式通水后，较大缓解了北方缺水问题。在南水北调工程通水后，社会各界普遍关注南来之水的水量和水质，我却以为除调水水量、水质外，更深层的考虑则是调水能不能实现南水北调规划时设定的目标，即在增加南水北调受水区供水量的同时，促进该地区限制超采地下水、节约用水、水污染治理三个方面目标的实现，使北方地区的水生态恶化问题得到遏制和缓解。

# 南水北调工程取得丰硕成果

南水北调工程规划的目的，首先是在强调节水、治污以及挖掘当地水资源潜力的前提下，适当地通过跨流域调水，给北方地区增加一部分外流域的水源，促进当地经济社会发展，改善民生。其次是在南水北调工程建成后通过东中西三条调水线路把长江、淮河、黄河、海河联通起来，形成中国疆域内一个强大的水网布局，实施水资源的优化配置和相互调剂。第三，通过南水北调工程的实施，控制地下水超采，加强地下水的补给，为生态环境的修复和改善发挥重要作用。第四，由于工程投资巨大，工程建设直接拉动调水沿线地方经济，缓解就业压力。南水北调东线和中线工程建成后，直接受益人群约一亿多人。其中，有的属于水资源供应短缺，城市化发展受到制约；有的属于水质没有保证，人民生活质量不高；有的属于大量挤占生态用水，生态环境恶化。南水北调工程建成后，具有明显的社会效益、经济效益和生态效益，并将惠及子孙后代。

南水北调工程开工建设以来，工程建设总体上是顺利的，各项工作积极有序进展。回顾我所工作的时段，我以为主要取得了六个方面的阶段性成果。

一是创新工程建设管理体制和机制。南水北调工程点多，线长，涉及范围广和社会的联系密切，因此既不能沿用类似长江干堤维修加固工程的线型工程管理体制，又不能沿用类似小浪底工程的独立工程管理体制。在国务院南水北调工程建设委员会的领导下，研究制定并完善了适合南水北调工程特点的管理体制和模式。在项目管理上，采取政府宏观调控、准市场运行、现代企业管理、用水户参与的工程建设管理机制；在征地移民工作中，采取“建委会领导、省级政府负责、县为基础、项目法人参与”的征地移民工作机制；在水污染防治上，采取地方政府负责、治污规划支撑、治污资金保证、部门联合监督的工作机制。

二是加强协调，前期工作取得重大进展。南水北调东、中线工程可行性研究报告经国务院批复后，原来的初步设计批复由发改委负责，转交国务院南水北调办负责。南水北调办按照南水北调建委会加快工程建设的要求，进一步完善审查审批程序，提高审查审批工作效率，南水北调东中线工程155个设计单元初步设计在较短的时间全部批复，为单项工程开工创造了条件。涉及工程建设的资金渠道明确，资金来源落实。工程投资静态控制、动态管理的原则拟定，技术方案的比选和技术问题的研究逐步深入，为工程建设的顺利进行提供了条件。

三是京石段工程率先发挥效益。为解决首都北京的缺水之急，为给南水北调中线一期工程征地搬迁、工程建设、环境保护提供借鉴，南水北调中线307公里京石段工程于2003年开工，

**南水北调中线京石段建成通水**

**3亿立方米清水汩汩入京**

●确保水质达到Ⅲ类

●居民水价不会上涨

**本报北京10月3日电** （记者赵永平）这几天，北京居民可以喝上南水北调调来的清水了。日前，随着京冀交界处北拒马河暗渠进水闸闸门缓缓提起，从河北调来的汩汩清水沿着主干渠流入北京。这标志着南水北调中线京石段应急供水工程正式建成通水，也意味着南水北调工程建设取得阶段性成果。

国务院南水北调办主任张基尧介绍，京石段应急供水工程除近期担负向北京应急供水任务外，还担负南水北调中线一期工程全线贯通后的输水任务。京石段工程起点位于河北省石家庄市古运河，终点是北京市颐和园团城湖，线路总长度307.5公里。这次调水从2008年9月18日至2009年3月中下旬，历时6个月，计划从河北省调出水量3亿立方米，抵达北京的水量约为2.25亿立方米，将缓解北京水资源供给的紧张局面，进一步保障首都的供水安全。

张基尧说，目前调水源头三座大型水库——河北省岗南、黄壁庄和王快的水质均为Ⅲ类以上标准。为保障清水进京，京石段划定了一、二级水源保护区范围，采取了一系列工程、管理措施，在调水期间，沿线还布设10个水质监测站，进行全程跟踪监测。

北京市南水北调办有关负责人表示，此次调水按进京水量2.25亿立方米测算，单方水调水成本大约为2.75元。为了保障北京居民利益，此次调水成本并未纳入水价体系，老百姓水价不会发生变化。

⊙2008年10月4日《人民日报》关于南水北调中线京石段通水的报道

2009年实现河北省黄壁庄、西大洋、王快、岗南四个水库联合调度冀水进京。作为南水北调中线的试验工程，京石段工程建设中深入探索征地搬迁新机制、新方法，破解漕河渡漕、PCCP管制作安装、京城地下输水隧道建设等技术难题，研究北方地区冰期输水的应对措施，对长距离调水工程进行了大胆探索和实践。中线京石段工程连续六年由河北向北京应急调水，累计供水约16亿立方米，极大缓解了首都高峰期的供水压力。

⊙京石段漕河渡槽通水现场

四是征地移民试点取得突破性进展。丹江口水库是南水北调中线一期工程的水源地。移民是中线工程的重点，社会工作的难点。2009年，在丹江口库区移民试点的基础上，南水北调办分专项批准了投资翻番的《丹江口库区征地补偿及移民安置规划初步设计报告》，计划用四年时间搬迁34.5万库区移民。规划批复后，在河南、湖北两省党委政府及有关各级地方政府领导下，广大移民干部勇于担当勤奋为民，移民群众胸怀国家无私奉献，顺利完成了移民试点任务，为大范围移民在政策上、制度上、组织上、方法上实现和谐搬迁提供了借鉴。

五是治污环保工作取得阶段性成果。东线江苏、山东两省结合自身实际，认真落实东线工程水污染治理方案确定的426项规划项目，有针对性地深化治污措施。江苏省完善沿线城市污水处理厂配套管网收集系统，加强区域截污导流和中水资源化利用；山东省加快淘汰沿线落后产能，提高工业企业治理标准，加快建设城镇污水处理厂，加快推进南四湖、东平湖人工湿地和生态保护区建设，完善中水截蓄导用工程。东线工程调水沿线水质不断好转，在补充完善治污规划、增加治污投入、提高治污标准后，东线水质取得明显好转。中线《丹江口库区及上游水污染防治和水土保持规划》确定的97项水污染防治项目，部分项目已经发挥环境效益，很大程度上改变了水源区人口集中的库周重点市县城镇生活污水和垃圾直排的状况；累计治理水土流失面积1.44万平方公里，重点区域水土流失得到有效控制。水源区各地还加大经济结构调整力度，加快淘汰“两高一低”企业，严格执行环保准入制度，从源头上控制污染物排放。丹江口水库及上游地区严格按照水功能区划，实施重点治理与生态保护相结合，生态文明建设与经济社会发展相结合，政府主导与企业作为社会支持相结合，丹江口水源地中线工程陶岔取水口水质长期保持在二类标准。

⊙丹江口大坝浇筑工地上悬空作业的工人

六是南水北调精神财富丰硕。南水北调是一项造福子孙后代的战略性工程。如果说要谈南水北调精神财富的话，可归纳为四个方面。第一，勇于担当精神。工程建设之初很多同志从各行各业聚集到南水北调工程上来，且大多数人是原工作单位的业务骨干，其目的不是为了安逸的生活和工作条件，而是出于责任的驱使。各级移民干部为国分忧为移民解难，给移民当孝子，视移民为父母，沐风栉雨，体

⊙工地现场

现的是政府的形象，透支的是自己的身体，肩负的是执政为民的责任。广大工程建设者十年如一日，在千里工程沿线，冒酷暑，战严寒，迎风沙，忍寂寞，改进工艺，研究措施，攻克一个又一个技术难关，守护着每项工程的质量，把全部身心与南水北调工程结合在一起。第二，无私奉献精神。34.5万移民群众别乡离土，舍小家为大家，为了让受水区人民喝上洁净的汉江水，告别故土忍受离情别绪开拓创业。为了让一泓清流永续北送，调水区河南、湖北、陕西省调整产业结构，关停转产黄姜等重污染企业，限制三高企业发展，企业职工及库区群众付出重大代价，作出了巨大贡献。数万名工程建设者，坚守在工程建设第一线，为了建设南水北调工程抛舍亲情，难尽儿女之孝，难担父母之责，难享天伦之乐，只要需要他们，愿把自己的一切奉献给南水北调这一伟大工程和历史壮举。第三，团结协作精神。南水北调如此浩大的工程，不是哪一个人、哪个部门能单独干起来的，必须齐心协力，团结共建。无论是前期工作，还是工程建设乃至运行管理，无论是征地移民，还是水污染治理，离不开方方面面的协作和配合。加强协调、服务一线是南水北调办的主要职责，南水北调建设者明确目标，坚定信心，坚守本职，服从大局，形成团结共建的氛围，形成攻坚克难的力量，形成激励社会前进的正能量。第四，求实创新精神。南水北调是一项浩大的系统工程，必须有求实创新的精神和一丝不苟的作风。在建设管理体制的构建磨合中，在征地移民的政策制定和实施中，在工程建设的技术挑战和质量管理中，在水污染治理和水环境保护中，在文物古迹保护和建设环境营造中，时时处处都会遇到新情况、新问题。南水北调工程建设必须上连天下连地，既要管宏观又要管微观，既要指导又要协调，既要布置又要落实，因此必须做到求真务实，踏石留印，抓铁留痕，以开拓创新的精神推进工程建设。

可以说，勇于担当、无私奉献、团结协作、求实创新，都是南水北调的宝贵精神财富。

## 南水北调通水后的认识误区

一段时间以来听到社会上有种议论："北方年降水量增加，北方地区不再缺水。"有时候我到地方调研，也有同志向我了解"这些年北方降水增加，缺水的局面是否已经缓解。"甚至有人说："近几年部分地区出现'南旱北涝'现象，南水北调工程得不偿失！"那么事实究竟是如何？对这个问题我的看法是：首先，这些年来北方的降水量确实是有所增加，但是由于北方地区长时间的水资源短缺，集中降雨少量渗流到地下，更多的下行出海，由于长期的干旱，增加的水量难以弥补长期缺水、超采地下水的困扰。其次，降水分布不均，雨水降到水库、湖泊的上游才能真正入库存蓄。譬如北京，近几年密云水库上游并没增加集中降雨，水库蓄水量增加不大。第三，就我国城市建设的现状来说，大部分城市都没有雨污分流设施，明明是可利用的雨水，结果都变成了污水，这不仅没有增加水资源量，反而增加了污水处理的压力。第四，看问题不能只看短暂的时间段，必须从长远的角度看南水北调的必要性。从总体看，我国降水南多北少的气候格局并没有改变，气候变化的时间尺度大，原因极为复杂，不要说代际（十年至数十年周期）变化，即使是年际变化，目前所谓的“南旱北涝”，也绝非一两年的降雨可得出结论。2014年的河南干旱、南方洪水以及2016年部分地区涝旱急转正是对“南旱北涝”的否定。从整个水资源配置格局来看，历史上也确实有丰水年与枯水年之分。丰枯水年持续的时间有时候是10年20年，甚至更长的时间，但丰枯之差不会使水资源布局产生重大变化。南水北调工程规划使用了建国以来长系列的水文统计资料，有着充分的科学根据，不能只看到眼前北方降雨量多了点，就认为南水北调不需要了。当前北京市城市供水量中南水北调来水已占城区供水七成以上就是最好的说明。

第二种议论，就是认为南水北调工程通水以后，南水北调工程给北京调来了十多亿立方米的水，北京就不缺水了。实际上，我们可以算一笔水账：南水北调工程给北京毛供水量12亿立方米，去掉蒸发、渗漏，真正到达北京的也就10亿多一点。这10亿多水，大部分已被北京占用了。为什么这样说呢？北京这些年大概每年总的用水量是36亿立方米，在36亿立方米用水量中包括超采地下水4—5亿立方米，每年从河北向北京供水3—4亿立方米，南水北调供水后超采的地下水以及河北紧衣缩食供应北京的水将由南水北调水置换8—9亿立方米。真正增加利用的水量，也就1亿到2亿立方米。对于北京这样大的城市，1亿到2亿立方米水怎能改变供水格局。上世纪末我们做南水北调总体规划的时候，就估算到2010年北京实际缺水量10亿立方米，南水北调来水到北京的时候，正好弥补它的缺口。现在实际情况是十几年的经济社会发展，人口的增加，比规划时预测的用水量已有了较大增加，南水北调水量还难以弥补用水量的绝对增加值。因此，即使南水北调中线通水以后，北京的水资源供需关系依然是紧张的，依然需要大力推行节约用水，加大污水处理回用。南水北调供水以后，城市还可以继续扩展，人口还可以不断增加，北京水资源短缺的局面可以根本扭转等想法都是不现实的甚至是有害的。

第三种议论，南水北调只要渠道修通了，可以再给我们多调水来。这种期望也不现实。首先，南水北调工程虽然渠道修通了，但是就渠道本身来说，有一定的供水规模，供水管道就那么粗，渠道断面就那么大，想多供也做不到。其次，水源地的水资源并非取之不尽、用之不竭。这些年来，丹江口上游来水量减少，与此同时，丹江口水库下游的汉江流域经济社会的发展也需要水资源的支撑，良好的生态环境也需要水资源的保证，正在实施的引汉济渭工程，还需要引调部分汉江水。这些现实情况都限制了南水北调工程总供水量。所以，寄希望于通过南水北调来获取更多水量的想法，可能是会落空的。

在南水北调中线工程通水后，针对以上的认识，我认为需要做一些解释和说明。在群众有这样或那样的想法和期盼的情况下，要完成南水北调工程规划的目标，做好后续的各项工作至关重要。不是通水了就万事大吉了，而是水调来以后，管理的责任更大了，在南水北调供水范围内形成水资源优化配置循环利用的任务依然艰巨，工作任重道远。

## 遏制水生态环境恶化趋势的思考

2002年国务院正式批准《南水北调工程总体规划》之前，我在向全国人大、全国政协汇报南水北调工程总体规划时就提到，到2020年，南水北调工程要实现三大目标：一是水量目标，二是地下水限采目标，三是遏制生态环境恶化目标。从批复《南水北调工程总体规划》到现在已经过了14年，十多年来，我国的水资源状况发生了怎样的变化，尤其是南水北调中线工程受水区的北京、天津、河北、河南的水资源状况发生了怎样的变化，供需矛盾是否进一步突显，超采地下水问题是否进一步加剧，环境污染是否进一步恶化。这不仅是受水区人民也是全国人民关心的问题。

南水北调东线一期工程通水后，工程运行情况总体良好。调水水质监测结果表明：东线调水水质完全能达到国家规定的地表三类标准，甚至比原来预计的还要好一些。但是，现在水质好不意味着永久好。为了能长期保持东中线工程安全，水质良好，还需要做哪些工作？南水北调工程在东中线全线通水后，还有哪些自然环境问题需要持续关注，应当采取什么措施加以应对，这些需要我们进一步认真思考。

从当前的经济社会发展情况来看，随着经济平稳较快发展，城镇化进程加快，水资源短缺的状况会不断加剧。以北京为例，北京现在每年用水量大约36亿到37亿立方米，1/3是靠自身的水资源，1/3靠采地下水，另外的1/3还要从外部区域调水。南水北调中线工程通水前为解北京缺水之急，从河北调水累计达16亿立方米。处在这种情况下，一方面表明，北京对水资源消耗的抑制措施还不够到位；另一方面，若没有南水北调中线水的补充，北京缺水的状况还将加剧，以生态环境恶化为代价，满足眼前水资源供应的状况还会持续。

十几年来，尤其南水北调工程实施这些年，水资源状况没有得到根本的改善，水环境仍然在不断恶化，地下水还在不断被超采。以北京为例，2014年初北京水务局曾表示，北京市连续15年超采地下水，超采面积达6494平方公里，每年抽水曾相当于1000个昆明湖。全市平均地下水埋深从1999年的12米下降到26米，地下水超采65亿立方米，同时导致地面沉降加剧，供水管线破损开裂情况严重。2012年我同全国政协的同志去河南调研，河南黄河以北城市的生活基本都用地下水。在调研过程中，当地同志跟我说，供水的水质完全达标，但是据环保部门检测，不少地区的水质都有问题。当地政府说的水质已经达标，仅仅是指城市附近的集中水源的水质，这些水质基本上是可以达到要求的，但是大量的农村地区，尤其是分散的比较小的水源地，水质问题仍然十分严重。更让人忧虑的是，有些不良企业违法向地下排污渗污，导致了地下水被污染。原来存在的水资源水环境问题，现在依然存在，甚至还加重了。那么，在规划当中，我们期望通过南水北调工程实现的目标，也就是到2020年，基本缓解黄、淮、海平原南水北调受水区城市严重缺水状况，基本遏制生态环境恶化的趋势，能不能在通水以后实现，这是我非常关心的一个问题。

为了加强南水北调工程供用水管理，充分发挥南水北调工程的经济效益、社会效益和生态效益，2013年8月，国务院法制办公布《南水北调供用水管理条例》(征求意见稿)，向社会征求意见。征求意见稿遵循了统筹兼顾的原则：一是统筹南水北调工程的公益性与经营性双重属性，二是统筹水源地经济发展与受水区用水需求，三是统筹受水区城市用水、生态环境用水和农业用水。2014年2月16日，《南水北调供用水管理条例》以国务院令的形式颁发实行。《条例》是南水北调工程建设运行管理中的指导性文件，是充分发挥南水北调工程经济、社会、生态效益的制度性保障，是南水北调通水后沿线受水区限制超采地下水、节水、治污、加强水资源管理的重要依据。

下面，我想主要就这三方面的问题谈谈我的看法。

**第一个问题：控制地下水超采**

2014年3月，习近平总书记在中央财经领导小组第五次会议上强调，要解决我国当前水资源面临的问题，基本思路就是坚持和落实节水优先方针，坚持人口资源与经济环境相均衡的原则，坚持山水林田湖是一个共同体的思想。习总书记在讲到这一原则的时候，还专门谈及了北京水资源问题。他说，北京地表水也就是7.3亿立方米，加上地下水也就是22亿立方米。而2013年北京用水量达36.4亿立方米，其中地表水用了4.8亿，再生水用了8亿，从河北引了3.5亿，缺口部分主要就是依靠采集地下水。大量超采地下水后果就是导致北京的地面每年沉降达200毫米，沉降区占了整个北京平原面积的40%。为此，习总书记强调，要加强需水管理，对水资源、水环境、水生态的承载能力，都要做刚性的要求，各个地方一定要“以供定需”。他还特别强调，要加强对地下水供采的管理，尽快遏制由于过量超采地下水而带来的生态环境不断恶化的趋势。

在制定南水北调总体规划的时候，就把限采地下水作为规划的重要目标。就目前而言，我现在最担心的也是这个问题：南水北调通水了，地下水照样超采，生态环境恶化的局面不能得到及时的遏制。南水北调通水以后，要实现调水目标，保证工程发挥经济、社会、生态效益，首先就是千方百计地采取各种措施，控制地下水的超采。有条件的时候，对已经超采的地下水，给予适当的回补。

一是要使人们认识到，我们以前超采地下水，是一种非常的、不得已而为之的举措。我们不能把这些不得已而为之的办法视为解决问题的常态，更不能变成正常的、合理的措施。要加强宣传、引导，让人们认识到，以前超采地下水，是无奈、被迫的，是欠的历史债，欠的生态债，欠的子孙后代的债，我们有义务和责任来偿还。

二是要及时完善地下水限采的法律，用法制的方法限制地下水超采。北京、河南、河北超采严重的地区应该采取地方立法的方式，对限采地下水作出法律上的规定。同时通过法律规定，提高人们对地下水这种稀缺资源的高度重视和保护地下水的意识，明确政府、企业、社会团体等各个方面的责任以及对违法行为的处罚。

三是认真贯彻落实国务院批复的《南水北调东中线一期工程受水区地下水压采总体方案》（下称《方案》）。受水区地方各级人民政府要承担起地下水压采的主体责任，根据《方案》明确做到“2020年城区地下水基本实现采补平衡，到2025年非城区地下水超采问题得到缓解，地下水年压采总量达到40亿立方米”。受水区各级地方政府要将《方案》内容纳入地方经济社会发展规划，结合本地实际制定地下水压采实施方案，明确各阶段地下水压采计划，分解落实地下水压采目标、任务，制定地下水压采措施。要加强转变经济发展方式，完善工作机制，充分运用市场和经济手段，多元化、多渠道筹措资金，加大投入，加快地下水压采替代水源工程建设。严格地下水的开发利用管理，通过采取综合措施，充分利用南水北调水，合理调配受水区各种水源，逐步替代超采的地下水，实现地下水资源可持续利用，促进受水区经济社会持续健康发展。

四是加快南水北调配套工程及城市供用水管网改造，大幅度提高地下水资源的价格。南水北调中线工程通水后，河北、河南沿线城市由于配套工程滞后，难以及时消纳调来的汉江水。有些自来水厂及企事业单位水源来自地下水，供水管线仅仅与地下水衔接。南水北调工程正式通水之后，势必要求把原来和地下水衔接的管网，变成和南水北调工程来水衔接，这个工作要深入进行。河南、河北调水沿线的配套工程要抓紧完善，有关管理方式、规定、价格要早点拟订。不然的话，南来之水无处消纳，必然导致调来的水使用不了，地下水不得不继续被超采。水价方面，假如南水北调水的价格高于地下水的价格，在利益驱使下对地下水的控采将十分困难。所以，一方面要使南水北调水的价格能够让企业用水户及人民群众承受，另一方面要大幅度提高地下水资源的水价，使其高于南水北调原水价格，使人们感到用南水北调水比用地下水便宜，也就不会再超采地下水了。

五是对工矿企业和事业单位自备水井进行普查。南水北调调水沿线到底有多少自备水井，每年这些水井采多少地下水？由于地下水抽采的经常变动，现在还缺乏精准的数据。使用地下水的单位、企业，点多面广，统一管理难度大，需要进一步的做工作。例如，加大自备水井的普查入网，建立地下水采集和检测信息网络，实时向社会公布抽取地下水的水量。地下水不同于地面水，它看不见摸不着，隐蔽性很强，由于它的重要性及隐蔽性，更需要加大社会的监督。只有把地下水的采集信息公诸社会，才能受到社会舆论的监督，才能把超采地下水的企业曝光于群众的监督之下。为加大地下水限采的管理和监督力度，还要奖励在限采地下水方面做得好的单位及举报超采地下水的有功人员。

六是把控采地下水作为南水北调受水区地方各级领导政绩考核的内容，纳入年终的考核，落实地方政府主要负责人在控采地下水方面的责任。

地下水限采，假如现在不引起高度重视，不采取切实措施，不落实严格的责任追究制度，南水北调即使通水，也难以实现规划目标。如果将来一方面南水北调工程不能充分得到使用，另一方面还继续超采地下水，南水北调工程建设的目的就没有达到，其生态效益就难以发挥。另外，假如把原来规划置换地下水的那部分南水北调来水又用到了经济社会发展上，用到了城镇化建设上，南水北调工程将难向社会作出回答，投巨资建设的南水北调工程将受到社会和历史的谴责。

我举个例子，国家高度重视新疆塔里木河治理，2000年我带队去新疆调研，之后水利部组织编制了塔里木河治理规划，这个规划是：在塔里木河上游的和田、喀什等地采取节水措施，把节约下来的水增加塔河的径流；在塔里木河中游修建堤防，使洪水入河归槽不再到处漫流，目的是把上游来水输送到下游，滋润大西海子水库以下的沿岸胡杨林，恢复塔河流域的生态。最近我再去新疆调研，发现当地并没有把节约的水全部送到下游去，而是又在开垦新的荒地，把用于生态的水又用到了生产发展上，结果是国家投入了100多亿的资金，未能实现治理塔里木河流域生态环境的规划目标，治理效益极大衰减。更有甚者，上游节约下来的水资源，大部分都被中游沿岸地方政府和外面的承包者相互勾结开地占用了，老百姓并没得到好处，有的地方官员甚至开垦了几百亩地，开地占水成了腐败的新形式。

当前，南水北调中线受水区及有关部门已制定有关限采地下水的规划及措施，但是不是思想上真正引起高度重视，措施真正切实可行，把控采地下水的目标真正落实到方案上，落实到机制上，落实到行动上，落实到奖惩上，我感到还不够到位。那么，南水北调工程通水后会不会出现生态上的水资源欠账仍继续欠，本来是用于返补生态的水，又被用到了工业发展、社会发展上去，这种可能是完全存在的。前车之覆、后车之鉴，我由衷地希望在塔里木河治理中出现的问题不会再在南水北调工程中出现。从现在开始，就要提醒、关注、监督，避免塔里木河治理的偏差在南水北调工程中重演。

**第二个问题：关于节水**

我们国家的资源并不丰富，水资源、能源资源，都比较短缺，如果再沿用粗放式的、以需定供、大量消耗资源的经济发展方式，中国的发展进步将无以为继。在2014年第五次中央财经领导小组会议上，习近平总书记强调说，要怎么做呢？节约，以供定需，推动节水型社会建设。我们在下一步的水资源管理的发展思路上，就是坚持和落实节水优先、有序发展，因地制宜，量水而行。他还指出，要“以水定城，以水定地，以水定人，以水定产”。要从重需水管理转向重供水管理，从拓展供水渠道转向侧重于提高用水效率，抑制不合理的用水需求。我认为，习总书记的话，结合中国国情，说到问题要害，明确了水资源管理的战略方针，指明了水资源管理的方向，就是要立足于本地水资源，解决本地的问题。

结合南水北调工程理解和落实习总书记的讲话精神，首先，要使受水区的干部群众认识到，南水北调通水之日，并不是节水终结之时，不是说南水北调通水之后，就可以放开用水了。因为南水北调的来水是有限的。现在南水北调中线一期工程规划中的95亿立方米水是调水区人民付出巨大代价换来的。2013年，我随同全国政协副主席杜青林带考察团去丹江口库区考察，发现当地人民群众发展经济的愿望十分强烈。当地有的同志就说：“守着丹江口水库，我们不能污染它，又不能利用它，只能端着它、护着它。我们也要发展经济，改善库区周围人民的生活。”那么，现在丹江口库区及上游、下游地区要发展经济，要提高人民的生活水平，同样需要水资源、水环境、水生态的支撑。对汉江水资源的利用，不是受水区的专利。也就是说，南水北调这点水，并不是源源不断、取之不尽的，我们不能再对南水北调工程层层加码。有的同志说，受水区水资源不足可以启动南水北调中线二期工程嘛！从当前调水区及受水区的水资源的形势看，从我在南水北调工作这些年的经历看，中线二期工程在短期内尽量不再建设，因为二期工程不仅耗费巨大，更重要的是会使受水区人民群众的生活、经济的发展受到影响，使当地水资源保护与经济社会发展的矛盾更加突出。

其次对北京、河北和河南受水地区而言，也并非调水越多越好。调水越多，意味着用水越多，相应的污水也就越多。污水多了，就必须要加大污水的治理，这必将又是一笔相当可观的投资。从这些方面来看，我认为即使南水北调通水了，节水依然是一个重要课题，南水北调工程的水只能作为北方地区水资源短缺的一种补充，应主要用于受水地区的生态环境保护和修复。受水区解决水资源短缺的根本出路还是在节约用水，提高水资源的利用效率。

那么，节水应该从哪些方面着手呢？

一是要利用南水北调东、中线一期工程通水这个契机，在“十三五”规划中做好工程沿线城市经济社会发展规划及专项规划。东中线正式供水是个利好消息，但是我们必须使受水区清楚：南水北调来水，已经按照工程规划进行了分配并在资金筹措中给予认定，各地的发展必须坚持“以供定需，量水而行”的原则。这就是底线。要守住底线，立足本身，节约当地的水资源。

工程分配给各地的水量已经纳入了该地区的用水规划，除利用水权转让的方式外，不能再开口子增加水量。各地城镇化建设、经济社会发展都必须坚持“以水定城，以水定人，以水定产，以水定规模”的原则调整发展规划，提高用水效率。作为北京来说，南水北调中线通水后就应该根据北京自身能产多少水，能采多少地下水，南水北调供多少水，在节约用水、提高用水效率的基础上，修订城市规划，结合京津冀经济协同发展规划，哪些产业应该搬出去，城市到底能容纳多少人口，北京城区今后要发展到多大的规模，在供水总量的控制之下，北京地区怎样发展？我认为应该充分利用南水北调通水契机，封住底线，堵死缺口，以这个为基础，做好城市发展规划、经济发展规划、产业结构调整规划、人口和城镇化规划，等等，量水而行，量力发展。

二是要认真贯彻最严格的水资源管理制度，加强制度执行的监督检查。2011年7月，中央专门召开了第一次中央水利工作会议。会议提出，把严格水资源管理作为加快转变经济发展方式的战略举措；实行最严格的水资源管理制度，加快确立水资源开发利用控制、用水效率控制、水功能区限制纳污三条红线，把节约用水贯穿经济社会发展和群众生活生产全过程；大力倡导、全面强化节约用水，不断提高水资源利用效率和效益。五年过去了，对当年的决定落实情况怎么样？我这次到新疆一看，感觉执行得不是很好。水利部目前分配给新疆的用水总量是515亿立方米，但是实际使用是590亿立方米，超用将近75亿立方米。如果全国都是这样的话，那么水资源缺口从哪来？最后只能从生态上来。生态是个软指标，看不见，摸不着，以生态环境为代价的发展道路是难以为继的，到最后我们会深受其害。

三是要贯彻节水优先的方针。要从农业、工业、城市和生活等多方面采取措施，千方百计地节水。农业节水始终是关键。我国农业灌溉系数如果能增加0.1%的话，那么在全国来说，就可以节约300亿立方米水。现在我国的灌溉系数是0.45，而在西方国家，尤其发达国家，可以达到0.7到0.8。由于农业的用水量占到全国用水总量70%以上，要抓住农业节水这个关键，力争使农业节水上有所突破。习总书记在谈到农业节水的时候说，要改变水的利用方式，也要适当提高农业用水的价格，对那些难以承受的农民适当给予补贴，用提高农业用水价格来促进农业的节水。总书记的讲话，给我们用市场经济手段促进农业节水指明了方向。甘肃武威、酒泉等地区通过调整农业结构加强水利基础设施建设及用水管理，利用水权、水价等市场手段提高水的利用效率，为农业节水提供了经验。

立足节水优先，提高用水效率和效益，河南、河北等农业大省及北京、天津市区周边，在节水方面还是有很大潜力的。新疆、甘肃、宁夏等地水资源供需矛盾十分突出，在倒逼机制下节水灌溉试验区取得了明显成效，试验区利用喷灌、滴灌、管灌等技术提高了农业用水效率。山东省引黄灌区外的不少地区农业抽地下水灌溉，不少节水实验区采用了数字化控制——刷卡取水，要用水就必须刷卡，限额一到，马上停水。现代农业在节水上也取得了新的突破。这些示范试验区也为全国农业大

⊙天津市津南区微喷灌溉

面积推广节水技术提供了借鉴。当前的问题是加大农业节水投入，更大范围地推广实验区的经验和做法。

工业节水关键在提高水的利用效益，进行产业结构调整，推动水的循环利用。要在节约用水的原则下制定较为先进的用水定额，采用新的节水工艺和水循环利用的技术措施，限定用水总量，改进用水方式。在南水北调受水区禁止开发高耗水、高污染项目。

⊙智能卡结算

城市用水量逐年增加，节水势在必行。城市节水重点是对现有供水管网进行改造。据统计，目前全国城市供水管网中大概有15%左右的水量漏到地下去了。供水管网漏失率高，不仅浪费了可贵的水资源，还加大了供水成本。必须大力加强供水管网的改造，减少供水过程中的漏失，提高城市供水的效率。另外，全面推进阶梯水价累进加价，加强机关学校等集体用水单位的管理，研制推广新型节水器具，提倡科学先进的节水文化，努力把人均生活用水量降下来。

**第三个问题：污水治理及中水回用**

南水北调东线工程成败在水质。工程开工建设之初，京杭运河沿线骆马湖以北多数考核断面水质不达标，多项指标超过国家地表水四类标准。东线治污被一些专家视为流域治污“世界第一难”。

2002年南水北调工程开工以来，在南水北调工程建委会及山东、江苏两省政府的领导下，东线治污取得重大进展。东线调水

⊙学校利用中水进行草坪喷灌

沿线通过结构调整、城镇污水处理、截污导流、湿地建设等项目，建立一体化治污体系，确保干线水质达到地表水三类标准。至今东线水质一直保持着良好的纪录。南水北调东线治污的实践，不仅保障了东线供水的水质，同时给全国流域性水污染治理提供了借鉴，增强了人民群众在水污染治理方面的信心。

习近平总书记指出：“山水林田湖是一个生命的共同体。”也就是说，这个生命共同体是处于相互依存状态的，每一个方面都是循环链条中的一个重要环节。就水资源而言同样是如此。水是一种流动资源，从利用角度看，从水源到用水，从用水到污水，从污水处理，到再回用，也是个闭合的循环。南水北调通水以后，来的水多了，污水必然就会增加，这就要求加强污水的处理以及处理以后的中水回用，从而实现水资源的循环。污水不是废物，它也是水循环链条中的重要一环，是通过处理可以再利用的重要资源。因此，要考虑如何充分地管理它，利用它。

一要加大建设县以下重点乡镇污水处理厂和小型多样的农村污水处理设施。现在南水北调沿线受水区县级以上城市普遍

⊙河南西峡县的污水处理厂

建立起污水处理厂。但是，目前我国绝大部分乡镇还没有污水处理厂，广阔的农村也没有污水处理设施。在那些人口较少或分散的地方建立污水处理厂及管网，成本是非常高的，因此可以考虑建立小型多样的污水处理设施。我曾到山西、湖北、浙江等地调研，看到小小的村子，建起了不大的曝氧池，通过塑料管线全村的污水都集中流到那个池子里面，通过简单的方式加以净化，有的利用腐植土进行生物净化，这都是小范围的治理方式。这种小型多样的污水处理设施简便可行，建设及运行成本低，在农村更加实用。

二要加大污水管网设施建设的投入，提高污水的回收率和

污水处理厂的使用效率。现在全国污水处理厂利用率也就是70%左右。有时地方上的同志告诉我，污水处理厂的利用率达90%以上，从全局来讲，实际上达不到。原因之一就是污水收集管网不配套，本地产生的大量污水收集不进来，相当于大马拉小车。污水处理厂收集处理的污水少了，处理的成本就高，导致总体运行成本居高不下，入不敷出。解决的办法，就是加大污水的收集力度，提高污水处理厂的使用效率。在南水北调工程建设之初，丹江口库区投资兴建了许多污水处理厂，然而这些污水处理厂建成后利用效率很低，形成投资的浪费，未经收集的污水依然直排入库。后来加强配套管网建设和污水处理厂的管理，处理的污水多了，各种成本就会降低，维持运行就有了可能。

三要严惩工矿企业的偷排行为。近期以来，各地政府加大了对偷排偷放行为的惩罚力度，但是工矿企业受利益驱使偷排偷放依然屡禁不止，甚至有些企业违背法律、道德，向地下偷排偷放。也有的企业挖蓄水池，然后把污水注进去，让它慢慢的渗透蒸发。我认为导致这种现象的根本原因是违法成本太低，惩处力度不够，地方政府为了那点税收，不惜以牺牲环境为代价，不惜以牺牲人民的健康为代价，不惜以牺牲子孙后代赖以生存的资源空间为代价，麻木不仁、失职渎职。对此，必须加大查处惩戒的力度，让那些违法排污者受到法律的严惩和社会的谴责，让失职渎职者受到应有的处罚，这就是对人民利益最大的保护。

四要通过集中处理加大农村的面源污染治理。这个是很难的课题。首先是它涉及的面宽，其次是手段确实有限，再有就是监控十分困难。我认为，现在能不能这样做：首先从人、畜家禽粪便入手，推动人畜粪便资源化利用，对那些集中的养殖场，建立起污水处理设施、沼气池，或者是建立污水处理管道；二是对农村的污水、垃圾进行多样化集中处理；三是分区域限制农药化肥用量，有条件的地方推广配方施肥；四是加强分散小型矿业资源的整合，处理好尾矿坝，防止重金属污染。

五要加大中水回用的力度。据不完全统计，现在全国每年产生中水大约400多亿立方米，被回用的不到20%。剩下的大量中水又都被排入自然河道或回到湖泊水库之中。一方面污染了这些湖泊和河道，另一方面造成资源的浪费。其实中水回用的渠道很多，比如说，有些生产工艺可以用中水；城市生活中，新建的社区可以设立两套系统——饮用水系统和中水系统，用中水拖地、冲厕；农业灌溉和城市园林绿化也可以用中水。中水的应用有着广阔的前景，北京市每年可利用的中水就有8亿立方米，关键是怎么把它利用起来。要提高中水的回用率，就必须给予优惠政策，加大中水管网的建设，鼓励各行各业使用中水。现在我们国家对风电、太阳能发电等方面都有一些优惠政策，对使用中水能不能也给些优惠政策呢？要提高中水的回用，就必须采取多种措施，找到更多的出路。

总的来说，在污水处理上，一个是治理，一个是利用，把这两个环节搞好了，南水北调增加的这部分水资源，就不会变成更多的污染，而变成更多的财富。

## 两手发力发挥工程长期效益

所谓两手，指的是政府和市场。在“控采地下水、节约用水、加大治污”三项工作中都需要两手发力。从严格意义上说，水资源是公共资源，对水资源的管理政府有着直接责任，政府行为应该是水资源管理的主导。各级地方政府要制定有关水资源管理的制度，明确各级的职责，增强水危机意识，把节水治污纳入各级地方政府的政绩考核，并加大它的权重。要使各级地方政府尤其是主要负责人认识到加强水资源管理，认真贯彻落实国务院《水资源管理条例》是不可推卸的责任，是衡量干部是否称职的具体体现。同时，还要充分发挥市场在资源配置中的决定性作用，利用税收、价格、水权、排污权转让等经济手段促进南水北调工程长期效益的发挥。

第一，要建立有利于水资源统一管理的体制机制。现在对水资源统一管理还存在着一些问题，南水北调的体制机制还需要进一步理顺。比如，对南水北调中线水源地和输水渠道两者的管理，到目前为止尚未能实现统一。即使是水源地，由于它在供水的同时兼顾发电及下游的生态用水，三者之间也需要进一步统筹协调。东线工程已经通水，但在体制机制上仍存在一些问题，在这些问题上，既有制度的障碍也有利益的藩篱。北京市在这方面就做得比较好，建立了水务局，实际上是把水源地、水厂、污水处理、中水回用一体化了，这给水资源管理提供了很好的体制保障。现在很多地方管水源的是一家，管供水的是一家，管治污的是一家，管排污的又是一家，互相之间又互不相关，极易造成推诿扯皮。所以，要下决心建立有利于水资源统一管理的体制机制，处理好南水北调工程与流域、区域管理机构的关系，最大限度发挥资源的效益，从国家和人民利益出发下大力气打破体制障碍和利益藩篱。

第二，在调水过程中，一定要兼顾调水区和受水区的利益。南水北调中线工程的水量和水质能不能长期保障，主要取决于调水区。因此，工程建设初期国务院批准了《丹江口库区及上游水污染治理和水土保持规划》，投入70亿元进行污染治理及水土保持；后期由国家发改委牵头，制定了《丹江口库区及上游经济社会发展规划》及调水区与受水区对口合作的方案，为调水区与受水区搭建了一个平台，至于如何推动两地合作，还需要政府的协调和企业间的推动。最近我在全国政协的一个专题座谈会上阐述了我的观点：要解决南水北调水源地的各种问题，关键是处理好水质保障和当地经济社会发展的关系。必须在保证水源地水质安全的情况下，进一步增强水源地的经济活力，发挥当地的生态优势，促进生态经济的发展，发展高科技产业和旅游业。要为水源地搭建生态农业开发平台，生产绿色产品，注册绿色商标，打出绿色品牌，把其产品输送到北京、天津等受水区。使南水北调调

⊙中线滹沱河中下游控制性大型水利枢纽工程——美丽的黄壁庄水库

水区的人民享受到实实在在的南水北调工程成果，做到保护中发展，发展中保护。另一方面，在发展经济同时必须保护好这一库清水，切实做到保护区内清除污染企业，加强面源污染防治，搞好水土保持，只有涵养水源保护好水源地的水质，才能维护南水北调工程长期的效益，才能做到调水区与受水区可持续发展，才可能实现一泓清泉永续北送。

第三，充分发挥东、中线工程管理机构在工程及运行管理中的作用，搞好后续阶段的管理。为搞好南水北调工程管理应赋予工程管理机构一定的自主权，这样才能充分行使管理职能。实际上南水北调中线工程管理局和东线工程总公司不是纯粹意义上的经营者，不是以取得经济效益为目的的，它的主要职责是服务社会。在许多方面，离不开政府的支持和帮助。南水北调东、中线管理机构在今后的日常管理中还会遇到很多困难，例如工程的管理维护、水费收取、跨渠桥梁的限荷超载，工程沿线的治安保障，立交河道的防洪工程建设等等。国务院相关部门和沿线各级地方政府要多给予他们支持，政府支持多一点，他们的困难就会少一点。

第四，在水资源管理中，重视发挥市场的作用。为加强地下水限采，大力提倡节约用水，需要逐步把水源及供水水价提高，建立起保底放开、多用水多付费的阶梯水价和惩罚性的超用加价制度。在中水回用上要制定有利于使用中水的政策，在农业用水上也要逐步提高水价，适当对粮食主产区及种粮户给予补贴。在南水北调水源地的保护上，在水价形成机制中列入对水源地生态补偿。进一步探索水权的转让，排污权的转让，建立生态农业的市场化，等等，都涉及市场机制的作用。可以说，南水北调通水以后，充分发挥市场机制的作用，在水资源调配中还有大量的文章可以做。

政府搭台，企业唱戏，利用市场这个平台，多做一些有利于节水，有利于治污，有利于中水回用，有利于水源地经济社会发展的工作。这些工作做好了，南水北调工程的效益才能充分发挥，长久显现。

## 遵循中央治水方略，实现工程预期目标

党中央、国务院一直非常重视我国水资源问题。2014年3月，第五次中央财经领导小组会议专门讨论了水问题。在会议上，习近平总书记从全局和战略的高度，针对我国水安全发表了重要讲话，阐明了我国水安全面临的严峻形势，提出了保证国家水安全的基本思路，强调了需要深入研究的十大问题。这段时间，我反复学习总书记的讲话。习总书记在讲话中明确指出：部分地区已出现了水危机，现在我们存在的河川之危，水源之危，实际上就是环境之危，是民族存续之危。水资源问题确实已关系民族的生死存亡，关系到经济社会发展，人们生活安康。习总书记还说：水已经成为我们当前社会重要的严重短缺的商品，已成为制约经济环境质量的重要因素，也成为经济社会发展的严重问题。他要求全党提高忧患意识，增强问题意识，一定把水资源这个问题，摆在各项工作的重中之重来对待。总书记把水资源问题提高到民族存亡的高度，又视为迫在眉睫的严重问题，给人们以警醒，为的是引起全党全国的高度重视和行动自觉。他提出了当前我们的治水的基本思路，那就是："节水优先，空间均衡，系统整治，两手发力。"节水优先就是把节水放在水资源管理的重中之重，把人们的用水方

式从需求管理转变到供给管理上来，因水制宜，量水发展；空间均衡，就是土地、矿产、资源、水的均衡，人、经济、社会均衡，制定规划政策必须统筹兼顾，合理配置，量力发展；系统整治，就是山、水、林、田、湖作为一个大系统，既注意它们的特殊性，更把握它们之间的系统性，必须从整体上进行治理；两手发力，就是要发挥政府和市场两个方面的作用，相互配合，共同发力。我认为，这16个字，就是当前中央提出来的治水方略，它是结合中国国情，结合国家经济社会发展的要求，结合实现两个百年目标、实现中华民族伟大复兴提出来的，是我们今后必须长期遵循的工作方针。要实现南水北调工程建设的预期目标，也必须全面贯彻习总书记的讲话精神。

2014年12月8日，习近平总书记对南水北调中线一期工程通水作出批示：**南水北调工程是实现我国水资源优化配置、促进经济社会可持续发展、保障和改善民生的重大战略性基础设施。经过几十万建设大军的艰苦奋斗，南水北调工程实现了中线一期工程正式通水，标志着东、中线一期工程建设目标全部实现。这是全国改革开放和社会主义现代化建设的一件大事，成果来之不易。谨对工程建设取得的成就表示祝贺，向全体建设者和为工程建设作出贡献的广大干部群众表示慰问。南水北调工程功在当代，利在千秋。希望继续坚持先节水后调水、先治污后通水、先环保后用水的原则，加强运行管理，深化水质保护，强抓节约用水，保障移民发展，做好后续工程筹划，使之不断造福民族、造福人民。**

2014年12月8日，李克强总理作出批示：南水北调是党中央、国务院作出的重大战略决策，是造福当代、泽被后人的民生民心工程。继去年东线一期工程顺利通水后，今年中线工程又实现通水，使沿线130多座城市受益，可喜可贺。这是有关部门和沿线六省市全力推进，二十余万大军艰苦奋战，四十余万移民群众舍家为国的成果，来之不易。谨向广大工程建设者表示慰问，向作出贡献的广大移民和沿线干部群众表示感谢！希望继续精心组织、科学管理，确保工程安全平稳运行，移民安稳致富。充分发挥工程优化水资源配置、缓解北方用水困难、促进区域协调发展等综合效益，让建设成果惠及亿万群众，为我国经济社会可持续发展提供有力支撑。

习近平总书记和李克强总理的批示，指出了南水北调工程在我国经济社会发展中的重要作用，肯定了十几年来南水北调工程在建设者的努力和移民群众奉献下所取得的成果，并对坚持“三先三后”原则，加强运行管理、深化水质保护，强抓节约用水，保障移民发展、发挥南水北调工程综合效益提出明确要求，指明了工作方向。

能否实现国务院批复南水北调规划时的要求，我衷心希望有关地方政府和部门，希望南水北调工程的管理者，希望所有支持、关心这项工作的人们，认真贯彻习近平总书记、李克强总理的批示精神，履职尽责，敢于担当，共同努力，真抓实干，切实搞好南水北调工程的运行管理、用水管理、水质管理、生态管理，通过南水北调这项工程，实现它的供水目标、节水目标、治污目标，以及促进生态环境改善和地方经济发展的目标，使南水北调工程经得住历史的检验，成为造福子孙后代的传世工程。

# 第八章

# 南水北调西线工程的设想

一段时间以来，随着南水北调东、中线一期工程通水，不少同志纷纷询问，西线工程什么时候开工建设。西部六省区政协还曾联合给全国政协呈交提案，建议尽快实施西线调水工程。南水北调西线工程需不需要建设，如何建设，还存在什么问题，下一步该怎么办？对这些问题，我认为有责任阐述一下我的观点。

# 我国西北地区水资源状况

我们说的西北地区，包括了青海、甘肃、宁夏、陕西、新疆的东部和内蒙古的西部。这个地区既有黄河流域（青海、甘肃、宁夏属于黄河的上游），也有内陆河流域（新疆部分地区属塔里木河流域，甘肃部分地区属黑河、石羊河流域），西北地区从水资源角度划分，是这两个流域的集合。西北地区曾经是雨量丰沛、水草茂盛、繁荣富庶、经济比较发达的地区，在中国几千年的历史中，西北一度是中国经济文化的中心，是著名的丝绸之路的起点。但由于气候变化、植被破坏、人口徙迁等原因，西北地区自然生态发生了很大变化，楼兰古国消失，罗布泊干涸，荒漠面积不断扩大……当前，西北地区存在水资源短缺、生态环境脆弱、经济发展滞后等问题。

西北地区土地面积约为312万平方公里，占全国土地面积的32%，其中，青海、宁夏、甘肃、内蒙古境内的黄河流域占255万平方公里，占国土面积的27%，土地面积辽阔，是我国土地资源储备最丰富的地区。但是，西北降雨少，多风沙，属于干旱和半干旱地区，有的地方年降雨量只有100毫米，蒸发量却达到2000毫米以上。其中，黄河上游地区的年降雨量是200毫米到400毫米，内陆河流是200毫米，甘肃的石羊河流域、内蒙古的居延海地区甚至只有20毫米到50毫米。年季和月季的降水量变化很大，雨季主要集中在每年的7、8、9三个月，其他时候少雨多风沙。从水资源分布情况来看，整个西北地区多年地表径流量1428亿立方米，地下水资源量987亿立方米，地表、地下水量交换，扣除重复部分水资源量为1563亿立方米，也就是说每平方公里的水资源量只有5万立方米/年，相当于全国的1/6。由此看来，水资源还是非常短缺的。西北地区是水资源短缺、供需矛盾突出且开发利用程度比较高的地区，开发利用率平均达53.5%，黄河流域达到67%。

要对西北地区的水资源进行评价和预测，首先必须对这一地区经济社会发展进行预测，也就是要规划经济发展、农业发展到什么程度，社会化到什么程度，人口的变化情况以及制约因素是什么？

结合黄河流域各地经济社会发展的情况，有关部门针对水资源问题曾做过一些分析，分析报告有经济社会发展指标，有节约用水指标，也有污染治理等其他指标。分析报告指出，黄河流域实际径流量581亿立方米，扣除必须的生态流量以及沿途蒸发渗漏，真正能够利用的水资源量实际上只有360亿立方米。分析报告还就节约用水进行了研究预测，工业节水方面以2020年、2030年、2050年为水平年，根据科学技术的发展和多种节水措施实施，2020年可节水56.9亿立方米，2030年可节水76.4亿立方米，2050年比2030年再节水20亿立方米。农业节水方面，2010年每亩用水372立方米，2030年每亩用水330立方米，到2050年每亩用水320立方米。生活用水方面，城乡生活用水在不断增加：2010年人均用水156立方米，2030年179立方米，2050年180立方米。据预测，到2050年，黄河上中游地区人口将从1.07亿上升到1.36亿，城市化率由23.4%上升为50%。根据以上预测，即使在大力节水的情况下，根据西北地区现有的水资源条件，供需矛盾依然十分突出，如果按降水较多的年份计算，则2010年缺水40亿立方米、2020年80亿立方米、2030年110亿立方米、2050年160亿立方米；如果按偏枯年份计算：2010年100亿立方米、2020年140亿立方米、2030年170亿立方米、2050年220亿立方米。近年来，随着黄河及内陆河来水逐渐减少，西部大开发的深入进展，黄河流域和内陆河流域的缺水问题更加突显。

根据西北水资源状况和预测，在编制《南水北调工程总体规划》时，全面分析调水区和受水区的水资源状况，本着适当从紧的原则确定调水规模。规划研究中一是看受水区水资源历史及现状；二是根据经济社会发展和人民生活需求研究预测缺水量；三是看通过多种措施节约用水、污水处理以及受水区能挖掘当地多少水资源潜力，四是看调水区在保证生态和当地需水量的情况下可以调出多少水，五是考虑调水工程的经济技术条件可以承受多大的调水规模。

现在看来受多种因素制约，这项工作并不完善。在节水方面，预测值还有更大的空间，比如农业节水，各种节水技术用得比较充分，节水量还有更大的空间。在用水方面，由于西部大开发带来工业转移和西北地区各种资源的开发，需水量有较大地增加。因此，西北水资源规划随着国家经济社会的发展和西部水资源状况的变化，还有充实完善的必要。但从整体上看，西北地区干旱少雨，蒸发量大，资源开发、经济发展及城镇化加速，从这个趋势来看，我认为西北地区水资源短缺的趋势没有改变。所以，解决西北经济社会发展、人民生活改善，水是关键所在。

2014年4月，习近平总书记在新疆工作座谈会上听取新疆自治区工作汇报后指出：抓问题要抓“牛鼻子”。新疆的“牛鼻子”是什么？就是水。抓住水就是抓住了这个“牛鼻子”。要充分认识水资源对新疆各项工作的重要性，严格水资源管理，加大水资源节约，严禁违规开荒，保护好生态环境。习总书记的讲话指出了新疆经济社会发展的要害，也为西北地区提出了明确的要求。

首先，西北地区战略地位重要。西北地区稳定，我们国家才能稳定；西北地区安全，我们国家才安全；西北地区发展了，我们国家才能实现全面的小康。一是从资源分布情况来看，西北资源丰富，不仅有石油、煤炭，还有非常丰富的日光，日照时间长，非常有利于农作物的生长。二是从国土空间来看，东、中部地区土地资源十分紧缺，真正可供利用的大面积土地资源是在西北地区。西北还有大量没有开垦的土地，只要有水，荒漠可以变成良田，有人预测，西北可开垦土地2亿亩，而全国目前仅有耕地18亿亩。这一地区的资源禀赋及开发需求，要求我们重视水资源的配置和安全。习近平总书记在中共中央十八届三中全会小组座谈会上指出，要加强“空间资源的协调”。我认为就是人口、经济和各种资源要素的协调。发展空间在哪里？西北将是“一带一路”的桥头堡，是我们今后的发展方向。三是从生态屏障上来看，西部地区生态环境恶化不仅影响自身还会直接影响其他地区。比如沙尘暴，就是由于生态的不断恶化，沙漠化侵蚀导致的，西北地区的生态实际上是国家生态安全的屏障。在新疆等地，有水的地方就有绿洲，有绿洲地方就能固土防沙。四是从民族团结看，西北地区是多民族聚居区，水问题不仅危及汉族群众，也危及少数民族群众，为水争斗的情况屡有发生。塔里木河上游和田、喀什维族群众聚集区，人均土地只有一亩多，只要有水就有地，有地才有粮食和经济作物，才能惠及民生。因此，要解决西北地区民族团结问题，水也是很重要的一个因素。新疆伊犁地区的锡伯族是我国人数较少的民族之一，为解决他们的用水问题，伊犁河的卡甫其海水利枢纽向其分水解决灌溉问题，锡伯族人民得以安居乐业。

其次，西北地区也是我国生态环境最脆弱的地区，并有不断恶化的趋势。

一是湖泊干涸。1942年罗布泊的面积是3006平方公里，到1962年仅剩下660平方公里，1972年昔日浩瀚的罗布泊从此消失。青海湖，20世纪50年代其面积为4568平方公里，70年代是4478平方公里，90年代是4346平方公里，到了2000年是4236.6平方公里。青海湖的面积现在已经比20世纪50年代缩小了300多平方公里，水位下降了3米多。由于降雨及2000年后加强青海湖的生态环境保护，现在的青海湖面积又恢复了180平方公里。50年在历史长河中是很短暂的，那么再过100年、200年，青海湖又会是怎么样的情况呢?

二是沙漠化。水土流失严重，植被草场不断退化，荒漠仍在不断拓展。沿长城一线，分布有库布齐沙漠、毛乌素沙漠，这些沙漠每年都向东、向南推进。前些年北京深受沙尘暴的困扰，其中不乏沙漠东移的“贡献”，近年来有些好转，那是长城内外的防护林起了作用。黄河的泥沙在入海口每年会增加少量土地，但是西北地区每年却有500平方公里的土地沙漠化。据统计，从1994年到1999年的这五年，荒漠化的面积增加了5.2万平方公里。另外，大量草场退化，青海海东地区草场退化面积达到20%。不久前我到新疆的塔城调研。塔城地区哈萨克族居民以畜牧业为主，由于沙漠不断侵蚀草场，导致畜牧业损失严重，当地群众生活困难纷纷内迁，对于边疆的稳定带来一定的影响。在这些边境地区，首先要留得下草，才留得住人。

三是黄河水生态恶化。西北六省区相当一部分在黄河流域，黄河目前已经不堪重负，黄河流域经过的地区用水量已经远远超出了黄河的承受能力。近年来，黄河流域的来水量有所减少，耗水量不断增加，导致黄河的入海水量越来越少，生态用水缺口越来越大。位于黄河源头第一县的玛多县，境内4077个大小湖泊，已经有2800多个干涸；黄河上游流出青海的水量已经减少了23.2%；从1997年以后，黄河年年断流，断流时间持续最长的1997年利津水文站断流226天，断流的范围延续到河南开封。2000年黄河小浪底水利枢纽建成后，拦截了雨季的洪水，并且有效调剂下泄的水量，才维持了整个黄河径流不断。

第三，西北地区的经济社会发展、生态环境保护说到底还是水。由于水资源供需矛盾加剧，西北地区的经济社会发展受到一定制约，人民群众生活深受缺水困扰。西北的矿产资源丰富，但是各种资源的开发需要水资源的支撑。宁夏回族自治区南部山区干旱少雨，人民群众饮水困难，工业发展受水制约。我在水利部工作的时候曾经去考察“盐、环、定扬黄工程”。这一工程就是通过抽取黄河水引水到盐池、环县、定边三县干旱地区，解决人民群众饮水问题。还有宁夏红寺堡灌区，生态移民把山区的群众搬下来。但是，搬下来的地方缺水，房子虽然盖得很好，可风沙堵门，群众根本住不下去。国务院原总理朱镕基曾对我们说过，他曾看过一个电影《洗澡》，反映了西北缺水的现实，电影讲述的是当地人一辈子就洗两次澡：生下来洗一次，女孩子出嫁洗一次，有的地方拿一盆粮食换一盆水。那部电影对于朱镕基总理震动很大，他对西部地区水资源及生态

⊙电影《洗澡》中，主人公讲述了西北的一段故事。为了新娘子出嫁能洗一次澡，家人用一碗粮食换一碗水

环境给予极大关注，新疆塔里木河综合治理就是在他的决策与支持下实施的重大生态修复工程。

## 解决西北缺水的出路

那么解决西北缺水出路何在呢?

我以为，首先还是节约用水，调水再多，在整个西北地区的用水总量中也只是一个小数，关键还是要节约用水，提高水的利用效率。

在农业方面，首先要继续加大力度，普及节水技术，提高农业用水的利用率。当前西北地区的农业节水总体上是走在全国前列的，但是区域发展不平衡。甘肃的黑河流域、宁夏的黄河灌区、新疆的塔里木河流域，这些地区我都去调研过，发现喷灌、滴灌、管灌以及地膜保水等节水技术的区域性差别还是很大的，节水措施做得比较好的也就是节水灌溉试验区。节水技术普及的面还不广，节水的空间还很大。国家还需要加大对西北地区节约用水的支持，增加农业节水的投入。二是要形成多层次水资源统一管理的体制，解决好“最后一公里”的问题。甘肃黑河的酒泉、张掖等地区的农田灌溉做得比较好，其中有一条是他们成立了农民用水协会，加强灌溉设施的保护和用水计量，做好“最后一公里”的管理工作，取得了较好的效果。三是要鼓励西北地区进一步调整和改善种植结构。新疆伊犁种植水稻，产量也不错，但是相比长江流域而言就差很多，如果把种水稻的水用于其他的方面或区域内的其他地区，比如发展经济作物，开办节水工业，开展生态旅游，应该能更好地发挥它的效益。

在工业方面，加快工业结构调整。西北地区有一些工业可以说起步晚、门槛低，管理比较粗放，不少工业耗水量远高于全国平均水平。另外东中部地区限制高耗水企业，不少企业利用西北地区发展经济的迫切心情纷纷西迁。西北地区地方政府本意是想通过这些企业落户推动当地经济的发展，但是却给当地的水资源带来严重后果。而这些企业对于西北地区的情况也未必完全了解，仅是受许多优惠政策的诱惑而西进，没料到厂房建起来没多久就受到缺水的困惑，损失惨重。在调研中我了解到，有个单位领导不顾多人反对，在吐鲁番花了几个亿购买了一个钢铁厂。吐鲁番是最缺水的地方，而钢铁生产耗水量巨大。没过多久，这个钢铁厂就因为停产而倒闭。

在城市生活方面，西北地区城镇化加快，导致耗水量猛增，城市化过程中很多水资源的浪费现象也应尽力避免。比如，西北地区尤其是新疆等地的城市，城外面是沙漠，城里面却遍地都是花草。每一棵树下面都有滴灌的管子，耗费巨大。我认为要想把整个西北地区变成江南是不现实的。自然条件、气候条件各异，要因地制宜，量力而行，在尊重自然规律的基础上进行环境改变。各地也有很多耐旱植物，为什么非要种耗水量大的花草呢？

要高度重视高效用水和生态用水，保证生态就是保卫家园。以前我提到，很多地方没有把节约下来的水用于返还生态，而是用于低层次的发展经济方面了，比如开荒种地。用较高节水成本得来的水资源用在低效益的产业上，实在是得不偿失。其实完全可以转变理念，引进一些低耗水的高科技企业，发展生态环保产业，提高水的利用效率和效益，而这在西北地区还有很大的差距。

其次，要加强对治污排污的管理，提高污水处理及回用能力，把废物变成资源。第一，加大城镇污水管网及污水处理厂的建设，对西北地区来说，任务还相当繁重，需要政府扶持和企业参与。西北地区对污水的回收率及污水处理厂的利用能力还比较低，大部分城市雨污混流，本来是可利用的雨水都成了污水。第二，加强经济社会中使用中水的利用率。假如当地能加大中水的利用，就能弥补一部分水资源的短缺。比如生态用水可以大量使用中水，甚至有些工业用水也可以用中水。假如有管网的话，中水也可以用于农业，但是现在这些方面都没有做到。

再次，要加强对黄河流域和西北水资源配置的管理。最近有很多同志跟我说，西部大开发这些年有点风声大、雨点小，动作不大。客观来说，这些年西部地区比中、东部地区发展还是要快一些，但是由于这一地区起步比较晚，基数比较小，短时间内追赶上东中部是不可能的。这里面不仅有资源问题，还有理念问题、人才问题。但是，要开发西部，就要重视水资源安全，要加强黄河流域和整个西北地区水资源配置，增加水利基础设施建设，有关资源配置政策向西部倾斜。还应抓住时机，争夺跨界河流的水权。西北地区的跨界河流上游大部分在我国境内，我们就要创造条件在境内多兴建一些水利工程，如果现在不做这项工作，以后困难就更大。水权的争夺实际上是一种资源的争夺，应该努力提高对我国境内水资源的控制能力，在国际上要增加在水资源方面的话语权。目前的问题是，大家真正行动起来，积极采取措施的还不够。不少地方政府及领导虽然在不同场合呼吁重视本地区水资源问题，积极要求从外地调水，但是在节约用水、治理污染、提高水资源的利用效率及效益方面，考虑比较少，做得也很不到位。

对于我国西北地区这样的资源性缺水区域，在节水、治污、挖掘当地水资源潜力的基础上，在可能的条件下实施跨流域调水是对当地水资源的有效补充，当然也是优化配置水资源的重要途径。

调水工程应竭力避免因局部利益未经全面论证和科学规划而仓促开工，盲目建设，那不仅做不到水资源的优化配置，相反只能带来江河水系的紊乱、更大范围的水生态危机。

调水工程必须统筹规划、民主论证、科学比选、慎重决策，处理好调水规模和工程建设的关系，节水治污与生态环境保护的关系、调水区与受水区经济社会可持续发展的关系，充分考虑调水工程经济技术合理性、生态环境可承受性以及区域经济社会发展整体性，实行跨流域、多水源、多目标的水资源合理配置，高效利用。

## 我所了解的西线调水工程方案

虽然现在西线调水工程由于各种原因还不能开工建设，但是并不意味着我们不需要作好准备，临渴掘井是不行的。20世纪末辽东半岛及胶东半岛大旱，大连引碧入连工程已经竣工，干旱没有对工农业及人民的日常生活造成太大的影响。但是胶东半岛的烟台、威海等地区就不同了，由于没有引水工程，而且附近也没有集中水源，干旱对当地造成的影响非常严重：烟台市限制供水，周边水库都干涸了，在库底临时打井抽水；当地很多大型企业国外的订单不能按时供货，导致索赔事件发生。这种情况不应在我们国家重复出现。所以，在水的问题上必须未雨绸缪，首先应该作好准备，什么时候开工则是时机选择的问题，多一手准备总比没有准备强，在西线调水问题上也是如此。

为研究西北地区的水资源问题，中国工程院在钱正英院士带领下，有35位院士、200多位专家与西北6省区130多位有关领导及专家一起，设9个课题组进行了较长时间的调查研究，并向国务院提交了《西北地区水资源配置、生态环境建设和可持续发展战略报告》。报告在重大工程卷“中远期重大工程项目”南水北调西线工程部分作了如下表述：“南水北调西线工程是从长江上游干支流调水到黄河上游，以补充黄河水资源之不足，解决黄河流域及邻近地区严重干旱缺水问题，是一项支撑西部大开发和我国北方地区经济社会可持续发展的战略性基础设施。黄河流域及邻近地区水资源短缺，目前供需矛盾日趋严重，随着经济和社会发展，缺水问题将更加突出。虽近期看通过节水改造可以缓解部分地区水资源供需矛盾，但从长远看，我国北方资源性缺水已成定局，实施南水北调西线工程，从长江上游调水势在必行。西线工程虽然难度较大，但不存在难以克服的技术问题，警惕黄河水资源危机，应抓紧准备南水北调西线工程建设，在2010年前完成评估，争取2015年第一期工程通水。”

围绕南水北调西线工程，水利部及有关方面做了大量工作，提出了许多调水方案，下面我主要谈谈我所了解的有代表性的几种方案以及我认为还应做的工作。

**一、林一山主任与相关专家提出的方案**

长江水利委员会原主任林一山在任职期间，组织有关同志经过十几次赴青藏高原实地调研形成了《西部南水北调工程方案》。

1953年2月，毛泽东主席视察长江时，向时任长江水利委员会主任的林一山说：北方水少，南方水多，能不能把南方的水调一部分到北方？……你回去后立即派人查勘，一有资料就即刻给我写信。林一山接受了主席的嘱托，组织力量研究南水如何北调的问题。经过多年的勘察、研究，后来形成了多个方案：其中一个就是现在建设并已经通水的南水北调中线工程，从长江支流汉江丹江口水库调水到北京、天津，现在的南水北调中线工程基本上延续了当时的设想，只是在规模、线路、工程结构、建设管理等方面作了调整；另一个方案就是《西部南水北调工程方案》，比我们后来制定的西线工程方案宏大的多。

《西部南水北调工程方案》中提出：我国西南地区水资源丰富，分布着怒江、澜沧江、金沙江、雅砻江、大渡河五大水系，多年平均径流量大约分别是580亿、700亿、1430亿、600亿、500亿立方米，这些河流组成的水源区平均来水量为873亿立方米，可供用水量832亿立方米。调水区人口稀少，生产生活耗水量极低，据上世纪末测算，这一区域的耗水量不到1亿立方米，绝大部分是自然蒸发。因此，这一地区是我国水资源的一个富矿，也就是说这一地区有水可调。而西北地区需水补充，这样才有“需要”和“可能”的结合。

《西部南水北调工程方案》主要供水区域是内蒙西部和新疆的东部，兼顾了甘肃、宁夏、陕西、山西部分重要城市的工农业以及生活生态用水。《西部南水北调工程方案》比我们当前《南水北调工程总体规划》中的西线工程方案宏伟得多，目前制定的方案仅仅是调长江上游的水入黄河，不能供水到新疆和内蒙古。具体来说，把《西部南水北调方案》调水工程分三个部分，即水源区工程、总干渠工程和受水区工程。

水源区工程。把五大水系连作一片，形成一个总的供水区域，在区域内建24座大坝，坝高分别为60到300米，其中自流引水坝13座，提水坝11座，通过巴颜喀拉山南侧10条累计180公里的隧洞和1000多公里的渠道，把24座大坝连成一体，形成一个庞大的水库群。通过这个水库群调水800亿立方米，其中自流供水526亿立方米，通过水泵提水形成自流274亿立方米。在电力补给方面，通过提水后形成的自流水落差发电来弥补一部分提水所需要的电量。

总干渠工程。从穿过巴颜喀拉山的隧洞起至甘肃兰州的大柳树水库之间修建1410公里的干渠，这段渠道处于南北走向，地势南高北低，可以自流，而且水流落差大，可以考虑引水与发电相结合。针对总干渠的线路走向还研究了两个方案：一个是“总干渠+洮河梯级+部分黄河干流”方案，另一个是黄河干流梯级方案。

受水区工程。《西部南水北调工程方案》计划从大柳树水库

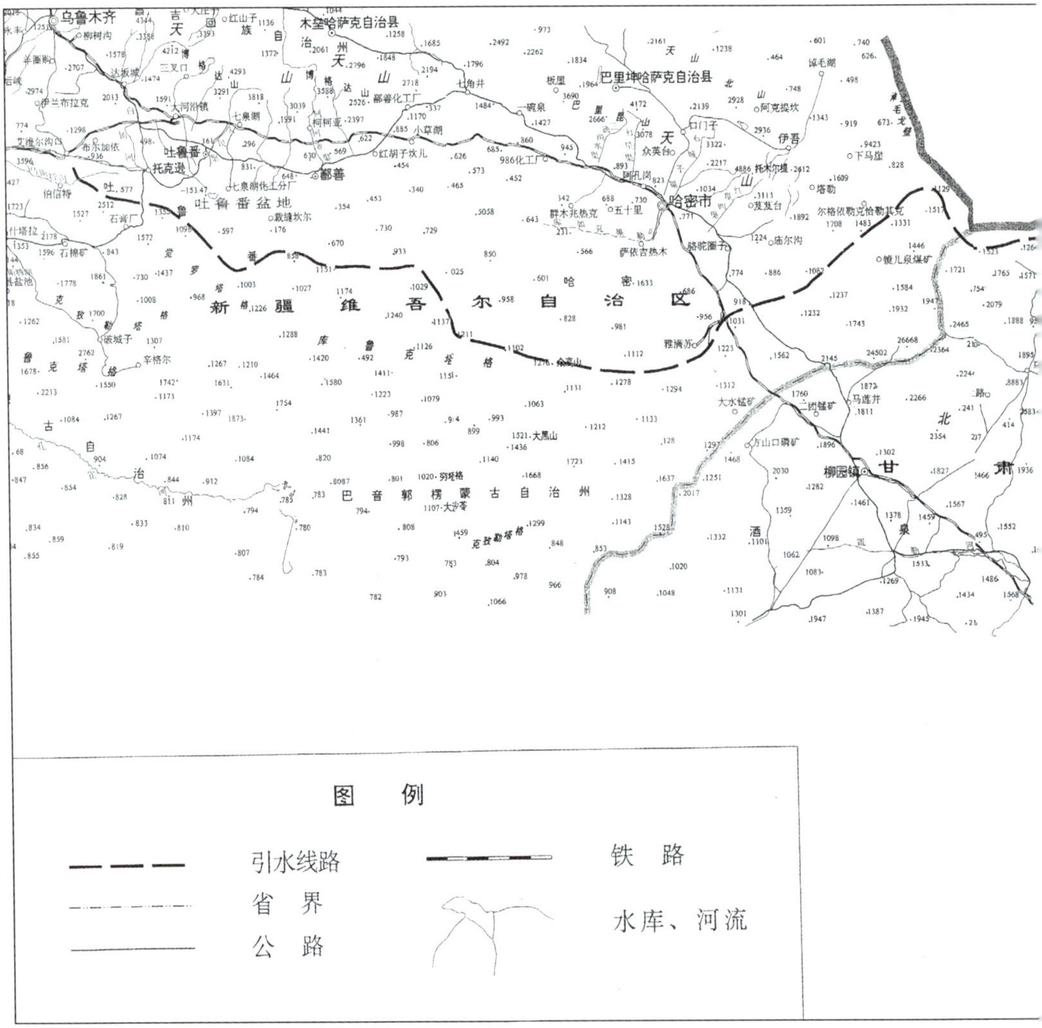


⊙北干线引水线路示意图

建设南北两条干渠，引水到新疆东部和内蒙古西部。北干渠工程：沿着内蒙古西部腾格里沙漠、乌兰布和沙漠以及巴丹吉林沙漠沿天山开凿渠道自流引水到乌鲁木齐，渠道全长约3000公里（见北干渠引水线路示意图）。南干渠工程：在水流穿过巴颜喀拉山后，在加曲河分流，一部分流入洮河，一部分流入黄河干流。

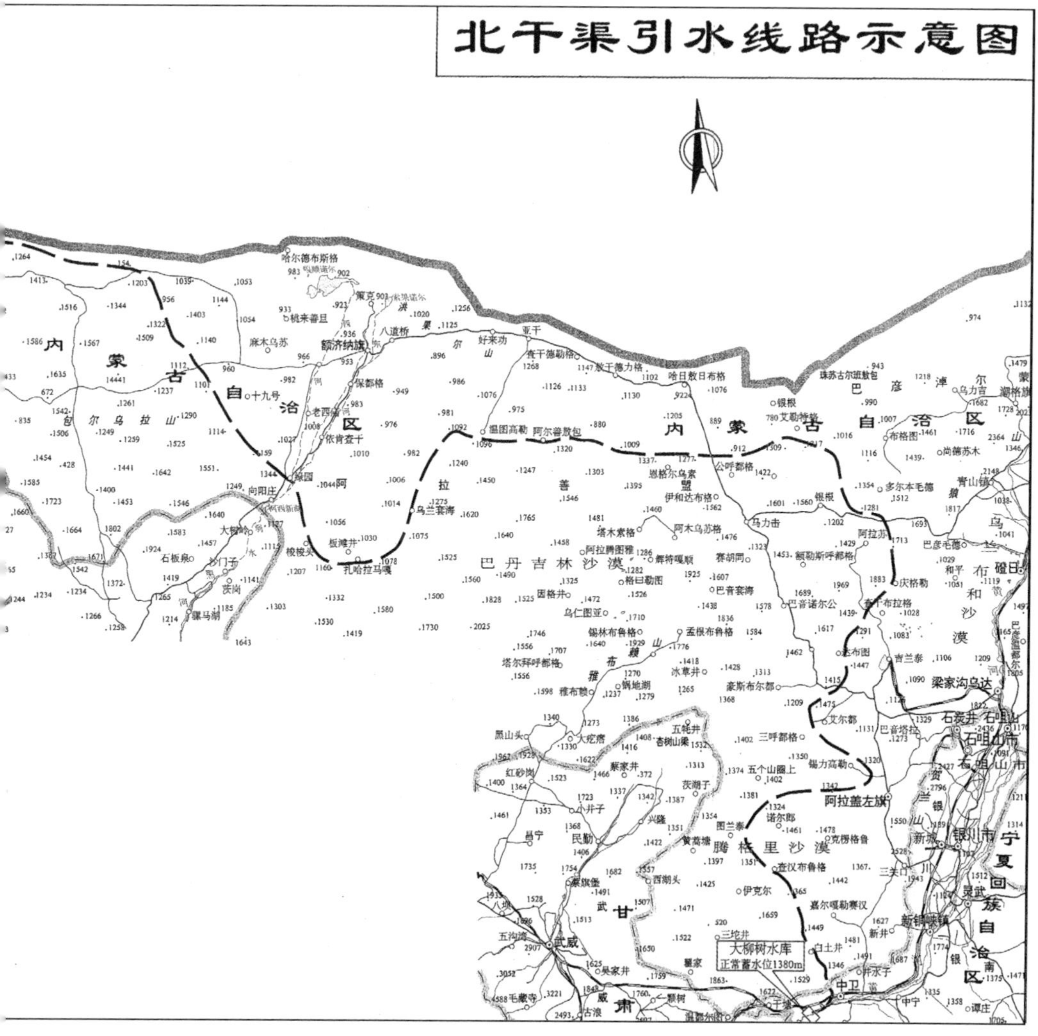

干渠拟以黄河干流上的多尔根水库引水，沿黄河左岸及柴达木盆地北沿，穿过阿尔金山与安南坝山的垭口转向阿尔金山以北，自流到塔里木盆地（见南线供水线路示意图），引水线路全长约2500公里。

《西部南水北调工程方案》还对工程分期、梯级电站建设、

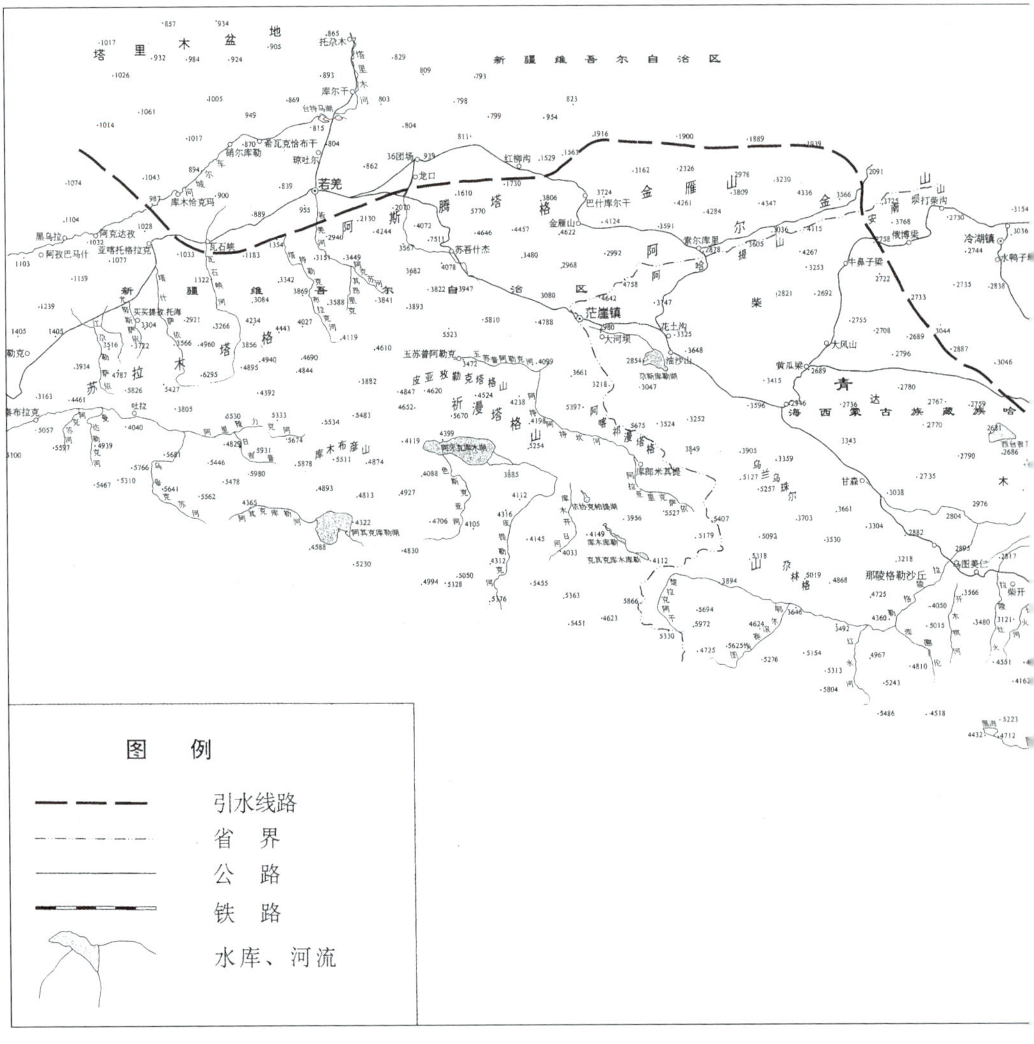


⊙南线供水线路示意图

工程量及投资估算做了大量的工作，以2000年价格初步估算工程总投资要约10000亿至12000亿元。

林一山主任组织制定的这个方案，是在大量实地调研基础上形成的，有一定科学依据。林一山主任及其专家组的专家历经千辛万苦，持续多年实地勘察和数据整理分析，调研成果为中国西

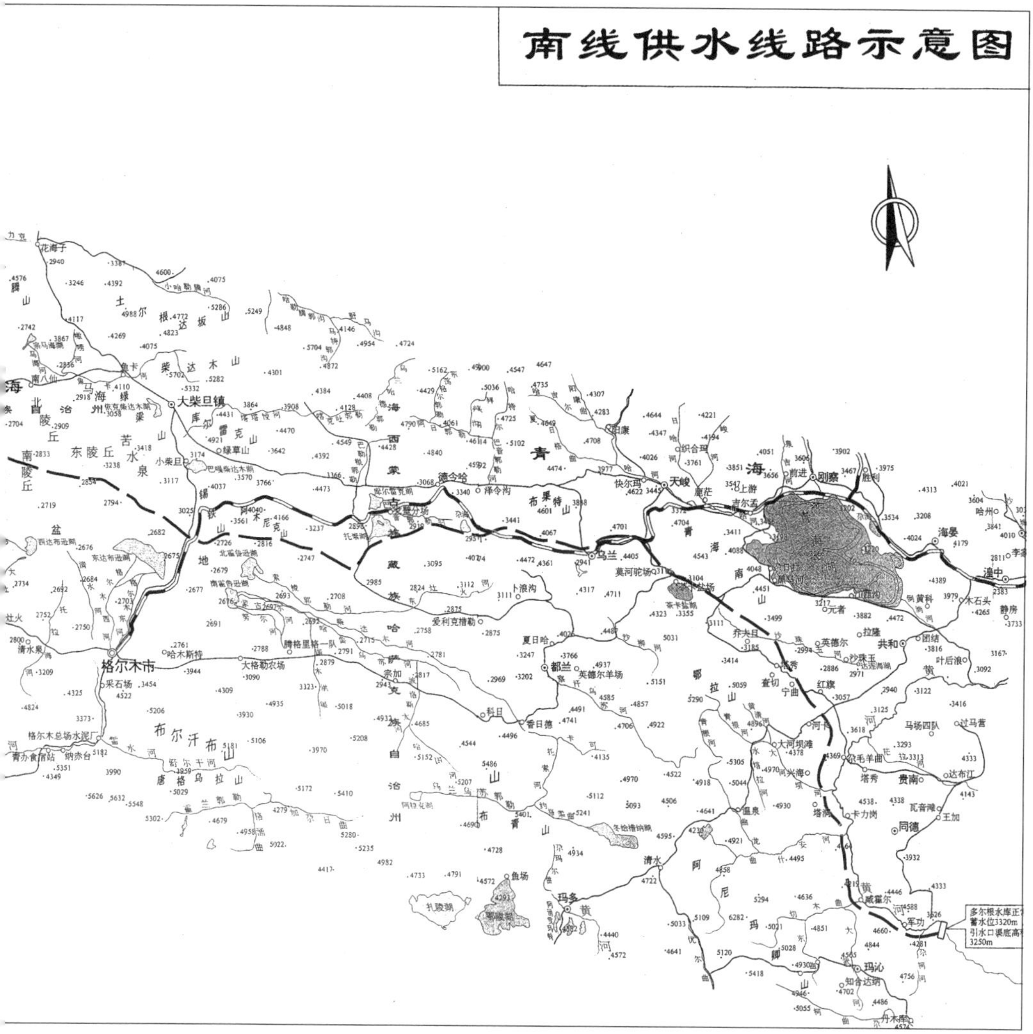

部调水奠定了基础，作出了重要贡献。方案结合中国西南、西北水资源状况，崇尚科学精神，深入调水区及受水区实际，形成了工程规划的框架。但是，按照调水工程的要求，我认为这个方案一是受时间和条件所限，工作深度尚不能达到项目规划所要求的深度，经济、社会、地质、气象等分析还需深化。二是调水量较大。调水对调水区的影响，调水后的配置方向，都不甚明确。一下子调800亿立方米的水量，对整个西北地区以及黄河的影响分析也不够。三是在工程结构、大坝、隧洞、渠道的建设方面还有不少高海拔、复杂地质条件下的技术问题需研究。四是其工程以及投资规模太大，从当前国家经济社会发展和工程技术能力，尚未准备好在近期完成这么大的工程。对此方案，应该作为长远谋划我国水资源配置的参考。

二、“大西线调水”方案

1999年前后，“大西线调水”方案在社会上颇为盛行，这一调水方案是离休干部郭开、原空军副司令员王定烈等同志在“朔天运河”方案中提出的，其主要内容是：计划从雅鲁藏布江上的朔玛滩水库（水位3588米）起始筑坝调水，千里跋涉流入黄河（入河口水位3366米），落差222米。全程由高向低（由南向北）自流，经一系列高坝水库、输水渠、隧洞、倒虹吸，串联“五江两河”（雅鲁藏布江、怒江、澜沧江、金沙江、雅砻江、大渡河与黄河），每年拟将2006亿立方米的“藏水”引到黄河中，工程总投资2000多亿元。该方案认为，雅鲁藏布江、怒江、澜沧江等江河每年出境量6366亿立方米至8109亿立方米，可取水量3800亿立方米，足可保证2006亿立方米的取水量。

“大西线调水”筹备委员会吸纳了上百名将军参与此项工作。对此，国务院领导高度重视，多次作出批示并指示水利部组织论证。水利部专门组织了对此方案的论证工作。经过几十名工程院士和水利专家几个月的论证，撰写出了论证报告。朱镕基总理主持座谈会，亲自听取论证专家组的汇报。潘家铮院士汇报论证情况及结论，钱正英、张光斗院士作了补充。结论指出："大西线调水"方案科学性和合理性论证不足。在可预见的将来不具备工程的可能性。2000年国务院办公厅为此下发文件，以科学的态度回答了社会各方面的关切。

这个方案存在的主要问题是：第一，基本资料缺乏实地勘测，引水所经地区的地质地形复杂，气候条件恶劣，在目前技术条件下，工程措施不落实，大坝、隧洞、倒虹吸、明渠的规模都远超出现代工程技术所能达到的水平。其次，既没有工程量的统计，也没有详细的调水工程技术经济分析，投资估算失实；第三，2000多亿立方米的调水量用到哪里，黄河河道如何承受，黄土高原将增加多少泥沙下泄，沿河水库带来什么影响均未论证。此外还有大量的技术、经济、生态风险未曾研究和分析。因此，可以认为大西线方案缺乏充分的科学依据。

三、李国安同志提出的"藏水北调"方案

全国政协委员、内蒙古军区原副司令员李国安于2008年3月8日发表文章，建议将雅鲁藏布江水引到黄河。李国安提出的"藏水北调"方案，是在雅鲁藏布江上中游及支流拉萨河上修建多座水利枢纽留蓄汛期洪水，把雅鲁藏布江中部曲泽河段改造成130公里的多级低坝调蓄水库，由此向北开挖长隧洞引水穿过嘎拉山，沿着青藏铁路走向，经1100公里渠道自流到青海格尔木，计划调水120—200亿立方米。引水到格尔木后从格尔木一路向西，经茫崖穿阿尔金山入新疆叶城，余水入叶尔羌河；另一路向北经查尔汗盐湖到甘肃柳园，由柳园一路向东穿河西走廊入内蒙古自治区，余水进入居延海；再一路向西经新疆哈密至吐鲁番，余水入艾丁湖。总体来说，这个方案没能做深入技术工作和经济社会分析，也没有做详细的现场勘测，还只能是一个十分大胆的设想，尚不具备现实规划论证的条件。

四、“引江入渭济黄”方案

该方案主要是由三峡工程建设委员会原办公室主任郭树言、副主任李世忠、魏廷琤提出的。这一方案有三条路线。东线：云阳县的渠马河镇路线，中线：开县渠口镇的白家溪路线，西线：开县白家溪上游的牛角直路线。经比较，初选小江至任河段白家溪取水口方案，即“小江方案”。“小江方案”分小江至任河段和任河至渭河段两部分。该方案的主要内容是：以长江三峡水库为主要水源地，在重庆开县小江建立抽水站，设水泵10台，扬程380米，抽水至高程525米的静水池。同时修建调节水库4座，蓄纳汛期高山洪水15亿立方米，通过两条长约312公里的输水隧洞，穿过巴山、汉水、秦岭，送水到陕西咸阳附近的渭河，最后进入黄河的三门峡、小浪底水库。工程投资总额在考虑抽水与抽水蓄能电站结合及沣河调蓄水库的情况下，按2006年二季度价格水平来测算40亿立方米及55亿立方米调水方案，静态投资分别为886.24亿元及942.35亿元。该方案还计划充分利用调水设施，在不调水的时候用来发电，以弥补部分调水所耗费的电力。经测算，大概可发电25亿度。该方案的调水成本：调水规模为40亿立方米时，每立方米为23.50元，调水规模55亿立方米时，每立方米为17.1元。该方案的主要目的一方面是利用调来的长江水解决关中平原的缺水问题，另外就是解决多年来渭河形成的淤积问题。

五、《南水北调工程总体规划》中的西线方案

《南水北调工程总体规划》中的西线工程是以林一山及相关专家提出的《西部南水北调工程方案》为基础，在长江上游通天河、支流雅砻江和大渡河上游筑坝建库，开凿穿过长江与黄河分水岭巴颜喀拉山的输水隧洞，调长江水入黄河上游。调水规模170亿立方米，调水线路较短，工程风险相对较小，工程投资相应的也少了许多。

西线工程虽然是较早被研究的调水线路，但由于工程艰巨，直到1987年才进行全面的超前期规划研究，开展测绘、勘探和试验工作。南水北调西线工程比选了近百个调水工程方案，1996年完成《南水北调西线工程规划研究综合报告》后，开始转入规划阶段。规划阶段将原拟定在海拔3800米至4200米建设的引水枢纽，下移集中到海拔3500米左右，降低了工程施工和运行管理的难度。2001年5月完成了《南水北调西线工程规划纲要及第一期工程规划》(以下简称《规划》)，汇入《南水北调工程总体规划》报经国务院批准。

南水北调西线工程的供水目标，主要是解决涉及青海、甘肃、宁夏、内蒙古、陕西、山西等六省区黄河上中游地区和渭河关中平原的缺水问题。结合兴建黄河干流上的大柳树水利枢纽等工程，还可以向临近黄河流域的甘肃河西走廊地区供水，必要时也可相机向黄河下游补水。

通过对规划区各调水河流20余处引水枢纽的分析研究，规划选定了三个调水区，即雅砻江的2条支流和大渡河的3条支流。大渡河调水区多年平均年径流量61亿立方米，可调水量40亿立方米；雅砻江阿达枢纽处多年平均年径流量71亿立方米，可调水量50亿立方米；通天河侧坊枢纽处多年平均年径流量124亿立方米，可调水量80亿立方米。规划区三条河多年平均总年径流量

256亿立方米，可调水总量170亿立方米，分别占引水枢纽处河流径流量的65%至70%。综合分析可调水量和缺水量，以及经济技术合理性等综合因素，规划确定西线工程调水规模为170亿立方米。

按由近及远、先易后难、由小到大、分期实施的原则，按照集中、下移的思路调整了调水线路。经综合比选，确定西线调水的工程布局为：一期工程，从大渡河和雅砻江支流调水的达曲—贾曲自流线路（简称达—贾线）；二期工程，从雅砻江调水的阿达—贾曲自流线路（简称阿—贾线）；三期工程，从通天河调水的侧坊—雅砻江—贾曲自流线路（简称侧—雅—贾线）。

三条调水线路的工程布局已在《南水北调工程论证与决策》一章中的《统筹兼顾全面安排南水北调总体规划》中作了阐述，在这里就不再赘述。

**六、南水北调西线工程方案与引江入渭济黄工程方案比较**

关于西线工程，从工作深度看，我认为当前真正意义上切实可行的方案就是南水北调西线工程方案和引江入渭济黄方案。目前争论的焦点是：到底是实施南水北调西线工程方案还是选择引江入渭济黄方案？有一些同志提出，用后者来替代前者。通过水资源置换，解决黄河上游地区严重缺水的问题。水利部经过反复论证后认为：两个项目不能互相替代，引江济渭入黄工程可以与西线工程方案相互补充。我认为，两方案区别较大，作用也很不相同，二者可以互相结合，共同解决黄河流域的缺水问题。原因有以下几点：

首先是两个方案的覆盖面不一样。虽然两方案调来的水最终都流入了黄河，但是西线工程方案调来的水进入黄河的上游，覆盖了整个西北地区，径流可到中下游；引江济渭入黄方案水流入黄河中游，流经渭河进入黄河，覆盖的范围只是山西、河南、山东。第二是调水规模不一样。西线工程可大可小，调水量变幅大，调水区的水资源充沛，工程规模就可以大一些；而后者只能规划40亿和55亿立方米两种方案，再增加调水量，就必须增加提水电量，与社会需要电量发生矛盾。第三是调水方式不一样。前者全是自流的方式，工程建成以后，运行成本很低；后者是多级提水的方式，成本比较高，电量耗费较大。第四是冲沙的效果不一样。前者有助于解决黄河上中游黄土高原地区的泥沙淤积问题；后者只能解决渭河到三门峡这一河段的泥沙淤积问题。第五是调水的影响不同。南水北调西线增加水量以后，对于黄河上游的多个水电站而言，增加水就是等于增加了发电量（同时减少了调水区梯级电站的发电量）；引江济渭入黄工程仅仅把水调入了黄河，由抽水蓄能电站的方式补充部分抽水电量的损失，能源方面的附带效应较小。

我还以为，目前而言，两个方案都存在着需要进一步论证的一些问题。

## 西线调水工程的思考

以上这些方案的提出，表明社会各界对西部水资源短缺的高度重视及西部大开发的关心，是爱国忧民之举。当前，针对西部尤其是西南地区水资源开发面临较复杂的形势，面对环境影响的一些质疑，西南各大河流无论是调水工程还是水电工程，都必须科学论证、慎重决策。雅鲁藏布江作为国际河流更应如此。但是为社会发展民族振兴考虑，我们还是要充分收集资料，作好技术储备，以备不时之需。

西线调水应多方案比选，遵循“先近后远、先低后高、先小后大、先易后难”的原则。所谓先近后远，是指调水区与受水区的距离而言，距离越近，调水成本越低，对生态及环境的影响越小，工程风险也就越小。先低后高是指海拔高程而言，海拔越低施工的难度越小，机械设备使用效率比较高，施工难度及建设成本自然降低。先小后大，指的是调水量。在西线南水北调工程中规划的一期工程调水规模是40亿立方米，二期工程是50亿立方米（据了解，水利部正在研究把西线一期工程与二期工程合并实施的方案），我认为在青藏高原地形地貌复杂的地区建设如此大规模的工程还需要一步一个脚印，稳步推动。同时还有一个想法，就是想依靠西北地区的节水来抑制水资源的浪费，对调水规模要从严控制。就像南水北调中线工程一样，最初规划的调水规模是145亿立方米，后来压缩到130亿立方米，第一期工程95亿立方米。在加大节水的基础上能形成水资源的供需平衡，中线二期工程就不用建设了。先易后难，指的是对工程的技术要求和施工条件。工程实施难度不一样，投资规模也就不一样，容易干的工程先干还可以积累经验。

要建设南水北调西线工程，我认为起码还要深入进行以下几个方面的前期论证和研究：

第一，要研究西线调水对调水区的生态和水力发电有何影响，如何补偿。这是两个绕不过去的问题。一段时间四川一批专家开了研讨会，还出版了论文集。书中部分观点是说西线调水对四川的生态影响太大了。要说对生态的影响，我曾经实际勘察过西线调水线路和引水坝址，那些地方山高谷深，低温高寒，江河的两岸都是陡壁，生态用水量主要来自于自然降雨，而不是江河的径流。对于水生态的影响，在调水规划中应保证河道的生态流量和水生物的洄游通道，处理好筑坝与保证水库水质的关系。但是调水后对四川水力发电影响巨大。如何补偿当地发电的损失确实是个不能不考虑的问题。四川岷江、雅砻江等河流上边有很多水电站，调水后会导致上游河道水量减少，水电站运行效益降低，地方税收也同步减少。把水调到黄河后，黄河流域发电站的发电量增加了，如何平衡两地的利益，这个问题目前还没有进行充分研究，如果没有经过充分的论证，没有统一的意见，不能提出解决问题的办法，项目的建设就会受到影响。

第二，要深入开展调水区河段水文水情分析。上世纪末才开始在相关河流的上游建立一些水文站，有很多河流的河段几乎没有水文资料。如果没有河流的相关水文资料，如何作设计呢？测算的调水量准不准呢？如果工程建成了以后，没有那么多水，将造成巨大浪费！这些水文资料的积累，是工程建设的基础，需要较长时间的收集整理。

第三，要明确西线工程受水区的范围及用水方向。目前，南水北调西线工程方案仅仅是规划到把水调到黄河。国家花那么多的钱建设调水工程，以解决西北地区水资源短缺及黄河水生态恶化的问题，调来的水用在何处，是工业、农业、生活，还是用在生态上，总得有一个明确的用水方向。再具体一点，调来的水用在什么工业，农业上如何高效利用南水北调之水，要有具体的用水户。在市场经济条件下，不能说国家出钱把水引到黄河里边就可以了，要有用水户给工程埋单，必须有节约用水基础上的水资源供需分析以及具体明确的用水目标。

第四，任何一个项目都有技术经济效益分析，南水北调西线工程也是如此。要估算调水之后经济、社会、生态效益。在我看来，在现有规划中，对调水40亿或者50亿立方米之后西北地区的经济发展、生态环境、民生改善带来什么样的影响，研究论证成果还需进一步深化。

第五，要明确调水沿线引水隧洞地质状况及地震、活动断层的影响。规划中的西线工程处于地质活动较活跃的青藏高原，有大量深埋、大断面隧洞，最长的洞段73公里，最大洞径9.58米。隧洞施工条件差、技术难度大，在我国尚无先例。同时这一地区相关地质资料欠缺。我当时去西线勘察，发现规划中的路线有一些断层，于是请黄委会设计院的同志埋设了一些监测仪器，这些年的监测结果怎么样呢？如果我们修建了引水隧洞后，发生地质错动或地震，隧洞漏水怎么办？要研究汶川地震后对南水北调西线工程区的影响，研究在调水线路上还有没有出现这一规模地震的可能，假如出现，有什么样的防范措施确保调水工程万无一失。

第六，工程建设的资金从何而来，如何筹集，水价是多少，受水区的老百姓或者企业能不能承受，这些都需要研究论证。没有钱是办不成事的，仅仅研究技术层面不顾及经济层面，这个方案也难以实施。就像原来南水北调东中线工程一样，总体规划阶段估算是1240亿元，后来增加到2546亿元，社会上有很多质疑。一开始规划由中央拨款，后来改成中央及地方出资本金，大部分向银行贷款，最后经过多年的协调，建立大型水利工程建设基金才最终解决了建设资金的缺口。所以如果要开工建设西线调水工程，资金的来源也必须明确。不同的资金结构，技术经济指标不同，供水价格也会有很大的出入。

就引江济渭入黄工程方案而言，也存在几个方面的问题有待解决：深埋长隧洞的施工方法，跨越汉江建筑物形式，工程对渭河下游河道减淤及降低潼关高程的作用分析，调水对三门峡、小浪底库区冲淤影响及对下游河道减淤作用，不同调水方案、调水量配置的成本分析及经济效益指标比较，资金筹措及运作管理，等等。

要解决以上问题，就要尽快深入开展前期工作。首先，要深入研究，反复论证，多方案比较，全方位分析，作好技术准备。解决水资源问题，尤其是解决跨流域的调水问题，是一项技术性和社会性都非常复杂的工作。随着西部大开发及西北地方经济社会发展，解决西北地区水资源供需矛盾越来越迫切，即使当前还不能马上决策建设西线工程，筹备工作持续三年、五年也不算长。以上我建议的这些问题，不是短时间内就能完成的。南水北调的规划过程长达50年，固然在“文化大革命”期间有停顿，但50年中确实做了大量的工作，仅相关的资料，用大卡车都装不下。如果没有这样的积累以及工作达到的深度，中央如何决策？工程规划设计建设者又如何对人民对历史负责？其次，面对西北地区地方政府和人民群众调水的渴望，也要积极地回应。西北地区水资源短缺的问题是客观存在的，节约用水可以达到何等深度？如何解决资源性短缺的问题？节水与调水之间的成本如何分析？经济、社会、生态影响怎样？有关部门对地方政府的要求应有所回应。第三，要建立西线工程资料库，把相关的地质探勘、水文、气象资料保存好，这些资料是老一代水文地质工作者辛勤劳动的结晶，有的甚至付出生命的代价，成果来之不易，资料弥足珍贵。还要充分发挥从事西线调水研究、论证工作的技术人员的作用。以前参与研究南水北调西线工程方案的人员，现在老的老、退的退，技术方面的工作急需延续。要趁老技术人员还健在，抓紧时间做好技术交接工作。目前，西线工程的前期工作进展缓慢，人才大量流失，工作投入不足，资料保存积累困难，这些问题都亟待解决。

⊙考察队在西线跋涉探勘

我认为，西北地区水资源短缺问题会日益突显，下决心解决西北地区水资源问题及由于水资源问题带来的其他问题已迫在眉睫。建议国务院有关部门要加大前期投入，加强工作组织，加快工作进度，在地方政府的配合下认真严谨、科学求实地开展工作，为党中央、国务院及时决策提供科学、全面、客观、充分的依据。这就是我在南水北调西线建设问题上的观点和态度。

# 南水北调工程建设大事记

## 1952年

**10月30日** 毛泽东视察黄河，在听取黄河水利委员会主任王化云关于引江济黄设想的汇报后说："南方水多，北方水少，如有可能，借点水来也是可以的。"第一次提出了南水北调的宏伟设想。

**8月—12月** 为解决黄河流域水资源不足的问题，黄河水利委员会进行了黄河源查勘，研究了通天河色吾曲—黄河多曲的引水线路。这是研究从长江上游引水济黄的开始。

## 1953年

**2月19日—22日** 毛泽东乘"长江"舰从武汉至南京视察长江。19日，在听取长江流域规划办公室主任林一山汇报长江治理工作时，说："南方水多，北方水少，能不能从南方借点水给北方？"还用铅笔指向地图上腊子口、白龙江，西汉水，最后指向汉江和丹江口，每一处都问到引水的可能性。毛泽东指示要对汉江引水方案作进一步的研究，要组织人员查勘，一有资料就立即给他写信。临别时，毛泽东对林一山说："三峡问题暂时还不考虑开工，但南水北调工作要抓紧。"

## 1958年

**8月29日** 中共中央发布《关于水利工作的指示》，指出"全国范围的较长远的水利规划，首先是以南水（主要是长江水系）北调为主要目的，即将江、淮、河、汉、海各流域联为统一的水利系统的规划……应加速制定"。

## 1980年

**7月22日** 邓小平视察了丹江口水利枢纽工程，详细询问了丹江口水利枢纽初期工程建成后防洪、发电、灌溉效益与大坝二期加高情况。

**10月3日—11月3日** 根据中国科学院和联合国大学协议，联合国大学比斯瓦斯博士等8位专家，我国水利部、高等院校、科研部门的专家教授、工程技术人员共60多人，对南水北调中线和东线进行考察，并在北京举行了学术讨论会。经过考察和讨论，专家们认为南水北调中线和东线工程技术上可行。

## 1982年

**2月** 国务院批转《治淮会议纪要》，提出在淮河治理中体现南水北调工程的任务，并把调水入南四湖的规划列入治淮十年规划设想。

## 1983年

**3月28日** 国务院将《关于抓紧进行南水北调东线第一期工程有关工作的通知》发给国家计委、国家经委、水电部、交通部，江苏、安徽、山东、河北省人民政府，天津、北京、上海市人民政府。

## 1985年

**3月11日—12日** 由万里、李鹏副总理主持召开治淮会议，其中对南水北调东线工程进行讨论。会议纪要中指出，由于种种原因，东线第一期工程设计任务书提出的时间推迟了，现应抓紧。会议基本同意淮委提出的该工程设计任务书，由水电部报国家计委审批。

## 1988年

**6月9日** 国务院总理李鹏对国家计委报告批示：同意国家计委的报告，南水北调必须以解决京津华北用水为主要目标，按照谁受益、谁投资的原则，由中央和地方共同负担。

**11月** 国务院副总理邹家华视察丹江口水利枢纽并了解丹江口水库引水至华北的规划。陪同查勘的有湖北省省长郭树言，水利部部长杨振怀、副部长张春园，长江水利委员会主任魏廷琤等。

## 1991年

**3月** 七届人大四次会议通过的《国民经济和社会发展十年规划和第八个五年计划纲要》中明确提出：“‘八五’期间要开工建设南水北调工程。”

## 1992年

**10月12日** 江泽民总书记在中国共产党第十四次全国代表大会上的报告中说：“集中必要的力量，高质量、高效率地建设一批重点骨干工程，抓紧长江三峡水利枢纽、南水北调、西煤东运新铁路通道等跨世纪特大工程的兴建。”

## 1995年

**6月6日** 李鹏总理主持召开国务院第71次总理办公会议，研究南水北调问题。

## 1996年

**3月** 经国务院批准，成立南水北调工程审查委员会，副总理邹家华任审查委员会主任，副总理姜春云、国务委员陈俊生、全国政协副主席钱正英任审查委员会副主任，何椿霖、陈锦华、甘子玉、叶青、钮茂生、陈耀邦、王武龙等任常务委员。委员由中央和国务院有关部委，科研设计，咨询单位，大学，南水北调工程规划责任单位淮河、长江、黄河水利委员会，以及北京、天津、河北、河南、湖北、陕西、山东和江苏8省市主管副省市长、计委和水利厅局负责同志组成，共86人，另聘专家40余人参加专题审查工作。

## 1999年

**6月** 江泽民总书记在黄河治理开发工作座谈会的讲话中指出："为从根本上缓解我国北方地区严重缺水的局面，兴建南水北调工程是必要的，要在科学选比、周密计划的基础上抓紧制定合理的切实可行的方案。"

## 2000年

**9月27日** 朱镕基总理主持南水北调工程座谈会，听取水利部南水北调有关问题的汇报。李岚清、温家宝、王忠禹等国务院领导和中财办、国家计委、经贸委、科技部、财政部、国土资源部、建设部、交通部、农业部、环保总局、国研室、气象局、中咨公司等单位领导参加会议，并邀请了钱正英、张光斗、潘家铮、何璟、徐乾清、朱尔明、陈志恺等专家参会。

**10月9日—11日** 党的十五届五中全会通过的《中共中央关于制定国民经济和社会发展第十个五年计划的建议》中指出："加紧南水北调工程的前期工作，尽早开工建设。"

**10月16日** 《人民日报》刊发国务院南水北调工程座谈会情况，并发表评论员文章《抓紧实施南水北调工程》。

## 2002年

**5月8日—11日** 温家宝副总理考察南水北调中线工程。

**8月19日** 国务院副总理温家宝主持会议，听取国家计委、水利部关于南水北调工程总体规划工作情况。

**8月23日** 朱镕基总理主持召开国务院第137次总理办公会议，听取了水利部副部长张基尧关于南水北调工程总体规划的汇报。会议审议并通过了《南水北调工程总体规划》，原则同意成立国务院南水北调工程领导小组，原则同意江苏三阳河，潼河、宝应站工程，山东济平干渠工程年内开工。

**10月9日** 朱镕基总理主持召开国务院第140次总理办公会，批准了丹江口水库大坝加高工程的立项申请，要求抓紧编制丹江口水库库区移民安置规划。

**10月10日** 江泽民总书记主持召开中共中央政治局常委会议，听取国家计委主任曾培炎和水利部部长汪恕诚受国务院委托作的南水北调工程总体规划汇报，审议并通过了经国务院同意的《南水北调工程总体规划》。

**10月24日** 水利部代表国家计委向全国人大常委会财经委、环资委、农委汇报了南水北调工程总体规划。

**10月25日** 国家计委和水利部向政协全国委员会汇报了南水北调工程总体规划。

**11月8日—14日** 党的十六大报告中指出："抓紧解决部分地区水资源短缺问题，兴建南水北调工程。"

**12月23日** 国务院正式批复《南水北调工程总体规划》。

**12月27日** 南水北调工程开工典礼在北京人民大会堂和江苏省、山东省施工现场同时举行。这标志着南水北调工程进入实施阶段。

## 2003年

**2月28日** 国务院南水北调工程建设委员会办公室筹备组正式成立，开展筹备工作。

**4月** 南水北调工程基金工作小组成立。

**7月31日** 国务院决定成立国务院南水北调工程建设委员会。建设委员会由国务院有关领导同志、中央有关部门和有关省市主要负责同志组成。国务院总理温家宝任建设委员会主任，国务院副总理曾培炎、回良玉任副主任。

**8月4日** 国务院批准国务院南水北调工程建设委员会办公室主要职责、内设机构和人员编制，明确国务院南水北调工程建设委员会办公室承担南水北调工程建设期的工程建设行政管理职能，内设综合司、投资计划司、经济与财务司、建设管理司、环境与移民司和监督司6个职能机构。

**8月13日** 中共中央组织部副部长沈跃跃宣布中共中央关于张基尧等同志任职通知。中央决定，成立国务院南水北调工程建设委员会办公室党组，张基尧同志任党组书记，李铁军、宁远任党组成员；张基尧同志任国务院南水北调工程建设委员会办公室主任，李铁军、宁远同志任副主任。

**8月14日** 国务院南水北调工程建设委员会第一次全体会议在京召开，国务院总理、建设委员会主任温家宝主持会议并讲话，国务院副总理、建设委员会副主任曾培炎、回良玉出席会议并讲话。会议听取了张基尧代表建设委员会办公室向会议作的关于南水北调工作情况的汇报，审议并原则通过建设委员会工作规则、2003年拟开工项目及中央投资、东线治污规划实施意见、加强前期工作有关问题。

**10月2日** 国务院批转南水北调办等六部门《关于南水北调东线工程治污规划实施意见》。

**10月15日** 南水北调办会同发改委召开南水北调东线工程治污工作会议。南水北调办与江苏、山东两省签订东线治污目标责任书。

**10月31日** 国务院南水北调建委会批准南水北调办提出的《南水北调工程项目法人组建方案》。

**11月5日** 南水北调办组织召开南水北调工程建设工作座谈会，部署项目法人组建工作。

**12月** 在测算和征求各有关部门、有关省市意见的基础上，南水北调工程基金方案和征收管理办法报批稿形成。

**12月25日** 十届全国人大常委会第六次会议听取并审议张基尧受国务院委托所作的《关于南水北调工程建设情况与下一步安排的的报告》。

**12月28日** 国务院南水北调办公室正式挂牌办公。

**12月30日** 南水北调中线京石段应急供水工程的永定河倒虹吸、滹沱河倒虹吸工程开工建设。

## 2004年

**2月12日—15日** 国务院南水北调办、国家发改委、监察部、建设部、水利部、环保总局等部门组成联合检查组，对东线治污工作进展情况进行检查。

**3月1日—2日** 水利部在京组织召开2004年南水北调前期工作会议。会议部署了2004年南水北调工程前期工作，水利部与长江、黄河、淮河、海河流域机构以及沿线7省（直辖市）有关单位负责人签订了2004年前期工作目标责任书，公布了目标责任人名单。

**3月10日** 中央在北京召开人口资源环境工作座谈会。国务院总理温家宝在讲话中指出："南水北调首要是节水，关键是治污。要加大南水北调工程治污工作力度，东线要按期启动和完成计划确定的治污项目，重点抓好南四湖、东平湖、洪泽湖和漳卫南运河等区域污染防治；中线要抓紧编制污染防治规划，保护好丹江口水库水质。"

**4月13日** 国务院南水北调办公室在京组织召开2004年南水北调工程办公室主任会议，贯彻落实南水北调建委第一次全体会议精神和国务院专题协调会议精神，全面推进南水北调工程建设。

**4月21日** 国务院南水北调工程建设委员会专家委员会成立，并在京召开第一次全体会议。

**4月13日—28日** 国家发改委、国务院南水北调办公室组成联合稽察组，对南水北调东线山东省济平干渠工程建设情况进行稽察。

**5月1日** 胡锦涛总书记视察南水北调东线的源头——江都水利枢纽。

**6月10日** 国务院南水北调工程建设委员会批复南水北调东线江苏境内工程项目法人的组建方案，同意成立南水北调东线江苏水源有限责任公司。

**7月15日** 南水北调中线干线工程建设管理局成立。

**7月16日** 国务院南水北调工程建设委员会办公室颁布《南水北调工程建设投资计划管理暂行办法》。

**9月1日** 南水北调中线京石段应急供水工程河北唐河倒虹吸工程和釜山隧洞工程开工建设。

**9月9日** 国务院南水北调工程建设委员会办公室印发《南水北调工程建设项目举报受理及办理管理办法》，公布举报受理电话。

**10月8日** 国务院南水北调工程建设委员会印发《南水北调工程建设管理的若干意见》。

**10月24日** 南水北调东线江苏骆马湖至南四湖段工程开工建设。

**10月25日** 国务院南水北调工程建设委员会第二次全体会议在京召开，对南水北调东线一期、中线一期工程建设目标等重大事项作出决策。国务院总理、国务院南水北调工程建设委员会主任温家宝要求，国务院有关部门和工程沿线省市要加强领导，密切配合，精心设计，精心施工，扎实推进南水北调工程建设。国务院副总理、国务院南水北调工程建设委员会副主任曾培炎、回良玉出席会议。

**11月10日** 国务院南水北调工程建设委员会办公室印发《南水北调工程建设稽察办法》。

**11月15日** 国务院南水北调工程建设委员会在京组织召开南水北调办公室主任会议，贯彻落实建设委员会第二次全体会议精神，全面推动南水北调工程建设。

**11月16日** 国务院南水北调工程建设委员会办公室印发《南水北调工程评标专家和评标专家库管理办法》。

**11月18日** 南水北调东线山东韩庄运河段工程开工建设。

**11月24日** 国务院南水北调工程建设委员会办公室印发《南水北调工程代建项目管理办法》。

**11月25日** 国务院南水北调工程建设委员会办公室印发《南水北调工程委托项目管理办法》。

**12月2日** 《南水北调工程基金筹集和使用管理办法》经国务院办公厅印发实施。

**12月30日** 南水北调东线山东干线有限责任公司完成了注册登记手续，标志着南水北调东线山东干线项目法人成立。

## 2005年

**1月1日** 《南水北调工程基金筹集和使用管理办法》开始施行。

**1月27日** 国务院南水北调工程建设委员会印发《南水北调工程建设征地补偿和移民安置暂行办法》。

**3月29日** 南水北调东线、中线一期主体工程银团贷款合同签订。

**4月5日** 南水北调征地移民工作会议在北京召开。国务院南水北调办公室分别与北京、天津、河北、河南、湖北、江苏、山东等七省市人民政府签订了《南水北调主体工程建设征地补偿和移民安置责任书》，落实征地移民责任。

**4月21日** 南水北调中线一期穿黄工程初步设计批复。

**4月21日—22日** 南水北调工程项目法人工作座谈会在京召开，传达贯彻国务院南水北调工程建设委员会第二次会议精神，统一思想，部署工程建设工作。

**4月29日** 南水北调中线丹江口水利枢纽大坝加高工程初步设计批复。

**5月10日** 国家发展改革委、财政部联合印发《关于南水北调工程受水区对中央直属电厂用水征收水资源费有关问题的通知》，明确对北京、天津、河北、河南、山东和江苏6省市恢复对辖区内中央直属电厂征收水资源费，并按《南水北调工程基金筹集和使用管理办法》有关规定筹集南水北调工程基金，中央直属电厂与地方所属电厂用水执行统一的水资源费征收政策作出规定。

**5月12日** 国务院南水北调办公室对中线一期主体工程中采取委托制方式进行建设管理项目的部分行政监督管理工作，分别委托河南、河北、天津、北京等省（直辖市）南水北调办公室承担。

**5月13日** 国务院南水北调办公室印发《南水北调工程质量监督管理办法》。

**5月18日** 国务院南水北调办公室对东线山东、江苏境内工程的部分行政管理工作，分别委托山东省南水北调工程建设管理局、江苏省南水北调办公室承担。

**5月28日** 南水北调中线北京西四环暗涵工程开工建设。

**6月6日** 国土资源部和国务院南水北调办公室联合印发《关于南水北调工程建设用地有关问题的通知》，对南水北调工程建设项目用地预审、永久性用地申报、建设用地报批材料、控制工期的单体工程先行用地、征地补偿安置以及耕地占补平衡等问题作出明确规定。通知决定成立南水北调工程用地协调小组，以保证南水北调工程依法、及时用地。

**6月8日** 国务院南水北调办公室印发《南水北调工程建设征地补偿和移民安置资金管理办法（试行）》。

**6月13日** 南水北调中线漕河渡槽段工程开工建设。

**6月16日—21日** 国务院南水北调办公室、财政部、建设部、水利部、国家环保总局等部门组成的联合调研组，对南水北调东线工程江苏及山东段治污工作进行调研。

**7月25日** 南水北调中线干线工程建设管理局与河北省南水北调工程建设委员会办公室签订南水北调中线京石段应急供水工程（石家庄至北拒马河段）征地补偿和移民安置工作协议。

**7月26日** 国务院南水北调办公室对中线汉江中下游治理工程建设的部分行政管理工作，委托湖北省南水北调办公室承担。

**8月3日** 国务院南水北调办公室印发《南水北调工程移民安置监测暂行办法》和《南水北调工程建设征地补偿和移民安置监理暂行办法》。

**8月18日** 南水北调工程招标投标工作座谈会在京召开。

**9月7日** 南水北调中线干线工程建设管理局与北京市南水北调工程建设委员会办公室签订南水北调中线京石段应急供水工程（北京段）征地、拆迁补偿工作协议。

**9月12日** 国务院南水北调办公室印发《南水北调工程建设质量监督费管理办法》。

**9月24日** 水利部在京组织专家对南水北调中线一期工程可行性研究总报告进行审查。

**9月26日** 南水北调中线水源地——丹江口水利枢纽加高工程开工建设。

**9月27日** 南水北调中线穿黄工程开工建设。

**10月9日** 南水北调东线一期工程宝应站试运行成功。

**10月28日** 南水北调东线一期工程长江至骆马湖段（2003）年度工程开工建设。

**10月29日—11月1日** 国务院南水北调工程建设委员会副主任曾培炎视察南水北调东线工程。11月1日，曾培炎在国务院南水北调东线治污工作现场会上强调，切实贯彻五中全会精神，坚持“三先三后”原则，把调水沿线打造成“清水走廊”“绿色走廊”。

**11月11日** 财政部印发《南水北调工程征地移民资金会计核算办法》。

**11月14日** 南水北调东、中线一期工程2005年度控制性文物保护方案获得批复，6省45个项目5000万元专项资金下达实施。

**11月中旬** 国务院南水北调办公室、发改委、监察部、建设部、水利部和环保总局六部委联合对南水北调东线治污工作阶段性目标完成情况进行考核检查。

**11月15日—20日** 水利部在京组织专家对南水北调东线一期工程可行性研究总报告、水土保持总体方案报告书审查会议及环境影响报告书进行审查。

**11月23日** 国务院南水北调办公室印发《关于进一步规范南水北调工程招标投标活动的意见》。

**12月9日** 南水北调中线干线建设管理局与南水北调石京段河北建设管

理处签订南水北调中线一期京石段应急供水工程（河北段）建设管理委托合同。

**12月31日** 南水北调东线济平干渠工程试通水成功。

## 2006年

**1月4日** 经国务院批准，财政部、国家发改委、国务院南水北调办联合印发了《关于分年度下达南水北调工程基金上缴额度的通知》。

**1月17日—18日** 南水北调工程建设科技管理工作会议在京召开。会议总结交流南水北调工程科技管理工作经验，部署科技管理工作任务。

**2月9日** 国务院发布《国家中长期科学和技术发展规划纲要（2006—2020年）》，指出“重点研究开发大气水、地表水、土壤水和地下水的转化机制和优化配置技术，污水、雨洪资源化利用技术，人工增雨技术，长江、黄河等重大江河综合治理及南水北调等跨流域重大水利工程治理开发的关键技术等”。

**2月10日** 国务院批复《丹江口库区及上游水污染防治和水土保持规划》。

**2月20日** 国务院南水北调工程建设委员会印发《关于进一步做好南水北调工程征地移民工作的通知》，要求认真落实征地移民管理体制，严格执行国家批准的征地补偿和移民安置概算，切实安置好被征地农民和农村移民的生产生活。

**2月21日** 国务院南水北调办印发《关于在南水北调工程建设中预防职务犯罪的意见》，要求加强工程建设预防职务犯罪工作，进一步规范工程建设市场秩序，确保“工程安全、资金安全、干部安全”。

**2月27日** 经国务院批准，国土资源部批复了南水北调中线京石段应急供水工程建设用地。

**3月1日** 南水北调东线第一期工程泗阳站、刘老涧二站工程设计、皂河二站工程勘察设计合同签署。这是南水北调主体工程首次采取招标方式公开选择初步设计单位。中标单位为上海勘测设计研究院、江苏省水利勘测设计研究院有限公司。

**3月5日** 国务院总理温家宝在十届全国人大四次会议上作政府工作报告时，指出：“重点搞好‘三河三湖’（淮河海河辽河、太湖巢湖滇池）、南水北调水源及沿线、三峡库区、松花江等流域污染防治。”

**3月17日** 国务院南水北调办印发《南水北调工程建设重特大安全事故

应急预案》。

**3月19日** 南水北调中线建管局与德国海瑞克股份公司签署穿黄工程泥水加压平衡盾构机设备的制造采购合同。

**3月21日** 财政部、国家发展改革委、国务院南水北调办联合印发了《关于调整南水北调工程基金上缴额度有关问题的通知》。

**3月25日** 南水北调中线京石段应急供水工程河北釜山隧洞工程实现全线贯通。

**3月28日** 国务院南水北调办公室印发《南水北调工程验收管理规定》自2006年5月1日起施行。

**5月10日** 国务院南水北调办印发《南水北调工程文明工地建设管理规定》。

**5月25日** 国务院南水北调办印发《关于开展南水北调工程文明工地创建活动的通知》要求南水北调各项目法人认真组织开展南水北调文明工地创建活动。

**6月12日** 南水北调天津市内配套工程开工建设，先期建设的是南水北调天津干线分流井至西河泵站输水工程。

**6月18日** 南水北调中线京石段应急供水工程漕河段岗头隧洞工程实现双洞贯通。

**6月21日—23日** 国务院副总理曾培炎考察丹江口大坝加高施工现场和移民新村，察看丹江口水库水质检测情况。

**7月1日** 南水北调东线宝应站工程开机翻水，3日备用机组正式开启。这是南水北调宝应站工程首次发挥防汛排涝功能。

**7月3日** 国家环境保护总局批复《南水北调中线一期工程环境影响复核报告书》。

**7月5日** 国务院南水北调办印发《关于建立南水北调中线干线工程建设协调会制度有关事项的通知》。

**7月9日—12日** 国家环保总局环境工程评估中心在京召开《南水北调东线第一期工程环境影响报告书》技术评估会议。

**7月19日** 国务院南水北调办组织召开南水北调中线干线工程建设第一次协调会，专题研究中线京石段应急供水工程建设问题。

**7月25日—28日** 南水北调2006年稽察工作座谈会在京召开。

**7月25日** 国务院南水北调办印发《关于做好南水北调中线工程征迁安

置验收工作的通知》，明确了干线工程征迁安置专项验收的组织、依据和条件等。

**8月29日** 国务院南水北调办印发《关于建立健全南水北调工程建设环境和征迁工作协调机制的通知》，要求各级建立相应协调机制，加强对施工单位监督指导和沿线群众教育疏导。

**9月5日—12日** 国务院南水北调办公室治理商业贿赂领导小组办公室组织开展首次治理商业贿赂工作专项检查。

**9月21日** 国务院南水北调办公室在京组织召开加快南水北调中线京石段应急供水工程建设动员会，明确京石段应急供水主体工程2007年底全面完工、2008年4月具备通水条件的目标。

**9月21日** 国务院南水北调办公室组织召开南水北调中线干线工程建设第二次协调会，贯彻落实"加快南水北调中线京石段应急供水工程建设动员会"精神，研究中线干线工程建设有关问题。

**9月28日** 南水北调中线一期工程总干渠安阳河倒虹吸工程开工建设。这是中线干线工程项目法人委托河南省建设管理的第一个开工项目。

**10月9日** 国家发展改革委印发《关于建立丹江口库区及上游水污染防治和水土保持部际联席会议制度的通知》，丹江口库区及上游水污染防治和水土保持部际联席会议制度建立。

**10月12日** 国务院南水北调办印发《关于做好南水北调工程征地移民档案管理工作的通知》，要求建立健全征地移民档案工作制度，规范征地移民的档案管理，做好部门之间的衔接和协调，做好档案验收工作。

**10月31日** 为配合"南水北调东线水质保证问题"专题调研活动，南水北调办主任张基尧向全国政协人口资源环境委员会介绍南水北调工程水质保护的有关情况。

**11月2日** 国家环境保护总局批复《南水北调东线第一期工程环境影响报告书》。

**11月14日** 丹江口库区及上游水污染防治和水土保持第一次部际联席会议在北京召开，安排部署丹江口库区及上游水污染防治和水土保持工作。

**12月11日** 南水北调中线丹江口大坝加高工程深孔八坝段贴坡砼全部完成，并率先浇筑到顶。

**12月15日** 国务院南水北调工程建设委员会专家委员会在京召开中线干线工程质量检查评估会。

12月21日 国务院南水北调办、国家环境保护总局、水利部和国土资源部联合印发《关于划定南水北调中线一期工程总干渠两侧水源保护区工作的通知》。

12月27日 南水北调东线一期骆马湖水资源控制工程开工建设。

## 2007年

1月9日 南水北调工程质量监督管理人员培训班暨工作总结经验交流会议召开。

1月15日 国务院南水北调办印发《南水北调工程统计报表制度（2007—2008年度）》。

1月17日 国务院南水北调办会同国家环保总局、水利部和国土资源部，联合举办南水北调中线总干渠两侧水源保护区划定工作座谈会暨技术培训会。

1月24日 国务院南水北调办、国家档案局联合印发《南水北调东中线第一期工程档案管理规定的通知》。

2月2日 丹江口库区移民工作座谈会在郑州召开，研究移民工作中出现的新情况、新问题，部署下一步工作。

2月3日 国务院南水北调办、水利部联合召开2007年南水北调工程建设第一次工作协商会议，交流南水北调东、中线一期工程前期工作进展情况，协商总体可研评估后需要进一步完善的有关问题，研究南水北调工程受水区用水等有关工作。

2月6日 《南水北调中线水质安全与水源保护政策研究报告》审查会在北京召开。

3月2日 南水北调工程审计动员会议在北京召开，对项目法人及建管单位、沿线省市南水北调办事机构、移民机构进行审前动员，并对做好国家审计机关审计配合工作提出要求。

3月7日 南水北调中线一期丹江口大坝加高工程第一仓加高混凝土开始浇筑。

3月14日 国务院副总理曾培炎、回良玉，国务院秘书长华建敏听取南水北调工程总体可研阶段比规划阶段增加投资筹资方案的汇报。

3月19日 国务院南水北调办安全生产领导小组和重特大事故应急处理领导小组第四次全体会议召开，通报2006年安全生产情况，并讨论

2007年工作重点及2007年度安全生产工作安排。

**3月20日** 国务院南水北调办组织对中线京石段工程在建项目进行质量检查，随后对中线干线其他工程、中线水源工程、东线水源工程、东线干线工程在建项目进行质量检查。

**3月29日** 南水北调工程2007年度安全生产工作会议召开，总结交流2006年安全生产工作经验，部署2007年安全生产工作。

**4月2日—7日** 南水北调工程建设稽察专家培训班在北京举办。

**4月11日** 国务院南水北调办决定2007年在南水北调系统开展“资金管理年”活动，并印发《关于开展南水北调系统资金管理年活动的通知》。

**4月28日—29日** 南水北调工程质量现场会议在河北保定召开，总结交流工程质量管理工作经验，研究部署2007年工程质量管理工作。

**5月10日** 南水北调办公室主任张基尧出席国务院副总理回良玉主持召开的关于审议《水利发展“十一五”专项规划》的会议。

**5月18日** 国务院南水北调办向国务院副总理曾培炎汇报南水北调工程进展情况。

**5月24日** 国务院南水北调办印发《关于进一步加强南水北调工程质量管理的通知》，要求进一步加强南水北调工程质量管理、确保工程质量。

**5月25日** 国务院南水北调办印发《南水北调工程质量监督信息管理办法》，规范质量监督信息管理工作。

**6月5日** 国务院南水北调办印发《南水北调工程建设重大专题和南水北调办基础设施、能力建设项目管理办法》。

**6月26日** 国务院南水北调办印发《加强南水北调工程初步设计管理提高设计质量的若干意见》。

**7月10日** 国家发展改革委印发《关于南水北调中线一期工程天津干线工程可行性研究报告的批复》，原则同意南水北调中线一期工程天津干线可行性研究报告。

**7月19日—20日** 南水北调东线一期工程建筑与环境总体规划报告审查会在北京召开。

**7月25日** 《南水北调东线工程防止血吸虫扩散的工程措施研究》报告通过专家审查。研究成果表明，南水北调东线工程建设不会造成血吸虫病北移和扩散。

**7月31日—8月2日** 南水北调工程投资计划建设方案审查会在北京召开，总结南水北调工程建设和初步设计投资计划执行情况，审定2008年投资建议计划方案。

**8月7日** 国务院南水北调办印发《国务院南水北调办预算管理办法》，规范预算管理工作。

**8月28日—29日** 南水北调工程安全保卫和建设环境研讨会在北京召开，研究部署南水北调工程安全保卫和建设环境工作。

**8月** 就南水北调工程东、中线一期工程增加资金筹措方案会签事，张基尧致信财政部部长金人庆，请财政部尽快反馈意见。

**9月4日** 国务院南水北调办印发《关于加强南水北调工程跨渠桥梁施工质量和安全管理的通知》。

**9月14日** 国务院南水北调办印发《关于切实做好南水北调工程安全生产工作的通知》，就进一步做好南水北调工程安全生产工作作出部署。

**9月14日—16日** 国务院南水北调办、国家安全生产监督管理总局组成联合检查组，对中线京石段工程安全生产隐患排查治理专项行动进行督查，并对部分在建项目进行安全生产抽查。

**9月15日** 国务院南水北调办印发《国务院南水北调办项目支出预算编制程序规定》，规范项目预算的编制工作。

**9月16日** 南水北调东线山东干线有限责任公司与水利部海河水力委穿黄河工程北区建设管理局在济南签订东线一期穿黄河工程委托工程建设管理协议。

**9月19日** 国务院南水北调办组织开展南水北调工程在建项目劳务用工和转包分包专项检查。

**9月20日** 国务院南水北调办、公安部联合印发《关于做好南水北调安全保卫和建设环境工作的通知》，要求进一步加强南水北调工程安全保卫工作，创造工程建设更加和谐的社会环境，确保各项建设任务的顺利推进。

**9月21日** 国务院南水北调办与水利部联合召开2007年第二次南水北调前期工作协商会，结合南水北调东、中线一期工程建设实际情况对总体可研修改完善的有关事宜进行了沟通和协商，并就总体可研的修改原则及具体修改意见取得共识。

**10月15日** 国务院南水北调办、建设部联合印发《关于进一步加强南水北调工程建筑市场管理的通知》，要求进一步加强南水北调工程建筑市场管理，规范市场主体行为，确保工程质量、安全、工期和投资效益。

**10月25日** 南水北调工程丹江口水库库区移民试点工作会议在北京召开，确定库区移民试点方案编制工作，落实移民试点工作责任，确定工作时限。

**11月10日** 南水北调中线漕河渡槽工程第34跨槽身混凝土浇筑完成，标志着整个漕河渡槽的主体工程完工。

**12月26日** 2007年南水北调工程初步设计审查工作会召开。

**12月27日—28日** 国务院南水北调办召开南水北调工程审计整改工作座谈会，分析审计所发现问题的原因，提出落实审计整改意见的具体措施。

## 2008年

**1月9日** 国务院召开第204次常务会议，研究确定南水北调中、东线一期工程可研阶段增加投资筹资方案，并对南水北调工作提出要求。

**1月9日—11日** 南水北调工程验收工作暨培训会议在北京召开，邀请专家就《南水北调工程验收管理规定》《南水北调工程验收工作导则》《南水北调工程验收安全评估导则》等有关文件进行详细解读。

**1月28日** 国务院南水北调办印发《关于进一步开展南水北调工程安全生产隐患排查治理工作的通知》。

**2月4日** 国家文物局、国务院南水北调办联合印发《南水北调东、中线一期工程文物保护管理办法》。

**2月13日** 国家文物局、国务院南水北调办联合印发《南水北调工程建设文物保护资金管理办法》。

**3月4日—7日** 国务院南水北调办会同国家发展改革委、国土资源部、水利部、国家林业局赴河南、湖北两省专题调研丹江口库区移民规划和试点工作有关问题。

**5月10日—12日** 国务院总理温家宝在河南视察工作，听取河南省南水北调办主任王树山关于南水北调中线河南段工作汇报，就做好南水北调工程建设作出重要指示，要求把南水北调工程建成一流工程、生态工程、廉政工程、利民工程。

5月30日 国务院南水北调办印发《南水北调工程建设安全生产目标考核管理办法》。

6月13日 国务院南水北调办、交通运输部、国家发展改革委、财政部联合印发《关于南水北调工程跨渠桥梁建设与管理有关意见的函》。

6月18日 国务院南水北调工程建设委员会印发《南水北调工程投资静态控制和动态管理规定》，以加强南水北调工程投资管理，严格控制工程成本，建立工程投资约束激励机制。

6月20日 南水北调中线水源地——丹江口大坝加高工程圆满完成第三个枯水施工期（时间为2007年5月至2008年6月）施工任务，如期实现工程建设的阶段性目标。

6月23日 国务院南水北调办就贯彻落实《国务院办公厅关于做好强降雨防范工作的通知》精神，进一步做好南水北调工程强降雨防范和安全度汛工作向各项目法人发出通知。

6月23日—30日 南水北调东线第一期工程菏泽市东鱼河截污导流工程、嘉祥县截污导流工程、金乡县截污导流工程、曲阜市截污导流工程、滕州市北沙河截污导流工程等11项截污导流工程分别开工建设。

6月24日 南水北调工程征地移民工作会议在河南省郑州市召开，总结南水北调征地移民工作的经验教训，表彰先进单位和先进个人，部署下一步工作。

7月1日 国务院南水北调办印发《关于进一步规范南水北调工程施工招标标段划分的指导意见》。

8月4日—11日 国务院南水北调办组织召开“南水北调工程若干关键技术研究与应用”课题阶段成果汇报会，邀请有关专家和科技部代表对课题计划执行情况进行检查。

9月3日 国务院南水北调办、国家发展改革委、交通运输部、环境保护部、住房城乡建设部联合印发《关于加强南水北调东线京杭运河段航运水污染综合治理工作的通知》。

9月5日 国务院南水北调工程建设委员会办公室印发《南水北调工程建设资金管理办法》。

9月23日 国务院南水北调办印发《南水北调东、中线一期工程建设安全事故应急预案编制导则》。

9月23日 国务院南水北调办在湖北省召开丹江口库区移民实施工作计

划会，研究确定库区移民实施工作计划总体安排。

**9月26日** 南水北调中线总干渠膨胀土试验段工程（南阳段）开工建设。

**9月28日** 南水北调中线京石段应急供水工程建成通水仪式在北拒马河暗渠工程现场举行。河北省岗南、黄壁庄两水库的水，经南水北调中线京石段工程抵达北京。

**10月13日** 国务院南水北调办印发《南水北调工程项目管理预算编制办法（暂行）》。

**10月13日** 国务院南水北调办印发《南水北调工程价差报告编制办法（暂行）》。

**10月17日** 国务院南水北调办下发《关于开展丹江口库区移民安置试点工作的通知》，试点任务包括河南、湖北省移民2.3万人。

**10月21日** 国务院第32次常务会议审议批准《南水北调中、东线一期工程可行性研究总报告》。会议要求认真总结南水北调工程开工以来的经验，坚持“三先三后”原则，确保工程建设质量，控制好工程建设投资，努力加快工程建设，使南水北调工程经得起历史和人民的检验。

**10月22日—23日** 国务院南水北调办在北京召开丹江口库区移民初步设计工作协调会，研究部署移民初步设计及实施方案编制报批工作。

**10月28日** 国务院南水北调办印发《南水北调工程建设期完工项目运行管理与维修养护办法》。

**10月31日** 国务院南水北调工程建设委员会第三次全体会议在北京召开。国务院副总理、国务院南水北调工程建设委员会主任李克强主持会议并讲话。国务院副总理、国务院南水北调工程建设委员会副主任回良玉出席会议并讲话。李克强强调，建设南水北调工程是党中央、国务院统筹我国经济社会发展全局作出的重大战略决策，事关我国经济社会发展大局。国务院有关部门和工程沿线省市要以科学发展观为指导，加强领导，精心组织，团结共建，密切配合，加快南水北调工程建设。

**11月5日** 南水北调工程建设投资管理座谈会在江苏省南京市召开，传达贯彻国务院第32次常务会议和国务院南水北调建委会第三次全体会议精神，分析南水北调工程建设投资管理情况，总结交流投资管理工作经验。

**11月17日** 南水北调中线一期天津干线工程开工建设，标志着南水北调中线工程进入全面开工建设的新阶段。

**11月28日** 南水北调中线北京段工程建设总结表彰大会在北京举行。

**12月15日** 南水北调工程建设工作会议在山东省济南市召开，贯彻落实中央经济工作会议、国务院第32次常务会议和建委会第三次全体会议精神，总结工程建设各项工作，研究部署2009年南水北调工程建设任务。

**12月17日** 国务院南水北调办在山东省济南市召开南水北调系统廉政建设工作会议，传达贯彻中央纪委二次全会和国务院廉政工作会议精神，落实国务院第32次常务会议和建委会三次会议的具体要求，总结工程开工建设以来全系统廉政工作情况，安排部署廉政建设任务。

**12月19日** 丹江口库区及上游水污染防治和水土保持部际联席会议第二次全体会议在北京召开，研究《丹江口库区及上游水污染防治和水土保持规划》实施的有关问题。

**12月21日—27日** 国务院南水北调办会同人力资源和社会保障部、水利部、国家林业局、国务院法制办组成全国落实水库移民政策第五督查组，赴河北、河南两省进行专题督查。

**12月22日** 财政部以《财政部关于下达2008年三江源等生态保护区转移支付资金的通知》，下达了丹江口库区及上游40个县等国家重点生态保护区转移支付资金，其中丹江口库区及上游地区转移支付资金为14亿多元，标志着在全国重点流域中国家对南水北调工程中线水源区率先实施生态补偿。

**12月31日** 南水北调东线济宁市截污导流工程开工建设，标志着南水北调东线山东段截污导流工程全面开工，也标志着南水北调东线治污规划26项截污导流工程（其中山东省21项，江苏省5项）已全面开工。

## 2009年

**1月1日** 《中国南水北调报》正式创刊，成为宣传党和国家建设南水北调工程方针政策、部署要求的喉舌，传达国务院南水北调建委会决策部署和国务院南水北调办工作安排的重要渠道，弘扬南水北调精神和文化的舆论阵地，联系社会及广大建设者的桥梁和纽带。

**2月26日** 南水北调中线兴隆水利枢纽工程开工建设，标志着南水北调东、中线七省市全部开工。

**3月3日** 国务院南水北调办印发《国务院南水北调工程建设委员会办公室新闻宣传工作管理办法》。

**3月25日** 国务院南水北调办印发《南水北调工程建设投资计划管理办法》。

**3月26日** 国务院南水北调办在北京召开加快南水北调工程建设座谈会。

**4月28日** 南水北调中线北京市内配套工程暨南干渠、大宁调蓄水库工程开工建设。

**5月23日—25日** 南水北调丹江口库区移民试点及干线工程征迁工作现场经验交流会在河南省郑州市召开，总结交流南水北调工程征地移民工作经验，要求加快推进和努力做好征地移民工作。

**5月26日** 南水北调中线京石段应急供水工程圆满完成国务院确定的应急供水任务，对缓解首都北京的缺水状况，确保北京供水安全起到重要作用。

**6月20日** 南水北调中线丹江口大坝加高工程实现坝顶全线贯通，两台500吨级坝顶门机具备启闭闸门条件，标志着丹江口大坝加高工程实现重大阶段性目标。

**7月29日** 南水北调中线天津干线河北境内工程开工建设，标志着中线一期工程天津干线天津、河北两省市境内工程全面开工建设。

**7月29日—30日** 河南省委、省政府在南阳市淅川县召开全省南水北调丹江口库区大规模移民动员大会，安排部署库区移民工作。

**8月16日** 河南省南水北调丹江口库区试点移民搬迁启动，首批来自南水北调丹江口库区淅川县滔河乡姬家营的300多名移民喜迁新居。

**8月20日** 湖北省首批移民搬迁在襄樊市惠岗村和荆门市新河村同时启动。

**11月16日** 南水北调东线江苏段泗洪站枢纽工程开工建设，标志着东线江苏段新开辟的运西线工程进入全面实施阶段。

**11月28日—12月5日** 国务院南水北调办委托河南省南水北调办对南水北调中线总干渠膨胀土（南阳）试验段工程进行稽察。

**12月1日** 国务院南水北调工程建设委员会第四次全体会议在北京召开，总结建委会第三次全体会议以来南水北调工程建设工作，研究存在的问题，部署2010年工程建设任务。国务院副总理、国务院南水北调工程建设委员会主任李克强主持会议并讲话。

12月18日 国务院南水北调办印发《关于进一步加强南水北调工程质量管理和质量监督工作的意见》。

12月25日 丹江口库区及上游水污染防治和水土保持部际联席会议办公室召开《丹江口库区及上游水污染防治和水土保持规划》修编大纲起草工作讨论会议，标志着《规划》修编工作已经全面启动。

12月26日 南水北调中线兴隆水利枢纽工程实现大江截流。

12月28日—29日 2010年南水北调工程建设工作会议在河南省郑州市召开，贯彻落实中央经济工作会议和国务院南水北调建委会第四次全体会议精神，总结工程建设取得的经验，分析南水北调工程建设面临的形势和任务，研究部署2010年南水北调工程建设工作。

12月30日 南水北调中线一期工程总干渠沙河南至黄河南沙河渡槽段工程开工建设，标志着中线黄河以南工程加快建设。

## 2010年

1月20日 南水北调东线第六梯级泵站——皂河站工程在江苏省宿迁市骆马湖畔开工建设。至此，南水北调东线江苏段大运河上的洪泽湖至骆马湖段调水泵站工程全部开工建设。

1月26日 国务院南水北调办印发《关于定期报送丹江口水库移民安置实施进展情况的通知》。

3月9日 国务院南水北调办印发《关于印发南水北调工程质量监督导则的通知》。

3月20日 国务院南水北调办印发《关于进一步加强南水北调工程监理单位信用管理的意见》。

3月26日 南水北调中线一期汉江中下游引江济汉工程开工建设。

3月31日 丹江口大坝需要加高的54个坝段全部加高到顶，标志着南水北调中线源头工程——丹江口大坝加高工程取得重大阶段性胜利。

4月1日 国务院南水北调办会同财政部、国家发展改革委、审计署联合下发通知，加强南水北调工程基金征缴工作，确保按时完成南水北调工程基金筹集任务。

4月13日 南水北调中线一期工程邯郸至石家庄段开工建设，标志着中线一期工程河北境内所有项目全部开工建设。

**4月14日** 国务院南水北调办在河北石家庄召开南水北调工程建设管理工作座谈会，进一步贯彻国务院南水北调建委会第四次全体会议，研究部署工程建设管理工作。

**4月27日** 环境保护部部长周生贤赴中线穿黄工程实地考察。

**4月29日** 国务院南水北调办、国家档案局印发《关于印发南水北调工程征地移民档案管理办法的通知》。

**5月25日** 中线京石段应急供水工程第二次从河北向北京供水。

**6月10日** 湖北省南水北调中线工程丹江口库区大规模搬迁首批移民入住武汉市黄陂区。

**6月17日** 河南省丹江口库区第一批大规模移民搬迁启动。

**6月23日** 南水北调工程丹江口库区移民试点和干线征迁工作总结表彰大会在湖北武汉举行，表彰工作中表现突出的先进集体和先进个人，安排部署下一阶段南水北调工程征地移民工作。

**7月4日—5日** 国务院南水北调办、环境保护部在山东省滕州市联合召开南水北调东线治污暨截污导流工程建设现场会。

**7月6日** 南水北调东线一期江苏段运西线工程开工建设，标志着东线江苏段工程进入了全面实施的新阶段。

**7月24日** 中央决定，鄂竟平任国务院南水北调办党组书记、主任，免去张基尧国务院南水北调办党组书记、主任职务。同时，任命蒋旭光为国务院南水北调办党组成员、副主任，免去宁远国务院南水北调办党组成员、副主任职务。

# 后 记

在《南水北调回顾与思考》全书完稿即将付梓之际，我想对全书的形成作一个简短的回顾，并对相关同志的辛勤付出致以衷心的感谢。

南水北调工程规划、设计、建设、管理就像一场持续的接力，它得益于改革开放的政策，感受着时代前进的脉搏，承载着亿万人民的期盼。我只是这一伟大工程的参与者之一，和其他南水北调人一样，从老一辈手中接过这沉甸甸的接力棒，努力地在南水北调工程的跑道上，跑了一阵，出了一身汗，缩短了一段冲刺撞线的距离，又把它交给了接棒的同志。严格说我只是一个“传承者”，前面的同志呕心沥血勘测规划，为南水北调工程劈山开路，架桥奠基，而后来的同志协调矛盾，推动建设，安置移民，治理污染，实现了南水北调工程东、中线通水的目标。老实说，我又是一个幸运者，在我为南水北调工程服务的十年间，我得到来自党中央、国务院的坚强领导、得到来自工程沿线地方政府及有关部门的大力支持，得到南水北调工程建设者和各个方面的大力帮助。田径接力赛往往开头难、冲刺难，我恰恰是中间的一棒，我依然享受了参与的快乐和胜利的成果。

我感谢曾经和我共同奋斗的同志给我信心，给我力量，给我支持。我感念几十万工程建设者顶烈日、冒严寒、餐风沐雨，十年如一日，以血肉之躯创造福及子孙后代工程的辉煌。我更感念丹江口库区几十万移民群众舍小家为国家，离别故土抛舍亲情的时代壮举。我感念这改革开放实现梦想的时代……

2012年10月，中央党史研究室宣传教育局的同志给国务院南水北调办致信，建议我回顾南水北调工程的决策和实施过程，而当时我刚从南水北调工作岗位上退下来。受南水北调办党组的委托，我分八次讲述了自己的经历和体会，其中涉及南水北调工程规划论证、管理体制、资金筹措、技术挑战、生态文明、征地移民、管理目标以及有关西线工程的设想。当研究室的同志把八次专访单篇汇集成册时，正值南水北调中线通水之际。有朋友提醒我看一看通水后的社会反响，听一听对南水北调工程的不同意见。我真诚地感谢朋友的提醒并乐意地取消了当时的出版打算。

后来经过断断续续两年多时间，中央党史研究室的同志鉴于种种原因旧事重提，是他们的负责态度和执著精神感动着我，激励着我，在中央党史研究室同志的建议和帮助下，经过多次删改我的这本书终于即将面世。在这本书的写作过程中，得到了很多同志的支持和帮助，可以说是大家共同心血的结晶。南水北调办公室的卢胜芳、苏克敬、倪春飞协助我查阅了大量档案、资料。在此基础上，我列出了所要回忆内容的提纲。中央党史研究室的李树泉、谢文雄、文世芳、刘一丁等同志，根据提纲对我进行了八次长时间的访谈，并加班加点将访谈内容精心整理成文。每部分文章出来后，他们和我就文章内容不断沟通，反复核对，我又做了较大篇幅的修改和补充。我的秘书张俊胜同志做了大量协调、资料查找工作。另外，中央党史研究室宣传教育局局长任贵祥、副局长刘荣刚等同志也为本书的出版做了大量工作。在这一过程中，一些曾经从事南水北调工程工作的老同志，提供了宝贵的建议和意见。

在这里,尤其要感谢中央党史研究室特别是曲青山主任，国务院南水北调办鄂竟平主任，他们在百忙之中经常过问书稿的整理及编辑情况，使本书得以顺利出版。同时也衷心感谢中央党史研究室高永中副主任给予的大力支持。

正因为有上述同志的艰辛付出和大力支持，本书才最终呈现给广大读者。

由于南水北调工程规划和建设周期长，相关素材多依靠回忆，全面考证不足；分篇表述后又汇集成册，缺乏连续和系统性，更由于思想水平和能力有限，本书难免会有遗漏和不准确的地方，欢迎广大读者指正与谅解。

2016年9月